DER GROSSE
LIEBESROMAN

PARRIS AFTON BONDS

Die Agentin der Liebe

ROMAN

Deutsche Erstveröffentlichung

WILHELM HEYNE VERLAG
MÜNCHEN

HEYNE – DER GROSSE LIEBESROMAN
Nr. 28/94

Titel der amerikanischen Originalausgabe
DEEP PURPLE
Deutsche Übersetzung von Uta McKechneay

Printed in Germany 1986
Umschlagfoto: Vega Agentur / Luserke, Leonberg
Umschlaggestaltung: Atelier Ingrid Schütz, München
Gesamtherstellung: Ebner Ulm

ISBN 3-453-84094-1

Als Kind und junges Mädchen, staksig wie ein Füllen und mit unreiner Haut, durchstreifte ich voller Angst die Wüste und die zerklüfteten Ausläufer der Huachuca-Berge im Südosten Arizonas. Ich war nicht nur verängstigt, weil ich mich auf dem zugewiesenen Land von Cristo Rey bewegte, das ich nicht betreten durfte – ich fürchtete mich auch vor der Begegnung mit der Geisterlady, nach der ich zwischen Felsgestein, Sanddünen und Kakteen Ausschau hielt. Einerseits hoffte ich inständig, einen Blick auf sie zu erhaschen, doch zugleich überfiel mich ein Grauen, bei dem Gedanken, ihr leibhaftig zu begegnen.

Inzwischen ist diese unberührte Wildnis entweiht worden. Das elektronische Versuchsgelände des Militärs befindet sich jetzt hier. Futuristische Schnellstraßen durchziehen die Wüste, wo ehedem nur der Jaguar und der Koyote ihre Spuren hinterließen – wo der Wind über die Einöde strich und junge Menschen Liebesworte flüsterten. Seither hat sich vieles geändert. Trotzdem ist die Geisterlady nicht in Vergessenheit geraten. Sie ist immer noch in aller Munde.

Oldtimer berichten, daß sie im Damensattel zu reiten pflegte. Sie habe einen Falben mit Blesse geritten, zuweilen auch ein sehniges, rotbraunes Pferd. Doch alle wollen die Geisterlady im schwarzen englischen Reitdreß gesehen haben. Es hieß, sie tauche immer in der Nähe eines Joshuabaumes auf.

Von diesem Punkt an scheiden sich die Geister. Manche sind der Ansicht, die Lady geistere in Cristo Rey herum, weil sie keine Ruhe finden könne. Sie sei auf der Suche nach dem Liebsten, der ihr zu Lebzeiten versagt geblieben war. Andere hingegen sind der Auffassung, ihre arme Seele sei dazu verdammt, die öde Wüste mit den schroffen Bergen und die fruchtbaren grünen Täler heimzusuchen, bis die fünfzigtausend Morgen Land mitsamt dem Bollwerk endlich wieder an ihre Erben fielen.

Das erschien mir schon wahrscheinlicher. Ich war ja noch ein blutjunges Mädchen, von kindlichem Gemüt. Eine Liebe, die Zeit und Raum überdauert, überstieg meine Vorstellungskraft. Die überwältigende Leidenschaft der Liebe war mir noch nicht begegnet. Doch gab es auch noch einen anderen Grund dafür, daß ich der zweiten Version viel eher Glauben schenkte: Schon damals wußte ich, daß auch meine Seele keine Ruhe finden würde, solange ich nicht Cristo Rey besaß, das mir rechtmäßig zustand.

I. TEIL

1

1863

»Catherine, die Testergebnisse liegen jetzt vor«, sagte Dr. McFarland.

Er fuhr geschäftig mit dem Taschentuch über die dicken Gläser seiner Brille. Catherine begriff, daß er ihr nicht in die Augen sehen konnte.

Aber warum eigentlich nicht? Es konnte doch nicht so schwer sein, noch einen Tod zu verkraften, nachdem er Hunderte von Männern hatte sterben sehen. Opfer eines mörderischen Krieges und schon nicht mehr zu retten, wenn sie ihm überantwortet wurden. Doch dann fiel ihr ein, daß der werte Doktor jahrelang in ihre Mutter verliebt gewesen war.

»Mein lieber Herr Doktor«, entgegnete sie, während sie sich ihre Glacéhandschuhe überstreifte, »Sie glauben doch hoffentlich nicht, daß es über meine Kraft geht, eine Hiobsbotschaft zu ertragen. Ich arbeite schon fast ein Jahr an Ihrer Seite und habe immer wieder mit ansehen müssen, wie der Tod ein Opfer fordert.«

Sie lachte. Ein rauhes heiseres Lachen, und es klang belustigt, was bei ihr nur selten vorkam. Der alternde Arzt beobachtete fasziniert, welche Wandlung dabei mit ihr vorging. Ihr recht gewöhnliches Gesicht erschien ihm plötzlich wunderschön. »Allerdings ist bisher noch kein Familienmitglied dahingerafft worden. Ich nehme an, es handelt sich um eine Rippenfellentzündung.«

Dr. McFarland klemmte sich die Brille wieder auf den breiten Nasenrücken. »Genau gesagt, Interlobulär-Pleurose.« Er grunzte erbittert, und sein Walroßschnurrbart erbebte. »Ich mache mir nicht nur um Ihre Mutter Sorgen. Sie halten nicht mehr lange durch, wenn Sie sie weiter so aufopferungsvoll pflegen und auch noch hier im Krankenhaus arbeiten.«

Sie sah ihn ruhig und gelassen an. Ihre Augen waren weder richtig grün noch grau. ›Crème de menthe‹ pflegte ihre Schwester diese Farbe zu nennen. »Aber das stimmt doch gar nicht«, widersprach sie. Sie knöpfte ihre Glacéhandschuhe zu. Diese Handschuhe waren, genau wie ihr Kleid, so säuberlich gestopft, daß das nur einem sehr aufmerksamen Beobachter aufgefallen wäre. »Das Leben ist oft ungerecht. Das murmeln Sie doch immer wieder vor sich hin, nicht wahr?«

Der Arzt errötete; denn Catherine spielte darauf an, daß er zur Flasche griff, wenn seine Seelenpein so groß war, daß kein Arzt sie hätte heilen können. Sie hatte recht – was sich die Menschen mit diesem blutigen Bürgerkrieg antaten, war entsetzlich. Manchmal wünschte er sich fast, wie die Männer in den behelfsmäßigen Feldbetten der völlig überfüllten Krankensäle zu sterben. Mit seinen sechsundvierzig Jahren war er all dem nicht mehr gewachsen. Er hatte schon zuviel gesehen.

Er betrachtete die Frau, die ihm am Schreibtisch so aufrecht gegenübersaß. Er mochte Catherine Howard. Vielleicht schätzte er sie ihrer Mutter wegen. Wenn auch Catherine mit ihren sechsundzwanzig Jahren keine zarte exotische Schönheit wie ihre Mutter war. Nur ihre Schwester sah der Mutter ähnlich. Dafür war Catherine mit einem unbeugsamen Willen und einem Mut gesegnet, den man ihr gar nicht zugetraut hätte. Das bewies sie bei der Pflege dieser Männer, die oft bis zur Unkenntlichkeit verstümmelt waren.

»Also, Herr Doktor, was schlagen Sie mir vor?« fragte Catherine. Sie hielt die Hände locker im Schoß gefaltet. »Versuchen Sie nur nicht, irgend etwas zu beschönigen. Sagen Sie mir ehrlich, wie es um meine Mutter steht. Ich hatte ja lange genug Gelegenheit, mich mit den Auswirkungen der Brustfellentzündung vertraut zu machen.«

Der alte Mann gab sich geschlagen. »Dann brauche ich Ihnen ja nichts über Schüttelfrost, Fieber und rasselnden Husten zu erzählen.«

»Nein, ich weiß Bescheid. Verraten Sie mir lieber, wie lange meine Mutter noch zu leben hat.«

Der Arzt saß ihr mit hängenden Schultern gegenüber. Er zwang sich gramgebeugt, ihr die Prognose mitzuteilen. »Man weiß noch nicht sehr viel über diese Krankheit. Es steht jedoch fest, daß die Patientin Ruhe braucht und wir ihr die beste Pflege angedeihen lassen müssen – soweit das im Rahmen unserer mangelhaften medizinischen Kenntnisse eben möglich ist.«

Catherine erhob sich und zog die Schnur an ihrem Reticule fest zu – als wolle sie damit ihre Emotionen sozusagen an die Kette legen. »Ich werde dafür sorgen, daß meine Mutter die bestmögliche Pflege erhält. Auf Wiedersehen, Herr Doktor.«

In den Straßen Baltimores lag der Schnee noch hoch. Eisige Winterkälte empfing sie, obwohl es schon März war. Catherine eilte auf dem schnellsten Wege heim. Als sie auf dem Speicher in den staubigen Kisten mit den Habseligkeiten ihres Vaters herumkramte, wurde ihr rasch warm. Sie geriet sogar ins Schwitzen. Schließlich stieß sie auf die Kiste mit der Bezeichnung ›Bücher‹, von ihrem Vater in seiner säuberlichen Handschrift gekennzeichnet.

Ihr Vater war Lehrer gewesen. Ihm verdankte sie ihr Wissen und die Liebe zu Büchern. Er hatte ihr Interesse an Fremdsprachen geweckt und ihr geschichtliche Zusammenhänge nahegebracht. Ihre Mutter war die Tochter eines reichen Reeders. Sie hatte sie gelehrt, nach Höherem zu streben. Doch wenn es sich Catherine recht überlegte, verdankte sie die am Nachmittag getroffene Entscheidung eindeutig ihrem Vater: Sie wollte zu den Goldfeldern im Westen. Nach dorthin hatte sich auch ihr Vater im Jahre 1850 aufgemacht – ein Jahr, nachdem man in Kalifornien auf Gold gestoßen war.

Damit verließ er seine Frau, in der längst alle Liebe zu diesem Mann gestorben war. Mit seinem armseligen Lehrergehalt konnte er ihr nicht das Leben bieten, das sie gewöhnt war. Ihre Eltern hatten sie enterbt, als sie mit dem Lehrer durchgebrannt war. Als ihr Mann sie dann verließ, war die verwöhnte Frau gezwungen, ganz allein für die dreizehnjährige Catherine und die sechs Jahre jüngere Margaret zu sorgen. Doch es ergab sich bald, daß Catherine statt dessen für Mutter und Schwester sorgte.

Zuletzt war man in Colorado und Arizona auf Gold gestoßen. Da wollte Catherine hin. Nach der Konsultation zu Hause angekommen, betrachtete sie sich lange im Spiegel. Sie war totenbleich, weil sie kaum an die frische Luft kam, und durch die viele Arbeit so sehr abgemagert, daß sie zerbrechlich wirkte. Sie durfte wohl kaum darauf hoffen, daß ihr kriegsmüde Männer den Hof machen würden. Es gab ja mehr als genug dralle, vor Gesundheit strotzende Frauen, mit wollüstigem Blick und aufreizender Figur, die bei weitem in der Überzahl waren und nur darauf warteten, sich in Liebesabenteuer zu stürzen oder zu heiraten. Der Bürgerkrieg hatte sie lange genug um diese Freuden gebracht.

Sie fand die *Encyclopedia Americana* gleich. Sie las alles, was sie über Arizona finden konnte. Bis vor ein paar Wochen, also bis Februar, hatte es zum Territorium von New Mexico gehört. Dann hatte es der Kongreß der Vereinigten Staaten zum separaten Territorium erklärt.

Sie las über die Hohokam-Indianer, die schon lange vor den Spaniern in das Tal von Tucson eingezogen waren. Ihre Herkunft lag im dunkeln. Sie las auch über das von einer Mauer und Wachtürmen umgürtete Tucson. Im Grunde genommen nur ein verschlafenes spanisches Dorf, und doch war das Royal Presidio of San Agustín de Tucson genauso alt wie die amerikanische Republik.

Als kaum noch Licht durch das kleine Fenster im Speicher hereinfiel, legte sie den dicken Band beiseite – fest entschlossen, sich nach Tucson zu begeben. Vor zehn Jahren hatten sich ganze Heerscharen von Männern nach dort aufgemacht – doch Frauen gab es dort kaum. Da draußen, in der Einöde dieser kärglichen Landschaft, konnte sie das Geld verdienen, das es ihr ermöglichen würde, ihrer Mutter die richtige Pflege angedeihen zu lassen. Vielleicht würde sie dort auch einen Mann finden und Kinder mit ihm haben, wonach sie sich schon lange sehnte.

2

William Turner, der neu ernannte Gerichtspräsident von Arizona, vereidigte Beamte für das Territorium. Catherine vergrub die Hände tief in ihrem Pelzmuff. An diesem letzten Tag im Dezember machte die winterliche Kälte hier im

Norden Arizonas den Reisenden sehr zu schaffen. Sie befanden sich in Navajo Springs, einer kleinen Ansiedlung an der Grenze von New Mexico.

»Eine Fehlbesetzung, wie sie schlimmer kaum sein könnte«, bemerkte ein gedrungener alter Mann neben ihr. Man hatte Hiram Ogilvee zum Oberinspektor in dem neuen Territorium ernannt. Mit seiner Bemerkung spielte er darauf an, daß alle Beamten außer ihm aus dem Osten kamen. Der neue Stab setzte sich aus nicht wiedergewählten Kongreßabgeordneten zusammen.

Doch das berührte Catherine nicht im geringsten. Sie hatte nichts im Sinn, als wieder in den großen blauen Lazarettwagen zu steigen und sich aufzuwärmen. Trotzdem nahm sie liebenswürdig den Becher mit eiskaltem Champagner entgegen und trank auf das neue Territorium von Arizona.

Zum Abschluß der Feierlichkeiten hielt Gouverneur John Goodwin eine Rede, in der er seiner Hoffnung Ausdruck gab, das neue Territorium möge sich bewähren. Catherine übersetzte seine Ansprache anschließend für die Soldaten aus New Mexico ins Spanische. Sie wurden als Eskorte eingesetzt. Auch das gehörte zu der mit Goodwin getroffenen Abmachung. Er hatte ihr gestattet, die soeben Vereidigten nach Arizona zu begleiten. Catherine mußte daran denken, wie seltsam es doch war, daß sie hier in der Wildnis standen, um die Territorialregierung einzusetzen. Zu ihrer Begrüßung hatte sich kein Bewohner Arizonas eingefunden.

Völlig durchfroren, fragte sie sich, was es mit dem vielgerühmten sonnigen Klima Arizonas auf sich hatte. Schließlich kroch sie erleichtert unter die weiße Plane des Sanitätswagens. Ihr Aufbruch aus Baltimore lag schon über drei Monate zurück. Hin und wieder kamen ihr Zweifel, ob ihrer Entscheidung, nach Westen zu gehen. Zu spät, nun gibt es kein Zurück mehr, mußte sie sich sagen. Sie hatte schließlich den Vertrag mit der Albert Teacher Agency unterschrieben. Daran mußte sie sich halten. Also wurde sie jetzt wider Willen in dem Krankenwagen tüchtig durchgerüttelt. Er holperte nach Südwesten, auf die vorläufige Hauptstadt Fort Whipple zu.

Catherines Mutter und Schwester hatten völlig entgeistert reagiert, als sie ihnen eröffnete, daß sie in einem ›gottverdammten Nest an der Grenze‹, wie Margaret es nannte, eine Stelle als Lehrerin antreten wollte.

Als sie ihnen verkündete, daß sie in der Nähe von Tucson als Privatlehrerin unterkommen würde, hatte ihre bettlägerige Mutter nach ihrer Hand gegriffen. »Catherine, das darfst du nicht tun. Ich möchte nach Europa. Dort soll es ausgezeichnete Kurorte und hervorragende Ärzte geben. Bevor ich dir erlaube, in irgendeine schmutzstarrende Grenzstadt zu entschwinden, werde ich noch andere Ärzte konsultieren. Margaret, sieh zu, daß sie auf mich hört!«

Margaret, die wunderschöne zarte Margaret, saß mit hängenden Schultern da und blickte ohne Hoffnung von einem zum andern. Sie griff nach dem Brief von Francisco Godwin und las ihn durch. »Catherine, das darf doch alles nicht wahr sein! So was tut ein wohlerzogenes Mädchen einfach nicht! Du mußt den Verstand verloren haben! Papa hat schon immer gesagt, daß du stur und eigensinnig bist.«

Catherine machte sich daran, ihrer Mutter einen Teelöffel des Elixiers einzuflößen, das Dr. McFarland ihr für die ›Nerven‹ verschrieben hatte. Die noch immer wunderschöne Frau lag bleich und keuchend in den Kissen. Die Nachricht, daß sie Rippenfellentzündung hatte, war ein Schock für sie gewesen. Wenn sie den Verdacht auch schon seit geraumer Zeit hegte. Und hinzu kam noch die Hiobsbotschaft, daß sie ihre Älteste verlieren sollte, die sie wie eine Mutter umsorgt hatte.

»Wenn ihr nur einmal nachdenken wolltet«, gab Catherine den beiden Frauen zu bedenken, »dann kämt ihr auch darauf, daß wir für die ›ausgezeichneten Kurorte in Europa‹ kein Geld haben. Als Privatlehrerin bei den Godwins werde ich sehr gut verdienen – weit mehr als im Krankenhaus.«

Beschämt wandte sie sich ab. Diese edle Geste war nur Heuchelei. Ein Schatten lag auf ihrer Liebe zu ihrer Schwester Margaret. Eine kleinliche Eifersucht auf die Schwester machte ihr zu schaffen. Die liebe Margaret war nämlich die begehrteste Frau in Baltimore gewesen, bevor die Männer zum Kriegsdienst eingezogen worden waren. Doch das konnte sie schlecht zugeben.

Catherine wußte noch gut, wie sie oben vom Schlafzimmerfenster ihrer Mutter aus mit angesehen hatte, daß sich die jungen Männer die Klinke in die Hand gaben, um Margaret zu besuchen. Und sie erinnerte sich noch daran, wie sie als Mauerblümchen dagesessen hatte, während Margaret einen Kotillon nach dem anderen tanzte. Dabei gelang es ihr ohnehin nur selten, sich einmal aus dem Hause zu entfernen und dem Krankenbett der Mutter den Rücken zu kehren.

Dr. McFarland hatte ihr seine Hochachtung für die ›tapfere Entscheidung‹ ausgesprochen, nach Westen zu gehen, um Mutter und Schwester besser unterstützen zu können. Doch weder er noch ihre Mutter oder ihre Schwester ahnten, daß sie nichts zu verlieren hatte. Sechsundzwanzig Jahre hatte sie schon auf dem Buckel, eins so langweilig und ereignislos wie das andere. Da war sogar die Pflege der verwundeten Soldaten eine kleine Abwechslung, die etwas Farbe in ihr Leben brachte.

Dr. McFarlands Prognose hatte den Ausschlag gegeben. Die Wildnis im Westen erschien ihr sehr verlockend, und so nahm sie die gefahrvolle Herausforderung an und ließ sich durch nichts und niemanden abschrecken.

Nach einem kurzen Aufenthalt in Fort Whipple ging es in einer Postkutsche weiter, die Privateigentum war. Sie mußte ja an dem mit Don Francisco vereinbarten Tage in Tucson sein. Die Butterfield-Overland-Linie mußte im Krieg eingestellt werden. Der alte Generalinspektor reiste mit ihr. Er war zwei Jahre in Washington gewesen und kehrte jetzt nach Tucson zurück.

Bevor der Kutscher die Mulis mit der Peitsche antrieb, vertraute Gouverneur Godwin die junge Dame Ogilvee an. Der Gouverneur zupfte an seinem Bart, als befürchte er, er könne etwas Unangebrachtes sagen. Er wand sich vor Verlegenheit und meinte schließlich: »Wissen Sie, Miß Howard, wenn Tucson schlimmer ist als Sie erwartet haben, schreiben Sie uns einfach. Dann werden wir dafür sorgen, daß Sie in die Staaten zurückkehren können.«

Sie versicherte dem alten Herrn, daß es schon gutgehen würde, doch als die Kutsche dann Meile um Meile durch unwegsames Gelände holperte und sich die karge Wüste ins Unendliche erstreckte, kamen ihr doch langsam Zweifel. Wie konnten sich die Landschaft und das Wetter nur so plötzlich ändern? Eben noch schneebedeckte Nadelbäume, und jetzt nichts als Sand und flirrende Hitze. Mit ihrem Spitzentaschentuch tupfte sie sich den Schweiß von der Stirn. Die ledernen Hutbänder schnitten ihr ins Fleisch. Wenn es in der Hölle heißer war als hier, wollte sie da ganz gewiß nicht hin.

Erschöpft schloß sie die Augen. Die dichten Wimpern wogen schwer. So konnte ihr wenigstens der Sand nicht in die Augen dringen, den die sechs Maultiere aufwirbelten. Sie vergaß das müde Gesicht ihres Reisegefährten und versuchte sich das herrlich kühle, grüne Tal an dem dicht bewaldeten Santa Cruz River in Tucson vorzustellen. Dann machte sie sich ihre Gedanken über die Familie, deren Kinder sie unterrichten sollte.

Don Francisco Godwin hatte ihr geschrieben, daß sie vorerst ein Jahr lang seine beiden Enkelkinder unterrichten solle, und auch von Cristo Rey gesprochen. Vielleicht wollte er ihr damit den Mund wäßrig machen; denn im Territorium gab es keine öffentlichen Schulen. Privatlehrer waren schwer zu finden. Während dieses einen Jahres sollte ihr Gehalt dreimal so hoch sein wie das eines Lehrers, der eine ganze Klasse unterrichtete. Sie durfte mit einem eigenen Zimmer rechnen und sich in diesem Land, wo die Sonne immer schien, auch noch bedienen lassen.

Aus Don Franciscos selbstherrlichem Brief und dem, was Ogilvee ihr erzählt hatte, folgerte sie, daß Don Francisco ein Opportunist sein müsse. Er hatte sein Glück gemacht, indem er eine Witwe zur Frau nahm, der das beste und wertvollste Stück Land im Territorium gehörte – eine mexikanische Aristokratin, die wahrscheinlich von El Cid abstammte, und deren Weg sich vermutlich bis nach Burgos in Spanien zurückverfolgen ließ.

»Und Doña Dominica Davalos hat auch nicht schlecht ausgesehen«, fügte Ogilvee hinzu. »Als der alte Don Francisco – damals hieß er noch Frank – sie heiratete, schien es ihm nichts auszumachen, daß sie einen Sohn mit in die Ehe brachte – Lorenzo heißt er. Er war schon als kleiner Junge ein unberechenbarer Wildfang. Don Franciscos Sohn, Sherrod, war allerdings bloß vier oder fünf Jahre älter als Lorenzo. Der kleine Lorenzo muß damals ungefähr sechs gewesen sein. So waren die Kinder wenigstens zu zweit.«

»Ach, dann war das also Don Franciscos zweite Ehe?«

Ogilvees schallendes Gelächter artete jäh in einen Hustenanfall aus. »Don Francisco war damals schon verheiratet«, erklärte er, sobald er sich wieder gefaßt hatte. »Als er Doña Dominica zur Frau nahm, hatte er zwei Ehefrauen.«

Catherine runzelte verstört die Stirn. »Aber das ist doch Bigamie!«

»Keineswegs, Madam. Jedenfalls nicht hier im Territorium. Don Francisco ist Mormone.« Er lachte schallend und schlug sich mit der Hand aufs Knie. »Der alte Schurke war Kirchenältester der Kirche Christi der Heiligen der Letzten Tage, als er Gefallen an der überaus reizenden Witwe fand. Man kann beim besten Willen nicht behaupten, daß die Bewohner von Tucson sich sonderlich freuten, als Don Francisco sich mit dieser Frau vermählte. Damit wurden nämlich die Männer um die Chance gebracht, diese Frau an sich zu binden, die nicht nur ein höchst erfreulicher Anblick war, sondern auch ein Stück Land ihr eigen nannte, das nicht zu verachten war. Na, und erst die Frauen! Sie können sich vielleicht vorstellen, wie entrüstet diese alten Krähen waren, bei dem Gedanken, daß ein Mann sein Bett mit zwei Frauen teilte. Ich habe mich immer wieder gefragt, wie die beiden Frauen wohl dazu standen, daß sie sich einen Mann teilen mußten.«

Catherine lächelte vor sich hin. Das hätte sie auch gern gewußt.

Die Kutsche traf erst gegen fünf Uhr früh in Tucson oder Stujukshon ein, wie die Papago-Indianer ihr Dorf seit Hunderten von Jahren nannten. In der Morgendämmerung erkannte Catherine sogleich, daß Tucson bei weitem nicht das Paradies war, das Don Francisco ihr beschrieben hatte.

Schweine wälzten sich im Fluß. Hinter bröckeligen Lehmmauern lagen ganz versteckt flache braune Häuschen wie Klötzchen aus Schlamm. Am Rande der engen, ungepflasterten Straße türmte sich Schmutz und Müll zu Bergen. Mitten auf der Hauptdurchgangsstraße, dem Camino Real, lag ein toter Esel. Auf der Plaza de la Mesilla schliefen Menschen auf dem blanken Boden.

»Kann ich hier überhaupt ein Zimmer bekommen?« fragte sie den Rechtsanwalt. Ihre Besorgnis kannte keine Grenzen mehr, als die Kutsche ausgerechnet vor einem Etablissement hielt, das eigentlich nur einer dieser berüchtigten Saloons im Westen sein konnte.

Ogilvee wollte sich ausschütten vor Lachen. »Nicht gerade ein Luxushotel. Aber wissen Sie, Madam, selbst wenn es hier etwas gäbe, das den Namen Hotel verdient, wäre es hier meistens viel zu heiß, um drinnen zu schlafen. Ich will Ihnen verraten, was man in Tucson unter einem Bett versteht: Man legt sich auf den Bauch und deckt sich mit dem Rücken zu!« Wieder ließ er seine Hand klatschend auf das Knie herabsausen und lachte dröhnend über diesen kleinen Scherz.

»Ich wundere mich, daß die Leute hier überhaupt schlafen.« Catherine ließ den Blick über die vielen hellerleuchteten Etablissements schweifen, die die Plaza säumten. Die Schreie der Esel in den Pferchen mischten sich mit der schrillen Musik und dem Gelächter, das aus den Cantinas drang.

Als die mexikanische Stadt Tucson 1854 dem Territorium von New Mexico einverleibt wurde, nannte man es Altes Pueblo, doch in Catherines Augen hatte die Plaza rings um den Meyer Street Saloon wenig mit einem verschlafenen kleinen Dörfchen gemein.

»Madam, werden Sie hier abgeholt?« erkundigte sich Ogilvee.

Catherine bejahte verunsichert und versuchte, in dem rauchgeschwängerten Saloon etwas zu erkennen. »Aber wahrscheinlich hat man mich früher erwartet.«

Er grunzte. »Ich hab' dem Gouverneur versprochen, Ihnen beizustehen. Will mal sehen, was ich für Sie tun kann.«

Die Hand schützend unter ihrem Ellenbogen, führte er sie in den Saloon. An der Theke, die Catherine endlos lang erschien, lümmelten Männer und führten trunkene Gespräche. Unter einem riesenhaften Spiegel im Goldrahmen servierte der Büfettier einer anmaßenden alten Madame und einem Offiziersanwärter Drinks.

Ogilvee geleitete sie an die Bar. Sie fühlte sich hier völlig fremd, weil sich so viele Männer um sie drängten. Sie griff sich an den Hals und spürte den beschleunigten Puls. Ogilvee hatte sie gewarnt und Tucson einen Zufluchtsort für Pferdediebe, Mörder und unstete Politiker genannt. »Männer, die aus Kalifornien oder Texas ausgewiesen wurden, stellen immer wieder fest, daß ihnen das Klima hier in Tucson sehr bekommt, meine Gnädigste.« Allmählich dämmerte es ihr, daß Ogilvee der Wahrheit damit nahekam.

»Sie haben wohl kein Zimmer für die Dame?« wandte sich Ogilvee an den Bartender. »Wenigstens für ein paar Stunden.«

Der untersetzte Mexikaner starrte Catherine mit weit aufgerissenen Augen an. Er schüttelte wortlos den Kopf. Erst dann bequemte er sich zu einer Antwort. »Das soll wohl ein Witz sein, Señor. Eine Lady – hier?«

Die alternde, behäbige Madam, die Catherine schon aufgefallen war, wandte sich ihr zu und sah sie prüfend an. Sie hatte ganz entschieden zuviel Rouge aufgelegt und wirkte dadurch nur noch runzliger. »Vergiß das Bad nicht, Emilio«, wandte sie sich an den Barkeeper. Dann sagte sie zu Catherine: »Für eine kleine Gebühr können Sie sogar eine Badewanne mieten, meine Liebe.«

Catherine sehnte sich nach einem Bad und ihr war sehr daran gelegen, sich umzuziehen, bevor sie ihrem neuen Arbeitgeber gegenübertrat. Sie dankte Ogilvee für alles und bat, ihren Koffer hinter der Bar deponieren zu dürfen. Dann ging sie mit der Reisetasche in der Hand den engen finsteren Gang hinter der Bar entlang. Es wurde immer dunkler und roch völlig undefinierbar. Als plötzlich eine angetrunkene Gestalt aus einer Tür zu ihrer Rechten trat, fuhr sie erschrokken zusammen.

Sie mußte sich buchstäblich zwingen, an dem Mann vorbeizugehen. Er war ein wahrer Hüne, so hochgewachsen, daß sein lockiges goldbraunes Haar die niedrige Decke streifte. Er stand lässig in der Tür, den einen Arm leger um ein schönes spanisches Mädchen mit blitzenden Augen und voller Kriegsbemalung gelegt. Mit der freien Hand liebkoste er den Nacken der Frau so sinnlich, daß Catherine ein Schauer überlief. Schamröte stieg ihr ins Gesicht.

Physisch war ihr der Körper des Mannes durch die Arbeit im Krankenhaus durchaus vertraut, doch war sie völlig ahnungslos, was die Bedürfnisse des Mannes anging. Sie beschleunigte ihre Schritte, um an dem verliebten Paar vorbeizukommen, da fühlte sie ganz plötzlich, wie ihr Handgelenk umklammert wurde. Ihr gesenkter Kopf fuhr hoch. Dicht vor sich sah sie dunkle verschlafene Augen, die zu einem Gesicht mit Schnurrbart und unrasiertem Kinn gehörten. Alkoholdunst und das billige Parfum der Frau wehten ihr entgegen. Angewidert versuchte sie sich loszumachen.

»He!« sprach der Mann sie mit schleppender Stimme an. »Sind Sie vielleicht die alte Jungfer, die ich nach Cristo Rey schaffen soll, damit sie dort die Kinder unterrichtet?«

Er blinzelte, weil alles um ihn zu schwanken schien. Sie zuckte vor ihm zurück, soweit das bei seinem eisernen Zugriff möglich war. »Coward, ach nein, Howard heißen Sie wohl, hab' ich nicht recht?« Er deutete eine plumpe Verbeugung an. »Stehe gleich zu Diensten, Miß Coward – ach, Verzeihung, Miß Howard.«

»Damit hat es keine Eile«, brachte sie heraus und eilte weiter den Gang entlang, auf das Bad zu. Das Gelächter des Pärchens verfolgte sie und dröhnte ihr in den Ohren. Die beiden schienen auf sehr vertrautem Fuße miteinander zu stehen.

3

»Tut mir leid, wegen heute morgen, Ma'am«, murmelte Lorenzo Davalos, hielt den Blick dabei aber fest auf das von Wagenspuren durchzogene Terrain gerichtet.

Catherine sah ihn zweifelnd an. Was bedauerte er wohl? Wie er sich ihr gegenüber in seiner Trunkenheit benommen hatte? Oder die Nachwirkungen der durchzechten Nacht? Vermutlich war das letztere bedauerlicher. Sein tiefgebräuntes Gesicht war wie mit einem Grauschleier überzogen. Er konnte die blutunterlaufenen Augen kaum offenhalten. Trotz ihrer Verärgerung mußte sie bei diesem Anblick wider Willen lächeln. »Das muß ein sagenhafter Kater sein.«

Sie schätzte diesen jungen Mann auf etwa einundzwanzig, fünf Jahre jünger als sie selbst. Als der einfache einsitzige

Wagen über unebenes Lavagestein holperte, zuckte er gequält zusammen. »Mörderisch, das kann ich Ihnen sagen. Ich büße wieder einmal alle meine Sünden ab.«

Während der zwei Tage in der Postkutsche hatte auch sie kein Auge zugetan. Sie fühlte sich kaum besser als der junge Mann, zumindest aber ebenso steif wie die riesenhaften Saguaro-Kakteen, die sich gegen die Bergketten abzeichneten – die Santa Ritas, die Dragoons und die Huachucas. Das klang wie eine wunderschöne Litanei.

Ihr Reisebegleiter mußte sie ja für eine ältliche vertrocknete Paukerin halten. Zumindest hatte er sie als solche bezeichnet. Sie trug eine gestärkte weiße Leinenbluse, eine strenge, marineblaue Jacke aus Alpaka und einen Rock aus dem gleichen Material. Auf dem straff zurückgekämmten Haar thronte eine lächerliche kleine Haube.

Doch Lorenzo Davalos wirkte auch nicht gerade anziehend. Die hochaufgeschossene drahtige Gestalt war in einen bunten Umhang gehüllt. Er beugte sich über die Zügel und hüllte sich in Schweigen. Der schweißgetränkte Sombrero saß so tief, daß seine schläfrigen, fast sirupfarbenen Augen im Schatten lagen. Das grobgeschnittene Gesicht erinnerte an eine Reliefkarte. Das einzig Edle an seinen Zügen war die aristokratische Nase, die über den herunterhängenden Schnurrbart hinausragte. Abgesehen davon erschien ihr der Mann reichlich anrüchig.

Die goldgelben Locken, die wirr unter dem Sombrero hervorquollen, ließen es kaum glaubhaft erscheinen, daß er Mexikaner reinster spanischer Abstammung war und eines Tages das begehrte Land von Cristo Rey erben würde.

»Hab wohl kaum was an mir, was in den Augen einer gesitteten Dame aus dem Osten für mich spricht, was?« meinte er und betrachtete sie amüsiert.

Es war ihm also nicht entgangen, wie abschätzig sie ihn angesehen hatte. Sie wurde rot und senkte rasch den Blick. »Ich bin wohl an eine andere Art von Menschen gewöhnt; aber schließlich habe ich mich nicht nach Westen auf den Weg gemacht, um hier die gleichen Menschen vorzufinden.«

»Und was ist der wahre Grund? Warum sind Sie hergekommen?«

Um einen Mann zu finden. Um endlich einmal zu leben. Doch konnte sie ihm diese Fantastereien eingestehen? Sie mußten ihm doch hirnverbrannt erscheinen. »Wahrscheinlich aus dem gleichen Grund, aus dem die meisten Menschen hierher kommen, Mr. Davalos – aus Abenteuerlust.«

Der junge Mann lachte kurz auf. Nach einem blitzschnellen Seitenblick hatte er sie wahrscheinlich durchschaut. Sie wurde wieder flammendrot, denn sie erkannte, daß er sie mit seinen Blicken regelrecht durchleuchtet hatte. Vor ihm blieb nichts verborgen. Es war, als habe er ihr ein Kleidungsstück nach dem andern ausgezogen. Sicher fand er an ihr alles mögliche zu bemängeln, zumindest wenn er sie mit dem sinnlichen Weib verglich, dessen Charme er in der Nacht zuvor erlegen war.

»Ma'am, Sie werden tatsächlich feststellen, daß hier alles ganz anders ist. Meine Schwägerin Lucy zum Beispiel, findet das Territorium kahl, primitiv und sterbenslangweilig. Genauso hat sie sich ausgedrückt.«

Ob er sie wohl herausfordern wollte? »Ich bin flexibel, Mr. Davalos, und ich versichere Ihnen, daß ich mich eingewöhnen werde.«

Er nickte, schien jedoch nicht so recht davon überzeugt zu sein. Als er seine Aufmerksamkeit wieder den Maultieren zuwandte, kam sie sich vor wie ein aufgespießter Schmetterling, dem man plötzlich die Freiheit wiedergeschenkt hat – oder besser gesagt, wie eine Motte.

Sie versuchte sich ganz auf den Weg zu konzentrieren, den er einschlug. Sie gelangten nach Ciniega Springs. Die Mauern dieser Niederlassung lagen in Trümmern, durch die verkohlten Deckenbalken schimmerte der Himmel.

An der Quelle pausierten sie nur gerade so lange, bis die Tiere getränkt waren. Catherines Reisegefährte ging am Rande des Brackwassers (so erschien es ihr jedenfalls) in die Knie und tauchte den Sombrero ein. Er erhob sich und hielt ihr den Hut hin. »Wasser?« fragte er.

Seine braunen Augen glitzerten verdächtig. Es entging ihr nicht, daß er sie auf die Probe stellen wollte. Sie griff nach dem schmutzigen Sombrero. »Gern, Mr. Davalos.«

»Law«, verbesserte er sie und grinste dabei boshaft. »Nennen Sie mich bitte Law. Lawrence oder auch Lorenzo klingt viel zu prahlerisch.«

»Law«, wiederholte sie versuchsweise. »Law – das Gesetz. Ich könnte mir kaum einen unpassenderen Namen für Sie vorstellen.«

Da ergoß sich ein unbändiges Gelächter über sie. Es sprudelte nur so aus dem jungen Luftikus heraus. Während sie das erstaunlich kühle Süßwasser aus dem Sombrero trank, spürte sie seinen Blick auf sich. »Wissen Sie, Miß Howard, für einen Blaustrumpf sind Sie gar nicht so übel«, bemerkte er. Eine sonderbare Art, einer Frau Komplimente zu machen.

Law lenkte das Gespann nach Süden. Sie folgten dem Flußbett des Ciniega durch die lavaübersäten Empire-Ausläufer. Catherine konnte sich gar nicht so recht vorstellen, daß hinter diesen kahlen schroffen Bergen irgendwo das üppig grüne Tal von Cristo Rey liegen sollte. Doch sie hatte inzwischen erkannt, daß die Entfernungen unter diesem gleißend weißen Himmel oft trogen.

Während Catherine ihren Gedanken nachhing, wurde ihr plötzlich der abrupte Szenenwechsel bewußt. Fast übergangslos gelangten sie aus dem knochentrockenen Ödland in ein Meer von Sacaton-Gras, in dem man knietief versinken konnte. Durch die kurzen Wintertage war es braun verfärbt und welk geworden. Das Flußbett weitete sich. Zu beiden Seiten wuchsen dicht an dicht Weiden und Balsampappeln – ein richtiger Wald. Die Whetstone-Berge zur Linken und die Santa Ritas zur Rechten rückten immer näher heran.

Sie durchfuhren einen schmalen schattigen Paß. Von der Paßhöhe blickten sie auf ein nicht endenwollendes, gigantisches Talbecken hinab, in dem sich kleinere Hügel wölbten, und das von hochaufragenden Bergen umschlossen war. Von oben bot sich ihnen ein atemberaubender Blick auf dieses sonnenüberglänzte Paradies. Dieses kreisrunde Talbecken mit üppigen Wiesen und eichenbestandenen Hängen war das Kernstück von Cristo Rey, das sich über insgesamt fünfzigtausend Morgen erstreckte. Die zahlreichen Seitentäler und Schluchten blieben ihren Blicken vorerst noch verborgen.

Nach der fünfstündigen Fahrt durch die kahle Kreosotwüste und schroffe Lavaberge war Catherine gar nicht auf die

Festung vorbereitet. Solange sie lebte, vergaß sie diesen atemberaubenden Anblick nicht mehr.

Die Festung ragte völlig isoliert inmitten des großen Beckens auf. Sie konnte es an Majestät fast mit den Bergen ringsum aufnehmen. Selbst aus dieser Entfernung wirkte sie überwältigend. Die von dicken Mauern umgürtete Bastion erhob sich inmitten von grasbewachsenen Wällen. Die Flachdachgebäude waren im mexikanischen Stil erbaut und wirkten uneinnehmbar. Auf dem Dach schritten winzige Gestalten innerhalb der Brustwehr auf und ab. Wachsoldaten, wie sie später erfuhr.

Um das Hauptgebäude rankten sich Koppeln und Nebengebäude. Außerhalb der dicken Festungsmauern lag eine Ranchería aus Lehmhütten inmitten von gefiederten Tamarisken und schwarzen Johannisbrotbäumen, die sich fächerförmig vom Ciniega her ausbreiteten. Der Fluß durchzog das grüne Tal wie ein dünner blauer Faden. So sah es zumindest von da aus, wo Catherine stand.

»Von Tucson war ich so enttäuscht, daß ich auch im Hinblick auf Cristo Rey die schlimmsten Befürchtungen hegte«, stammelte sie ergriffen. »Aber Ihr Stiefvater hat in seinem Brief nicht übertrieben.«

»Cristo Rey ist zwar nicht das größte Stück zugewiesenes Land hier im Territorium«, erklärte Law. Die Zügel lagen schlaff in seiner Hand. Er wollte, daß Catherine die Aussicht in Ruhe genießen konnte. »Aber es ist mit Sicherheit das reichste und fruchtbarste Stück Land. Es wird von zwei großen Flüssen, dem San Pedro und dem Santa Cruz, bewässert. Gold- und Silberadern durchziehen den Boden.«

Die breite Krempe des Sombreros hüllte sein Gesicht in Schatten. Catherine sah ihn nachdenklich an. »Das klingt ja ganz, als liebten Sie Cristo Rey sehr.«

»Nicht die Spur, Ma'am. Das überlasse ich meinem Stiefbruder. Das Land flößt mir lediglich Respekt ein.«

Er ruckte an den Zügeln und gab den Tieren das Zeichen zum Aufbruch. Die Maultiere machten sich an den Abstieg. Die gewundene Straße zog sich steil ins Tal hinunter. Sie kamen an Herden von Rindern mit schwarzen Hörnern vorbei. »Aber Sherrod versucht, meinen Stiefvater dazu zu bringen, daß er weißgesichtige Hereford-Rinder kauft.«

»Wer ist Sherrod?«

»Mein Stiefbruder. Sie sollen seine Kinder unterrichten.«

»Dann haben Sie wohl keine Kinder?«

»Ziemlich unwahrscheinlich, Ma'am. Mich hat noch keine eingefangen, wissen Sie«, spottete er und schoß blitzschnell einen hämischen Blick in ihre Richtung. Nur einer seiner Mundwinkel verriet, daß er scherzte. »Zumindest das haben wir gemeinsam, stimmt's nicht?«

»Soll das heißen, daß wir Außenseiter der Gesellschaft, nicht gesellschaftsfähig sind, Mr. Davalos?« entgegnete sie lächelnd.

»Nennen Sie mich bitte Law.«

Sie kamen an Granatapfel- und Pfirsichbäumen vorbei. »Unglaublich«, murmelte Catherine. »Nach der trostlosen Wüste erscheint mir diese Pracht wie eine Fata Morgana.«

»Und doch ist das kein Trugbild. Sherrods Tagelöhner haben sich entsetzlich damit abgequält, *acequias* – Bewässerungsgräben auszuheben.« Er übersetzte ihr das Wort in einem angenehm singenden Tonfall. Den Klang noch in den Ohren, machte sie sich nicht die Mühe, richtigzustellen, daß er sich irrte, wenn er annahm, sie sei des Spanischen nicht mächtig.

Als der Wagen über die ausgefahrene Straße durch die Ranchería holperte und sie tüchtig durchgeschüttelt wurden, hielten die Kinder von terrakottafarbenem Teint in ihrem Spiel inne und blickten neugierig auf. Auch die Feldarbeiter mit Gewehren an den Griffen ihrer Pflüge richteten sich auf und sahen ihnen nach.

Law dirigierte die Maultiere zwischen den zwei großen Holztoren der Festung hindurch, und Catherine konnte das mächtige Bollwerk in Augenschein nehmen, das ein Jahr lang ihr Zuhause sein sollte. In dem großen staubigen Hof wimmelte es von Männern, die mit ihren Feuerwaffen Schießübungen machten.

Aus der Nähe betrachtet, wirkte dieser ungeheuerliche Lehmkomplex noch überwältigender. Die bewaffneten Wachposten, die auf dem Dach die Runde machten, verstärkten den Eindruck von einer Bastion noch. Neben dem hohen handgeschnitzten Tor war eine gußeiserne Glocke an einem Holzrahmen befestigt. Der Hauptkomplex war ungestrichen und hatte keine Veranda. Auch keine großen schmückenden Fenster. Licht fiel wohl nur durch die schmalen, mit Holz eingefaßten Öffnungen hinein. Und doch ging von dem mächtigen Bau ganz entschieden eine Aura von Stärke und Widerstandskraft aus. Er vermittelte Catherine den Eindruck, als habe er über den Menschen, die Natur und die Elemente triumphiert.

4

Law drückte einem kleinen Mexikaner die Zügel in die Hand. Auf der Türschwelle erschien eine Frau. Kaum hatte sie die Ankömmlinge erblickt, da wandte sie sich wieder um und rief noch jemanden aus dem Haus. »Das ist Lucy«, erklärte Law. »Sie freut sich schon sehr darauf, sich endlich wieder einmal mit jemandem von der Ostküste der Vereinigten Staaten unterhalten zu können. Die übrige Familie werden Sie noch früh genug kennenlernen.«

Bei der Erwähnung der Familie fiel ihr wieder ein, daß es von Laws Stiefvater hieß, er sei Mormone. »Ich habe gehört, daß Don Francisco Mormone ist«, sagte sie und gab sich alle Mühe, das möglichst unverbindlich vorzubringen.

»Da haben Sie richtig gehört – zwei Frauen und alles, was man sonst so sagt. Allerdings ist meine Mutter schon seit ein paar Jahren tot.«

Dabei klang seine Stimme kalt und gefühllos. Als er um den Wagen herumging, sah sie ihn prüfend an, ohne daß er etwas davon merkte. Der finstere Gesichtsausdruck und ganz besonders der herabhängende sandfarbene Schnurrbart verliehen diesem jungen Mann ein richtig wildes Aussehen. Margaret hätte ihn vermutlich naserümpfend einen Renegaten genannt.

»Jetzt steht Elizabeth neben Lucy in der Tür. Sie ist Sherrods Mutter«, sagte er ein wenig schleppend. Das klang weich und wohltönend und erinnerte an seine spanische Muttersprache.

Catherine betrachtete die beiden Frauen. Die Jüngere, eine

Blondine mit modisch hochgestecktem Haar, raffte ihre Röcke hoch und eilte auf sie zu. »Law!« rief sie mit zuckersüßem Puppenstimmchen. »Du hast sie also wirklich mitgebracht!«

Sie hatte sich in Laws hagerer Gestalt getäuscht. Er hob sie mühelos aus dem Wagen, während Lucy munter weiterschwatzte. »Denken Sie nur, Miß Howard, wir hatten richtig Angst, Sie könnten Don Franciscos Angebot ablehnen. Ihre Zusage ist erst vor vier Tagen eingetroffen.«

»Ich habe aber schon im August geantwortet«, erklärte Catherine. Law hatte sie inzwischen wieder abgesetzt und nach ihrer Reisetasche gegriffen.

»Die Beförderung der Post läßt hier im Territorium sehr zu wünschen übrig«, bemerkte Law. »Die Truppen von Fort Buchanan sind abgezogen worden, damit sie an den Feldzügen im Osten teilnehmen, und die Apachen von Cochise glauben schon, sie hätten einen Sieg errungen.«

Eine schwarzgekleidete Frau näherte sich ihnen in sehr aufrechter Haltung. »Law, laß die jungen Frauen nicht so lange in der Sonne stehen.« Sie wandte sich Catherine zu. Ein Blick aus steingrauen Augen traf sie. »So fern der Zivilisation, vergessen die Männer leicht ihre guten Manieren.«

Wider aller Logik erschien Catherine die kleine ältere Dame ebenso furchterregend wie die Festung. Ihr eisengraues Haar war streng zurückgekämmt und zu einem Knoten geschlungen. Ihre Haut erinnerte an Leder, die Härte ihrer Züge an Granit. Doch ihre königliche Haltung machte ihrem Namen alle Ehre. Catherine kam sie vor wie eine Königin in ihrem Schloß.

Law erteilte auf spanisch einen Befehl, und zwei mexikanische Lausejungen kamen aus dem Haus gerannt und bemächtigten sich Catherines schweren Koffers.

Die Kühle und den Schatten im Innern des Hauses empfand Catherine als sehr wohltuend. Die Wände waren sicher einen Meter dick, die Räume alle hoch. Die rauchgeschwärzten Deckenbalken, die im rechten Winkel zueinander verliefen, waren mit Rosetten verziert, wo sie sich kreuzten. Der Boden bestand – wie sie später in Erfahrung brachte – aus einem Gemisch von Lehm, Ochsenblut und Kaktusmilch. Auf diesem Boden Axminster-Teppiche. Die blaugetünchten Wände zierten nur ein paar Körbe. Der Hauptraum wurde ganz von dem Kamin beherrscht. Um den Kamin standen einfache, handfeste Möbel gruppiert. Über dem Kamin hing ein großes gerahmtes Portrait. Von der Leinwand blickte eine madonnenhafte Schönheit mit hellen Augen und goldüberhauchtem Teint auf sie herab, die Lippen zu einem lieblichen Lächeln geöffnet. In den Ohren, am Hals und in dem Kamm der Frau, mit dem sie die goldenen Flechten hochgesteckt hatte, blitzten Edelsteine auf. »Laws Mutter«, erklärte Elizabeth widerstrebend, und ihre Stimme klang brüchig wie trockenes Herbstlaub.

Law verließ den Raum mit Catherines Reisetasche. Freudig erregte Kinderstimmen wurden laut. »Onkel Law ist wieder da!« rief ein kleiner Junge quiekend. Es ging um Süßigkeiten. Law antwortete geduldig: »Aber ja, ich habe dir Süßholz mitgebracht.«

»Ich werde Miß Howard auf ihr Zimmer bringen«, erbot sich Lucy. Sie führte Catherine durch den *zaguàn* in einen von Mauern umschlossenen Hof mit schattigen Bäumen und ungleichmäßigem Kopfsteinpflaster.

»Sicher nicht mit dem zu vergleichen, woran Sie gewöhnt sind«, sprudelte sie hervor. »Wissen Sie, ich habe Jahre gebraucht, bis ich mich an diese fast fensterlosen Räume gewöhnt hatte. In Virginia diese schönen Erkerfenster, und dann das! Ich habe Sherrod so lange die Hölle heißgemacht, bis er mir versprach, richtige verglaste Fenster einsetzen zu lassen.«

Lucy schwatzte ohne Punkt und Komma weiter und hielt nur ganz kurz inne, damit Catherine ihr versichern konnte, daß ihre Krinoline noch nicht aus der Mode war.

»Man weiß hier draußen nie, ob man modisch auf der Höhe ist«, versicherte sie ernsthaft. »Sobald Sie sich eingerichtet haben, müssen Sie mir unbedingt den neuesten Gesellschaftsklatsch erzählen. Hier geht es immer nur um den Krieg und die Indianerüberfälle. Ich kann das bald nicht mehr hören!«

Lucy ließ Catherine allein – in Doña Dominicas Zimmer, in dem sie sich nun heimisch fühlen sollte. Sie betrachtete das Mobiliar, während sie langsam die Handschuhe abstreifte. Das Wort asketisch kam ihr in den Sinn. Alles blankge-

einer Zimmerecke das mächtige Bett. Darauf eine ordentliche Patchworkdecke. Ein Waschtisch, ein Schreibtisch und ein Rohrstuhl mit gerader Lehne vervollständigten das Mobiliar des geräumigen Zimmers.

Immerhin, ein eigenes Zimmer wie Don Francisco es ihr versprochen hatte. Ein herrlicher Frieden lag über dem Raum. Catherine war zu erschöpft, um sich auch nur die Stiefel auszuziehen. Sie legte nur den Hut und ihre Jacke ab und sank aufs Bett.

Doch sie fühlte sich so einsam, daß sie keinen Schlaf fand. Dabei hatte sie sich doch aus freien Stücken abgesetzt. Nun war sie ganz auf sich gestellt. Sie fühlte sich schrecklich verunsichert, und die Wogen der Angst drohten über ihr zusammenzuschlagen. Schließlich fielen ihr die Augen zu. Als sie die Lider wieder aufschlug, fiel nur noch ein schwacher Lichtschein durch die Öffnung von etwa dreißig Quadratzentimetern herein, die als Fenster diente.

Aus Angst, zu spät zu kommen, goß sie rasch Wasser aus dem Porzellankrug in die Schüssel und wusch sich das staubige Gesicht. Ein paar vorwitzige Haarsträhnen hatten sich gelöst. Sie kämmte sie straff zurück und schlang den Knoten im Nacken rasch noch einmal neu. Sie knöpfte ihre Jacke zu und eilte aus dem Raum. Sie achtete nicht auf ihren Weg und stieß mit einem Mann zusammen, der zur gleichen Zeit aus dem Nebenzimmer kam.

Fast wäre sie gestürzt, doch starke Hände hielten sie.

»Verzeihen Sie, ich war unachtsam«, begannen sie beide wie aus einem Munde, unterbrachen sich aber sofort.

»Sie müssen Miß Howard sein«, sagte er und gab sie frei.

»Und Sie sind …«

»Sherrod – Sherrod Godwin«, stellte er sich vor. Er war nicht so hochgewachsen wie sein Bruder, doch er überragte Catherine ebenfalls. Sie selbst war einen Meter sechzig groß. Selbst bei dieser trüben Beleuchtung zeigte es sich unverkennbar, daß er mit seinem dunklen Teint, dem tiefbraunen Haar, den Sideburns und dem sorgfältig gestutzten Schnurrbart sehr gut aussah.

»Sie können sich nicht vorstellen, wie Lucy sich freut, daß sie sich endlich mit einer Frau in ihrem Alter unterhalten kann«, erklärte er mit einem scheuen Blick auf die Tür, die er eben hinter sich geschlossen hatte. »Sie zieht sich gerade zum Abendessen um. Aber kommen Sie doch bitte mit. Die Kinder löchern mich mit Fragen über Sie, und mein Vater möchte Sie natürlich kennenlernen.«

Er erzählte ihr, wie sich die Kinder ihre Lehrerin vorstellten. Die siebenjährige Abigail war fest davon überzeugt, daß Catherine in langen Hosen in Erscheinung treten würde. Der fünfjährige Brigham rümpfte die Nase, weil er von einer Frau unterrichtet werden sollte.

Doch Catherine hörte nur mit halbem Ohr zu. Die warnende Stimme in ihrem Innern übertönte alles. Sie suggerierte ihr ein, daß sie viel zu klug war, um sich zu diesem gutaussehenden Mann hingezogen zu fühlen. Er trug Nankinghosen und eine Weste aus Büffelleder. Beides äußerst kleidsam. Sie hatte eigentlich erwartet, daß er sich ebenso nachlässig kleidete wie sein Stiefbruder.

Sie gingen an dem großen Spiegelsaal vorbei durch die riesenhafte Küche, in der Küchenutensilien aus Kupfer von den Deckenbalken hingen. Ein alter Papago-Indianer war gerade dabei, Brotteig zu kneten. Er sah auf und nickte ihr zu. Sherrod berichtete, daß Loco schon seit über zwanzig Jahren in Cristo Rey für die Familie tätig war.

Vor dem Arbeitszimmer seines Vaters blieb Sherrod plötzlich stehen. Seine Hand lag schon auf der Klinke. »Mein Vater hat in seinem Brief wohl nicht von sich selbst gesprochen. Oder irre ich mich da?«

Catherine schüttelte den Kopf. »Er hat sich über gar nichts näher ausgelassen.«

Sherrod seufzte. »Das sieht meinem Vater ähnlich. Er hat voriges Jahr einen Schlaganfall erlitten und ist seitdem sehr geschwächt. Infolgedessen ist er oft ziemlich unleidlich. Sie dürfen sich dadurch nicht abschrecken lassen.«

»Mich kann so leicht nichts mehr erschrecken, Mr. Godwin.«

Er neigte den Kopf zur Seite und sah sie mit seinen warmen blauen Augen ruhig an. »Das glaube ich Ihnen«, sagte er dann. Lächelnd öffnete er ihr die Tür, folgte ihr aber nicht in das Zimmer.

Catherine lehnte sich mit dem Rücken gegen die Tür und betrachtete den alten schwarzgekleideten Mann. Er saß in einem weich gepolsterten Schaukelstuhl. Auf seinen Knien lag ein Buch. Sein Stock hing über der Armlehne. Er hob den Kopf und sah sie forschend an. Das schmale Gesicht verschwand fast zur Hälfte unter dem schneeweißen Bart. Die Qual, die in seinen umschatteten Augen lag, entsetzte sie.

»Kommen Sie näher und setzen Sie sich«, krächzte Don Francisco und wies auf den kunstvoll geschnitzten Stuhl am Schreibtisch.

Sie setzte sich vorsichtig auf die Stuhlkante und strich ihre voluminösen Röcke glatt, so gut es eben ging. Nach einer Weile meinte der alte Mann: »Ihr Gesicht drückt genau das gleiche aus wie Ihr Brief.«

»Darf ich das als Kompliment auffassen, Don Francisco?«

»Als Seufzer der Erleichterung.«

Sie sah ihn fragend an, doch er ging nicht näher darauf ein. Er schlug das schwere Buch zu, das auf seinem Schoß lag. »Die Mormonenbibel«, erklärte er. Ihm war ihr Interesse nicht entgangen. »Als ich noch kräftiger war, habe ich die Offenbarungen von Joseph Smith oft in den Wind geschlagen. Doch seit mich der Hauch des Todes gestreift hat, bin ich reumütig in den Schoß der Kirche zurückgekehrt.«

Spielte er damit auf seinen Schlaganfall oder den Tod seiner zweiten Frau an? »Es kann gar nicht ausbleiben, daß man im Angesicht des Todes seine Lebenseinstellung revidiert«, erwiderte sie. Sie hatte vollstes Verständnis für seine Lage. »Sagen Sie mir bitte, wie ich Ihnen helfen kann.«

Elizabeth trat ein. »Elizabeth, ich war gerade dabei, Miß Howard einzuweisen.«

Da wandte sich die Frau an Catherine. »Mein Mann hat Ihnen sicher nicht gesagt, daß wir Sie nicht nur als Lehrerin hierher geholt haben. Es geht uns natürlich vor allem um Abigail und Brigham. Sherrods Frau kann sich bestenfalls einer Halbbildung rühmen – wenn man bei diesen albernen Schulen, wo die Mädchen nur in Musik und Handarbeit unterrichtet werden, überhaupt von Bildung reden kann. Hinzu kommt, daß bei dieser Frau nicht einmal von gesundem Menschenverstand die Rede sein kann. Sie kann Brigham nicht beibringen, was er einmal wissen muß, wenn er Cristo Rey übernimmt.«

»Wenn er älter ist«, wandte Don Francisco erschöpft ein, »schicken wir ihn natürlich genauso wie Sherrod und Law in das St.-Michael's-Internat in St. Louis.«

Catherine entspannte sich ein wenig. Ihre Aufgabe schien ihre Fähigkeiten nicht zu übersteigen. »Und nun zu Sherrod«, fuhr Elizabeth mit strenger Stimme fort. »Seit dem Schlaganfall meines Mannes leitet und verwaltet er Cristo Rey. Das erfordert all seine Kraft und Aufmerksamkeit – was Lucy partout nicht begreifen will.«

»Elizabeth, jetzt bist du aber wirklich ungerecht«, warf ihr Don Francisco vor. »Geh nicht so streng mit Lucy ins Gericht. Sie fühlt sich eben einsam und lebt hier fern aller Zivilisation.«

Elizabeth preßte die Lippen aufeinander. »Für das Leben hier draußen fehlt ihr die Widerstandskraft. Diese ewig jammernde weinerliche Frau ist für meinen Sohn nur eine Last. Sie hängt ihm wie ein Mühlstein am Hals. Lucy braucht unbedingt eine Vertraute, mit der sie sich über die ›schönen Dinge des Lebens‹ unterhalten kann. Miß Howard, ich wünsche, daß Sie diese Rolle übernehmen.«

»So. Nun fehlt nur noch Law – oder vielmehr Lorenzo.«

»Law kommt allein zurecht«, versicherte Elizabeth ihr grimmig.

5

Über Tage, Wochen oder Monate sprach man kaum auf Cristo Rey. Natürlich gab es Uhren in der Festung, doch niemand machte sich die Mühe, sie aufzuziehen. War doch einmal von einem ganz bestimmten Tag die Rede, so hieß es ›der Tag, an dem Loco das Brot verbrannt hat‹ oder ›der Tag, an dem Sherrod in Tucson war‹.

Der erste Monat in Cristo Rey erschien Catherine wie ein Vorgeschmack auf den Himmel. Sie hatte sich ja bis dahin so lange um ihre kränkliche Mutter kümmern und sich das

Stöhnen und die Schmerzensschreie der Dahinsiechenden anhören müssen. Ein Jahr lang war ihr täglich der ekelerregende Gestank faulender Glieder und schwärender Wunden in die Nase gestiegen.

Im Januar sanken die Temperaturen in Baltimore bis tief unter den Gefrierpunkt, und Schneestürme fegten durch die Straßen. In Cristo Rey dagegen erlebte sie sonnendurchglühte Tage und kühle kristallklare Nächte. Woche um Woche verging fast unmerklich.

Catherine gewöhnte sich rasch ein. Loco läutete allmorgendlich um sechs Uhr dreißig die Glocke. Das besagte, daß es eine halbe Stunde später Frühstück gab. Später unterrichtete sie Brigham, den quirligen Fünfjährigen mit der unerschöpflichen Neugier – und seine Schwester Abigail, deren Babyspeck noch nicht ahnen ließ, ob sie einmal so grazil sein würde wie ihre schöne Mutter. Am Vormittag unterrichtete sie die Kinder im Hof. Dann wurde zu Mittag gegessen. Von eins bis drei war wieder Unterricht.

Nach dem Ende des Nachmittagsunterrichts setzte sie sich für gewöhnlich zu Lucy, half ihr beim Flicken und Ausbessern oder auch beim Wollewickeln und ließ Lucys unausgesetzten Redestrom über sich ergehen.

Lucy war mit ihren siebenundzwanzig Jahren auch nach der Geburt der beiden Kinder noch immer wunderschön. Catherine verstand sehr gut, daß Sherrod sich in sie verliebt hatte. »Meine Eltern waren strikt dagegen, daß ich einen Mormonen heirate«, erzählte sie Catherine eines Tages, »doch sie haben bald erkannt, daß Sherrod ein Ehrenmann ist, und sind seinem Charme erlegen.«

Da riskierte Catherine die Frage, die sie schon lange beschäftigte. »Haben Sie nie Angst, daß sich Sherrod auch noch eine zweite und dritte Frau nehmen könnte?«

Lucy hörte auf, mit den Nadeln zu klappern. Ein nervöses Lächeln flackerte in ihrem bleichen Gesicht auf, das an Porzellan erinnerte. »Ach, wissen Sie, in der ersten Zeit der Ehe ist man so verliebt, daß einem alles recht ist. Aber inzwischen wäre es mir ganz lieb, wenn sich noch eine andere Frau mit mir in die – die ehelichen Pflichten teilen würde.«

Catherine machte keinen Hehl aus ihrer Verwunderung. Da

mußte Lucy lachen. »Catherine, ich kann mir vorstellen, was in Ihnen vorgeht. Offen gesagt, es ist mir ebenso ergangen, als ich nach Cristo Rey kam und beobachten konnte, wie sich Doña Dominica und Elizabeth um die Gunst Don Franciscos bemühten.«

Catherines erster Impuls war, Lucy zu bitten, ihr mehr darüber zu erzählen, doch sie sagte statt dessen: »Soviel ich weiß, war Doña Dominica als erste hier – und sie war Witwe.«

»Ja, ganz richtig. Ein paar Monate bevor sie Don Francisco kennenlernte, war Laws Vater beim Kampf gegen die Indianer getötet worden. Als Tucson an die Mormonen fiel, beschloß Don Francisco, hierzubleiben. Er ließ Elizabeth und Sherrod aus Santa Fé nachkommen. Doch als Sherrod und seine Mutter in Tucson eintrafen, war Don Francisco noch diese zweite Ehe eingegangen.«

Lucy blickte von ihrem Strickzeug auf und lächelte traurig. »Wissen Sie, Catherine, die Ehefrauen eines Mormonen nennen sich ›Schwester‹. Wie gerne würde ich Sie meine ›Schwester‹ nennen. Ich bin so glücklich, daß Sie hier sind, daß ich gar nicht daran denken darf, daß Sie eines Tages wieder gehen werden.«

Dieses unumwundene Geständnis verschlug Catherine die Sprache. Sie erging sich in Fantastereien darüber, wie es wohl wäre, mit Sherrod verheiratet zu sein. Einen so klugen, warmherzigen und verantwortungsbewußten Ehemann wie ihn hatte sie sich immer erträumt. »Es ehrt mich, daß Sie mich so sympathisch finden, daß Sie mich zur ›Schwester‹ wollen, Lucy. Aber ich habe mir mit der Ehe Zeit gelassen, und Sie dürfen mir glauben, daß ich die einzige Frau meines Mannes sein werde. Ich bliebe sonst lieber ledig.«

»Und die Pflichten einer Frau ihrem Manne gegenüber?« mischte sich Elizabeth jetzt ins Gespräch.

Catherine wandte sich überrascht nach ihr um. Elizabeth war wie immer schwarz gekleidet. Catherine begann sich zu fragen, ob die Frau wohl ihrer verlorenen Jugend nachtrauerte. Lucy hatte ihr verraten, daß Elizabeth erst vierundvierzig war. Doch sie sah um Jahre älter aus.

»Ich vertraue auf Ihren gesunden Menschenverstand und Ihren Sinn fürs Praktische, Miß Howard«, behauptete Elizabeth. »Sie werden kaum so dumm sein, anzunehmen, daß die erste Verliebtheit ein Leben lang anhält. Wenn sich Ihr Mann noch eine zweite Frau nähme, würden Sie es sicherlich als Ihre Pflicht betrachten, dafür zu sorgen, daß es keine Schwierigkeiten gibt und alles auch weiterhin gutgeht.«

Catherine kräuselte verächtlich die Lippen. »Ich würde es als meine Pflicht betrachten, meinen Mann so glücklich zu machen, daß er nicht einmal im Traum daran dächte, sich neben mir noch eine zweite Frau zu nehmen.«

Elizabeth rang sich ein schwaches Lächeln ab. »Sie sind noch ledig, Miß Howard, und völlig unerfahren. Was Sie da behaupten, ist sehr unklug – um nicht zu sagen dumm. Meine Schwiegertochter kann Ihnen bestätigen, daß es nicht immer möglich ist, einem Manne zu Willen zu sein.«

Lucy wurde kreidebleich und war ungewöhnlich schweigsam, nachdem Elizabeth sich zurückgezogen hatte. Catherine fiel ein Gespräch ein, das sie ein paar Tage nach ihrer Ankunft zufällig mitangehört hatte. Man konnte es fast einen Streit nennen. Die wenigen Worte verrieten ihr viel.

»Was?« hatte Don Francisco mit Donnerstimme gegrollt. »Du hast Miß Howard in Dominicas Zimmer einquartiert? Ich habe dir doch befohlen, nichts in Dominicas Zimmer zu verändern!«

»Ich finde, es ist langsam an der Zeit, daß du aufhörst, in diesem Zimmer einen Schrein zu sehen!« gab Elizabeth erbost zurück.

Catherine war daraufhin an Don Franciscos Arbeitszimmer vorbeigeeilt. Don Francisco liebte seine zweite Frau noch immer!

Am Tag nach dem aufschlußreichen Gespräch mit Lucy und der eiskalten Ablehnung durch Elizabeth begab sich Catherine, auf der Suche nach einem Lexikon für Abigail, in Don Franciscos Arbeitszimmer. Wieder hörte sie die aufgebrachte Stimme ihres Arbeitgebers.

Law saß nonchalant in dem Lehnstuhl vor Don Franciscos Schreibtisch. Sein Vater ging wütend auf und ab. Er hinkte. Catherine wollte sich diskret zurückziehen, doch Don Francisco winkte sie herbei. Mit seinem Stock wies er auf Law. »Ich habe diesem Taugenichts geraten, endlich etwas aus seinem

Leben zu machen und nicht mehr so viel Zeit in Bordellen und Spielsalons zu verbringen.«

Bei diesem Ausbruch seines Vaters konnte Law ein nachsichtiges Lächeln kaum unterdrücken. Catherine hatte Law seit über zwei Wochen nicht mehr gesehen. Ihre Wege kreuzten sich überhaupt nur sehr selten. Das war ihr ganz recht. Sobald der junge Mann ihrer ansichtig wurde, bekam sein Blick etwas Spöttisches. Irgend etwas an ihr schien ihn zu belustigen.

Er grinste sie unverschämt an. »Mein Vater und ich, wir geraten uns immer wieder in die Haare, wenn es darum geht, wie meine Zukunft aussehen soll.«

Catherine lächelte honigsüß. »Ich an Ihrer Stelle würde den Jungen wieder auf die Schule schicken, Don Francisco.« Bevor noch einer der Männer etwas darauf erwidern konnte, griff sie rasch nach dem Lexikon und kehrte dem Kampfplatz den Rücken.

Als sie über den Hof zu den Kindern zurückging, fiel ihr ein Cowboy auf, der sie mit den Blicken verschlang.

Sie war zwar auf der Suche nach einem Ehemann – sie ging schon auf die Dreißig zu – doch von den Leuten auf der Ranch erschien ihr keiner als Ehemann geeignet. Weder die sehnigen abgearbeiteten alten Männer noch die jungen Burschen mit dem Bartflaum am Kinn. Auch ein Mann, der so ziellos dahinlebte wie Law, kam nicht in Frage. Er hatte nichts von der Willenskraft und Entschlossenheit seines Bruders Sherrod.

Sherrod traf man ebenso selten in Cristo Rey an wie Law. Sie wußte, daß er oft zusammen mit den Rinderhirten die Viehherden beaufsichtigte. Hielt er sich einmal zu Hause auf, drillte er garantiert die Wache oder konferierte mit seinem Vater in dessen Arbeitszimmer.

Als Catherine Brigham am nächsten Tag gerade beim Schönschreiben half, rief Abigail auf einmal freudig: »Papa!«

Catherine blickte auf und sah den gutaussehenden Mann in Hemdsärmeln auf sich zukommen. Er beugte sich nieder und fing seine Tochter auf, die ihm entgegenstürzte. Er zog sie spielerisch an den langen Zöpfen, küßte sie sanft auf die

Stirn und schob sie wieder von sich. »Guten Tag, Miß Howard. Ich hoffe, Abigail ist fleißig und macht Fortschritte.«

»In Geographie weiß sie erstaunlich viel. Sie scheint eine ausgesprochene Schwäche für Europa zu haben. Wenn sich ihre Leistungen in Französisch und Geschichte damit messen könnten, gäbe sie sicher eine gute Reisegefährtin ab.«

Sherrod lächelte bekümmert. »Ich fürchte, ihre Liebe zu Europa hat von ihrer Mutter auf sie abgefärbt. Lucy hat schon immer davon geträumt, die europäischen Hauptstädte zu besuchen. Ich habe ihr versprochen, mit ihr nach Europa zu reisen, sobald der Krieg zu Ende ist und die Apachen keine Gefahr mehr bedeuten.«

»Besteht denn die Gefahr, daß sie die Festung angreifen?«

»Das wohl kaum. Meine Rinderhirten sind gründlich ausgebildet und ständig auf der Hut. Cochise verlegt sich offensichtlich lieber auf wehrlose Siedler. Da laufen wir noch eher Gefahr, von einer Bande mexikanischer Revolutionäre angegriffen zu werden, die für die Rancher im Grenzgebiet zur Plage werden können.«

Die Kinder tobten inzwischen unter den Bäumen herum. Catherine wollte sie zur Ordnung rufen und erhob sich. Doch ihre Röcke behinderten sie.

»Darf ich Ihnen helfen?« erbot sich Sherrod. Er stützte sie, und schon im nächsten Augenblick stand sie so dicht vor ihm, daß ihr der Duft seines Rasierwassers in die Nase stieg. Ihr Herz schien zu flattern und einen Schlag auszusetzen. Dann schlug es so stürmisch, als wolle es alles wieder aufholen.

Ihr Gesichtsausdruck mußte wohl verraten haben, welche Gefühle sie bewegten. Sherrod sah sie eindringlich an. Er bemühte sich, seiner Verwirrung Herr zu werden.

»Ach, hier seid ihr«, hörten sie eine Stimme hinter sich. Sherrod und sie fuhren herum. Sicher wirkte sie sehr schuldbewußt auf Law. Was sollte er nur von ihr denken? Sein Stiefbruder hielt ihre Taille umfaßt. Mit weitausholenden Schritten kam Law leichtfüßig auf sie zu. Seine Art sich fortzubewegen, hatte aber auch gar nichts gemein mit Sherrods raschen entschiedenen Bewegungen. »Der alte Herr will dich sprechen.«

Seufzend ließ Sherrod sie los. »Miß Howard, ich wollte

Ihnen sagen, daß ich beeindruckt bin, was die Fortschritte der Kinder angeht.«

Sie sah ihm nach. Dann wandte sie sich Law zu. Er blickte sie mit ausdrucksloser Miene an.

»Guten Tag, Ma'am«, sagte er langgezogen, zog sich den Sombrero tiefer ins Gesicht und schlenderte davon.

Catherine sagte sich, daß ihre Schuldgefühle sie wohl zu dem voreiligen Schluß getrieben hatten, Law könne sie und Sherrod verdächtigen, sich ungebührlich zu verhalten. Doch nichts in Laws schroffer gleichgültiger Miene wies darauf hin. Kein Grund, sich weiter Gedanken darüber zu machen. Doch was beunruhigte sie so an seinen braunen Augen?

6

Catherine biß den Faden ab und ließ den Saum ihres Reitkleides über ihre Wellington-Stiefel fallen. Sie hatte Bleigewichte in den Saum genäht, damit der Rock nicht hochgewirbelt werden konnte.

Dieser Rock war schon so abgetragen, daß er ausgesprochen fadenscheinig wirkte, doch für ihre einsamen Ausritte war er noch lange gut genug. Schließlich ritt sie ja nicht vor allen Augen durch den Hyde Park. Sie setzte sich den Reitzylinder etwas schief auf, wie ihr Margaret geraten hatte, zog den Schleier über das Gesicht und griff nach der Reitpeitsche. Sie freute sich auf diesen Ausritt. Sie war seit mindestens zwei oder drei Jahren nicht mehr geritten.

Der Bürgerkrieg hatte sie damit um eines der wenigen Dinge gebracht, an denen sie wirklich Gefallen fand. Doch jetzt bot sich ihr eine einzigartige Gelegenheit. Sonntags brauchte sie die Kinder nicht zu unterrichten. Lucy hatte sich, wie schon so oft, für ein Weilchen hingelegt – wegen ihrer Kopfschmerzen, wie sie sagte.

Catherine wollte gerade über den Hof zu den Stallungen gehen, da hielt Elizabeth sie auf. »Sie wollen doch hoffentlich nicht ausreiten?«

»Doch, das hatte ich eigentlich vor.«

»Aber doch nicht am Sonntag, Miß Howard. Das ist ja Gotteslästerung!«

Catherine zwang sich zu einem Lächeln. »Ich dachte, alle Tage sind von Gott geschaffen.«

Elizabeths Miene verschloß sich, ihr Mund wurde zu einer schmalen verkniffenen Linie. »Sehen Sie sich vor, Miß Howard. Sie sollten Gott nicht versuchen!«

»Danke, ich werde mich beim Reiten vorsehen«, erklärte Catherine gleichmütig und ging auf die Stallungen zu. Elizabeth sah ihr mit steinerner Miene nach. Die Konfrontation mit dieser Frau setzte ihrer Erregung einen Dämpfer auf.

»Ich will verdammt sein, wenn ich es zulasse, daß diese alte Hexe mir den Tag verdirbt«, wandte sie sich an den Schimmel, als sie durch das weitgeöffnete Tor aus der Festung herausritt, ohne auf die erstaunten Mienen der Wachen zu achten.

Der hagere dunkelhäutige Mann saß zusammengesunken im Sattel. Der mühselige Ritt, drei Tage lang, hatte seine Spuren hinterlassen. Zu beiden Seiten seines Mundes hatten sich tiefe schmutzverkrustete Rinnen eingegraben. Er konnte die Augen kaum mehr offenhalten. Sie lagen schwer inmitten eines Netzes feiner Fältchen. Doch nichts entging ihm – und schon gar nicht die Frau hoch zu Roß, die er nun schon seit einer Viertelstunde von seinem Aussichtspunkt aus beobachtete.

Zischend sog er die Luft ein. Zum Teufel mit dem dummen Weibsbild. Aber war er etwa klüger? Warum zerbrach er sich überhaupt den Kopf über eine solche Frau? Sie wußte nichts vom Leben.

Er nahm sein Halstuch ab, wischte sich den Schweiß vom Gesicht. Seine Locken klebten ihm feucht an den Schläfen. In seinem wie aus Stein gemeißelten Gesicht fielen die hohen Wangenknochen auf. Er wandte keinen Blick von der Frau. Sie ritt im Damensattel, und ihre festen wohlgerundeten Pobakken schwangen hin und her bei jedem Schritt des Tieres. Sie würde ihn noch um den Verstand bringen. Zum Teufel mit dem verdammten Weib!

»Was um alles in der Welt ist Ihnen da bloß eingefallen?«

Erschrocken riß Catherine das Pferd herum und ritt auf den

zerklüfteten Felsvorsprung zu, von dem die Stimme gekommen war. Law und sein Pferd sahen aus, als seien sie bis nach Südamerika und zurück geritten. Der junge Mann hatte eines seiner langen Beine um den Sattelknopf gelegt. Sicher saß er schon eine ganze Weile so da. Auf seinem Sombrero lag mehr Staub als auf seinem gelben Staubmantel.

»Ich habe Sie gefragt, was Ihnen da bloß eingefallen ist!« wiederholte er.

Catherine seufzte. Noch so ein Spielverderber. Und dabei schien der Tag zum Reiten wie geschaffen.

»Na, raten Sie mal! Wonach sieht es denn aus?«

»Es sieht aus, als ob Sie große Schwierigkeiten kriegen könnten«, erwiderte er. Er schwang sein Bein zurück, und mit den Füßen in den Steigbügeln, ritt er vorsichtig zu ihr hinab. »Cochise und seine Chiricahuas befinden sich kaum zehn Meilen entfernt auf dem Kriegspfad – doch Sie beschließen, auszureiten!«

Catherine zuckte gleichmütig die Achseln. »Wenn sie mir nicht in die Quere kommen, haben sie nichts von mir zu befürchten.«

Er brachte sein Pferd neben ihr zum Stehen. Erst jetzt erkannte sie das volle Ausmaß seiner Gereiztheit. Grimmig blickte er sie an, den Mund zusammengekniffen und die Brauen gerunzelt. »Miß Howard, ich würde Sie am liebsten erwürgen. Es gibt nichts Schlimmeres als eine dumme Frau. Höchstens eine dumme Frau, die wild entschlossen ist.«

»Das überlegen Sie sich besser; denn ich setze mich zur Wehr. Und damit Sie es wissen, Law: Ich habe fest vor, regelmäßig auszureiten, solange ich hier angestellt bin.«

»Und wenn es Sie den Kopf kostet«, verhöhnte er sie.

»Wir müssen alle einmal sterben.«

»Aber wir sterben nicht tausend Tode, Miß Howard – denn so wird es Ihnen ergehen, wenn Sie Cochise in die Fänge geraten. Sie haben keine Ahnung, was der mit Ihrem hübschen Körper anstellt.«

Catherine holte tief Luft, um ihren Ärger zu bezähmen. »Ich möchte lieber tot sein, als wie eine Gefangene leben. Die Frauen in der Festung sind Gefangene. Lucy steht kurz vor einem Nervenzusammenbruch, und Elizabeth verschließt die

Augen davor, daß es auch außerhalb der Festungsmauern noch Leben gibt. Ich werde wahrscheinlich einmal daran zugrunde gehen, daß ich zu leben versuche!«

Law ließ seinen Blick auf ihrem Schimmel ruhen. »Wir könnten uns ja weigern, Ihnen ein Pferd zur Verfügung zu stellen. Denn wenn Cochise Sie erwischt, sind wir nicht nur Sie, sondern auch eins unserer Pferde los.«

»Ziehen Sie mir die Kosten ruhig vom Gehalt ab. Verweigern Sie mir nur das Pferd – dann gehe ich zu Fuß!« Sie riß das Tier herum und preschte im Galopp davon. Sie hoffte inständig, daß die Hufe soviel Staub aufwirbeln würden, daß der ekelhafte junge Mann noch eine Ladung davon abbekam.

Innerhalb der Festungsmauern kannte ihr Zorn keine Grenzen mehr. Sie hatten ihr den Tag gründlich verdorben! Im Stall angekommen, schleuderte sie die Reitpeitsche ins Heu. Sie wollte dem Pferd gerade den Sattel abnehmen, als Law durchs Tor hereingeritten kam. Nichts lag ihr ferner, als ihm noch einmal über den Weg zu laufen. Eilig versorgte sie das Pferd und eilte zum Wohntrakt zurück. Dabei mußte sie an dem Lehmofen vorbei, der an einen Bienenstock erinnerte. Der alte Koch sprach sie auf spanisch an. »Sie sind ausgeritten, Señorita?«

»Sie nicht auch noch, Loco!«

Der Weißhaarige lächelte. »Lorenzo hat es nicht gern, wenn Sie ausreiten.«

»Ich wüßte überhaupt nicht, was Lorenzo gern hat – Arbeit jedenfalls bestimmt nicht!«

Loco legte ein rohes rundes Brot auf die hölzerne Schaufel mit dem langen Stiel und schob es in den Ofen. »Doch, Señorita, ich weiß, was er gern hat: mein Brot.« Sie konnte sich des Verdachts nicht erwehren, daß der alte Indio sie neckte, um sie zu beruhigen. »Und als Kind war er ganz wild auf meine Kuchen.«

»Er muß ein wahrer Teufel gewesen sein!« fauchte sie.

Loco sah ihr in die Augen. »Stimmt. Wie kleine Jungen eben sind – immer wieder hat er die Obstpasteten gemopst, die ich zum Auskühlen ans Fenster gelegt hatte. Er hat Dinge fertiggebracht, die Doña Dominica in helle Aufregung versetzt haben. Er befand sich schon als Junge oft in Lebensgefahr.«

»Sie hat ihn sicher sehr geliebt.«

»Er war ihr ein und alles, besonders nach dem Tode seines Vaters. Doch dann trat Don Francisco in Erscheinung und bot Doña Dominica die Liebe eines Mannes, für die sie der Junge mit seiner Liebe zu ihr nicht entschädigen konnte. Don Francisco hatte selbst schon einen Sohn – und eine Frau. Sie werden sicher verstehen, daß sich Lorenzo von da an hier nicht mehr zu Hause gefühlt hat. Er ist immer wieder weggelaufen. Immer wieder habe ich ihn auf der Ranchería bei irgendwelchen Landarbeitern gefunden. Dann schickte Don Francisco ihn auf eine Schule, ganz weit weg. Lorenzo kam erst als Erwachsener zurück. Inzwischen war seine Mutter gestorben.«

Loco stand mit gebeugten Schultern da. »Ich bin ein schwatzhafter alter Mann, Señorita.«

»Nein, Loco, ganz im Gegenteil, ich unterhalte mich sehr gern mit Ihnen.« Sie sah sich um. Law ging gerade lässig, mit langen Schritten, auf das Haus zu. Catherine verabschiedete sich rasch, um ihm nicht schon wieder über den Weg zu laufen.

»Lucy! Ist alles in Ordnung?«

Lucy murmelte eine Antwort, die Catherine durch die geschlossene Schlafzimmertür nicht verstand. Besorgt blieb sie stehen. Sollte sie noch einmal klopfen oder lieber nicht? Sherrod hielt sich seit zwei Tagen in Tucson auf. Seitdem erschien Lucy immer nur kurz zu den Mahlzeiten und zog sich im Anschluß daran gleich wieder zurück. Sie nahm offenbar von niemandem Notiz.

Catherine empfand die Mahlzeiten als bedrückend. Alle hüllten sich in Schweigen. Don Francisco konstatierte das mit einem bitteren Zug um den Mund. Auch Law war unterwegs, um irgendwo zu schürfen. Als Lucy abends nicht bei Tisch erschien, erbot sich Catherine sofort, nach ihr zu sehen.

Als Lucy sich auf ihr Klopfen hin nicht rührte, drückte Catherine die Tür auf. Sie betrat zum erstenmal das Zimmer, das Sherrod mit Lucy teilte. Ein großes elegantes Himmelbett aus Ahornholz mit einem Überwurf aus blauem Samt beherrschte den ganzen Raum. In diesem Bett also liebten sich Sherrod und Lucy. Catherine konnte sich nur vage vorstellen, was es mit dem Begattungsakt auf sich hatte, doch schon bei der bloßen Vorstellung, ein Mann wie Sherrod könne sie im Arm halten, wurde ihr die Kehle eng.

Lucy lag zusammengerollt auf dem Bett, schön wie eine Porzellanpuppe anzusehen. Ihr rosafarbener Morgenrock fiel auf und gab den Blick auf ihre vollen Brüste oberhalb des Fischbeinkorsetts frei. Ihre langen gebogenen Wimpern flatterten. Dann schlug sie die Augen auf. Ihr Blick fiel auf Catherine, doch diese hätte schwören können, daß Lucy sie nicht erkannte. Zumindest anfänglich nicht. Schließlich murmelte Lucy: »Ach, Catherine, ich habe Sie gar nicht kommen hören.« Mit glasigen Augen sah sie sich im Zimmer um. Die zunehmende Dunkelheit fiel ihr auf. »Meine Güte, komme ich zu spät zum Abendessen?«

Catherine trat an den Nachttisch und entfernte den Glaszylinder von der Lampe. »Lucy, das Abendessen steht für Sie bereit.« Sie entzündete die Lampe und sah Sherrods Frau besorgt an. »Lucy, fühlen Sie sich nicht wohl?« fragte sie erschrocken. Lucys Wangen brannten.

Die junge Frau zog sich den Morgenrock über den Leib und senkte beschämt den Blick. »Es sind wohl die kritischen Tage, die mir zu schaffen machen.«

Catherine beugte sich über Lucy und legte ihr die Hand auf die Stirn. Doch die fühlte sich ganz kühl an. »Kann ich Ihnen irgendwie helfen?«

»Danke, mir geht es wirklich gut.«

Ihr Atem enthielt eine Duftnote, über die sich Catherine nicht gleich klar wurde. Da fiel ihr ein kleines braunes Fläschchen auf dem Nachttisch auf. Diese Medizin war vermutlich schuld daran, daß Lucys Atem so süßlich roch.

Lucy wies mit der Kopfbewegung auf das Fläschchen. »Wenn ich nur noch ein paar Tropfen davon nehme, bin ich sicherlich imstande, zum Essen hinunterzugehen.«

Catherine sah sich nach einem Löffel um, doch Lucy griff rasch nach dem Fläschchen und setzte es an die Lippen. Sie nahm einen großen Schluck.

Erst da keimte ein Verdacht in Catherine auf. Lucys Augen

glänzten plötzlich sonderbar. Sie war wie umgewandelt. Augenblicklich glitt sie von dem hohen Bett und griff nach ihrem Kleid, das zerknittert auf dem Boden lag.

»Lucy, Sie sind doch hoffentlich nicht süchtig nach Laudanum?«

Lucy fuhr zusammen, das Kleid fest an sich gedrückt. »Aber nein! Ich weiß gar nicht, wie Sie darauf kommen!«

Catherine wies auf das braune Fläschchen. »Lucy, da ist doch Laudanum drin«, sagte sie freundlich.

»Aber nicht viel. Außerdem brauche ich es.« Tränen funkelten in den blaßblauen Augen. »Es hilft mir, mich nachts zu entspannen.« Sie sprach wie gehetzt – bis ihr die Stimme zu versagen drohte. »Mama hat immer behauptet, ich sei exzentrisch. Und Sherrod – er hat wirklich eine Engelsgeduld mit mir, aber – ach, Sie wissen schon.«

Catherine hatte ihre Zweifel. Wußte Sherrod überhaupt, was seine Frau so quälte? Lucys Stimmungen wechselten so rasch, daß dieser ständige Umschwung eigentlich kaum jemandem verborgen bleiben konnte.

»Lucy, ich verstehe Sie. Ich werde unten sagen, daß Sie auf dem Weg sind.«

Lucy umklammerte ihre Hand. »Bitte, verraten Sie Sherrod nichts.«

Catherine biß sich auf die Lippen. Es widerstrebte ihr, Lucy das zu versprechen. Lucy schien ihr Zögern jedoch nicht zu bemerken. »Wäre Sherrod doch wie Law«, murmelte sie. »Dann würde er sich auf der Ranchería mit anderen Frauen vergnügen, anstatt – aber er hat wirklich eine Engelsgeduld mit mir.«

Als Catherine in den Speisesaal zurückkehrte, fühlte sie Elizabeths wachsame Augen auf sich ruhen. Sie erklärte, Lucy werde bald unten sein. Don Francisco nahm das mit gerunzelter Stirn zur Kenntnis und zupfte verärgert an seinem Bart. Ob sie wohl schon einen Verdacht hegten, was Lucys Zustand anging? Wenn dem so war, nahm ihnen Lucy den Wind aus den Segeln, als sie kurz darauf mit leuchtenden Augen und bestens aufgelegt erschien.

Das Essen rührte Lucy kaum an, doch sie brachte gleich wieder ihr Lieblingsthema aufs Tapet. »Wißt ihr, ich finde, wir sollten eine Europareise ins Auge fassen, sobald Sherrod wieder da ist.«

»Mama, können wir da auch nach Venedig fahren?« jubelte Abigail. »Und mit diesen Booten fahren – wie heißen sie doch gleich, Miß Howard?«

»Gondeln.«

»Aber selbstverständlich, Liebling!« versicherte ihr Lucy. Die Vorfreude spiegelte sich auf ihrem Gesicht.

»Und wir werden auch diese komischen Tiere mit den Höckern auf dem Rücken sehen?« warf Brigham ein.

»Du meinst wahrscheinlich die Kamele«, erklärte Abigail. »Nein, Brigham, die leben nicht in Europa.«

»Wir werden nichts auslassen, meine Lieben«, beruhigte Lucy ihre Kinder. »Sobald Papa wieder da ist, machen wir Reisepläne.«

Bei ihren angeheirateten Verwandten stieß Lucy auf eine Mauer des Schweigens. Ihre aufgesetzte Fröhlichkeit schwand rasch. Mit zitternder Stimme wandte sie sich an ihren Schwiegervater: »Don Francisco, Sie haben doch sicher nichts dagegen, daß Sherrod für eine Weile verreist, nicht wahr? Law kann doch Cristo Rey leiten, bis wir zurück sind. Wir wären doch höchstens drei oder vier Monate fort.«

Don Francisco betupfte sich die Lippen mit seiner Serviette und sah Catherine bedeutungsvoll an. »Law dürfte wohl kaum an der Leitung von Cristo Rey interessiert sein, Lucy. Und ich bezweifle, daß Sherrod jetzt überhaupt fort möchte, wo er sich gerade dafür einsetzt, daß Tucson anstatt Prescott zur Hauptstadt Arizonas erklärt wird.«

Elizabeth trug auch nicht dazu bei, die Atmosphäre aufzulockern, als sie erklärte: »Sherrod hat weder in Tucson noch in Europa etwas zu suchen. Sein Platz ist hier bei uns. Er wird in Cristo Rey gebraucht.«

Don Franciscos Augen überzogen sich mit einem Schleier. Mit eisiger Miene starrte er vor sich hin. Catherine begann zu begreifen, was ihn zur Polygamie getrieben hatte, die ihm sein Glauben gestattete. Außerdem war Doña Dominica eine wunderschöne Frau gewesen, die einen großartigen Besitz mit in die Ehe brachte.

Abigail sagte gerade ein Gedicht auf, als die Glocke wie wild geläutet wurde. »Das ist Papa!« rief das Kind und rannte aus dem Haus – gefolgt von seinem Bruder.

Lucy kam aus dem Schlafzimmer gestürzt und rief Catherine noch zu: »Das ist Sherrod! Kommen Sie!« bevor sie die Treppe hinunterhastete.

Doch Catherine blieb lieber zurück. Diese Wiedersehensfreude schmerzte sie und brachte ihr so richtig zu Bewußtsein, was ihr fehlte. Sie mußte der Festung unbedingt den Rücken kehren – wenigstens für eine Weile.

Kaum saß sie im Sattel, gab sie dem Pferd die Sporen. Sie hoffte, ihren quälenden Gedanken zu entfliehen. Doch als sie nach der Rückkehr den Kopf völlig außer Atem an die Stalltür lehnte, war die Qual noch größer. Der Schmerz verfolgte sie wie ein Phantom. Die Eifersucht nagte an ihr. Neid keimte in ihr auf.

Sollte sie die Liebe eines Ehemannes nie erleben? Niemals eigene Kinder haben?

7

24. Juni. An diesem Tage fand die mexikanische Fiesta von San Juan zu Ehren von Johannes dem Täufer statt. Von diesem Tage an nahm Catherines Leben in der Festung einen anderen Verlauf.

Die Fiesta begann am frühen Nachmittag. Die Rinderhirten ritten Wildpferde und stachelten die Stiere auf. Die Familien der Ranchería brüllten vor Lachen. Catherine ging mit Brigham und Abigail an der Hand zum Ufer des Ciniega hinunter, um bei den Hahnenkämpfen und Pferderennen zuzusehen. Brigham ereiferte sich ständig: »Das kann ich auch! Das kann ich auch!« Er flehte Catherine an, ihn beim Pferderennen mitmachen zu lassen.

Catherine fand es sehr schade, daß die Kinder nur innerhalb der Festungsmauern reiten durften. Doch Don Francisco hatte ihr klargemacht, wie gefährlich es war, sich diesem Gebot zu widersetzen und ihr erzählt, daß der zwölfjährige Sohn eines

Nachbarn erst vor ein paar Monaten von den Chiricahuas getötet worden war, als er sich außerhalb der Grenzen des Besitzes seines Vaters aufhielt. Catherine wußte es zu schätzen, daß sich Don Francisco um sie sorgte, doch sie ritt weiter aus wie bisher.

»Vielleicht läßt dich dein Vater morgen mit mir ausreiten, wenn wir in der Nähe der Ranchería bleiben«, sagte sie zu Brigham, um ihn aufzuheitern.

Er hatte strahlend blaue Augen wie sein Vater. Die leuchteten bei dieser Aussicht auf. »Das wäre schön!« Die Kinder machten keine Schwierigkeiten mehr.

Später veranstaltete Don Francisco ein Barbecue. Anschließend wurde getanzt. Von einer schnell zusammengezimmerten Empore aus sahen Don Francisco und Elizabeth zu, wie die Landarbeiter Fandango und andere ausgelassene Tänze tanzten. Elizabeth saß mit zusammengekniffenen Lippen da, Mißbilligung im Blick. War diese Frau denn niemals glücklich und verliebt gewesen? War sie solcher Empfindungen nicht fähig?

Catherines Blut geriet in Wallung beim Anblick dieser sinnlichen Bewegungen. Die leidenschaftliche Musik löste etwas in ihr aus, dem sie sich nur schwer entziehen konnte. Eng aneinandergeschmiegt sahen Sherrod und Lucy dem fröhlichen Schauspiel zu. Ob sie wohl auch diese namenlose Sehnsucht in sich aufsteigen fühlten?

Aus der Gruppe der Mexikanerinnen und Indiofrauen löste sich ein kräftiges junges Mädchen und ging auf ein paar Männer zu, die unter einem riesigen Feigenbaum standen und *Aguardiente* tranken, einen feurigen Branntwein. Sie forderte einen der Männer zum Tanz auf. Catherine erkannte den Mann erst, als sich das Paar aus dem Schatten löste.

Sie schloß seufzend die Augen und hoffte inständig, daß sich Law vor Don Francisco nicht zum Narren machen würde, doch als sie die Augen wieder aufschlug, hielt sie den Atem an. Law tanzte wundervoll. Er bewegte sich unsagbar geschmeidig im Rhythmus der Musik, klatschte dabei in die Hände und stampfte mit den Füßen auf. Das Mädchen tanzte immer rasanter und wirbelte lachend um ihn herum. Sie sah ihm in das schurkische Gesicht und lächelte verführerisch. Da wünschte sich Catherine sehnlichst, an ihrer Stelle zu sein. Sie, die noch nie im Leben getanzt und noch nie die Hand eines Mannes um ihre Taille gespürt hatte, konnte sich nichts Schöneres vorstellen, als sich zu den Klängen dieser sehnsüchtigen Musik mit ihm im Tanz zu wiegen.

Solche Gedanken überfielen sie immer häufiger. Das machte ihr Angst. Daher war sie kolossal erleichtert, als das Fest zu Ende ging. Doch Catherine fand keinen Schlaf in dieser Nacht. Die Junihitze drang auch durch die dicken Festungsmauern. Die klammen Laken klebten ihr am Leib.

Stunde um Stunde verstrich, ohne daß sie der Schlaf übermannte. Catherine wurde immer ruheloser. Sie war daher hellwach, als jemand sachte an ihre Türe klopfte und sie ein zartes Stimmchen hörte. Draußen stand Abigail im Nachthemd. Ihre Augen glitzerten erregt. Sie erinnerte Catherine an Lucy. »Abigail, was gibt es denn?«

»Miß Howard, dies ist eine ganz besondere Nacht«, flüsterte das Kind.

»Aber es wird ja schon bald hell«, wandte Catherine lächelnd ein. »Natürlich weiß ich, was an dieser Nacht besonders ist. Die Fiesta von Johannes dem Täufer.«

»Ja, natürlich. Aber wissen Sie auch, was um vier Uhr früh geschieht? Es heißt, daß das Haar ganz lang und kräftig wird, wenn man um diese Zeit schwimmen geht. Und wenn es heute nacht noch regnet, werden wir den ganzen Sommer genug Regen haben. Aber wenn kein Tropfen fällt, bricht eine schreckliche Dürre über uns herein!«

Catherine kicherte. »Das ist doch abergläubisches Geschwätz.«

Abigail ließ sich nicht beirren. Sie nahm Catherine bei der Hand. »Kommen Sie, Miß Howard. Sonst wird es zu spät. Wir können es doch wenigstens versuchen.«

Catherine hätte das Mädchen mit einem Verweis ins Bett zurückgeschickt – doch da traf sie ein sehnsüchtiger Blick, ein Blick, aus dem eine solche Einsamkeit sprach, daß sie sich ihm nicht entziehen konnte. Lucy kümmerte sich kaum um ihre Kinder. Ihnen wurde seitens ihrer Mutter kaum mehr als eine flüchtige Aufmerksamkeit zuteil. Erstaunlicherweise war es ausgerechnet die übellaunige Elizabeth, die ihren Enkeln die

Aufmerksamkeit zukommen ließ, die sie verdienten. Vor allem Brigham.

»Also meinetwegen, Abigail«, gab sich Catherine geschlagen. Sie schlüpfte in ihren seidenen Morgenrock und ihre Leinenpantoffeln. »Ich werde zusehen, wie du durchs Wasser watest. Doch dann geht's zurück ins Bett.«

Auf Zehenspitzen stahlen sie sich aus dem Haus. Catherine rechnete damit, am Tor von der Wache aufgehalten zu werden. Doch der Branntwein hatte seine Wirkung getan. Die Wachposten lagen im Tiefschlaf. Nur einer war noch einigermaßen bei Sinnen. Der winkte sie gnädig durch. Bald stand sie mit Abigail unter den Weiden, am Ufer des Flusses. Die Ranchería lag ein Stück stromaufwärts.

Catherine schalt sich dafür, daß sie es einem Kind gestattete, um vier Uhr morgens schwimmen zu gehen. Doch als sie dann am Ufer saß, die Arme um die Knie geschlungen und den Kopf daraufgestützt, sagte sie sich, daß es herrlich war, auch einmal unvernünftig zu sein. Im Freien war es viel kühler, die Luft ganz prickelnd und erfrischend. Eine glückverheißende Nacht, in der sie sich freute, am Leben zu sein.

Abigail kam aus dem Wasser und setzte sich neben Catherine. »Ob es geholfen hat? Was meinen Sie?« Sie hielt Catherine ihre Rattenschwänzchen zur Begutachtung hin. »Sind sie schon länger geworden?«

Da konnte Catherine nicht mehr an sich halten und lachte sprudelnd. »Kind, du bist wirklich unbezahlbar. Komm, laß mich mal sehen.« Sie tat, als untersuche sie die Zöpfe. »Ich glaube, sie sind tatsächlich länger geworden.«

Irgendwo hinter der Biegung des Flusses knirschte der Kies unter den Schritten eines Menschen. Bevor Catherine noch aufspringen konnte, kam ein großer schlanker Mann in Sicht. Beim Anblick seines nur schwer zu bändigenden lockigen Haars seufzte sie erleichtert auf.

Catherine erhob sich und verschränkte schützend die Arme vor die Brust. »'n Abend, Ma'am«, murmelte Law und steuerte stark angeheitert auf sie zu. Er hielt die Korbflasche hoch, deren Inhalt er eifrig zugesprochen haben mußte. »Wie wär's mit einem kleinen Schluck? Nektar, den uns die Götter schicken, Ma'am.«

Eine Fahne von *Aguardiente* wehte ihr entgegen. »Nein, Law, vielen Dank. Wir wollten gerade wieder gehen.«

»Onkel Law, wir wollten sehen, ob es stimmt, daß die Haare schneller wachsen, wenn man in der Nacht von San Juan schwimmen geht.«

Catherine schlug seufzend die Augen zum Himmel. Abigail hielt Law hoffnungsvoll ihr eines Zöpfchen hin. Wie konnte sie sich da dem Betrunkenen entziehen!

»Abigail, wir müssen gehen. Es wird schon langsam hell.«

»Und wie steht es mit Ihnen?« wandte sich Law an Catherine. »Sind Sie auch im Wasser gewesen?«

»Ich bin nicht abergläubisch. Abigail, wir gehen!«

Law stieß einen Seufzer der Enttäuschung aus. »Wie schade! Aber vielleicht kann ich Ihnen etwas zeigen, daß Sie umstimmt.« Er nahm sie einfach am Handgelenk und zog sie hinter sich her.

Sie fürchtete sich nicht; denn sie spürte instinktiv, daß Law nichts Böses im Sinn hatte. Sie wollte ihm auch vor dem Kind keine Vorhaltungen machen. Abigail und Brigham hegten große Bewunderung für ihren Onkel.

»Also meinetwegen, Law«, sagte sie gönnerhaft, »sehen wir uns an, was Sie uns zeigen möchten. Doch dann müssen wir sofort ins Haus zurück.«

Sie wandte sich nach Abigail um, doch das Kind kam ihnen nicht nach. Es räkelte sich schläfrig. »Ich gehe lieber schon zurück, Miß Howard.«

Catherine überlegte. War es nicht wirklich besser, das Kind ging wieder zu Bett, als in der Nacht hinter einem Betrunkenen herzutrotten? »Also gut, geh nur schon zurück. Ich komme gleich nach.«

Law zog sie ungeduldig weiter, bis an die Stelle, wo der Fluß eine Biegung machte. Er sang mit erstaunlich wohlklingender Stimme eine spanische Ballade.

»Warten Sie«, keuchte Catherine und hakte ihren dünnen Morgenrock von einem Kaktus los. Doch Law strebte unaufhaltsam weiter. Sie achtete nicht mehr auf ihren Morgenrock und folgte dem schnapsseligen Mann. Law hatte die Flasche inzwischen geleert und schleuderte sie weg, ging dabei jedoch zielstrebig weiter.

»So, wir sind da«, erklärte er und zog sie mit einem Ruck an seine Seite.

Unter dem sternenübersäten Himmel blinzelte sie mit zusammengekniffenen Augen. Doch wohin sie sich auch wandte, ihr fiel nichts Besonderes auf. »Ich sehe nichts. Ich weiß nicht, was Sie meinen.«

»Den Kaktus«, flüsterte er und zog sie neben sich auf die Knie.

Was für ein lächerliches Bild sie bieten mußten! Da rutschten sie um vier Uhr früh auf den Knien in der Wüste herum. Doch jetzt, wo sie genauer hinsah, entdeckte sie eine große weiße Blüte zwischen dem grünen Fruchtfleisch eines Kaktusses. Sie sah Law verwundert an, der sich dicht neben ihr über die Blüte beugte. »Ist es das? Wollten Sie mir diese Blüte zeigen?«

Law nickte feierlich und legte den Finger auf die Lippen.

Sie begriff seine feierliche Miene nicht. »Aber warum denn?«

Es kostete ihn unendliche Mühe, Würde zu bewahren. »Weil dieser stachelige Kaktus nur eine einzige Nacht im Jahr blüht«, erklärte er ernst. »Bei Sonnenuntergang entfaltet sich die Blüte, und spätestens um sieben oder acht am nächsten Morgen schließt sie sich schon wieder...«

»Das ist allerdings bemerkenswert.« Ihr Zynismus schwand. Sie war beeindruckt.

Behutsam löste Law die weiße Blüte von dem Kaktus und steckte sie ihr hinters rechte Ohr. Dabei kam er ihr so nah, daß sie ihm in die goldbraunen Augen sehen mußte, ob sie wollte oder nicht. Das Atmen fiel ihr schwer.

»Schön«, konstatierte er.

Mit einem Mal schien alles wieder im Lot. »Merken Sie sich eins, Law Davalos: Ich bin für Schmeicheleien nicht zu haben!« Sie war enttäuscht; denn trotz seines Mangels an Zielstrebigkeit glaubte sie in ihm doch eine gewisse Ernsthaftigkeit entdeckt zu haben.

Law griff mit beiden Händen um ihren Hals herum nach dem Zopf, den sie sich für die Nacht geflochten hatte. »Ich habe das ganz ernst gemeint, Miß Howard«, setzte er sich zur Wehr. Vorsichtig entwirrte er ihr Haar. »Sie sollten Ihr Haar nicht so streng zurückgekämmt tragen. Das steht Ihnen nicht.« Er hob ihr schweres Haar, sobald er die Flechten gelöst hatte. Die Haare fielen ihr über die Schultern und rahmten ihr schmales Gesicht ein.

Sie knieten voreinander. Catherines langes Haar umrieselte sie wie einen Mantel. Von der Blume hinter ihrem Ohr ging eine seltsame Leuchtkraft aus. Laws dunkelhäutiges Gesicht schien über dem ihren zu schweben. Er hatte die Hände noch immer in ihren schweren mahagonifarbenen Flechten vergraben. »Miß Howard, Sie sind *wirklich* wunderschön.«

Catherine schluckte. Sie wußte, daß in dieser verwunschenen Nacht ein Zauber über ihnen lag, dem sie sich nicht entziehen konnte – so sehr sie auch dagegen ankämpfte. Sie wandte sich nicht ab, als Law sich niederbeugte und ihre bebenden Lippen streifte.

Anfänglich kitzelte sein Schnurrbart. Doch dann vergaß sie alles und empfand nichts mehr als störend – weder seine Branntweinfahne, die Steine, die sich schmerzhaft in ihre Knie bohrten noch die Tatsache, daß Lawrence Davalos fünf Jahre jünger war als sie. Und es kümmerte sie nicht, daß er zum Ehemann denkbar ungeeignet war.

Sein Kuß entflammte sie. Nicht in ihren kühnsten Träumen hätte sie gedacht, daß eine so einfache Berührung zweier Menschen Gefühle in ihr auslösen könnte, die einem Vulkanausbruch gleichkamen.

Schließlich hob Law den Kopf. Seine Augen leuchteten im Dunkeln. »Ich muß mich wohl vergessen haben«, murmelte er.

Catherine räusperte sich. Sie schwankte. Ihr war, als wiege sich ihr Körper im Takt zu einer unhörbaren Musik. »Wir haben uns beide vergessen«, entgegnete sie, um Sachlichkeit bemüht. Sie konnte die Lehrerin in diesem Moment nicht verleugnen. »Ich möchte jetzt ins Haus zurück, bevor es hell wird – wenn Sie so freundlich sind, mir aufzuhelfen.«

Er stützte sie und half ihr auf die Beine. Da erst begriff sie, was es hieß, die Arme eines Mannes um ihren Leib zu spüren. Dabei bewegten sie keine romantischen Gefühle. Die Berührung löste eine rein physische Reaktion, ein starkes Verlangen in ihr aus.

Sie gingen nebeneinander zum Haus zurück, doch sie hielten Abstand. Keiner bemühte sich, ein Gespräch in Gang zu bringen. Law hatte die Daumen unter seinen breiten Gürtel gehakt und pfiff leise vor sich hin – das gleiche Lied wie zuvor. Es schien ihn nicht zu stören, daß seine Sporen in dem stillen Hof unüberhörbar klirrten. Durch die Kolonnaden ging er hinter ihr her.

Vor der Tür zu ihrem Zimmer angekommen, wagte sie nicht einmal mehr, sich umzudrehen. Sie fürchtete, er könnte versuchen, ihr ins Zimmer zu folgen. So stieß sie rasch die Tür auf und flüsterte: »Gute Nacht, Law.«

»Gute Nacht, Miß Howard«, hörte sie ihn sagen, während sie die Tür schloß. Sein leises Pfeifen wurde immer schwächer, als er sich entfernte, um sein eigenes Zimmer aufzusuchen.

8

Die Glocke läutete wie üblich eine halbe Stunde bevor es Frühstück gab, doch Catherine rührte sich nicht von dem kleinen Spiegel an der Wand weg. Dieses hohlwangige Gesicht mit dem breiten Mund konnte man beim besten Willen nicht schön nennen. Die Augen wirkten erschreckend groß in dem schmalen Gesicht. Und dieses spitze Kinn! Ihre Schwester umschrieb das liebenswürdig mit oval.

Doch Law Davalos hatte sie schön genannt. Vor ein paar Stunden erst. Und er hatte sie geküßt. Der Kuß an sich hatte wohl nichts zu bedeuten; denn sie traute ihm zu, daß er alles küßte, was einen Rock trug. Ihre Mutter würde ihn zweifellos einen Schürzenjäger und Weiberhelden nennen.

Und doch war dieser Kuß ungeheuer wichtig; denn es war ihr erster Kuß. Und das mit siebenundzwanzig Jahren (sie hatte inzwischen Geburtstag gehabt).

Dieser Kuß zählte um so mehr, als er Hoffnungen in ihr erweckte. Wenn Law sie begehrenswert fand – wenn auch nur für einen kurzen trunkenen Moment – bestand ja noch Aussicht, daß sie auch anderen Männern gefiel. Einem vielleicht so sehr, daß er sie zur Frau nahm. War es nicht schon öfter vorgekommen, daß ein Mann sie mit mehr als flüchtigem Interesse in Augenschein genommen hatte?

Law erschien nicht zum Frühstück. Sie nahm das mit Erleichterung zur Kenntnis. Das neugewonnene Zutrauen in ihre Weiblichkeit wäre sofort verflogen, hätte sie nur eine Spur von Ironie in seinen Zügen entdeckt. Ihre Lippen brannten, wenn sie an seinen Kuß dachte. Doch sie rief sich zur Ordnung und redete sich ein, das müsse an der würzigen heißen Schokolade liegen, die ihnen Loco jeden Morgen anstelle von Kaffee vorsetzte.

»Darf ich, Miß Howard?« fragte Brigham.

Catherine war so in Gedanken, daß sie zusammenfuhr. Sie hatte keine Ahnung, wovon die Rede war. Ein fragender Blick aus Brighams strahlend blauen Augen traf sie. Er versprach sehr klug zu werden – ganz wie sein Vater. »Brigham, es tut mir leid. Was möchtest du denn gern?«

»Darf ich heute ausnahmsweise einmal dem Unterricht fernbleiben und zusehen, wie die Rinder die Brandzeichen aufgedrückt kriegen? Bitte, Miß Howard.«

Catherine sah Lucy an, doch die zuckte nur die Schultern. Sherrod betupfte sich den Mund mit seiner Serviette, um sein Lächeln zu kaschieren, doch Elizabeth warf mit fester Stimme ein: »Ich bin dagegen, Sherrod. Du wirst doch nicht wollen, daß er schulisch zurückfällt.«

»Ihr habt doch gestern abend die Fiesta mitgefeiert«, brachte Don Francisco den Kindern in Erinnerung. »Man soll nichts übertreiben.«

»Ihr könnt nach dem Mittagessen zusehen«, bestimmte Sherrod.

Doch Abigail beschloß, sich nach dem Essen lieber hinzulegen.

Als Catherine mit Brigham am Schauplatz des Geschehens auftauchte, war Sherrod schon da und sah zu, daß die Tiere ordnungsgemäß mit Brandzeichen versehen wurden. Er hob den Jungen auf seine Schultern, damit der Kleine über die Mauern des Pferchs hinwegsehen konnte. Catherine stellte sich vor, Sherrod wäre ihr Mann und Brigham ihr Sohn. Sie trat neben Sherrod und gab sich ein paar glückliche Momente dieser Einbildung hin. Die Tiere gebärdeten sich wie wild, wenn sie gebrandmarkt wurden. Der Geruch versengten Fells bzw. Fleisches stieg ihr in die Nase. Lange ertrug sie diesen Anblick nicht. Sie entschuldigte sich und floh zum Haus zurück, nachdem sie Sherrod das Versprechen abgenommen hatte, daß Brigham pünktlich zum Nachmittagsunterricht zurück sein würde.

Auf ihrem Weg durch den *zaguán* blieb sie an der Tür des Salons stehen, um das Portrait von Doña Dominica zu betrachten. Law und seine Mutter hatten das gleiche goldfarbene Haar. Es wirkte wie von der Sonne durchglüht – genau wie ihre Haut. Doch damit endete die Ähnlichkeit zwischen Mutter und Sohn auch schon. Doña Dominica hatte sanfte Mandelaugen und einen weichen zärtlichen Mund. Laws wilde Züge erinnerten in nichts an die sanft geschwungenen Züge seiner Mutter.

Diese Frau mußte einen ganz besonderen Charme besessen haben. Zwei Männer hatten sie geliebt. Ob ihr selbst die Liebe wohl auch einmal begegnen würde? Oder war es ihr bestimmt, ihr Leben verbittert zu fristen wie Elizabeth?

Kaum war der Gedanke zu Ende gedacht, da tauchte Elizabeth auf. Schweigend und dunkel wie eine schwarze Krähe.

»Mir ist gerade aufgefallen, wie ähnlich Law seiner Mutter sieht«, sagte Catherine, in dem Bemühen, freundlich zu erscheinen.

Elizabeth verzog hämisch die Mundwinkel. Ihre Augen glitzerten gefährlich: »Die beiden sind sich nicht nur in der äußeren Erscheinung ähnlich. Der Sohn hat den Schmuck seiner Mutter verkauft, den sie auf dem Bild trägt. Und sie hat sich verkauft, um im Lotterbett der Lust zu frönen!«

Catherine holte tief Luft. Elizabeth spuckte Gift und Galle. Die Bösartigkeit der Frau entsetzte Catherine.

Übereifrig stürzte sie sich am Nachmittag auf den Unterricht – mit einer übertriebenen Begeisterung. Auch am Abend kam sie nicht zur Ruhe. Als sich schon alle zurückgezogen hatten, war sie noch immer aufgewühlt von all den Bildern und Vorstellungen, die sie bedrängten. Ihr dummes Herz spielte verrückt.

Unter all den Taugenichtsen, die über Gottes schöne Erde

wandelten, war Law mit Sicherheit der übelste. Und ausgerechnet zu diesem Nichtsnutz, der zu allem Überfluß auch noch fünf Jahre jünger war als sie, mußte sie sich hingezogen fühlen. Selbst Lucy und Margaret bewiesen da mehr gesunden Menschenverstand.

Sie wollte sich nicht entkleiden, um sich dann doch nur ruhelos im Bett herumzuwälzen. Also nahm sie sich ein Buch als Unterlage und schrieb den ersten Brief an ihre Mutter und Margaret. Sie berichtete von dem eindrucksvollen Bollwerk, der majestätischen Landschaft und dem herrlichen Wetter. Sie gab natürlich auch der Hoffnung Ausdruck, daß es ihrer Mutter besser ging und versprach, bald einen Sichtwechsel zu schikken. Der sei in der Tat schon unterwegs.

Sie schickte mehr als drei Viertel ihres Einkommens nach Hause. Vielleicht würde Margaret ja bald heiraten und sie dann in finanzieller Hinsicht ein wenig entlasten. Der Gedanke, sich ihren Lebensunterhalt selbst zu verdienen, erschien ihrer Schwester wenig verlockend. Eine Dame ging nicht dem Broterwerb nach!

Als Catherine gerade den Umschlag versiegelte, klopfte es leise. Sie zögerte und hatte Angst, es könnte Law sein. Bildete er sich etwa auf diesen gestohlenen Kuß hin ein, sie sei ein leichtfertiges Weib? Stand er jetzt vor ihrer Tür und erwartete, daß sie sich ihm ganz hingab? Die Illusion würde sie ihm rasch austreiben!

Mit einem Ruck riß sie die Tür auf. »Ja?«

Vor der Tür stand Sherrod. Er sah sie erstaunt an. Dieser schöne dunkelhäutige Mann gefiel ihr ausnehmend gut. Er hatte seine Weste aufgeknöpft und die schwarze Lederkrawatte gelockert. »Empfangen Sie die Leute immer so freundlich?« erkundigte er sich mit einem mühsam unterdrückten Lächeln.

Sie schalt sich innerlich und wurde feuerrot. »Sherrod, es tut mir furchtbar leid – ich war ganz in Gedanken.«

»Ich wollte gerade zu Bett gehen, da habe ich bei Ihnen Licht gesehen. Sie fühlen sich doch wohl?«

»Aber ja! Ich war nur noch nicht müde. Deshalb habe ich beschlossen, endlich einmal die längst überfälligen Briefe zu schreiben.«

»Das hätte ich wohl auch besser getan anstatt beim Kartenspiel fünfzig Dollars an Law zu verlieren«, erklärte Sherrod bekümmert. »Ich sollte auf meine Mutter hören, die mir ständig predigt, das Glücksspiel sei verwerflich.«

»Law ist also wieder da?«

»Wahrscheinlich ist er jetzt in der Ranchería drüben.« Sherrod kicherte. »Also dann, gute Nacht, Catherine.«

Er wandte sich zum Gehen, drehte sich dann aber abrupt wieder um, als sei ihm etwas eingefallen. »Wissen Sie, ich bin auch noch nicht müde. Was halten Sie davon, wenn wir ein wenig frische Luft schnappen? Die Juninächte sind hier herrlich.«

Catherine zögerte. Eigentlich sprach nichts dagegen. »Ja, warum nicht? Ich will nur rasch mein Haar aufstecken.«

»Nein, bitte nicht. So ist es ...« Er unterbrach sich. Ihm war gerade noch rechtzeitig eingefallen, daß er um ein Haar etwas Ungehöriges gesagt hätte. Seiner Mutter, seiner Schwester oder seiner Frau durfte ein Mann sagen, daß sie in seinen Augen mit offenem Haar am vorteilhaftesten aussah, doch Catherine durfte er ein solches Kompliment keinesfalls machen.

Wortlos zog sie die Tür hinter sich zu und folgte ihm durch den dunklen Flur und über den Hof. Sherrod steuerte auf eine Bank zu. Sie setzten sich, Sherrod ein Stückchen von ihr entfernt. Er sprach ganz ruhig von seinen Plänen mit Cristo Rey.

»Die Festung hat natürlich kaum noch etwas mit der einfachen mit Stuck verzierten Ranch zu tun, wo Law und seine Mutter lebten, als wir hierher kamen. Trotzdem bleibt noch immer viel zu tun. Ich möchte die Wüste von Cristo Rey bewässern und bessere Kühe züchten, um unseren Viehherden auf die Sprünge zu helfen. Doch das hat Zeit, bis uns die Indianer keine Sorgen mehr machen. Auch am Haus selbst gibt's noch vieles zu verbessern. Ich möchte die Zimmer tapezieren und verglaste Fenster einsetzen lassen, um Lucy damit eine Freude zu machen.«

Trotz seiner dichten Wimpern entging es Catherine nicht, daß ein besorgter Ausdruck in seine Augen getreten war. »Lucy erzählt mir immer wieder, wie sehr sie sich nach Virginia zurücksehnt.«

Sherrod beugte sich vor, die Hände zwischen den Knien gefaltet. »Lucy kam mit ihren Eltern hier in den Westen, als Präsident Pierce ihren Vater zum Territorialbevollmächtigten von New Mexico ernannte. Vater und ich waren gerade in Santa Fé, weil es wegen der Ratifizierung im Hinblick auf die Übereignung von staatlichem Grund und Boden an Doña Dominica Schwierigkeiten gab. Dort begegnete ich Lucy zum erstenmal bei einem Essen, das der Gouverneur gab. Es war Liebe auf den ersten Blick. Doch Tucson liegt fünfhundert Meilen von Santa Fé entfernt. Wie sollte ich ihr da den Hof machen? Glücklicherweise konnte ich sie sofort überreden, meinen Antrag anzunehmen.« Er starrte nachdenklich vor sich hin und fuhr dann fort: »Ich weiß natürlich, daß es für Lucy sehr schwer gewesen ist, sich an das Leben hier draußen zu gewöhnen. Selbst in Santa Fé wurde ihr kulturell mehr geboten als...« Er machte eine weitausholende Geste. »Deshalb bin ich so froh, daß mein Vater einen gebildeten Menschen wie Sie ausfindig gemacht hat – und so kolossal erleichtert, daß Sie bereit waren, hier herauszukommen. Wissen Sie, Lucy – nun, Sie haben es sicher längst bemerkt – Lucy ist hier nicht glücklich.«

»Ja, darüber bin ich mir im klaren.«

»Es ist wohl kaum zu übersehen. Sie müßte unbedingt einmal fort; aber ich kann mich im Augenblick einfach nicht freimachen. Vielleicht nächstes Jahr, wenn die Kinder ins Internat kommen. Vielleicht kann sie dann ein Jahr im Osten bei ihrer Familie verbringen.«

Catherine hätte ihm so gern gesagt, daß sicher noch alles gut würde. Doch sie war sich da gar nicht so sicher. Also bat sie ihn, ihr zu erzählen, wie es war, mit zwei Müttern aufzuwachsen.

Sherrod sah sie an und lächelte. »Es war herrlich. So bin ich nicht nur von einer, sondern gleich von zwei Müttern verwöhnt worden.«

»Aber hat es denn nie Schwierigkeiten gegeben, wenn es darum ging, wer für was zuständig war?«

»Nein, das kann man eigentlich nicht sagen. Meine Mutter ist ausgesprochen praktisch veranlagt. Also hat sie sich um die Haushaltsführung gekümmert. Doña Dominica war sehr mütterlich veranlagt. Sie hat Law und mich aufgezogen. Mit der Zeit habe ich sie wie meine eigene Mutter geliebt und Law, als wäre er mein Bruder. Doch eines werde ich wahrscheinlich nie begreifen: Warum ihm Cristo Rey so gleichgültig ist.«

Catherine wollte etwas sagen, doch Sherrod gebot ihr lachend Einhalt. »Nun fragen Sie mich bloß nicht, wer von den beiden für meinen Vater zuständig war. Ich war damals noch nicht in dem Alter, wo man sich über so etwas Gedanken macht. Und als ich dann anfing, mir darüber Gedanken zu machen, starb Doña Dominica – an irgendeiner Frauenkrankheit.« Er schwieg bedrückt. Dann meinte er: »Nun wissen Sie mehr über die Godwins. Wie wäre es, wenn Sie mir jetzt von sich erzählten, Catherine?«

»Es wäre mir lieber, ich könnte Ihnen etwas Aufregendes oder zumindest etwas Interessantes berichten.« Sie lächelte gezwungen und hoffte, daß er das im Dunkeln nicht so genau sah. »Wie zum Beispiel, daß ich eine russische Prinzessin bin, die ihren Verfolgern mit Mühe und Not entkommen ist. Tatsache ist jedoch, daß ich eine ausgezeichnete Erziehung und Ausbildung genossen habe. Erst durch meinen Vater, einen Lehrer und Leiter einer Schule, und dann in einem Institut für junge Damen. Vor Jahren wurde meine Mutter krank. Ich mußte für sie und meine jüngere Schwester sorgen und habe unseren Lebensunterhalt durch meine Arbeit im Krankenhaus verdient. So ist Jahr um Jahr dahingegangen.«

»Aber was hat Sie dazu gebracht, hierherzukommen?«

»Vermutlich die Abenteuerlust.«

Ein Muskel in seiner Wange zuckte. »Und Lucy sehnt sich nach dem Osten zurück, weil sie der Überzeugung ist, daß man nur dort etwas erleben kann! Und dabei versichere ich ihr immer wieder, daß sie hier alles hat, wofür es sich zu leben lohnt – hier in Cristo Rey.«

Catherine seufzte. »Im Augenblick lauern im Osten nur Tod und Zerstörung. Ich wüßte nicht, was an den Rauchwolken so schön ist, die über den Städten hängen. Auch von den unbeschreiblich schönen Sonnenuntergängen, wie man sie hier sieht, kann dort keine Rede sein.«

»Warum sieht Lucy das nicht ein?« meinte er bekümmert. »Sie ist blind für alles, was ihr Cristo Rey zu bieten hat. Ich dachte, sie ...« Er hielt inne. Catherine entging es nicht, wie verlegen seine Stimme klang. »Ich weiß gar nicht, warum ich Ihnen das alles erzähle.«

Catherine setzte sich beunruhigt auf der hölzernen Bank zurecht. Eine seltsame Unruhe ergriff sie – jetzt wo der Mond ganz tief stand und der Hof im Dunkeln lag. Sie konnte sich mit einemmal des Gefühls nicht erwehren, als würden sie beobachtet.

»Catherine«, sagte Sherrod leise, »ich danke Ihnen sehr, daß Sie mir heute abend zugehört haben. Ich mußte unbedingt mit jemandem sprechen.« Nach einer Weile setzte er hinzu: »Ihre Freundschaft ist mir ungeheuer wichtig.«

Ihr wurde kaum bewußt, daß er ihre Hand ergriff und dann den Arm um ihre Taille legte, als sie ins Haus zurückgingen und sich jeder wieder in sein Zimmer zurückzog. In Gedanken war sie immer noch im Hof und sah ein Licht aufflammen, wenn auch ein ganzes Stück entfernt. Tabakdunst hatte plötzlich in der Luft gelegen. Sie kannte diesen Tabak aus Sonora.

9

Die nunmehr täglichen Ausritte boten Catherine eine willkommene Abwechslung, und sie lernte dabei die Gegend kennen. In ihren Augen war das Land unglaublich schön. Der ständige Wechsel von Licht und Schatten beeindruckte sie. Die Farben waren von einer Intensität wie man sie nirgendwo sonst zu sehen bekam.

Doch jetzt lag die Julihitze brütend über dem Land. Das Reiten wurde zur Strapaze. Die ausgedörrte Landschaft glich einem glühenden Ofen. Alles Leben schien erstorben, die Zeit stillzustehen. Trotzdem war sie nicht bereit, das Reiten einzustellen. Es kümmerte sie nicht, wohin das Pferd sie trug. Für diese Stunden lebte sie.

Eines Tages folgte das Tier einem schmalen Pfad an einem ausgetrockneten Flußbett entlang. Plötzlich blieb es mit angespannten Muskeln und gespitzten Ohren stehen. Da kam sie zur Besinnung. Sie spürte instinktiv die drohende Gefahr – wenn sie auch nicht hätte sagen können was schlimmer war: das Gebrüll eines mexikanischen Jaguars, der die Gegend durchstreifte oder der Anblick einer Indianerhorde, die auf sie zugesprengt kam.

Mehrere Minuten lang saß sie aufs äußerste angespannt im Sattel und rührte sich nicht. Fast schalt sie sich schon überängstlich, da sagte eine Stimme hinter ihr von einer Stelle etwas oberhalb: »Haben Sie sich nicht ein wenig zu weit von der Festung entfernt, Miß Howard?«

Wie angestochen fuhr sie herum. »Law!« keuchte sie erleichtert. Sie erkannte den Mann sofort, der auf ein Knie gestützt am Ufer ihrer harrte. Er trug nur eine schwarze, staubbedeckte Hose. Sein sehniger, tiefgebräunter Oberkörper war nackt. »Ich bin ja so froh, daß Sie es sind!«

»So?« Er erhob sich und kletterte den steinigen Hang hinunter. Er durchquerte das ausgetrocknete Flußbett und griff nach den Zügeln ihres Pferdes, das nervös auf und ab tänzelte, als er näherkam. Er streichelte das Pferd, und es beruhigte sich wieder. Law blickte zu Catherine hoch. »Und dabei hätte ich geschworen, daß Ihnen ein anderer viel lieber gewesen wäre.«

Sofort verkrampfte sich alles in ihr. Sie mußte sich zwingen, seinem durchdringenden Blick standzuhalten. »Ich weiß wirklich nicht, wovon Sie reden.«

Er verzog das Gesicht zu einer Grimasse. »Sie müssen mich für einen Einfaltspinsel halten, wenn Sie glauben, daß ich auf so ein Spielchen hereinfalle. Sie sind doch nicht Lucy. Sie sollten über so etwas erhaben sein.« Ohne ihre Antwort abzuwarten, zog er am Zügel, bis das Pferd eine Kehrtwendung gemacht hatte. »Sie sind in eine ausweglose Schlucht geritten, wo es nicht mehr weitergeht«, erklärte er, während er sie den Weg zurückführte, den sie gekommen war. Nach etwa fünfzig Metern stießen sie auf sein Pferd und ein mit Spitzhacken und Schaufeln beladenes Maultier.

»Waren Sie beim Schürfen?« erkundigte sie sich.

Er reichte ihr die Zügel. »Ich habe es jedenfalls versucht. Ohne viel Erfolg. Doch ich bin nicht abergläubisch.« Er grinste – nicht etwa sarkastisch, sondern liebenswürdig, als wolle er sie freundlich necken. »Na, sind Sie mal wieder durch einen Fluß gewatet?«

Er hatte diese Nacht also nicht vergessen. Die trügerische Hoffnung, der Branntwein könne ihm Vergessen schenken! »Nein«, erwiderte sie ruhig. »Und ich habe auch keine Blumen gepflückt, die nur nachts blühen.«

»Dann ist es aber höchste Zeit, daß Sie wieder einmal etwas Unvernünftiges tun«, behauptete er. Bevor sie noch protestieren konnte, hatte er ihr schon die Hände um die Taille gelegt und sie aus dem Sattel gehoben.

»O nein, Law Davalos«, setzte sie sich zur Wehr, als er sie einfach hinter sich herzog, »ich werde nicht wieder auf der Suche nach irgendeiner geheimnisvollen Blume in der Gegend herumstolpern.«

»Ich will Ihnen keine Blume zeigen, sondern einen Baum.«

»Aber es ist viel zu heiß, um ...«

»Da«, sagte er nur und zog sie neben sich.

Verwundert starrte sie den Baum an. An solchen Bäumen war sie schon gelegentlich vorbeigeritten. Es handelte sich um die größte der Yuccakakteen – mit bizarren Verästelungen, die alle in die gleiche Richtung wiesen. Ein Baum von einer wilden Schönheit.

»Das ist ein Joshuabaum«, erklärte er. »Die Mormonen haben ihn so genannt, weil er aussieht wie ein Mensch, der die Arme flehentlich zum Himmel hebt. Bei den Mexikanern kursieren abergläubische Geschichten über diesen Baum.«

Sie sah ihm ins Gesicht. »So? Was denn zum Beispiel?«

Lächelnd zuckte er die Achseln. »Zum Beispiel, daß man sich unter diesem Baum etwas wünschen darf.«

»Sind Sie zufrieden, wenn ich mir etwas wünsche? Können wir dann zurückreiten?« Sie spitzte die Lippen und kniff die Augen zu, als müsse sie sich konzentrieren. »Also, ich wünsche mir, daß Sie mich in Zukunft nicht mehr zu irgendwelchen Pflanzen in der Wüste schleppen.«

Er lachte. »Nein, das gilt nicht, Miß Howard. Wenn Sie keinen Wunsch aussprechen, kann er auch nicht in Erfüllung gehen. Wünschen Sie sich bitte etwas!«

Sie wandte sich ihm seufzend zu. »Also meinetwegen. Warten Sie!« Catherine schloß die Augen und überlegte eine

Weile. Ein Wunsch stieg übermächtig in ihr auf und überdeckte alles. Etwas war ihr noch viel wichtiger als die Genesung ihrer Mutter. Sie sehnte sich nach der Liebe eines Mannes, wünschte sich einen Ehemann wie Sherrod.

Law packte sie grob bei den Schultern. »Sie sind ja völlig verblendet, Miß Howard«, fuhr er sie an. »Mit einem Mann wie meinem Stiefbruder würden Sie nicht glücklich werden!«

Catherine riß erschrocken die Augen wieder auf. Also hatte Law sie beobachtet, als sie sich nachts im Hof mit Sherrod unterhielt. »Wollen Sie vielleicht behaupten, daß ich mit Ihnen glücklich würde?« knirschte sie.

Law würdigte sie keiner Antwort. Er riß sie heftig an sich, preßte seinen Mund auf ihre Lippen, daß es schmerzte. So ganz anders als beim ersten Kuß. Sie versuchte, sich ihm zu entwinden, doch er hielt sie eisern umklammert. Er zwängte seine Zunge zwischen ihre Lippen, zuerst nur spielerisch, dann grob und verletzend. Catherine war schockiert. Sie fühlte sich beschmutzt, geschändet. Abgestoßen wie sie war, stieg – für sie selber unbegreiflich – ein nie gekanntes Begehren in ihr auf, eine verzehrende Sehnsucht, die alle Einwände hinwegfegte. Es enttäuschte sie, daß er sie schon so bald wieder freigab.

»Nein«, keuchte er und hielt ihre Handgelenke immer noch umklammert, »ich kann dich bestimmt nicht glücklich machen. Ich glaube allerdings, daß bei dir kein Mann eine Chance hat, solange du Sherrod in den Himmel hebst.«

Eine blinde Wut stieg in ihr auf, doch er bot ihr mit einer Handbewegung Einhalt, bevor sie ihm die Leviten lesen konnte. »Immer mit der Ruhe! Versteh mich bitte nicht falsch! Ich habe meinen Stiefbruder immer bewundert. Sherrod ist jeder Zoll ein Gentleman. Er ist ein Mann wie ihn sich jede Frau erträumt. Doch als eben dieser Gentleman würde er sich hüten, die Anstandsregeln zu verletzen.« Law unterbrach sich und betrachtete ihr totenblasses Gesicht. »Wenn ich dagegen etwas wirklich will, Cate, dann kannst du sicher sein, daß ich es mir nehme und mich nicht um die Anstandsregeln schere.«

Er riß sie wieder in die Arme, hielt sie fest und bog sie so nach hinten, daß sie sich nicht rühren konnte. Mit der einen Hand stützte er ihren Kopf, mit der anderen umschlang er ihre

Taille. Seine Lippen saugten sich an ihrem Mund fest. Er küßte sie wild und leidenschaftlich. Catherine konnte sich nicht rühren, so fest hielt er sie umklammert. Sie stand bewegungslos, während die Sonne gnadenlos auf sie herniederbrannte.

Bisher hatten ihre viktorianischen Moralbegriffe keine Leidenschaft in ihr aufkommen lassen. Doch Law verstand es, die glimmenden Fünkchen in ihr zu einer lodernden Glut zu entfachen. Sie vergaß alles um sich herum, war ganz erfüllt von Law. Sie bekam seine männliche Kraft zu spüren. Er roch nach Leder, Schweiß und Tabak. Sein Herz schlug stürmisch dicht an ihrem Herzen – im gleichen Rhythmus, so schien es.

Unter ihren Händen fühlte er sich warm an, und sie spürte seine Muskeln. Seine Lippen schmeckten salzig, und sein Schnurrbart kratzte. Er war ein Mann durch und durch. Durch ihn wurde sie sich ihrer Weiblichkeit zum erstenmal bewußt. Sie erkannte, was die Bestimmung ihres Körpers war, wonach ihr Leib sich sehnte.

»Mach den Mund auf, Cate«, krächzte er. Seine Stimme klang heiser vor Begierde.

Sie wußte, daß sich eine Dame niemals so hinreißen ließe – doch war sie nicht in die Wildnis gegangen, um ihr Leben voll auszukosten? Trotz ihrer bösen Ahnungen konnte sie nicht anders. Langsam teilten sich ihre Lippen.

Law erforschte ihren Mund. Er knabberte mit den Zähnen an ihren Lippen. Sie war wie im Rausch und ließ ihn gewähren. Tief im Innern stieg die Frage in ihr auf, ob er wohl schon viele Frauen geliebt hatte. Wahrscheinlich konnte er seine Eroberungen schon nicht mehr zählen. Mit sicherem Griff fuhr er mit der einen Hand ihren Rücken hinunter und preßte sie an sich. Sie spürte seine bedrohlich harte Männlichkeit an ihrem Leib. Fast gaben die Knie unter ihr nach, so sehr sehnte sie sich nach der Erfüllung, für sie etwas Unwägbares, das heiß durch ihre Adern strömte, ihr den Atem nahm, die Kehle ausdörrte und ihr fast die Sinne raubte.

Doch als seine Hand dann ihre Brust umschloß, fuhr sie angesichts dieser völlig unerwarteten Vertraulichkeit zurück. »Nein!« fuhr sie auf.

Mit verschwimmendem Blick nahm sie wahr, wie sich

seine Augen vor Leidenschaft lodernd auf sie richteten. »Ich muß dich falsch eingeschätzt haben.« Er kniff die Augen zusammen. »Gehörst du etwa auch zu den Frauen, Cate, die die Männer an der Nase herumführen? Willst du mich zum Wahnsinn treiben?«

Verwirrt sah sie ihn an. Dann erst wurde ihr klar, was er meinte. »Du widerlicher Bauerntölpel!« Sie trat einen Schritt zurück und sah den jungen Mann verächtlich an. »Law Davalos, Sie sind ein Saufbold und Taugenichts. Ein ausschweifender Mensch, ein richtiger Parasit! Sie lassen Don Francisco und Ihren Stiefbruder für sich arbeiten!«

Ein schiefes Lächeln zeigte sich auf seinem kantigen Gesicht. »Ja, das alles und noch mehr.« Er schien sich königlich zu amüsieren. Er stemmte die Hände in die Hüften und verlagerte sein Gewicht auf ein Bein. »Sonst noch etwas?«

Sein Amüsement war ansteckend und nahm ihr den Wind aus den Segeln. »Ja.« Sie biß sich auf dic Lippen. »Ich möchte gerne ganz aufrichtig sein, doch das fällt mir nicht leicht – ich muß zugeben, daß es mir gefallen hat. Der Kuß.«

Law nickte bedächtig, und sie sah, daß er alle Mühe hatte, ernst zu bleiben. »Ich gebe auch zu, daß ich naiv und unerfahren bin und gar nicht wissen konnte, was da auf mich zukam – bis es beinahe zu spät war.«

Da verging ihm das Lächeln. Er versuchte zu begreifen. »Wofür zu spät?«

Catherine errötete. Sie kam sich grotesk vor, wie sie da in der glühenden Sonne stand und versuchte, ihm Aufschluß über sich zu geben. Freimütig gab sie zu: »Ich suche einen Ehemann.«

Seine Augen verengten sich zu schmalen Schlitzen. Da fuhr sie hastig fort: »An Sie habe ich dabei wahrhaftig nicht gedacht, Law Davalos. Sie würden einen miserablen Ehemann abgeben.«

Da lächelte er breit und schloß sie in die Arme. »Cate Howard, du gefällst mir. Du bist nicht nur eine hinreißende Frau, sondern auch herzerfrischend offen. Wir sind uns also einig, daß eine Heirat für uns nicht in Frage kommt...« Er versuchte, sie fester an sich zu ziehen, doch sie stemmte sich ihm entgegen.

»Sie Spatzenhirn, anscheinend verstehen Sie noch immer nicht! Was ich suche, ist ein Ehemann. Ich möchte heiraten und meinem Ehemann nicht besudelt gegenübertreten.«

Es zuckte um seine Mundwinkel. »Du willst also, daß wir uns nur weiter küssen, stimmt's?«

Sie starrte ihn wütend an. »Nein! Sie scheinen mich ja für sehr dumm zu halten. Dabei versuche ich Ihnen beizubringen, daß es mir zwar gefällt, von Ihnen geküßt zu werden, daß Sie es aber trotzdem nie wieder tun dürfen!«

Law konnte nicht mehr an sich halten, er brach in ein brüllendes Gelächter aus. Das Echo hallte durch die engen Schluchten ringsum. Er wollte sich ausschütten vor Lachen. Sie wurde immer wütender. Schließlich ballte sie die eine Hand zur Faust und versetzte ihm einen kräftigen Schlag in die Magengrube.

Da riß er sie hoch, bis ihre Füße den Boden nicht mehr berührten. »Dafür sollte ich dich auspeitschen!«

Doch statt dessen beugte er sich über sie und küßte sie so brutal, daß sie erschrak. Es war als wollte er sie verschlingen. Sie fühlte sich schwach und hilflos, kam sich vor wie ein willenloses Bündel. Wie eine Süchtige krallte sie die Finger in seine widerspenstigen sonnendurchglühten Locken, um ihn noch näher zu spüren.

Er gab sie so abrupt frei, daß sie um ein Haar gestürzt wäre. »Ich möchte dich vor noch etwas warnen, Cate«, sagte er gefährlich leise. Sein Blick schien sie zu versengen. »Du kannst nicht gegen deine Gefühle an. Du bist eine heißblütige Frau, Cate, ob du das nun wahrhaben willst oder nicht. Und du begehrst mich.«

Ihre Brust hob und senkte sich. Schweratmend sah sie ihn an. Ihre Verachtung kannte keine Grenzen. »Sie irren sich gewaltig! Ich begehre Sie durchaus nicht! Jeder andere wäre mir lieber als Sie!«

Da verzog sich sein Mund zu einem leisen Lächeln, doch in seinem Blick lag eine Glut, die sie erschreckte. »Nein, *du* bist im Irrtum, Cate. Du begehrst mich so sicher wie du hier unter diesem Joshuabaum stehst. Und du weißt, wo du mich findest. Ich werde hier auf dich warten. Ich werde warten – und du wirst zu mir kommen.«

»Da kannst du bis in alle Ewigkeit warten!« Sie machte auf dem Absatz kehrt und lief zu ihrem Pferd.

10

»Sie müssen unbedingt nach Tucson kommen und den *paseo* mitmachen, Catrina«, sagte die dreizehnjährige Atanacia.

Catherine sah die schöne kleine Mexikanerin in ihrem prächtigen weißen Kleid an und konnte kaum glauben, daß sie mit dem mächtigen rothaarigen Waliser verheiratet war, der Don Francisco gegenübersaß. Sam Hughes, der Ehemann, war dreiunddreißig. Wann immer Atanacias Blick auf ihren hünenhaften Gatten fiel, drückten ihre Augen Liebe und Anbetung aus. Das Paar hatte seine Flitterwochen in Santa Fé verbracht und hier Station gemacht, um Sherrod zu besuchen, der Sam gelegentlich Holz abkaufte. Sam Hughes betrieb nicht nur die Sägemühle in den Santa-Rita-Bergen, er betätigte sich in vielen Branchen.

»Ein *paseo* ist doch ein Spaziergang, nicht?« erkundigte sich Catherine.

Sam lachte. »Ja. Doch in Tucson ist das etwas ganz Besonderes. Sherrod, erzählen Sie ihr, was es damit auf sich hat.«

Sherrod sah sie an. »Am Samstagabend gehen die Männer in einer Richtung über die Plaza, Catherine, und die ledigen Frauen in der entgegengesetzten Richtung. Nachdem der Blickkontakt hergestellt ist und man sich des Einverständnisses des anderen sicher sein kann, löst sich das Paar aus der Reihe oder Gruppe und geht zusammen weiter.«

»Ein Heiratsmarkt in Atanacias Sinn«, mischte sich Sam ein. »Jetzt wo sie verheiratet ist, findet sie, daß alle anderen Frauen ihrem Beispiel folgen sollten.«

Atanacia wehrte ab. »Ach, Catrina, *mi esposo* hat kein Taktgefühl. Ich denke an den *paseo,* weil Sie so *hermosa* sind, und weil es in Tucson so viele *hombres* ohne *esposas* gibt.«

Catherine hätte schwören können, daß Law daraufhin

verächtlich schnaubte. Er lümmelte in einer Sofaecke. Sie warf ihm einen raschen Blick unter gesenkten Lidern hervor zu. Er schlürfte hastig seine heiße Schokolade.

»Ich fürchte, meine Kinder wären sehr traurig, wenn Catherine ginge«, gab Sherrod zu bedenken.

Von da an drehte sich das Gespräch um Kinder. Atanacia erklärte, sie wünsche sich fünfzehn Kinder. Lucy saß neben Sherrod und hüllte sich in Schweigen. Ihr schönes Gesicht wirkte eingefallen, die Lippen blutleer. Catherine verstand nicht, warum Lucy so unglücklich war. Sie hatte doch alles, was sich eine Frau nur wünschen konnte – ein schönes Zuhause, reizende Kinder, einen liebenswerten Ehemann.

Doch sie selbst sah nicht viel besser aus als Lucy. Sie war seit fast einer Woche nicht mehr ausgeritten – genauer gesagt, seit dem Tag unter dem Joshuabaum. Seitdem fühlte sie sich nicht mehr so gut. Ihr fehlten die Bewegung und die frische Luft. Ihre Haut wirkte glanzlos und matt, die Augen erschienen viel zu groß für ihr schmales Gesicht.

Law hatte sie einmal feige genannt. War sie das etwa nicht? Doch der Gedanke an Laws spöttische Blicke und seine Sticheleien war ihr unerträglich. Daher war sie wie ein angeketteter Gefangener ans Haus gebunden, aus lauter Angst, sie könnte ihm beim Reiten begegnen oder gar schwach werden und doch zu diesem Joshuabaum hasten.

Eine Woche lang hatte sie ihn nicht zu Gesicht bekommen. Sie war in ihrem Zimmer auf und ab gegangen, rastlos durch den Hof und die lichtlosen Zimmer spaziert. Immer mehr bemächtigte sich ihrer das Gefühl, als entwiche innerhalb der Festungsmauern das Leben langsam aus ihr. Sie brauchte die Sonne und den Wind!

Nun war Law wieder aufgekreuzt – ein Eindringling, der sie verfolgte.

Es gelang ihr nicht, ihn zu ignorieren. Sie fühlte sich ständig beobachtet und in die Enge getrieben, denn er ließ keinen Blick von ihr.

Als sich endlich alle zurückgezogen hatten, lag sie ruhelos im Bett und fand keinen Schlaf. Der Gedanke an Law Davalos hielt sie wach. Sie war wie besessen von diesem jungen Mann. Süchtig nach ihm, wie Lucy nach ihrem Opiat. Bei Tag schwebte ihr das Bild seines maskulinen Körpers ständig vor Augen. Nachts suchte Law sie im Traum heim.

Sie ließ die Gedanken schweifen, doch dann erstarrte sie mit einemmal. Ein Mann kam sporenklirrend durch die Kolonnaden näher. Sie ließ jetzt wie alle in der Bastion ihre Zimmertür offen, um die Hitze der Nacht einzudämmen und in den Genuß der schwachen Sommerbrise zu kommen. Sie sah die Umrisse des Mannes vor ihrer Tür. Er war so hochgewachsen, daß er sich bücken mußte, damit sein Kopf oben nicht an die Türfüllung stieß.

Etwas kratzte über eine Lehmwand, dann flammte ein Streichholz auf und beleuchtete ein kantiges Gesicht, als der Mann sich eine Zigarette ansteckte. Law sah sie mit seinen Wildkatzenaugen an. »'n Abend, Cate«, und schlenderte davon. Der widerwärtige Gestank der Zigarette bewies ihr, daß er es leibhaftig war und keine Ausgeburt ihrer Fantasie.

Verärgert kehrte sie der Tür den Rücken, klopfte ihr Kissen auf und nahm sich fest vor, einzuschlafen. Sie hörte Lucy im Nebenzimmer weinen. Kurz darauf stand Sherrod in der Tür. »Catherine«, flüsterte er eindringlich.

Sie setzte sich auf und zog sich die Decke bis ans Kinn hoch. »Lucy verlangt nach Ihnen«, erklärte er düster.

»Ich komme gleich. Sobald ich mir den Morgenrock übergezogen habe.«

Die junge Frau saß wie ein Häufchen Elend im Schaukelstuhl. Im flackernden Schein der Petroleumlampe wirkte sie nicht sehr vorteilhaft. Ihre Nase glänzte rot, und die blauen Augen blickten trübe. Lucys flachsgelbes Haar sah starr und trocken aus wie Stroh.

»Ich habe sie dabei erwischt, wie sie das eingenommen hat«, sagte Sherrod und reichte Catherine ein Fläschchen. »Laudanum. Und ich dachte, sie sei geheilt.«

»Erklären Sie ihm bitte, daß ich es unbedingt brauche«, bat Lucy ihre Freundin flehentlich.

Sherrod fuhr sich mit der Hand durchs Haar und erklärte: »Ich habe ihr klarzumachen versucht, wie gefährlich Laudanum ist, weil man davon süchtig werden kann. Doch sie hält mich nur für grausam.«

Lucy zitterte heftig. Catherine legte den Arm um sie und

sprach beruhigend auf sie ein. »Lucy, gehen Sie doch jetzt zu Bett. Sie sind sicher müde.«

Da erhob sich Lucy schwankend und klammerte sich an ihr fest. »Bitte, bleiben Sie bei mir!«

»Gern. So lange Sie möchten.« Sie deckte Lucy zu und setzte sich auf die Bettkante, Lucys verkrampfte Hand in der ihren. Sherrod sank in den Schaukelstuhl. Er war völlig übermüdet und hatte dunkle Schatten unter den Augen.

Als sich Lucys Hand entspannte und ihrer Hand entglitt, wandte sich Catherine an Sherrod: »Man kann sich das Laudanum ganz einfach schicken lassen. Durch ein Versandhaus, Sherrod. Sie sollten immer überprüfen, was allmonatlich von Tucson hergeschickt wird.«

»Großer Gott, warum tut sie das nur? Warum muß sie zu einem solchen Mittel greifen?«

»Aus Angst.«

»Aus Angst? Das verstehe ich nicht. Wovor hat sie Angst?«

»Möglicherweise fühlt sie sich dem Leben einfach nicht gewachsen. Offensichtlich macht ihr vieles Angst. Es gibt eben Ängste, die Männer nicht begreifen.«

»Lebensangst? Aber Catherine, sie braucht sich doch um nichts auf der Welt Sorgen zu machen! Eine ganze Reihe Bediensteter steht ihr zur Verfügung, die Kinder sind in bester Obhut, und für die Haushaltsführung ist allein meine Mutter zuständig. Worum sollte Lucy sich da sorgen?«

Catherine erhob sich vom Bett. »Ich glaube, sie wird jetzt bis morgen früh durchschlafen.« Doch sie kam nicht bis zur Tür. Sherrod hielt sie auf. »Ach, Catherine, Sie haben soviel Kraft. Warum kann Lucy nicht wie Sie sein?«

Er griff nach ihren Händen, doch sie wehrte ihn ab: »Sherrod, bitte nicht!«

»Ich habe mich in Sie verliebt«, gestand er ihr. Seine Stimme klang gequält. »Nicht wie es bei Lucy war – Lucy mit ihrem hübschen Lärvchen.«

»Bitte, Sherrod, sprechen Sie nicht weiter! Sie dürfen so etwas nicht sagen. Das macht doch alles nur noch schwieriger.«

Er zog sie in seine Arme. »Ich muß es Ihnen aber sagen. Ich finde keine Ruhe, Catherine, bevor du alles weißt. Du bist eine richtige Frau, kein seelenloses Wesen. Eine Frau mit tiefen starken Gefühlen. Du hast die Kraft, die Lucy fehlt.«

Catherine legte ihm die Hand auf die Brust und schob ihn fort. »Kraft nennen Sie das? Sie reden bei mir von Stärke?« Sie hatte das mit rauher Stimme hervorgestoßen. »Sherrod, in Wahrheit bin ich schwach. Was glauben Sie wohl, warum ich hierher nach Westen gekommen bin? Fortgelaufen bin ich, und zwar vor mir selbst!« Sie fuhr sich mit der Hand über die Augen. »Und dieses wilde Land hat mich schon dazu gebracht, Dinge zu tun, die ich früher weit von mir gewiesen hätte.«

Sie hob den Kopf. Ihre Blicke trafen sich. Sie sah die Leidenschaft in seinen Augen lodern wie bläuliche Flammen. Sie erkannte, daß er sich nichts sehnlicher wünschte als sie an sich zu ziehen und festzuhalten. Ihm, dem Ertrinkenden, erschien sie als die letzte Rettung. Auch sie war dem Ertrinken nahe. »Sherrod«, flüsterte sie, »seit ich denken kann, habe ich davon geträumt, von einem Mann wie Ihnen geliebt zu werden. Doch ich könnte niemals Ehebruch begehen. So tief darf ich nicht sinken. Und es wäre doch Ehebruch, wenn wir unseren Gefühlen freien Lauf ließen.«

Sie hatte ihm mit voller Absicht einen Schock versetzen wollen, doch er suchte ihren Blick. »Was ich für dich empfinde, ist weit mehr als Begierde oder Fleischeslust – oder wie immer meine Mutter das auch nennen würde, die ständig in der Bibel herumblättert!«

»Aber wie man es auch nennt, es ist und bleibt doch Ehebruch, nicht wahr?« hielt sie ihm behutsam vor. »Sherrod, dazu darf es nicht kommen. Wir würden alle daran zerbrechen – Lucy, Sie – und ich natürlich auch. Tun Sie mir das nicht an. Tun Sie es *uns* nicht an.«

Da lachte er – verbittert und enttäuscht. »Du bist wohl nicht bereit, den Glauben der Mormonen anzunehmen? Dann könnte ich dich trotz Lucy zur Frau nehmen. Bitte sieh mich nicht so an. Nein, Catherine, ich könnte dir das gar nicht antun – selbst wenn du dazu bereit wärst. Für meinen Vater und meine Mutter war es die reine Hölle, das habe ich ja miterlebt. Law ebenfalls. Ich habe mir geschworen, meiner Familie das niemals anzutun. Und dir schon gar nicht. Dazu liebe ich dich viel zu sehr. Nun will ich nichts mehr sagen – so sehr ich mich auch nach dir sehne.«

Sie floh in ihr Zimmer, kaum daß er ihre Hände losgelassen hatte.

11

Was für ein herrliches Gefühl, den Wind in den Haaren und die Sonne auf dem Gesicht zu spüren! Sie lebte wieder auf. Das rotbraune Pferd ließ in fliegendem Galopp die Ranchería schon bald hinter sich und preschte weiter. Das Gras wurde immer spärlicher. Bald befanden sie sich inmitten der Wüste. In der Wüste und den felsigen Flußhügeln fühlte sich Catherine am wohlsten. Sie liebte die klaren reinen Linien dieser Landschaft.

Während sie über die erstarrte Lava galoppierte, konnte sie endlich wieder klar denken. Die zärtlichen Gefühle, die sie für Sherrod hegte und die verzehrende Glut, die sie bei dem Gedanken an Law erfüllte, standen ihrem Glück im Weg. Sie sehnte sich nach einem dauerhaften Glück, nach einer eigenen Familie. Wenn es ihr gelang, sich die beiden Brüder noch ein halbes Jahr aus dem Kopf zu schlagen, war sie wieder frei, und die Qual würde ein Ende haben.

Aber gab sie sich da nicht nur Illusionen hin? Die Joshuabäume schienen ihrer zu spotten. Von Law – einer Urgewalt wie die Berge, in denen er schürfte – konnte sie sich einfach nicht lösen. Sie sah ständig seine lachenden Augen, den zu einem spöttischen Grinsen verzogenen Mund und die aristokratische Nase des jungen Mannes vor sich. Ihr ganzes Wesen war von seinem Bild erfüllt, so daß kein Raum für irgend etwas darüber hinaus blieb – nicht einmal für Sherrod.

Für sie gab es nur Law. Der Gedanke an ihn schmerzte, die Sehnsucht nach ihm verzehrte sie.

Über den Huachuca-Bergen türmten sich drohende Wolkenmassen auf. Sie wirbelten heftig durcheinander. Der heiße Wind kündete davon, daß es bald regnen würde.

Tief in Gedanken versunken, bemerkte Catherine erst nach

einer ganzen Weile, welchen Weg das Pferd einschlug. Sie näherten sich der Stelle, an der sie Law zuletzt begegnet war. Aber warum sollte er da sein? War er vielleicht ein Geist, den sie herbeizitieren konnte, wann immer es ihr paßte? Solche Gedanken konnten überhaupt nur aufkommen, weil von der Landschaft ein fast mystischer Zauber ausging.

Dieser verdammte Joshuabaum! Beim Anblick seiner gen Himmel gereckten Verästelungen schrak sie zusammen. Da fiel ihr Blick auf Law. Sie erlag keinem Trugbild, er war leibhaftig da. Er saß kerzengerade wie eine Statue auf seinem Pferd. Riesengroß und furchterregend. Als Catherine sein leises Lachen hörte, war sie wie erlöst. Die Erstarrung fiel von ihr ab. Sein zärtliches Lachen glich einer Liebkosung.

Sie brachte ihr tänzelndes Pferd zum Stehen. Noch konnte sie kehrtmachen. In ihr tobte ein wilder Kampf. Ihr Gehirn sandte Befehle an ihre Hände aus, doch die hielten die schlaffen Zügel und reagierten nicht. Hilflos saß sie im Sattel und sah mit an, wie Law seinem Pferd die Knie in die Flanken drückte und langsam auf sie zugeritten kam.

Als er so nah herangekommen war, daß sie ihm in die Augen sehen konnte, in denen die Glut der Sonne zu schwelen schien, erwachte sie endlich aus ihrer Erstarrung. »Weißt du was? Ich mag dich nicht einmal.«

Law unterdrückte ein Lächeln. Seine etwas unregelmäßigen Zähne leuchteten strahlend weiß unter dem lohfarbenen Schnurrbart. »Aber dein Körper spricht eine andere Sprache. Gegen die Begierde bist du machtlos. Dagegen kannst du gar nicht an.«

Er glitt von seinem Pferd. Wie gebannt hing sie an seinem Blick, als er ihr die Zügel aus der Hand nahm. Er umfaßte ihre Taille und hob sie aus dem Damensattel, als wäre sie leicht wie eine Feder. Sie ließ es geschehen, ohne sich zur Wehr zu setzen. Sie war wie in Trance.

Catherine ließ sich willig zu dem Baum tragen und entzog sich ihm auch nicht, als er sie küßte. Der Kuß schien sie zu versengen und wühlte sie bis ins Innerste auf. Der Knoten löste sich, die Qual verebbte. Ein tiefes Glücksgefühl durchströmte sie. In Laws Gegenwart verblaßten alle Einwände. Ihr ganzes Sehnen galt ihm.

Law löste seinen Mund von ihren Lippen. Als er von ihr abrückte, lag ein schiefes Lächeln um seinen Mund. Er wand sich aus dem Poncho, den er getragen hatte und breitete ihn im Schatten des Joshuabaumes aus. »Cate, du hast mich gar nicht gefragt, was ich mir wünsche.«

Fliehe vor ihm – lauf so schnell du kannst, drängte eine innere Stimme. Doch sie stand vor dem knienden Mann, unfähig sich zu rühren. »Ich will es gar nicht wissen.«

Da erhob er sich und sah mit diesem ruhigen wissenden Lächeln auf sie hinunter. »Aber gegen meine Küsse hast du nichts einzuwenden?«

Sie schloß gequält die Augen. Schüttelte den Kopf.

Er umfaßte ihre Schultern und schüttelte sie sanft. »Dann sprich es aus! Sag mir, daß du mich begehrst, dich nach mir gesehnt hast, daß du meine Küsse nicht vergessen konntest.«

Sie sah ihn mit blitzenden Augen an. »Ja, das gebe ich zu! Aber ich liebe dich nicht!« Angewidert zog sie die Nase kraus. »Männer wie du ...«

Law lachte laut und ungeniert. »Wer redet denn von Liebe? Ja, ich weiß – dir liegen Männer wie mein anspruchsvoller Stiefbruder. Aber der ist schon vergeben, das ist nun mal nicht zu ändern. Also wird die propere Miß Howard ihre Begierde mit Hilfe des verabscheuungswürdigen Mexikaners stillen müssen.«

Er legte ihr die Hände auf die Schultern und drückte sie hinunter, bis die Beine unter ihr nachgaben und sie auf den ausgebreiteten Poncho sank.

»Du denkst vielleicht, ich bin zu stolz, um an zweiter Stelle zu rangieren. Aber da irrst du dich, Cate. Das berührt mich nicht. Ich muß dich haben, Cate. Ich habe dich vor mir gesehen, wann immer ich unter dem Sternenhimmel lag. Diese hochmütigen Augen und deinen Mund – weißt du eigentlich, daß du wunderschön bist, wenn du lächelst? Dann habe ich mir vorgestellt, wie du ohne all den Firlefanz aussehen mußt – nicht eingeschnürt und bis zum Hals hinauf verpackt. Welche Freude wird es sein, dich auszuziehen, dich Schicht um Schicht aus diesem Zeug herauszuschälen.« Er fuhr spielerisch über die Halskrause ihres Kleides. »Das ist, wie wenn man ein Weihnachtsgeschenk auspackt.«

Seine kühnen Worte hypnotisierten sie, erregten ihre Sinne. Sie konnte sich seinem Bann nicht entziehen, während er so auf sie einsprach. Ihr kam nur vage zu Bewußtsein, daß es donnerte. Das Echo hallte schauerlich an den Wänden der Schluchten wider. Dramatisch wie eine Wagner-Oper. Windgepeitschte Wolkenfetzen trieben über die Berge und verdunkelten mit rasender Geschwindigkeit das Land. Grelle Blitze zuckten über den Himmel, als zürnten sie dem Paar.

Catherine hatte das untrügliche Gefühl, daß ihre Seele der ewigen Verdammnis anheimfallen würde, wenn sie sich Law jetzt hingab. Doch die Entscheidung war gefallen. Es gab kein Entrinnen mehr. Schon schob ihr Law den Rock hoch, bis weit über die Stiefel hinauf. Ihre langen, überschlanken Beine kamen zum Vorschein.

Sie kniff die Augen zu, als er sich auf sie legte. Sie krallte die Finger in das grobe Tuch des Ponchos, bis die Knöchel weiß hervortraten. Sie knirschte: »Bringen wir es also hinter uns.« *Damit meine Sehnsucht endlich gestillt ist und ich wieder Frieden finde.*

»Nein, mein liebes Mädchen. Wir werden nicht übereinander herfallen wie brünstige Tiere. Dafür bedeutest du mir viel zuviel.«

Er folgte mit dem Zeigefinger der Linie ihrer hohen Wangenknochen, fuhr ihr über die Wange und die Lippen. »Hinterher werde ich dich kennen, Cate, durch und durch, von Kopf bis Fuß – von deinem willensstarken Kinn bis zu den feinen hellen Härchen auf deinen Beinen.«

Catherine fuhr auf. Sie war entsetzt. Daß er so roh von ihrem Körper sprach, schockierte sie fast ebenso als wäre er gleich mit der Hand die Innenseite ihres Schenkels entlanggefahren. Sie versuchte, ihren Rock wieder hinunterzuschieben, doch Law ließ nicht locker. Er war schon dabei, ihr die Stiefel auszuziehen.

Ebenso selbstsicher und gekonnt zog er ihr die schwarze Jacke und die vorn geknöpfte Bluse aus. Sie lag auf dem Rücken und blickte zu dem Mann auf, der halb über ihr lag und sich mit ihrer Kleidung abmühte. Sie spürte sein starkes Begehren, doch er sah liebevoll und geduldig auf sie hinunter. Catherine fragte sich, wie sie ertragen sollte, was ihr bevorstand, und doch konnte sie es kaum erwarten. Sie sehnte sich danach, die Wärme und das Gewicht seines Körpers ganz auf sich zu spüren und in einen leidenschaftlichen Kuß zu versinken.

Law hatte sie bis auf ihren Reitrock und die feine Spitzen-Untertaille über dem Fischbeinkorsett entkleidet. »*Dios mío*«, fluchte Law verhalten vor sich hin, »was soll denn das, Cate? Wozu trägst du dieses Monstrum? Du bist doch so schlank, daß ich dich mit meinen bloßen Händen zerbrechen könnte.«

Er machte sich daran, die Corsage aufzuschnüren. Sie griff nach seinen Händen und gebot ihm Einhalt. Wenn er so weitermachte, wären ihre vollen Brüste seinen Blicken schutzlos preisgegeben. Dann würde er sich nicht mehr zurückhalten können, und sie mußte alle Hoffnung fahrenlassen, doch noch ungeschoren davonzukommen. Sie zwang sich, ihm in die Augen zu sehen und seinem lodernden Blick standzuhalten. Über ihnen zuckten Blitze. Donnerschläge krachten. Ihre Worte waren kaum zu hören, als sie sprach.

»Law, wenn du mich nimmst, wirst du mich zerbrechen.«

Da sprang er auf. »Cate, verdammt noch mal, das ist jetzt schon das zweite Mal! Du kannst einen Mann zum Wahnsinn treiben! Man könnte glatt impotent werden! Verschwinde! Geh mir aus den Augen!«

Catherine raffte eilig ihre Kleider zusammen. »Wenn du dich noch einmal in meine Nähe wagst, *werde* ich dich nehmen und zerbrechen«, keuchte er. »Ich werde dafür sorgen, daß du mir wie eine Hündin nachläufst!« Er fluchte fürchterlich. Dann wandte er sich ganz abrupt ab und ließ sie einfach stehen. Sie mußte allein zur Festung zurückreiten. Aber sie war unversehrt.

12

»Miß Howard!« unterbrach Elizabeth den Unterricht. Ihre kalte befehlsgewohnte Stimme erschreckte Catherine noch immer.

Sie erhob sich vom Wohnzimmertisch, an dem sie die

Kinder unterrichtet hatte. Draußen prasselte der Regen auf die ausgedörrte Erde nieder. »Ja, Mrs. Godwin?«

»Ich möchte Sie sprechen – und zwar allein!«

Catherine nickte den Kindern freundlich zu. »Geht zu Loco. Er soll euch heute ausnahmsweise schon früher etwas zu essen machen. Dann könnt ihr noch ein Weilchen spielen, bevor wir uns wieder an die Arbeit machen.«

Die Kinder stoben davon, selig über den unverhofften Aufschub. Catherine war weniger begeistert. Nun sah sie sich der verbitterten Frau allein gegenüber.

»Miß Howard, ich will gleich zur Sache kommen. Ich weiß, daß Sie meinen Sohn verführen wollen. Nun tun Sie bloß nicht so überrascht«, fuhr sie nach einem Blick in Catherines Gesicht fort. Ihre Wangen waren zorngerötet. »Ich habe nämlich selbst mitangehört, wie Sie sich vorgestern nacht im Hof mit Sherrod unterhalten haben.«

Catherine umklammerte die Tischkante. »Mrs. Godwin, ich muß mich ganz entschieden gegen Ihre Anschuldigung verwahren. Und ich kann es auch nicht gutheißen, daß Sie mir nachspionieren.«

»Ich werfe Ihnen vor, daß Sie drauf und dran sind, Sherrod zu ruinieren.«

Catherine hielt Elizabeths flammendem Blick stand. Sie boten einander die Stirn. Elizabeth mußte daran denken, daß sie vor Jahren schon einmal mit einer jungen Frau konfrontiert worden war, die ihr den Ehemann zu rauben drohte. Für eine Weile war ihr das sogar gelungen. Doch das Schicksal hatte Erbarmen mit ihr gehabt. Ihre Rivalin war gestorben. Keine andere Frau machte ihr den Ehemann mehr streitig – und Cristo Rey bekam sie noch dazu.

»Ich lege keinen Wert darauf, dieses Gespräch fortzusetzen.«

»Das werden Sie wohl müssen«, behauptete Elizabeth und stellte sich drohend vor Catherine auf. »Aber das ist noch nicht alles. Sie werden Cristo Rey verlassen. Was für einen Grund Sie hier dafür nennen, ist mir egal. Ich verlange, daß Sie gehen!«

»Und wenn ich mich weigere?«

»Ich halte Sie nicht für so dumm, Miß Howard. Ich kann mir

kaum vorstellen, daß Sie aus freien Stücken zum Mormonenglauben übertreten, um Sherrod heiraten zu können und seine zweite Frau zu sein. Ich weiß aus eigenem Erleben, wie es ist, wenn man seinen Mann mit einer anderen Frau teilen muß. Sie gehören bestimmt nicht zu den Frauen, die sich mit so etwas abfinden. Doch ich erlaube Sherrod nicht, sich von Lucy scheiden zu lassen, um Sie heiraten zu können.«

Die runzligen Lider der Frau verengten sich. Ihre Pupillen wirkten steinern. »Denken Sie daran: Mein Mann weiß auf seine alten Tage, was seine Pflicht der Kirche gegenüber ist. Wenn sich Sherrod von Lucy scheiden ließe, würde er ihn ganz bestimmt enterben. Sherrod würde Lucy vielleicht Ihretwegen verlassen, doch würde ich es niemals zulassen, daß er Cristo Rey Ihretwegen aufgibt. Ich wünsche daher, daß Sie von hier verschwinden, Miß Howard, bevor Sie sich noch weiter in die Sache verrennen.«

»Nur, wenn Sherrod das wünscht.«

Elizabeth lächelte höhnisch. »Glauben Sie etwa, daß mein Mann oder mein Sohn Sie bleiben ließen, wenn sie wüßten, daß Sie eine Affäre mit Law haben? Unter den Augen der Kinder lassen Sie sich mit ihm ein!«

Catherine riß die Augen auf. »Daran ist kein wahres Wort!«

»Es spielt keine Rolle, ob das zutrifft oder nicht. Sherrods Tochter hat mitangesehen, wie Law Sie in der Nacht, in der die Fiesta stattfand, geküßt hat. Ich hörte, wie sie ihrem kleinen Bruder davon erzählte. Sie werden ja wohl nicht annehmen, daß Sherrod und mein Mann Ihnen eher Glauben schenken würden als Abigail und mir!«

Es hätte schlimmer kommen können, dachte Catherine. Wenn sie fortging, konnte Law sie nicht mehr in Versuchung führen. In Tucson würde sie sich freilich dem Problem gegenübersehen, mit Unterrichten soviel zu verdienen, daß nicht nur sie selbst, sondern auch ihre Mutter und ihre Schwester davon leben konnten.

Lehrer waren Mangelware im Territorium. Sie waren sehr gesucht. Doch nur die wirklich reichen Leute konnten sich eine Lehrkraft für ihre Kinder leisten.

Es gab sicher hundert Rechtsanwälte im Territorium, doch keinen einzigen Arzt oder Lehrer. Sie selbst war eine der ganz wenigen weißen Frauen im Territorium von Arizona. Zumindest dürfte es ihr nicht schwerfallen, in Tucson einen Ehemann zu finden.

Sie bereute jetzt, den Entschluß gefaßt zu haben, der Familie nach dem Abendessen zu eröffnen, daß sie fort wollte. Law war nämlich da. Er würde sicher glauben, daß sie vor ihm davonlief. Tat sie das?

Widerstrebend sagte sie: »Da die ganze Familie jetzt hier versammelt ist, möchte ich die Gelegenheit ergreifen, Ihnen mitzuteilen, daß ich mich gezwungen sehe, Cristo Rey zu verlassen.«

Fassungsloses Staunen und Entsetzen. Bevor noch jemand Einwände erheben konnte, fuhr Catherine hastig fort: »Ich fühle mich verpflichtet, mehr als nur zwei Kinder zu unterrichten. Allein in Tucson gibt es viele Kinder, die noch nicht einmal ihren Namen schreiben können.«

Jetzt wagte sie es, Don Francisco anzusehen. Trotz seines Alters hatte er noch nichts von seinem Scharfsinn eingebüßt. Um ihn zu überzeugen, würde sie stichhaltige Gründe vorbringen müssen. »Ich weiß natürlich, daß es für Sie eine Zumutung ist, wenn ich vor der Zeit gehe, nachdem Sie keine Mühe gescheut haben, mich hierherzuholen. Doch Abigail und Brigham haben in diesen sechs Monaten weit größere Fortschritte gemacht als ich je zu hoffen gewagt hätte. Lucy, Sie brauchen nur dafür zu sorgen, daß die Kinder nicht aus der Übung kommen …«

Ihre Stimme erstarb, als Abigail und Brigham angesprungen kamen und sich an sie schmiegten. »Nein!« klagte Brigham und griff nach ihrer Hand. »Bleiben Sie doch bitte, bitte bei uns!«

»Sind Sie auch ganz sicher, daß Sie die richtige Entscheidung getroffen haben?« fragte Sherrod.

Catherine errötete. Bestimmt war niemandem entgangen, wie gequält seine Stimme klang. Es konnte niemandem verborgen bleiben, daß er hoffnungslos in sie verliebt war. Catherines Blick fiel auf Law. Er saß da wie nicht anders zu erwarten, den Mund zu einem zynischen Lächeln verzogen. Er war Sherrods Geheimnis mit Sicherheit auf der Spur.

Einzig Elizabeth lächelte zufrieden. »Mein Junge, sie wird schon wissen, was das Beste für sie ist.«

Schließlich äußerte sich Don Francisco: »Sie werden hier in Cristo Rey gebraucht. Trotzdem finde ich es richtig, daß Sie tun, wovon Sie überzeugt sind, Miß Howard. Jede Veränderung erfordert Mut, und den besitzen Sie in reichem Maße.«

»Ich danke Ihnen, Don Francisco«, erwiderte Catherine ruhig. Sie hatte die Arme um die Kinder gelegt, die sie nicht gehen lassen wollten. Sie hätte viel darum gegeben, sie auch in Zukunft von ihrer teilnahmslosen Mutter und herrschsüchtigen Großmutter schützen zu können. Die Kinder brauchten einen Menschen, der für sie da war und wirklich Anteil an ihnen nahm.

Glücklicherweise wußte Sherrod von einem leerstehenden Haus in Tucson. Der Vermieter war Sam Hughes, und Sherrod glaubte fest daran, daß es für wenig Geld zu haben war. Er versprach Catherine, sofort an Sam zu schreiben.

Er erbot sich außerdem, sie selbst nach Tucson zu bringen. Catherine konnte darin nichts Verwerfliches sehen – um so mehr, als sie vorgeschlagen hatte, daß auch die Kinder mitfahren durften. Lucy schützte Kopfweh vor und blieb zu Hause, doch Abigail und Brigham waren schrecklich aufgeregt, weil sie in Tucson übernachten sollten.

Eine ganze Weile sprachen Catherine und Sherrod über belanglose Dinge. So erklärte Sherrod zum Beispiel, daß das Territorium von Arizona unbedingt Wasser brauche. Er gab sich alle Mühe, unbefangen zu erscheinen. »Arizona verfügt über alles mögliche«, fuhr er fort: »Rinder, Baumwolle, ein einmaliges Klima, Kupfer, Bodenschätze – doch etwas Lebenswichtiges ist knapp: das Wasser.«

Catherine brachte zur Sprache, welches Pensum die Kinder noch lernen mußten, bevor sie auf ein Internat geschickt werden konnten, doch er unterbrach sie mitten im Satz und sagte mit gepreßter Stimme: »Catherine, gehst du meinetwegen fort?«

Catherine warf einen Blick auf Abigail, die mit dem Kopf an ihrer Schulter schlief. Brigham lag zwischen Catherines Koffer und ihrer Reisetasche ausgestreckt und schlief ebenfalls sanft und selig, obwohl sie tüchtig durchgerüttelt wurden. »Nein«, erwiderte sie leise, »ich tue das für mich. Sherrod, ich wünsche mir, was jede Frau sich wünscht. Einen Mann und Kinder, eine eigene Familie. Ich möchte lieben und geliebt werden. Das ist in Cristo Rey nicht möglich, ohne daß jemand darunter leidet. Deshalb muß ich fort.«

Sam Hughes Haus wirkte auf den ersten Blick genauso primitiv wie die anderen Häuschen in den engen Gassen Tucsons, nur etwas größer. Drinnen war es jedoch herrlich luftig und kühl. Auf dem festgetretenen Erdboden lagen grobe Teppiche. Decken in grellen Farben stapelten sich an den weißgekalkten Wänden. Tagsüber wurden sie als Sitzgelegenheiten benutzt, nachts schlief man darauf und deckte sich damit zu.

Atanacia kam aus dem Haus gerannt. Nach der stürmischen Begrüßung führte sie Catherine in den Innenhof mit schattigen Bäumen. Sie drängte Catherine und den Kindern Limonade auf. Sam und Sherrod kamen später. Die dreizehnjährige Atanacia setzte ihnen zum Abendessen Hammelragout mit gebratenen Birnen vor. Es schmeckte ausgezeichnet. Catherine konnte kaum glauben, daß Atanacia kaum älter war als Abigail, die noch mit Puppen spielte.

Als Catherine ihrer Verwunderung darüber Ausdruck gab, erklärte Atanacia: »Ich bin zu Hause die Älteste gewesen. Ich habe zehn jüngere Geschwister. Da mußte ich alles schon sehr früh lernen.«

Atanacia rollte die Decken für die Männer auseinander. Sie sollten in dem größten Raum, der Küche, schlafen. Für Catherine, sich selbst und die Kinder richtete sie das Lager im Schlafzimmer.

Der nächste Vormittag war für Catherine genauso schlimm wie der Tag, an dem sie sich von ihrer Mutter und ihrer Schwester trennen mußte. Der Abschied von den Kindern fiel ihr unsagbar schwer. Sie drückte sie fest an sich und schenkte Abigail das Buch ›Alice im Wunderland‹ und Brigham das ›Skizzenbuch‹ von Washington Irving.

Sherrod nahm ihre Hand und hielt sie lange fest. Die Menschen waren selbst zu dieser frühen Morgenstunde schon auf den Beinen. Mit Lasten beladene Wagen fuhren dicht an dicht durch die schmalen Sträßchen, die zur Plaza führten und stauten sich vor der Stadtmauer. »Bist du dir eigentlich darüber im klaren, daß Tucson ein richtiges Sodom und Gomorrha ist?« fragte er besorgt. »Nirgendwo sonst auf der Welt findest du ein solches Sammelsurium von heruntergekommenen Subjekten, Catherine. Paß bitte gut auf dich auf.«

Er senkte die Stimme, damit Abigail und Brigham nichts verstanden. »Du weißt, was ich für dich empfinde. Solange ich lebe, wird sich daran nichts ändern, mein Liebling. Du sollst wissen, daß ich immer für dich da bin. Ich komme sofort, wenn du mich brauchst.«

13

Atanacia nahm ihre neue Freundin kritisch in Augenschein. Sie konstatierte die feinen Züge und die großen Augen, die sofort gefangennahmen. Sie leuchteten in dem ansonsten durchscheinend bleichen Gesicht. »*Amiga*, du bist *muy bonita*, wirklich. Warum bist du eigentlich noch nicht verheiratet?« Sie schlug sich erschrocken mit der Hand auf den Mund und hätte diese Frage am liebsten zurückgenommen. »Lieber Himmel, wie *malcreado*! Wie taktlos von mir.«

Catherine lachte. »Aber Atanacia, es freut mich doch, daß mich jemand danach fragt. Bisher haben mich die Leute immer nur mitleidig angestarrt, doch niemand hatte den Mut, mir diese Frage zu stellen. Mir ist ganz einfach noch nie ein Mann begegnet, mit dem ich gern verheiratet wäre – und der auch mich gern geheiratet hätte. Zu einer Heirat gehören zwei!«

»Was für *burros*, diese Männer! Aber in Tucson gibt es so viele *hombres*. Sieh mal!« Sie zog Catherine zu dem kleinen Fenster und schob den Vorhang aus Lederfransen beiseite. »Da, siehst du?«

Catherines Blick fiel auf die unregelmäßig angeordneten Häuschen auf der anderen Straßenseite. Die Fenster waren der gleißenden Sonne wegen geschlossen, als befänden sich die Häuschen in einer Art Erschöpfungszustand.

Rechts von Catherines Haus lehnten zwei Mexikaner rauchend an einem Wagenrad. Vier oder fünf Männer – nach ihren Stoppelbärten und speckigen Wildlederhosen zu urteilen, sicherlich Abenteurer – hatten es sich gegenüber unter der Markise des Saloons bequem gemacht. »Ich weiß nicht, wovon du redest«, meinte Catherine verwirrt.

»*Idiota!*« rief Atanacia liebevoll. »Normalerweise schlafen sie nachmittags unter irgendeiner Plane oder betrinken sich auf der Plaza. Sie sind deinetwegen hier und warten, bis du rauskommst. Es macht sie schon glücklich, eine Weiße zu Gesicht zu bekommen. Bald werden sie an deine Tür klopfen und dir den Hof machen.«

Catherine zog lächelnd das Baumwolltuch von ihrem Kopf, das sie beim Hausputz getragen hatte. »Wenn das so ist, muß ich dafür sorgen, daß ich mich sehen lassen kann.«

Atanacia sollte recht behalten. Innerhalb einer Woche machten ihr drei Männer ihre Aufwartung und erboten sich, ihr beim »Einrichten« zu helfen – ein Schürfer und zwei Kavalleristen.

Sie lehnte dankend ab, registrierte aber Namen und Aussehen der Männer.

Auch was das Unterrichten anging, konnte sie schon bald erste Erfolge verzeichnen. Jeden Morgen kamen zwölf Schüler zu ihr, lauter Mexikaner, darunter kein einziges Mädchen. Sie verdankte diese Schüler Sam und Sherrod, die für ihren Unterricht geworben hatten. Die Schiefertafeln bezahlte sie aus ihrer eigenen Tasche – fünfundzwanzig Cents pro Stück. Das Schulgeld betrug pro Schüler drei Dollar im Monat. Das Geld deckte kaum ihre Unkosten. In Tucson war alles sehr teuer. Das lag an den hohen Transportkosten. Alles kam aus dem Osten.

Wenn der Unterricht um eins zu Ende war, machte sich Catherine an die Arbeiten im Haus, die normalerweise von Dienstboten verrichtet wurden.

Sie aß oft bei den Hughes zu Abend. Sie kam erst gar nicht dazu, sich einsam zu fühlen, denn sie hatte fast täglich Herrenbesuch. Die ›Herren‹ saßen dann verlegen bei ihr herum und drehten ihre Hüte in den Händen. Sie ließen sich über das schöne Wetter aus und verabschiedeten sich wieder. Das amüsierte Catherine. Nicht einmal ihre Schwester Margaret hatte so viele Galane zu verzeichnen!

Ihre Tage waren ausgefüllt, doch nachts überfiel sie die Einsamkeit mit aller Macht. Dann quälte sie die Vorstellung, daß sie bald eine verknöcherte alte Jungfer sein würde, das ewige ›Fräulein Lehrerin‹.

Immer wieder dachte sie an Law. Sie hatte dabei einen bitteren Geschmack im Mund, was sie jedoch nicht daran hinderte, sich mit bebenden Lippen daran zu erinnern, welche Seligkeit sie bei seinen Küssen empfunden hatte.

Jeden Morgen stellte sie gleich nach dem Aufwachen fest, daß irgendein Fremder vor ihrer Tür geschlafen hatte. Jedesmal ein anderer. Sie schloß daraus, daß sich die Männer Tucsons darin abwechselten, für den ungestörten Schlaf der hellhäutigen Frau zu sorgen.

Manchmal fand sie einen weißhaarigen alten Mexikaner auf ihrer Türschwelle, der unter seinem fadenscheinigen Sombrero und einer alten Decke schlief. Dann wieder einen ungelenken Cowboy mit einem fürchterlichen Kater. Catherine weckte ihren jeweiligen Beschützer, setzte ihm ein Frühstück vor und schickte ihn weg.

Im November – als die Tage merklich kühler wurden – machten ihr zwei Herren den Hof, die sie sich durchaus als Ehemänner vorstellen konnte.

Lionel McCrary war Anwalt, vor fünfzehn Jahren aus Pennsylvania gekommen, weil der Westen große Anziehungskraft für ihn besaß. Der schlanke drahtige Mann hätte seinem Alter nach ihr Vater sein können, doch in ihm fand sie erstmals in Tucson einen ebenbürtigen Gesprächspartner.

Catherine ließ sich von Lionel in das einzige Restaurant in Tucson einladen, das es wenigstens in etwa mit amerikanischen Restaurants aufnehmen konnte. Sie genoß diese Abende sehr. Sie heiterten sie auf.

Der andere Heiratskandidat war ein Leutnant namens Jeremy Rankin, in Camp Lowell stationiert. Ein sehr liebenswerter junger Mann, doch alles andere als extrovertiert. Er war von ruhiger Wesensart, hatte tadellose Manieren und brachte ihr eine solche Hochachtung entgegen, daß er an einen Gentleman der Südstaaten erinnerte. Er war mittelgroß und ziemlich attraktiv.

Jeden Samstagmorgen erschien Jeremy bei ihr, um einen

Stadtbummel mit ihr zu machen. An einem wunderschönen sonnigen Samstag, Mitte Dezember, jammerte sie auf einem solchen Spaziergang darüber, daß es die Bewohner von Tucson offensichtlich nicht für nötig hielten, auch ihren Töchtern eine Ausbildung und gute Erziehung angedeihen zu lassen. »Stellen Sie sich vor, Jeremy: Ein Vater brachte mir seinen Sohn und erklärte bei der Gelegenheit, ein Mädchen müsse nur kochen und nähen lernen. Unglaublich!« Sie warf indigniert den Kopf zurück. »Wie würde ich jetzt ohne eine gute Ausbildung mein Leben fristen!«

Jeremy, der in seiner blauen Uniform mit dem gelben Streifen der Kavallerie blendend aussah, ergriff ihre Hand. »Miß Howard, Sie bräuchten sich nie wieder Sorgen um Ihren Lebensunterhalt zu machen, wenn Sie mir die Ehre erweisen wollten...« Der junge Leutnant unterbrach sich, als ihm bewußt wurde, daß Catherine seinem Antrag nicht die geringste Aufmerksamkeit schenkte. Wie gebannt sah sie sich um.

»Catherine«, rief Sherrod, »ich war gerade unterwegs zu dir!« Er unterbrach sich, als er den Offizier an ihrer Seite bemerkte. Catherine stellte die beiden Männer einander vor. Die beiden beäugten sich voller Mißtrauen.

»Wie geht es euch auf Cristo Rey?« brach Catherine das Schweigen.

»Wir vermissen dich alle ganz schrecklich. Abigail und Brigham langweilen sich zu Tode, und Lucy weiß nichts mit sich anzufangen, seit sie mit niemandem mehr reden kann. Mein Vater ist noch reizbarer geworden.«

»Und Law?« Die Frage rutschte ihr hinaus, ohne daß sie es wollte.

Sherrod runzelte die Stirn. Seine tiefblauen Augen überzogen sich mit einem Schleier. »Er kommt und geht wie es ihm paßt. Er geistert herum wie ein Irrlicht.«

Jeremy legte die Hand auf das Heft seines Krummsäbels. Sie wußte, daß er sich ärgerte, weil Sherrod sie so ganz für sich beanspruchte.

Widerstrebend beendete sie das Gespräch. »Sherrod, grüß bitte alle von mir«, verabschiedete sie ihn, um Jeremy gegenüber nicht unhöflich zu erscheinen.

An diesem Tage wiederholte Jeremy seinen Antrag nicht, was Catherine mit Erleichterung zur Kenntnis nahm. Nachdem sie Sherrod wiedergesehen hatte und Law ihr wieder ganz lebendig vor Augen stand, hätte sie Jeremys Antrag nicht annehmen können. Sherrod war ein Ehemann, wie ihn sich ein Mädchen nur erträumen konnte – ein richtiger Märchenprinz: groß, dunkelhaarig, gutaussehend, liebenswürdig und dazu noch reich. Doch was zog sie an Law so an? Er beschäftigte sie unablässig, sie kam nicht von ihm los. Er war verschlossen, schwer zu durchschauen – dabei unglaublich selbstsicher. Und eine Kraft ging von ihm aus, die so für ihn einnahm, daß man ihm seine Leichtfertigkeit verzieh.

Sherrod erschien am nächsten Morgen wieder bei ihr. »Catherine«, flüsterte er und ergriff ihre Hände, »ich ertrage es nicht, daß du so weit weg bist. Ich mache mir ständig Sorgen um dich. Und beim Anblick dieses Offiziers ...«

Catherine legte den Finger auf die Lippen. »Psst«, sagte sie und entzog sich seinem Zugriff. Vor der Tür schnarchte ein schnauzbärtiger Mexikaner.

Ungeduldig und verärgert starrte Sherrod auf den Schlafenden. Er seufzte. »Catherine, versprich mir wenigstens, daß du zu Weihnachten mit nach Cristo Rey kommst. Lucy und die Kinder würden sich so freuen!«

»Lieber Himmel!« sagte Catherine erschrocken. »Haben wir schon Weihnachten?« Sie hatte jedes Zeitgefühl verloren. In Tucson ging alles geruhsam seinen Gang, und es hieß immer nur *mañana*. Sie trug nicht einmal mehr die kleine Ansteckuhr.

»Das geht nicht, Sherrod. Was soll denn aus meinen Schülern werden?«

Er nickte. Seine Miene verfinsterte sich. »So ist es wohl am besten.« Doch dann fuhr er auf: »So wahr mir Gott helfe, ich habe es einfach satt, immer nur vernünftig zu sein!« Es war ein richtiger Ausbruch.

Er riß die Tür auf. Straßenstaub wehte herein. Bevor er die Tür wieder zuzog, wandte er sich um und fragte: »Catherine, wirst du diesen Leutnant Rankin heiraten?«

Sie zögerte. Der Staub legte sich auf ihre Kleidung. Ihr war als müsse sie ersticken. »Sherrod, ich weiß es nicht.«

14

Weihnachten 1864: Catherine verbrachte die Feiertage trostlos und alleine in Tucson. »Fast alle Leute hier sind Katholiken«, schrieb sie an ihre Mutter. »Weihnachten wird erst am 6. Januar gefeiert – *el Dia del Tres Reyes,* am Dreikönigstag. Die übrigen betrinken sich in dieser Zeit in den zahlreichen Saloons oder treiben sich in den Spielhöllen herum.

Obwohl das alles nicht sehr verlockend klingt, mußt Du mir bitte glauben, daß ich hier an diesem kleinen Vorposten am Ende der Welt ganz glücklich bin. Hier, unter dem ewig blauen Himmel, habe ich meinen Platz gefunden. Gesundheitlich geht es mir glänzend. Auf den Gipfeln der Santa-Catalina-Berge liegt zum erstenmal ein wenig Schnee. Heute abend bin ich zu einer Neujahrsparty eingeladen, auf der auch getanzt wird – ein *baile,* in einem sehr konservativen mexikanischen Haus. Meines Wissens geht es dort sehr förmlich zu.«

Sie unterschrieb den Brief. Er würde lange unterwegs sein – falls ihre Mutter ihn überhaupt bekam. Sie schlüpfte rasch in ihr einziges Ballkleid. Glücklicherweise sah es nicht so abgetragen aus wie ihre übrigen Kleider. Das Kleid roch noch nach Kampfer. Sie goß den Rest ihres Jasminparfums darüber.

Obwohl sie mit Sam und Atanacia auf den Ball ging, wußte sie, daß auch Jeremy da sein würde. Und es stand fest, daß er ihr an diesem Abend einen Heiratsantrag machen würde. Sie versuchte sich einzureden, daß sie seinen Antrag ja nicht anzunehmen brauchte. Inzwischen hatten sich noch mehr Galane eingefunden – so zum Beispiel ein mexikanischer *hacendado* aus dem Süden Mexikos und ein Kaufmann namens Goldwater aus Prescott.

Laws Bild stand ihr ständig vor Augen. Sie konnte die Glut der Leidenschaft in seinen Augen nicht vergessen. Sollte sie vielleicht hinfort mit einem Mann das Bett teilen und sich mit allen Fasern ihres Seins nach einem andern sehnen?

Ja, ja, ja! Sie würde Law bestimmt vergessen, wenn sie erst einmal ein paar Monate verheiratet war. Sie nahm sich fest vor, Jeremys Antrag diesmal nicht abzulehnen.

Der Ball fand im Hause eines der einflußreichsten Männer Tucsons, Don Estaban Ochoa, statt. Aus dem großen langgestreckten Salon waren alle Möbel hinausgeräumt worden. Nur an den Wänden standen Bänke.

Die Elite Tucsons war eingeladen worden – sowohl Mexikaner als auch Amerikaner. Die drei Mariachis, ganz in Samt, übten schon auf ihrer Fiedel, Gitarre und Trompete, als Catherine zusammen mit den Hughes eintraf. Sam führte sie und Atanacia zu einer Bank und sagte: »Heute abend haben viele der Männer endlich einmal Gelegenheit, eine weiße Frau in den Armen zu halten. Ich versichere Ihnen, Catherine, daß sie sich diese Gelegenheit nicht entgehen lassen werden.«

»Du kommst hier nicht heraus, bevor du mit jedem *hombre* getanzt hast«, fügte Atanacia hinzu.

Catherine ließ keinen Tanz aus und genoß den Abend sehr. Ihr Mauerblümchendasein gehörte der Vergangenheit an. Sie nahm sich fest vor, jede Sekunde auszukosten. Alle Männer lagen ihr zu Füßen. Nie hätte sie gedacht, daß sie einmal Ballkönigin sein würde.

Als sie aufsah, tranken ihr mehrere Männer gleichzeitig zu. Sie entdeckte Jeremy zwischen ihren Bewunderern. Er reichte ihr ein Glas Brandy. »Ich habe Sie vermißt«, erklärte sie. Doch es kam ihr nicht in den Sinn, mit ihm zu flirten.

»Dann tanzen Sie den nächsten Tanz mit mir«, bat er sie mit schleppender Stimme. Er hatte dem *pulque* schon stärker zugesprochen als ihm gut tat. Der vergorene Saft des Maguey-Kaktus hatte es in sich. »Sie sind so umlagert, daß man kaum an Sie herankommt.«

Atanacia, die in ihrem Kleid aus schwarzer Spitze ganz entzückend aussah, stieß Sam sachte an. Der Hüne verstand sie sofort und forderte sie zum Tanzen auf. Atanacia erhob sich, und Jeremy setzte sich neben Catherine.

Catherine fächelte sich kühle Luft zu, nippte an ihrem Brandy und hörte Jeremy zu. Er sprach leichthin und scherzte, doch er starrte sie die ganze Zeit bewundernd an. Diese Anbetung in seinem Blick machte sie nervös, und sie wandte sich ab, um den Tänzern zuzusehen.

Plötzlich geriet ein ungewöhnlich großer Mann in ihr Blickfeld. Als er auf sie zukam, verblaßten alle anderen. Es war Law! Ihr war gar nicht bewußt, daß sie laut seinen Namen rief. Auch Jeremys entsetzter Blick entging ihr.

Laws Anblick traf sie wie ein Keulenschlag. Nie hätte sie damit gerechnet, Law wiederzusehen. Und schon gar nicht in Gesellschaft von lauter ehrenwerten, zivilisierten Leuten. Doch nun stand er in einem schwarzen Anzug mit Silberschmuck vor ihr. Sein Gesicht war eingerahmt von wirren goldgelben Locken, was seine kantigen Züge zwar etwas milderte, sein ironisches Grinsen aber nicht abschwächen konnte.

»Miß Howard! Ich war fest davon überzeugt, daß Sie inzwischen längst verheiratet sind«, sagte er.

Was für eine Unverschämtheit! Was konnte sie darauf schon erwidern, ohne sich und Jeremy in Verlegenheit zu bringen?

»Wie gefällt es Ihnen in Tucson?« fragte Law leichthin und sah sie dabei belustigt an.

»Mir gefällt es sehr gut hier«, erwiderte sie hölzern.

»Und wie ist es mit dem Tanzen?« Er bot ihr den Arm. Catherine wurde blaß. Was nahm sich dieser unverschämte Kerl heraus?

»Ich genieße diesen Abend sehr, und das Tanzen macht mir Spaß«, wich sie ihm aus.

»Das freut mich. Dann darf ich Sie wohl um den nächsten Tanz bitten?«

Bei Law klang das nicht wie eine Frage, sondern wie eine unumstößliche Tatsache. Sie wollte schon ablehnen, da sagte Jeremy, der bisher geschwiegen hatte: »Den nächsten Tanz hat sie mir schon versprochen.«

Erst da bemerkte Law den Leutnant. *»Claramente«*, sagte er und kehrte mit einem Mal den Mexikaner heraus. Er nahm eine völlig andere Haltung an. Catherine hätte nicht einmal sagen können, inwiefern eine Wandlung in ihm vorgegangen war. Jedenfalls erschien er ihr jetzt wie ein mexikanischer Caballero mit seinen trägen geschmeidigen Bewegungen. »Aber der nächste Tanz ist ein spanischer Bolero, Herr Leutnant. Wissen Sie, wie man den tanzt? –

Aha, das habe ich mir doch gedacht«, fuhr Law lebhaft fort, als der Leutnant den Kopf schüttelte und etwas sagen wollte. Law wandte sich an Catherine. »Es wird Zeit, daß Sie Bolero tanzen lernen, wenn Sie hier in unseren gastlichen Breiten bleiben wollen.«

Sie wollte ihm hier keine Szene machen und nickte darum nur kurz. Sie reichte Jeremy ihr Glas. Er leerte es in einem Zug. Gleichzeitig fuhr er mit der Hand an seinen Säbel.

Catherine seufzte. Nun hatte er nach all dem *pulque* auch noch ihren Brandy getrunken. Davon mußte ihm ja übel werden.

Jetzt tanzten nur die Mexikaner und Gäste spanischer Abstammung zu den ständigen Wiederholungen der unerbittlichen Trompetenmelodie. Catherine fühlte sich da fehl am Platz. Doch Law ließ ihre Hand nicht los – im Gegenteil, er zog sie in den kleinen Kreis der Tanzenden. »Die Schritte sind gar nicht so schwer«, versicherte er ihr. »Du brauchst nur meinen Bewegungen zu folgen – und vergiß nicht: Du bist die Verführerin. Du tanzt den Bolero auf einem Tisch und bist von Männern umringt, die bewundernd zu dir aufsehen.«

Sie bemühte sich, seine Bewegungen nachzumachen. Der langsame gleichmäßige Rhythmus der Musik nahm sie gefangen, und Laws hypnotische Worte kamen einer Beschwörung gleich. Sie glaubte nun fast selber, daß sie imstande war, die Männer zu verzaubern. Sie tanzte an diesem Abend zum allererstenmal. Die Musik ging ihr ins Blut. Sie vergaß alles um sich herum, wiegte sich im Takt und wirbelte herum. Der Bolero wurde ganz allmählich schneller und auch lauter. Der Rock ihres Seidenkleides flog ihr um die Beine oder hüllte sie wie eine Glocke ein. Sie drehte die Hände über ihrem Kopf und verschränkte sie. Jetzt fielen die Gitarre und die Geige in einem langsamen Crescendo ein. Die Melodie spannte sich in einem immer dramatischeren Bogen. Bei den Zuschauern steigerte sich die Spannung.

Doch Catherine war blind für alle anderen. Sie sah nur Law und spürte seine Leidenschaft. Sie tanzte nur für ihn.

Die Musik steigerte sich bis an die Grenze des Erträglichen. Die Instrumente verfielen plötzlich in eine andere Tonart. Mit schrillen Klängen endete der Tanz abrupt. Im Saal herrschte eine solche Spannung, daß alle in atemlosem Schweigen verharrten. Dann applaudierten sie wie rasend und schrien *Bravissimo!*

Catherine war wie in Trance gewesen. Nun kam sie wieder

zu sich und sah sich verwirrt um. Die anderen Paare hatten die Tanzfläche schon längst verlassen, um Law und ihr bei ihrer überaus sinnlichen Vorstellung zuzusehen. Verlegen schlug Catherine die Hände vors Gesicht. Aus ihrem hochgesteckten Haar hatten sich einzelne Strähnen gelöst. Die fielen ihr jetzt auf die nackten Schultern. Sie mußte ja aussehen wie ein Straßenmädchen!

Schuldbewußt wandte sie sich Law zu. Wie peinlich mußte es ihm sein, daß sie sich so zum Narren gemacht hatte. Ihre Befürchtung schien sich zu bestätigen. In seinen goldbraunen Augen spiegelte sich mühsam beherrschter Zorn. Was sollte er nur von ihr denken? Von einer Frau, die sich nicht gegen seine Küsse wehrte. Und nun dies! »Cate, du bist wirklich eine sehr ungewöhnliche Frau«, bemerkte er, als er sie zu den anderen zurückbrachte. Doch das durfte sie wohl kaum als Kompliment auffassen.

Als Jeremys Blick auf Law fiel, glühte ein solcher Haß und eine solche Leidenschaft in den Augen des Leutnants, daß Catherine erschrak. Von da an bedachten alle Männer sie mit diesen leidenschaftlichen Blicken, wenn sie sie zum Tanz aufforderten.

Um durchzuhalten und die lange Nacht zu überstehen, genehmigte sie sich noch ein paar Gläser Brandy. Es schien, als wollten alle tanzen, bis der Morgen dämmerte. Jetzt ließen ihre Kräfte sehr schnell nach. Als Jeremy sie bat, sie nach Hause bringen zu dürfen, nahm sie sein Anerbieten an. Sie wollte nicht, daß Sam und Atanacia den Ball ihretwegen vorzeitig verließen.

Als sie vor Catherines *jacal* anlangten, färbte sich der Himmel schon zartrosa. »Catherine«, sagte Jeremy schleppend, »diesmal lasse ich mich nicht wieder von meinem Vorhaben abbringen.« Er packte sie am Arm, als sie die Tür öffnen wollte. »Ich werde Ihnen sagen, was ich zu sagen wünsche.«

»Wir können ein andermal darüber sprechen. Es ist sehr spät geworden. Der Tag bricht ja schon an.«

Sie öffnete die Tür. Jeremy, der sich kaum mehr auf den Beinen halten konnte, torkelte hinein und riß sie mit. Um ein Haar wäre sie gestürzt. »Jeremy, Sie müssen jetzt wirklich gehen«, sagte sie und machte Anstalten, ihn hinauszubugsieren. Ihr Kopf schmerzte zum Zerspringen.

»... will mich doch nur um Sie kümmern – für Sie sorgen dürfen«, stammelte Jeremy. Mit fahrigen Bewegungen legte er den Gürtel ab. Der Säbel fiel rasselnd zu Boden.

»Jeremy! Sie können nicht hier schlafen!«

Schwankend torkelte er auf sie zu. »Sie sind doch ganz allein – und – das geht nicht an.« Seine Stimme sank zu einem heiseren Flüstern herab. Er krallte die Finger in ihren Arm und zerriß dabei aus Versehen ihren Spitzenärmel. »Sie brauchen einen Mann, der Sie beschützt – und der – und der will ich sein.«

Catherine bekam es mit der Angst zu tun. Sie wußte zwar, daß ihr Jeremy nichts Böses wollte, doch in diesem Zustand war er unberechenbar. Wo waren ihre ›Beschützer‹ jetzt, wo sie Hilfe brauchte? Sie feierten wahrscheinlich immer noch die Jahreswende. »Jeremy, gehen Sie jetzt bitte!« Warum nur hatte sie so viel getrunken? Sie wurde nicht mehr mit ihm fertig.

Als sie ihn so anfuhr, trat er einen Schritt zurück und kniff die Augen zusammen. »Du bist verrückt nach diesem blonden Mexikaner, stimmt's?« Er stürzte auf sie zu. »Aber du wirst mir gehören – mir«, stammelte er und umschlang sie wie ein tapsiger Bär.

Catherine bemühte sich verzweifelt, sich seinen Armen zu entwinden. Sie rangen miteinander. Dabei trat Jeremy auf ihren Rocksaum. Das Kleid riß ein. Engumschlungen stürzten sie. Sie wälzten sich auf der Erde herum und kämpften miteinander. Catherine bedauerte, daß ihr schönes weißes Kleid nun schmutzig wurde, doch dann geriet sie so in Panik, daß sie an nichts anderes mehr denken konnte. Ihr war ganz schlecht vor Angst. Er schnappte immer wieder mit feuchten kalten Lippen nach ihrer Brust. Mit der einen Hand hielt er sie eisern umklammert, mit der anderen versuchte er, ihre Röcke hochzuschieben.

Catherine schrie und kreischte, da preßte er ihr die Hand so grob auf den Mund, daß es schmerzte. Mit fast übermenschlicher Anstrengung gelang es ihr dennoch, sich von ihm loszureißen. Sie kroch auf Händen und Knien weg, um sich vor ihm zu retten. Da ertastete sie kaltes Metall. Der Säbel! Mit einem raschen Griff brachte sie die Waffe an sich.

Jeremy wußte nicht mehr, was er tat. Wie ein Rasender wollte er sich wieder auf sie stürzen. »Nein, Jeremy!« schrie sie entsetzt. Um ihn abzuschrecken, hielt sie den Säbel mit der Spitze nach vorn vor sich hin. Doch das hielt ihn nicht davon ab, weiter auf sie zuzukriechen. Sie konnte später nicht sagen, wie es dazu kam, doch plötzlich verlor er das Gleichgewicht und stürzte. Die Säbelspitze bohrte sich in seine Brust.

Er gurgelte und verstummte gleich darauf. Wie ein Stein sank er zu Boden – mit einer solchen Wucht, daß ihr die scharfe Schneide des Säbels durch die Finger glitt und ihr die Hand aufschnitt. Fassungslos vor Entsetzen beugte sie sich über Jeremy. Der rührte sich nicht mehr. Blind vor Tränen starrte Catherine auf den leblosen Körper. Dann fing sie an zu schreien.

15

Im Februar wurde es eiskalt. Die Regenfälle setzten ein. Die Straßen Tucsons verwandelten sich in ein Meer von Schlamm. Die Stadt bot einen tristen Anblick. Gleichförmig flossen die Tage dahin.

Eines Tages ging Catherine zum Laden, um ihre Vorräte aufzustocken und etwas Abwechslung in das tägliche Einerlei zu bringen. Da bemerkte sie, daß auf der anderen Straßenseite viele Männer und auch ein paar Frauen vor einem Lehmgebäude Schlange standen. So etwas war noch nie dagewesen – und schon gar nicht um diese Zeit, wo man sonst Siesta hielt. Eine junge Mexikanerin mit Zöpfen lief an Catherine vorbei. Bevor sie auf die andere Straßenseite eilen konnte, um sich in die Schlange einzureihen, hielt Catherine sie auf und fragte: »*Que pasa allà?*«

Die Frau erklärte ihr, daß die Agenten Kolonisten anwarben. Eine Expedition mit Kolonisten sollte von Arizona aus nach Mexiko starten. »Sie werden sich in Hermosillo in

Sonora ansiedeln«, berichtete sie und hastete über die Straße, um sich ganz hinten anzustellen.

Wie eine willenlose Marionette stapfte Catherine über die regengepeitschte Straße und stellte sich hinter die junge Frau.

Sie kam sich vor wie ein in die Enge getriebenes Tier. Seit der Silvesternacht, in der sie Jeremy Rankin versehentlich getötet hatte – waren nach und nach all ihre Schüler weggeblieben. Selbst der *alcalde* gab zu, daß sie keine Schuld an Rankins Tod traf. Er gestand ihr Notwehr zu. Dadurch kam sie selbst um die Mindeststrafe herum, die einem Mörder drohte. Doch daß sie straffrei ausging, änderte nichts an der Einstellung der Eltern, deren Söhne sie unterrichtete. Anfang Februar schrumpfte ihre Schülerschar auf ganze vier zusammen.

Catherine machte sich keine Illusionen mehr. Ihr Leben erschien ihr trostlos. Sie hätte es nicht für möglich gehalten, daß sie einmal einen Menschen töten könnte. Doch ebensowenig hätte sie es über sich gebracht, sich unverheiratet einem Manne hinzugeben. Das ließen ihre ethischen Grundsätze nicht zu. Doch wie tief war sie gesunken!

Ihr Geld ging rasch zur Neige. Sie hätte natürlich heiraten können. Ein paar Getreue waren ihr geblieben. Darunter Lionel, der sich sofort erboten hatte, ihre Verteidigung zu übernehmen, sollte sie des Mordes bezichtigt werden.

Doch außer Law kam für sie kein Mann in Frage. Wann immer sie diesem Mann begegnete, flammte ihr Begehren wieder auf, und sie fühlte sich unwiderstehlich zu ihm hingezogen. Wie sollte sie da eine glückliche Ehe führen können?

Vielleicht gelang es ihr, ihn zu vergessen, wenn sie fortging. In Hermosillo würde sie hoffentlich Arbeit finden – und möglicherweise auch einen Ehemann.

Endlich stand sie vor dem Haus. Sie trat ein und kam in einen kleinen dunklen Raum. In einer Ecke neben dem behelfsmäßigen Schreibtisch saß ein alter Indianer. Catherine erkannte Loco. Nichts in seinem runzligen Gesicht verriet, daß er *sie* erkannte. Er sah den schnauzbärtigen Mexikaner hinter dem Schreibtisch an. Er sprach auf ihn ein – in einem Dialekt, den Catherine nicht verstand.

Der Mexikaner sah Catherine daraufhin an. »Señorita, Sie wünschen nach Mexiko zu emigrieren?« erkundigte er sich liebenswürdig. Die Verwunderung war seiner Stimme deutlich anzumerken.

»Ja, natürlich. Muß man dazu besondere Qualifikationen aufweisen oder bestimmte Voraussetzungen erfüllen?« Der Mexikaner sah Loco fragend an. Der alte Indianer schüttelte kaum merklich den Kopf. »So leid es mir tut, Señorita«, erklärte der Mexikaner daraufhin, »aber für Damen haben wir wirklich keinen Platz und keine Verwendung. Vielleicht später, wenn Familien gegründet werden. Aber jetzt werben wir in der Hauptsache Männer an, die schießen und kämpfen können. Die Apachen und Yaquis sind schlimme Marodeure. Deshalb müssen wir zunächst einmal Lager errichten und ein Fort bauen.«

Der junge Mexikaner mochte etwa in Laws Alter sein. Was er da sagte, schien Hand und Fuß zu haben. Doch sie wollte nicht vernünftig sein. Sie wollte weg, nur fort aus Arizona.

»Aber Sie nehmen doch auch andere Frauen mit«, wandte sie ein.

»Ja, aber das sind *lavanderas* – Waschfrauen. Und Köchinnen. Sie können reiten – und auch schießen, wenn es sein muß. Man nennt sie...«

»*Soldaderas*«, fiel sie ihm ins Wort. »Eine Art Schlachtenbummlerinnen. Ich kann ebenfalls kochen und waschen und reiten. Und ich kann lernen, mit einer Pistole umzugehen. Ich brauche nur ein wenig Übung.«

Der Mexikaner gab nicht so leicht auf. »Aber Sie sprechen die verschiedenen Dialekte nicht. Es wäre sehr schwierig...«

Da stampfte sie mit den schlammverkrusteten Füßen auf und wies auf die Männer in der Schlange hinter sich. »Drei Viertel von den Männern hier sprechen kein Wort Spanisch, von gutem Englisch ganz zu schweigen!« Sie wandte sich an Loco. »Loco, ich muß einfach mit! Ich kann nicht mehr in Arizona bleiben. Ich finde hier keine Arbeit mehr. Womit soll ich meinen Lebensunterhalt verdienen?«

»Señorita, es gibt auch noch einen anderen Grund, der dagegenspricht«, mischte sich der Mexikaner wieder ein. »Viele Männer werden mit Ihnen – werden Sie lieben wollen«, endete er lahm.

»Ich habe einen Mann getötet«, sie sprach jedes Wort

absichtlich laut und deutlich aus, damit das auch wirklich durchdrang. »Ich bin durchaus in der Lage, mich zur Wehr zu setzen.«

Der Mexikaner sah Loco achselzuckend an.

»Vielleicht ist es besser, diese Frau kommt mit«, riet ihm der alte Indianer.

Der Mexikaner schloß seufzend die Augen. »*Bien*, Señorita. Machen Sie bitte hier ein Kreuz. Ach, ich habe ganz vergessen, daß Sie eine gebildete Frau sind. Unterschreiben Sie hier. Sie brauchen Bettzeug und Kleider zum Wechseln. Sonst nichts. An dem Morgen, an dem wir aufbrechen, wird Ihnen ein Wagen zugewiesen. Am 14. Februar.«

Catherine lächelte zum erstenmal seit der Silvesternacht.

Sie schrieb ihrer Mutter von ihren Plänen und schrieb auch einen Abschiedsbrief an Don Francisco – eigentlich an Sherrod. Es gab nicht viel zu sagen. Sie dankte den Godwins und teilte ihnen mit, daß sie nach Hermosillo in Mexiko emigrieren wollte.

Von den Hughes hatte sie sich schon verabschiedet. Sam hatte ihren großen Koffer abgeholt. Er würde ihn aufbewahren, bis er ihn nachschicken konnte. Atanacia und sie sanken sich weinend in die Arme. Auch Sam drückte ihr zum Abschied einen scheuen Kuß auf die Wange.

Catherine nahm ein Bad und schlief zum letztenmal für lange Zeit in einem Bett. Damit nahm sie sozusagen bis auf weiteres Abschied von der Zivilisation.

Etwa eine Stunde vor Mitternacht schreckte sie durch ein lautes Poltern hoch, das wie Geschützdonner klang. Doch sie erkannte rasch, daß jemand ihre Haustür zugeschlagen hatte.

Schon sah sie einen Schatten in der Tür zu ihrem Schlafzimmer. »Law!« Sie atmete erleichtert auf. Dann zog sie rasch die Decke hoch. Sie fuhr ihn wütend an: »Was fällt dir ein – mitten in der Nacht hier einzubrechen?«

Mit zwei langen Schritten war er bei ihr. Er packte sie mit seinen großen Händen an den Armen und hob sie hoch. Als ihr Gesicht auf gleicher Höhe mit dem seinen war, wehte ihr seine Alkoholfahne entgegen. »Du hast getrunken!« warf sie ihm angewidert vor.

Da schüttelte er sie. »*No vayas con la expedición!*« Als ihm klar wurde, daß er Spanisch mit ihr gesprochen hatte, ließ er sie wieder aufs Bett zurückfallen. »Du kommst nicht mit auf die Expedition!« sagte er mit fester Stimme.

»O doch, ich komme mit!« widersprach sie. »Du kannst mich nicht daran hindern.«

Er entzündete die Kerze auf ihrem Schreibtisch. Laws Schatten fiel riesengroß auf ihr Bett. »Jetzt hör mir mal zu, Cate«, sagte er so überdeutlich, als sei er völlig nüchtern. »Das ist keine Vergnügungsreise. Gefahren, Hunger und Tod werden die Weggenossen der Siedler sein ...«

Da fuhr sie hoch: »Lorenzo Davalos, ich bin eine erwachsene Frau. Ich komme schon zurecht.«

Er fuhr sich seufzend mit den Fingern durch die wirren blonden Locken. Dann zog er sich den einzigen Stuhl im Raum ans Bett, drehte ihn um, setzte sich im Reitersitz darauf und stützte die Arme auf die Lehne. »Cate, ich bin ein Beauftragter von Juárez, und es geht nicht darum, Hermosillo zu besiedeln. Ich habe ein Bataillon aufgestellt, mit dem ich gegen die Franzosen kämpfen werde, die im Süden von Sonora die Grenze bedrohen.«

»Es geht also nicht nach Hermosillo?« fragte Catherine – voller Angst, ihre Pläne könnten durchkreuzt werden.

»Das ist nur eine Station auf dem Weg zum Golf – nach Guaynas.«

Catherine runzelte die Stirn und versuchte, das alles zu verkraften. Natürlich wußte sie, daß Napoleon III. Erzherzog Maximilian von Österreich 1864 als Kaiser auf den Thron von Mexiko berufen hatte. Damit erzürnte er die Amerikaner. Diese betrachteten das Vorgehen der Franzosen als Verletzung der Monroe-Doktrin. Doch in den Vereinigten Staaten tobte der Bürgerkrieg. Deshalb konnten die Amerikaner im Hinblick auf Mexiko nichts unternehmen.

Die internen Probleme Mexikos und die Einmischung der Franzosen hatten Catherine noch nie beschäftigt. »Ich verstehe dich nicht«, wandte sie sich an Law. »Wozu denn das alles – bei deiner mexikanischen Abstammung? Warum gehst du nicht einfach über die Grenze nach Mexiko und kämpfst?«

Er erklärte voller Ungeduld: »Weil die Franzosen über ein

gut gedrilltes Heer verfügen. Zudem sind sie natürlich in der Übermacht. Auf jeden Soldaten von Juarez kommen drei Franzosen. Sie beherrschen bereits drei Viertel von Mexiko und wollen jetzt auch noch Sonora – hauptsächlich wegen der Bergwerke dort. Und es gibt niemanden, der sie aufhalten könnte – höchstens die Guerilleros ... Männer, die Benito Juarez unterstützen. Daher werden dringend mehr Leute und Waffen benötigt.«

Er zögerte und fuhr dann fort: »Wir können aber weder Männer noch Waffen über die Grenze schaffen, ohne dadurch die Neutralitätsbestimmungen der Vereinigten Staaten zu verletzen. Doch als Emigranten müssen wir uns beiderseits der Grenze gegen Übergriffe der Apachen und Yaquis zur Wehr setzen. Da gibt es keine Schwierigkeiten, und die Waffen sind vertretbar.«

»Damit warst du also die ganze Zeit beschäftigt, wenn du vorgegeben hast zu schürfen«, warf sie ihm vor.

»Ich habe Waffen und Vorräte gekauft und mit den Leuten exerziert«, schloß er und erhob sich. »Vielleicht begreifst du jetzt...«

»Gar nichts begreife ich!« Catherine sprang auf und trat vor ihn hin. Sie stand vor ihm, ohne zu bedenken, daß sich ihre steifen Brustwarzen deutlich unter dem dünnen Baumwollnachthemd abzeichneten. Trotzig warf sie den Kopf zurück. Sie nahm seine Gereiztheit nicht einfach hin. »Ich sehe absolut nicht ein, warum ich nicht mit soll. Ihr braucht doch Frauen. Der Mexikaner hat das selbst gesagt.«

»Ja, denn diese Frauen – zumindest die jungen – stillen die Begierde der Männer. Und diese Männer, Catherine, haben nicht die geringste Ähnlichkeit mit Gentlemen wie Sherrod oder Lionel, laß dir das gesagt sein.« Die Hände auf dem Rücken verschränkt, ging er im Zimmer auf und ab. Er dozierte wie ein Lehrer. »Diese Männer sind gelernte Killer, Söldner, Abenteurer. Viele schrecken nicht davor zurück, eine Frau zu vergewaltigen.«

Er fuhr herum. »Und was ist, wenn die Franzosen den Staat besetzen?«

»Ich besitze die amerikanische Staatsbürgerschaft und bin somit neutral«, konterte sie seine Einwände.

»Cate, verdammt noch mal, du kannst nicht mit. Es ist viel zu...«

»Law, es geht nicht anders! Ich habe kein Geld mehr. Wovon soll ich leben? Ich weiß auch nicht, wo ich sonst hin soll.«

»Du bist doch eine wohlerzogene junge Dame. Heirate wie alle anderen und gib dich damit zufrieden. Du hast mir doch gesagt, daß das dein innigster Wunsch ist. Ich dachte, Jeremy hätte dir schon längst...«

»Jeremy ist tot«, flüsterte sie tonlos. »Ich habe ihn getötet.«

»Was hast du getan?« fragte Law entsetzt.

»In der Nacht, in der ich mit ihm auf dem Ball war, wo wir uns auch gesehen haben, hat er versucht, mich zu vergewaltigen. Ich habe ihn versehentlich mit seinem Säbel durchbohrt.« Sie brauchte bloß daran zu denken, da wurde ihr eiskalt, und sie bekam eine Gänsehaut.

»Santa María de Jesus!« stöhnte Law. »Ich bin noch in derselben Nacht nach Santa Fé gefahren und eben erst zurückgekommen. Das wollte Loco mir wohl gerade erzählen, bevor ich zu dir geeilt bin. Doch ich war so ungeduldig, daß ich ihn nicht ausreden ließ.«

Da glomm ein Hoffnungsschimmer in ihr auf. Sofort drang sie wieder in ihn: »Du erlaubst mir also, mitzukommen?«

Er fuhr sich nachdenklich über seine Bartstoppeln. »Es gelingt dir immer irgendwie, mich herumzukriegen, Cate.«

Sie umarmte ihn. »Law, ich danke dir.«

Er machte sich augenblicklich los. »Cate, ich warne dich. Komm mir nicht zu nahe! Von Jungfrauen habe ich die Nase gründlich voll. Was ich brauche, ist eine warmherzige willige Frau und einen Krug Wein, und ich fühle mich wie im siebten Himmel.«

In der Tür wandte er sich noch einmal um. »Diese Nachthaube mußt du unbedingt mitnehmen, Cate. Damit hältst du dir die Männer spielend vom Leib.«

16

Catherine ließ im zartrosa Licht der Morgendämmerung den Blick verwundert über die Plaza schweifen. Sie entdeckte Männer aller Altersgruppen und jeder Nationalität. Heruntergekommene Subjekte zum Teil – in alten Uniformen oder Ponchos. Der bunt durcheinandergewürfelte Haufen schien bis an die Zähne bewaffnet – säbelrasselnd, mit unhandlichen Donnerbüchsen, Armeerevolvern, Pistolen oder Messern.

Sehr gemütlich versprach die Expedition nicht zu werden. Es standen selbstverständlich keine bequemen Reisekutschen zur Verfügung. Der Treck bestand aus einer Wagenkolonne mit neun Wagen. Jeder sollte von je zwölf Maultieren gezogen werden. Auf den Wagen türmten sich die Vorräte, Futter für die Tiere bzw. Waffen, Fäßchen mit Munition und die gesamte Ausrüstung, die sie brauchen würden, um ein Lager aufzuschlagen. Hinter den Wagen schwerbeladene Packesel, die unter ihrer Last zusammenzubrechen drohten.

So früh am Morgen, bevor die Sonne höher am Himmel stand, war es empfindlich kühl. Catherine knöpfte ihre Jacke zu und nahm ihre Habseligkeiten an sich, die sie zu einem Bündel verschnürt hatte. Obwohl sie noch immer von Zweifeln gequält wurde, ging sie über die Plaza auf den Mexikaner zu, der mit Block und Schreiber in der Hand vor den Packeseln stand. Jetzt gab es kein Zurück mehr.

Als der Mexikaner Catherine erblickte, begriff er, warum sein Vorgesetzter, Lorenzo Davalos schon bei der Nennung ihres Namens wie ein nervöser Hengst scheute. Schön konnte man sie eigentlich nicht nennen, doch die Entschlossenheit dieser zarten Frau, die ihm mit hocherhobenem Kopf gegenüberstand, beeindruckte ihn. Trotzdem machte er einen letzten Versuch.

»Ich hatte so gehofft, Sie würden es sich anders überlegen«, erklärte Tranquilino der Frau.

Catherine sah Law, der auf sie zugeritten kam. Auch er war schwer bewaffnet. Sein Sombrero überschattete die Augen, doch der Mund in dem wie aus Stein gemeißelten Gesicht war nur noch eine schmale Linie. »Da sind Sie offensichtlich nicht der einzige«, wandte sie sich an den Mexikaner, einen jungen Leutnant.

Law hielt sich nicht erst mit langen Vorreden auf. »Cate, alle diese Leute hier nehmen an der Expedition teil, weil sie an etwas glauben«, sagte er.

Catherine stemmte entrüstet die Hände in die Hüften. »Willst du mir etwa weismachen, daß diese Männer fast alle Freiwillige sind, die an Juarez' Sache glauben?«

»Nein, sie glauben an Mord und Vergewaltigung und Plünderungen.«

Der Mexikaner wandte sich verlegen ab und machte sich an einem der Wagen zu schaffen.

»Wenn du nicht mit uns Schritt halten kannst, lasse ich dich im nächsten Dorf zurück«, drohte ihr Law an.

»Das könnte dir so passen«, gab sie zurück.

»Ich wüßte wirklich nicht was ich lieber täte!«

Sie verzog verächtlich den Mund. »Law Davalos, ich glaube wahrhaftig, du hast Angst vor mir!«

»Darauf kannst du Gift nehmen. Es gibt nichts Schlimmeres als eine Frau, die wild entschlossen ist, zu heiraten.«

»Zum Teufel mit dir!«

Er richtete sich im Sattel auf. »Cate, es tut mir wirklich leid«, sagte er ganz leise. Ein paar Männer hatten sich nach ihnen umgedreht und beobachteten sie neugierig. »Es wird sich sehr bald zeigen, daß ich es nur gut mit dir meine. Du hast bei dieser Expedition wirklich nichts zu suchen. Wir sind alle keine Gentlemen. Bei uns herrschen rauhe Sitten. Sei doch vernünftig, Cate. Kehre in die Vereinigten Staaten zurück.«

Sie erhob die Reitpeitsche gegen ihn. »Ich gehe mit dir nach Mexiko, hast du mich verstanden? In Hermosillo wirst du mich dann los – und ich dich gottlob auch, du Schuft!«

Leider stand ihr kein eigenes Pferd zur Verfügung. Sie bekam einen Platz auf einem der Wagen zugewiesen. Doch als sie zu ihrem Wagen kam, sah sie erfreut, daß Loco zum Maultiertreiber für diesen Wagen ausersehen war. »Sie wollen wohl auch nicht von Lorenzo lassen«, konstatierte er.

Sie lachte. »Nein. Genau wie du.«

Der alte Indianer schüttelte den Kopf. »Ich bleibe bei Lorenzo, wohin er auch geht. Ich habe ihn schon gefüttert und mit ihm gespielt, als er noch ein Baby war. Und wahrscheinlich werde ich ihn noch zu Grabe tragen, den verrückten *patriota.*«

Als sie eine Mission passierten, ließen sie die letzten Spuren der Zivilisation hinter sich zurück. Danach stießen sie auf eine Ranch nach der anderen, die von Indianern überfallen, ausgeplündert und in Brand gesteckt worden war.

Außerhalb der vier Meter hohen Mauern von Tucson war kein Weißer sicher. Zwischen der Mission von San Xavier und Tubac passierten sie die Gräber der unglückseligen Siedler, die den Indianern zum Opfer gefallen und von ihnen abgeschlachtet worden waren.

Zu ihrer Linken ragten die dreitausend Meter hohen Santa-Rita-Berge auf. Rechts fiel der Blick auf die Hügel von Tumacacori und Atascoca. An der Südspitze der zerklüfteten Rocky Mountains erhob sich fast übergangslos die schroffe Sierra Madre.

Am Abend befahl Law, auf einer verlassenen Ranch das Lager aufzuschlagen. Catherine half Loco beim Kochen. Während sie das Essen umrührte, sah sie sich suchend nach Law um, der wegen seiner Größe zwischen den anderen leicht auszumachen war.

Obwohl sie das nicht gerne zugab, mußte sie sich eingestehen, daß sie diesen Mann gewaltig unterschätzt hatte. Er war nicht der Taugenichts und Herumtreiber, für den sie ihn gehalten hatte. Selbstsicher bewegte er sich zwischen seinen Leuten. Hin und wieder sprach er kameradschaftlich mit einem der Männer. Er hatte sich ein hohes Ziel gesetzt. Die Männer schienen sich seiner Führung willig anzuvertrauen, obwohl er mit seinen zweiundzwanzig Jahren viel jünger war als die meisten von ihnen.

Am frühen Morgen brachen sie das Lager ab und zogen weiter. Sie kamen nur sehr langsam vorwärts. Als sie am Abend erneut ihr Lager aufschlugen und die Frauen sich an die Zubereitung des Essens machten, kam fast so etwas wie Festtagsstimmung auf. Am Feuer wurde gesungen. Irgend jemand spielte Gitarre. Loco erklärte Catherine die Hochstimmung der Leute damit, daß sie sich hier nicht mehr auf dem Gebiet der Vereinigten Staaten befanden. »Nicht alle diese Männer kämpfen aus Patriotismus. Die meisten kämpfen für

Geld und wegen des Landes, das ihnen Juarez zugesagt hat. Doch erst muß er die Franzosen aus Mexiko vertreiben.«

Als es an der Zeit war, das Essen aus dem Kessel an die Männer auszuteilen, blieb ein totenbleicher Amerikaner mit seinem Teller in der Hand vor Catherine stehen. Er sagte nichts, als sie ihm Fleisch und Sauce auf den Teller füllte, doch als er sie mit seinen farblosen Augen anstarrte, bekam sie es mit der Angst zu tun. Von dem Mann ging etwas Unheimliches aus. Sie konnte es kaum erwarten, daß die Schlange weiterrückte.

Eine junge Frau versuchte sie zu trösten. »Laß dich durch die Blicke von Männern wie Slovel nur nicht irre machen. Die wollen doch nur wissen, für welchen Mann sich eine Frau entscheidet, die noch zu haben ist. Gegen dieses Naturgesetz kann man nichts machen.«

»Hast du dir denn schon einen ausgesucht?«

Lächelnd erwiderte die junge Mexikanerin: »Si. Er weiß es nur noch nicht.«

Die beiden Frauen spülten ab und räumten auf. Dann ging die Mexikanerin, von einem Lagerfeuer magisch angezogen.

»Sie sind doch die kleine Lehrerin, nicht wahr?« fragte plötzlich eine rauhe Stimme neben Catherine. Sie fuhr herum. Wie aus dem Nichts stand dieser finstere Amerikaner mit einemmal vor ihr.

»Wird wohl so sein«, entgegnete sie betont gleichgültig. Sie hoffte, er würde sich geschlagen geben, wenn sie ihn einfach ignorierte, doch ihre Widerborstigkeit schien ihn zu faszinieren.

»Es heißt, daß Sie in Tucson keinen Beschützer haben und daß Sie mitgekommen sind, um einen zu finden.«

Sie starrte ihn verächtlich an. »Das stimmt nicht«, erklärte sie eisig. »Ist Ihnen auch zu Ohren gekommen, daß ich den letzten Mann getötet habe, der versucht hat, mich zu ›beschützen‹?«

»Dann war er wohl nicht der Richtige«, wandte Slovel ein. Er packte sie am Handgelenk und zog sie an sich. »Fräuleinchen, Sie brauchen einen Mann.«

»Fassen Sie mich nicht an!« knirschte sie. Er sollte auf

keinen Fall merken, wie unbehaglich ihr zumute war. Sie riß die Hände hoch, um ihn wegzustoßen.

Slovel packte ihre beiden Handgelenke und hielt sie mit seiner Riesenpranke fest umklammert. Er preßte sie an sich, die stark gewölbte Stirn verwirrt gerunzelt. »Da gibt es nichts zu überlegen. Mein Entschluß steht fest. Ich werde dein Beschützer sein. Ich bin nämlich tausendmal mehr wert als alle diese Strolche. Bei mir bist du in guten Händen, Fräuleinchen.«

»Diese Frau braucht deinen Schutz nicht.« Loco trat neben Catherine ans Lagerfeuer. Unter dem einen Arm trug er seinen Schlafsack. Mit der anderen Hand schwang er die Machete, die er auch beim Kochen benutzte.

Ein Ausdruck ungläubigen Staunens trat in Slovels Gesicht. »Du sollst sie beschützen?« Er lachte dröhnend. »Ausgerechnet dich soll sie sich zum Mann erkoren haben?«

»Laß die Frau in Ruhe!« fuhr ihn Loco völlig unbeeindruckt an. »Sie gehört zu Lorenzo!«

»Und warum ist sie dann jetzt nicht bei ihm?« fragte Slovel drohend. Er hielt sie noch immer fest.

Loco zuckte die Achseln. »Wahrscheinlich stellt er gerade die Wachposten für die Nacht auf. Er wird sie ganz bestimmt gleich holen.«

Der Amerikaner beobachtete gespannt, wie der alte Indianer scheinbar in aller Unschuld mit den Fingern über die lange scharfe Schneide der Machete fuhr, dann sah er sie mit seinen blicklosen Augen an: »Spricht der alte Mann die Wahrheit?«

»Ja«, flüsterte Catherine.

»Ich kann nur hoffen, daß das stimmt, Fräuleinchen. Sonst ergeht es Ihnen schlecht.« Er lockerte den Griff seiner eiskalten Hand und gab sie endlich frei. Catherine sah ihm wie benommen nach, als er auf eins der größeren Lagerfeuer zuging.

»Danke, Loco«, hauchte sie erschöpft und schloß die Augen mit einem tiefen Seufzer.

Der alte Indianer nickte nur. Catherine richtete sich ihr Lager für die Nacht unterhalb des Wagens. Der Tag hatte so vielversprechend begonnen, und nun lag sie zitternd und verängstigt da. Sie fühlte sich nicht nur wegen Slovel unbehaglich. Ihr ging es vor allem um Law.

Er würde sich ärgern, weil es ihretwegen im Lager schon am ersten Tag zu Unstimmigkeiten gekommen war – genau wie er ihr prophezeit hatte. Sie konnte sich allerdings nicht vorstellen, daß er sie einfach zurücklassen würde. Das wäre ja auch keine Lösung. Schon gab es Männer, die bereit waren, um sie zu kämpfen und denen viel daran lag, daß sie mitkam.

Sie war nur sicher, wenn sie sich unter Laws Schutz begab. Verzweifelt starrte sie ins Leere, dann sank ihr Kopf müde auf die hochgezogenen Knie.

17

Catherine fuhr erschrocken hoch. Jemand beugte sich über sie. Sie riß den Mund auf, wollte schreien, doch eine Hand legte sich schwer auf ihren Mund. Sie brachte keinen Ton heraus. »Psst«, warnte Law sie.

Da entspannte sie sich, und er zog seine Hand zurück. »Du sitzt ganz schön in der Klemme, Cate«, zischte er.

»Das ist nicht meine Schuld«, flüsterte sie hitzig. »Dieser Slovel hat darauf bestanden, daß ich ihn zu meinem Beschützer mache. Loco hat daraufhin behauptet, daß ich zu dir gehöre. Was blieb mir andres übrig, als das zu bestätigen?«

»Siehst du, da hast du die Bescherung. Ich hatte dich gewarnt. Jetzt erwarten alle von uns, daß wir uns wie ein Liebespaar benehmen. Laß dir eins gesagt sein, Cate: Wenn du auch fest entschlossen bist, bis zu deiner Heirat Jungfrau zu bleiben, werde ich bestimmt nicht im Zölibat leben.«

»Du könntest doch unter dem Wagen an meiner Seite schlafen. Wir brauchen uns ja nicht zu berühren.«

Er rückte angewidert von ihr ab. »*Ejoli,* Madame!« Er schlug sich mit der Faust gegen die Stirn. »Wenn du nicht willst, daß ich den Verstand verliere, sehen wir besser zu, daß wir schnell nach Hermosillo kommen.«

Seine Körperwärme fehlte ihr. Kühle Nachtluft wehte plötzlich über sie hinweg. Catherine erschauerte unter dieser kalten Dusche. Sie kroch tiefer unter ihre Decke und lauschte verzweifelt seinen regelmäßigen Atemzügen. Als der Morgen dämmerte, fand sie ihn nicht mehr neben sich.

Sie packte und machte sich zur Weiterfahrt bereit wie eine altgediente *soldatera*. Doch sie unterschied sich durch ihren Reitdreß von den anderen Frauen. Als die Sonne höher stieg, schwitzte sie so sehr, daß es sie am ganzen Körper juckte. Sie hätte liebend gern ihr schweres Reitkleid gegen leichte Baumwollkleidung eingetauscht. Wie lange würde sie bis Hermosillo brauchen? Eine Woche?

Law ritt wie am Vortag an der Spitze der Brigade, und Catherine sah ihn erst am Abend wieder, als sie ihr Lager in der Nähe einer Ranch aufschlugen, deren Besitzer Juarez wohlgesonnen war. Die Frauen auf der Ranch streiften sie mit neugierigen Blicken.

Wie üblich galt auch hier der Satz: *Mi casa es su casa*. Man schlug ihr und den anderen Frauen vor, ein warmes Bad zu nehmen. Dagegen verblaßte selbst das opulente Mahl, das ihnen vorgesetzt werden sollte.

Catherine brauchte an diesem Abend nicht zu arbeiten, mußte also auch die Männer (einschließlich Slovel) nicht bedienen. Trotzdem blieb sie sicherheitshalber immer in Locos Nähe. Loco mischte sich wie gewöhnlich auch an diesem Abend nicht unter die anderen Männer.

Loco und Catherine setzten sich auf eine Mauer und beobachteten das bunte Treiben der Fiesta. »Ständig wird gefeiert. Man könnte den Krieg glatt vergessen«, ereiferte sich Catherine.

Nachdenklich sahen sie den Tänzern zu. Nach einer Weile meinte Loco: »So können die Mexikaner wenigstens hin und wieder vergessen, daß die Franzosen geschworen haben, diejenigen zu töten, die sich ihnen widersetzen und deren Frauen und Töchter zu entehren.«

Catherine hatte zwar gehört, daß die Apachen zu den schlimmsten Grausamkeiten fähig sein sollten, doch bei einem so kultivierten Volk wie den Franzosen konnte sie sich diese unmenschliche Brutalität gar nicht vorstellen.

Obwohl niemand in der Nähe war, hatte Catherine das deutliche Gefühl, beobachtet zu werden. Sie brauchte sich erst gar nicht umzusehen und Ausschau zu halten. Slovel beobachtete sie. Doch angesichts der vielen Menschen ringsum erschien es ihr völlig gefahrlos, von dem freundlichen Angebot Gebrauch zu machen und ein Bad zu nehmen.

Die handgearbeitete hölzerne Wanne entsprach zwar nicht Catherines Erwartungen, doch sie fühlte sich so staubig, schmutzig und beschmiert, daß es diese simple Wanne in ihren Augen mit dem berühmten Marmorbad der Kaiserin Carlota, der Gattin Kaiser Maximilians im Palast von Chapultepec in Mexico City aufnehmen konnte.

Als Catherine gerade aus ihrem Reitkleid schlüpfte, hörte sie, wie der Vorhang hinter ihr mit einem Ruck beiseitegeschoben wurde. Catherine fuhr wütend herum und sah sich Slovel gegenüber. Sein Blick glitt wie Schleim an ihr herab. »Hinaus mit Ihnen!« fuhr sie ihn an.

»*Vayate!*« zischte er die alte Indio-Frau an, die ihr das Bad bereitet hatte. Die alte Frau verzog sich furchtsam. Slovel schloß den Vorhang hinter ihr. Dann ging er ganz langsam auf Catherine zu. »*El Capitán* hat anscheinend nicht viel für dich übrig«, krächzte er.

Catherine zog ihr Kleid verschreckt über der Brust zusammen. Übelkeit stieg in ihr auf. Wenn Slovel über sie herfiel, würde das bei all dem Lärm kaum jemand hören. Großer Gott! War es ihr vom Schicksal bestimmt, in die Fänge eines solchen Mannes zu geraten?

Der grauenhafte hünenhafte Kerl riß ihr brutal das Mieder auf und preßte sie an sich. Ein fauliger Geruch stieg ihr in die Nase – nicht nur die Schnapsfahne und ein durchdringender Schweißgeruch, sondern ein ganz übler Verwesungsgestank. Sie wand sich in seinen knochigen Händen und bog den Kopf zurück, als sein widerlich nasser Mund wie ein Saugnapf Kontakt mit ihren Lippen suchte.

»Slovel!«

Das wirkte wie ein Peitschenhieb. Slovel fuhr wie angestochen herum, doch er ließ sie nicht los. Law stand in der Tür. Slovels Hand schnellte blitzschnell vor. Er griff nach der langen Pistole an seiner Hüfte. Trotzdem kam ihm Law zuvor. Noch während der Schuß fiel, sprang er beiseite und riß zugleich eine Kerze aus dem Kerzenhalter an der Wand. Der

Schuß verfehlte ihn. Law drückte Slovel die brennende Kerze ins Gesicht. Das heiße Wachs schmerzte fürchterlich. Die Flamme erlosch. Der Raum war in Dunkelheit gehüllt. Slovel stieß einen gellenden Schmerzensschrei aus. Catherine stockte der Atem.

Die beiden Männer wälzten sich auf dem Boden. Catherine konnte sie im Dunkeln kaum auseinanderhalten. Sie hörte nur, wie sie aufeinander eindroschen. Der eine schlug den anderen offenbar bewußtlos. Übelkeit stieg in ihr auf. Da flammte ein Licht auf. Der junge Mexikaner, der sie angeworben hatte, stand mit einer Kerze in der Tür. Hinter ihm der Ranchbesitzer, eine ganze Horde von zwielichtigen Gestalten und auch Tagelöhner.

Law erhob sich schwankend. Slovel lag mit Laws Messer zwischen den Rippen leblos am Boden. Aus Laws einem Mundwinkel lief ein Rinnsal von Blut. Ungeduldig fuhr er mit dem Handrücken darüber. Dann wandte er sich ihr zu. Sie hatte fest damit gerechnet, daß er seinen Zorn über sie ergießen würde, doch sie sah in seinen Augen nur Erschöpfung. »Dir ist doch nichts passiert?« fragte er besorgt.

Sie war noch immer wie gelähmt und brachte kein Wort heraus. Aber sie schüttelte den Kopf. Er griff nach ihrer Jacke und hielt sie ihr hin. Dabei schirmte er sie mit seinem Rücken gegen die neugierigen Blicke der Zuschauer ab. Die Leute zerstreuten sich allmählich, ihre Stimmen klangen immer ferner. Bald hörte sie sie im Hof. Catherines Hände zitterten so, daß sie nicht imstande war, die Knöpfe im Rücken zu schließen. Da trat Law hinter sie und knöpfte ihr das Oberteil rasch wieder zu. Er hatte darin offenbar Übung.

»Es ist ja überstanden«, tröstete er sie, als sie immer heftiger zitterte. Er zog sie an sich, und sie lehnte dankbar den Kopf an seine Brust.

»Er war mir wirklich zuwider«, stammelte sie, und ihre Zähne schlugen aufeinander. »Aber ich habe ihm nicht den Tod gewünscht, Law.« Sie hob die Stimme zu einem schrillen Aufschrei. »Ich habe noch nie jemandem den Tod gewünscht. Auch Jeremy nicht! Niemandem!«

Law streifte die Ader an der Schläfe, die wie ein eigenständiges Wesen pulsierte, unendlich sanft mit den Lippen. »Psst,

Cate, beruhige dich doch. Glaube mir, ich habe ihn nicht gern getötet. Damit habe ich wahrhaftig kein gutes Beispiel gegeben. Da kämpfen zwei Männer um eine Frau. Was macht das für einen Eindruck! Ich hasse es, Menschen zu töten. Ich habe das noch nie getan.« Ein tiefer Seufzer entrang sich seiner Brust. »Aber das gehört wohl zu dem Leben, für das ich mich entschieden habe.«

Catherine sah ihm ins Gesicht. »Aber Law, es zwingt dich doch niemand, ein solches Leben zu führen.« Sie hielt sich mit beiden Händen an seiner Lederweste fest. Der Gedanke, daß er sich ins Kampfgetümmel stürzte, dabei immer wieder sein Leben aufs Spiel setzte und eines Tages vielleicht tot zu ihren Füßen liegen würde, war ihr unerträglich. »Du hättest doch in Cristo Rey eine dankbare Aufgabe. Es gehört dir ebenso wie Sherrod.«

Einen kurzen Augenblick flackerte ein Licht in seinen braunen Augen auf, doch dann trübte sich sein Blick. Er runzelte die Stirn. »Und wie steht es mit deiner Loyalität Cristo Rey gegenüber, Cate?«

Da stieß sie ihn zurück. Es machte sie wütend, daß er sich wieder einmal über sie mokierte. Sie stemmte die Fäuste in die Hüften und funkelte ihn wutschnaubend an. »Es geht hier nicht um Loyalität, sondern um dein Leben!«

»Einen Augenblick«, sagte er und bekam gerade noch ihren Arm zu fassen, als sie entrüstet davoneilen wollte. »Da draußen sind noch hundertzwanzig Männer, die liebend gern Slovels Platz einnehmen würden. Und wenn du noch so fest entschlossen bist, das Bett nur mit deinem Gatten zu teilen, wirst du mit mir vorliebnehmen müssen, bis wir in Hermosillo sind.«

Er hob die Hand, um ihren Einwänden zuvorzukommen. »Ich weiß ja«, sagte er, »in deinen Augen bin ich ein nichtswürdiger Schurke. Aber so ein Schurke bin ich wieder nicht, daß es mir Freude machen würde, mit einer Frau ins Bett zu gehen, der ›Ehe‹ auf der Stirn geschrieben steht. Das ist wie ein Kainsmal. Du bist also sicher vor mir. Mit deiner blindwütigen Entschlossenheit würdest du selbst den lüsternsten Wüstling abschrecken.«

Catherine riß sich los. »Und du wärst wirklich der allerletzte

Mann auf Gottes schöner Erde, den ich heiraten würde! Merk dir das gefälligst! Du bist vor mir also ebenso sicher!«

Law brüllte vor Lachen. »Ich habe doch gewußt, daß wir blendend miteinander auskommen würden!« Er gab ihr einen Klaps auf den Hintern. »Also marsch ins Bett mit uns.«

18

In der neblig trüben Morgendämmerung erwachte Catherine mit einem bitteren Geschmack im Mund. Slovels Tod belastete sie sehr. Catherine und Law nächtigten in den Stallungen der Ranch. Law schlang die Arme immer noch fest um sie. Ihr Rücken ruhte warm an seiner Brust. Sie fühlte sich unendlich sicher und geborgen. Obwohl sie sich nicht rührte, mußte er wohl instinktiv gefühlt haben, daß sie wach war. Er küßte sie zart hinters Ohr. Sein Schnurrbart kitzelte. Ein wohliger Schauder überlief sie.

»Du läßt dich doch gerne von mir küssen«, flüsterte er heiser.

»Zugegeben. Doch ich hatte dich gebeten, mich nicht mehr zu küssen.« Sie rückte ein Stück von ihm ab.

»Du sagst oft Dinge, mit denen es dir gar nicht ernst ist.« Er setzte sich auf. »Du möchtest heiraten. Aber warum suchst du ausgerechnet hier im Territorium einen Ehemann? Du siehst sehr gut aus, Cate. Wie du gebaut bist, kann dir das Alter so bald nichts anhaben. Die Yankees können doch nicht alle mit Blindheit geschlagen sein.«

Die Andeutung eines Lächelns lag auf ihrem Gesicht. »Bei dir darf ich das wohl als Kompliment auffassen, Law. Wie ich gebaut bin, altere ich nicht so schnell.« Sie kicherte. »Law, du bist wirklich unbezahlbar. Ich bin, wie gesagt, aus Abenteuerlust hierhergekommen.«

»Abenteuerlust!« Er stöhnte. »Da kommst du ja voll auf deine Kosten. Trottest mit einem Söldnerheer durchs Land und kampierst unter freiem Himmel. Ich muß verrückt gewesen sein, dich mitzunehmen.«

Leichtfüßig sprang er auf. Catherine befürchtete, er könne

sie sang- und klanglos auf der Ranch zurücklassen. Doch er griff nach ihrer Hand und zog sie hoch. »Wenn du dich schon mit uns durchschlägst, kannst du das auch stilvoll tun.«

Catherine ging hinter ihm her über den Hof. In einem lehmumgürteten Pferch schnaubten und tänzelten etwa fünfzehn Pferde in der frischen Morgenluft. Ihr warmer Atem stieg wie Rauch aus ihren Nüstern auf. »Die kaufe ich dem Rancher als *remuda* ab – Ersatzpferde für die Expedition. Such dir eins aus.«

Catherine lachte erfreut. Law tat, als sei dies Anerbieten eine Selbstverständlichkeit. »Wenn du etwa glaubst, ich lehne ab, weil eine anständige Frau ein solches Geschenk nicht annimmt, so irrst du dich gewaltig.« Sie verzog theatralisch das Gesicht. »Noch ein Tag in diesem vollgestopften Wagen, und ich würde lieber laufen.«

»Dann triff deine Wahl, Cate.« Er kicherte. »Doch betrachte diese Geste nicht als Annäherungsversuch.«

Catherine entschied sich für einen wunderschönen stahlblauen Mustang-Zuchthengst, ein fantastisch gebautes Streitroß mit tiefer breiter Brust, kleinen Ohren, silbernem Schwanz und silberner Mähne.

Es war eine Freude, dieses Pferd zu reiten. Catherine galoppierte jetzt vor den Wagen her. So blieb sie von dem Staub verschont, den diese aufwirbelten. Doch sie ritt auch nicht zu weit vor, um der Vorhut nicht in die Quere zu kommen. Jetzt, da ihr von Slovel keine Gefahr mehr drohte, konnte sie sich endlich entspannen. Sie konnte sich selbst nicht erklären warum – doch sie war zum erstenmal seit langer Zeit wieder richtig glücklich.

Vielleicht lag das an ihrem Abenteurerblut. Sie fühlte sich quicklebendig. Das lag wohl an der belebenden Luft, die durch die Zivilisation noch nicht vergiftet worden war. Immer wieder boten sich ihr neue Ausblicke. Atemberaubende Farben zogen an ihr vorbei. Sie ritt durch enge grüne Täler, durch orangefarbene Schluchten und über bläulich schimmernde Berge.

Abends sah sie Law beim Kartenspiel zu. Er handhabte die Karten überaus geschickt. Ihre Fantasie gaukelte ihr vor, wie er sie mit diesen schlanken braunen Händen streichelte. Ihr fiel ein, wie er mit diesen Händen sanft durchs Haar gefahren war, wie er mit einer Hand ihre Brust umschlossen hatte. Die unerwartete Erregung, die sie dabei empfand! Schon bei dem bloßen Gedanken daran begann ihr Herz stürmisch zu klopfen.

Liebkoste er vielleicht mit diesen Händen allnächtlich irgendeine andere Frau, bevor er endlich zu ihr kam?

Als Law an diesem Abend neben ihr aufs Lager sank und sie fest an sich drückte, wünschte sie sich noch im Halbschlaf sehnlichst, von ihm geküßt zu werden.

Doch im ersten Morgenlicht erinnerte sie sich nur noch vage an seine Körperwärme.

Die Kleinstadt Magdalena lag malerisch am Rio Concepción – an der Stelle, wo sich der Fluß in die Wüste ergießt. In Magdalena lag Padre Kino begraben, der missionarische Forscher, der bewiesen hatte, daß Kalifornien keine Insel ist. Davon waren die Spanier bis dahin überzeugt gewesen.

Die Lehmhäuser waren zumeist weißgekalkt. Hin und wieder stieß man auch auf einen Ziegelbau oder ein gelbgestrichenes Häuschen. Law band sein Pferd vor einer *tienda* fest. Der kleine Laden schien leer zu sein. Schwärme von Fliegen umschwirrten das Fleisch.

»Es dauert nicht lange«, wandte er sich an Cate. »Halt den Mund und sprich mit niemandem ein Wort. Verstanden?«

»Verstanden.« Sie ärgerte sich über sein autoritäres Gebaren. Vor fünf Jahren hatte er noch die Schulbank gedrückt. Als seine Lehrerin hätte sie dem Rauhbein mit dem Lineal auf die Finger geklopft.

Sie sah sich ein wenig um. Männer lagen lethargisch auf Bänken unter den Kolonnaden herum, und ihre Hoffnung auf ein warmes Bad schwand. Das Städtchen Magdalena wirkte noch unzivilisierter als Tucson – falls das überhaupt möglich war.

Law kam wieder aus dem Laden. Ein Blick in sein ernstes Gesicht genügte, und sie wußte, daß ihnen Schlimmes bevorstand und ein Bad überhaupt nicht in Frage kam. »Was ist denn geschehen, Law?«

Er sah sie an und schwang sich in den Sattel. »Vorgestern

haben die Franzosen Hermosillo eingenommen. Gouverneur Pesquiera und unsere republikanischen Truppen befinden sich noch auf dem Rückzug zur Hauptstadt Ures.«

Kalter Angstschweiß trat ihr auf die Stirn. »Und was bedeutet das für uns?«

Ihm war der Spott inzwischen gründlich vergangen. Er erklärte ihr kurz angebunden: »Das bedeutet, daß meine Männer jetzt einen Guerillakrieg führen müssen. Wir müssen uns in den Bergen rings um Ures verbarrikadieren. Dich können wir natürlich nicht nach Hermosillo bringen.«

»Ich schlage mich allein durch. Ich werde erklären ...«

»*Bastada!* Jetzt ist es aber genug! Die Nichte des Ladenbesitzers – noch keine dreizehn Jahre alt – ist vergewaltigt worden. Ihre Eltern sind beide ermordet worden. Die Franzosen verschonen keinen, der für Juárez kämpft. Glaubst du vielleicht, sie machen bei dir eine Ausnahme? Für sie ist eine Frau ganz einfach eine Frau. Die Nationalität spielt dabei keine Rolle.«

Die Sonne brannte gnadenlos auf sie hernieder. Trotzdem bekam sie eine Gänsehaut bei dem Gedanken, ganz allein nach Tucson zurückzukehren. Das kam natürlich nicht in Frage. Doch welche Möglichkeit blieb ihr denn sonst?

Ihre Blicke trafen sich. Sie ließ entmutigt den Kopf hängen. »Du brauchst nichts zu sagen«, flüsterte sie. »Ich weiß ja, daß ich mir das alles selbst eingebrockt habe.«

»Komm zurück ins Lager«, sagte er. Ein Muskel in seiner Wange zuckte, als er das Pferd am Zügel nahm.

Die festliche Stimmung schwand sofort, als Law seinen Leuten die schlechte Nachricht überbrachte. Sie fingen an, sich auf den Kampf vorzubereiten. Statt wie sonst zu trinken oder Karten zu spielen, reinigten die Männer ihre Gewehre oder schliffen ihre Messer. Die Frauen unterhielten sich leise und besorgt.

Catherine litt unsäglich. Der Gedanke, von Law getrennt zu werden, erschien ihr unerträglich. Sie fühlte sich unwiderstehlich zu diesem sonderbaren Menschen hingezogen. Sie konnte sich noch so oft sagen, daß er ein Söldner war. Daß er den Schmuck seiner Mutter verkauft hatte, um dafür Waffen zu erstehen – es nutzte alles nichts. Verärgert mußte sie sich eingestehen, daß sie ihm verfallen war.

Sie hatte ihn falsch eingeschätzt. Sie sah, wie er sich zwischen den Pferden bewegte und erkannte, daß er seine Ziele zäh verfolgte. Unbeugsam und nicht zu zähmen, erinnerte der junge Mann sie an die Festung, in der er aufgewachsen war. Doch seine Liebe galt Mexiko. Er hing an diesem Land wie Sherrod an Cristo Rey. Sie durfte sich erst gar nicht mit Law einlassen, denn er konnte ihr nichts bieten.

Doch auch in dieser Nacht verriet ihr Körper sie, als Law das Lager mit ihr teilte und sie an sich drückte. Ihr Atem ging keuchend, ihre Schläfen pochten. Es fiel ihr schwer, sich zu beherrschen. Am liebsten hätte sie sich zu ihm umgedreht und ihn beschworen, sie zu küssen.

19

Für die Wagen gab es auf der unwegsamen Straße schon lange kein Fortkommen mehr. Schlucht um Schlucht erstreckte sich vor der Brigade. Sie umgingen Dörfer und kleine Städte, um dem Lauf des Rio San Miguel in südlicher Richtung nach Ures zu folgen. Catherine hatte alles Zeitgefühl verloren. Es verlangte sie nach einem Bad und sauberer Kleidung. Ihr einstmals elegantes schwarzes Reitkostüm und der Reitzylinder waren schmutzverkrustet. Alles hing an ihr wie Lumpen. Sie erinnerte an eine Vogelscheuche. So schien es ihr zumindest.

Sie überließ es dem Pferd, wie es die Hufe auf dem schmalen unebenen Pfad setzte. Da ritt sie, die Amerikanerin, inmitten einer Bande von Guerillas. Sie wollten sich der französischen Armee entgegenstellen!

»Ich werde dich zusammen mit den anderen Frauen außerhalb von Ures zurücklassen«, hatte Law ihr in der Nacht zuvor erklärt, als er neben ihr lag, ohne sie jedoch zu berühren. »Sicherer bist du anderswo auch nicht. Nach der Schlacht – wenn alles gut geht – werde ich dafür sorgen, daß du nach Guaymas kommst. Wenn der amerikanische Konsul dort noch in Amt und Würden ist, wird er zusehen, daß du sicher an Bord eines amerikanischen Schiffes gelangst.«

Er rückte näher und sah auf sie hinab. Sein Haar und sein Schnurrbart schimmerten im Dunkeln. »Cate, in meiner Satteltasche ist eine Derringer. Falls wir verlieren sollten und nicht ins Lager zurückkehren, mußt du Gebrauch von dieser Waffe machen. Hast du mich verstanden?«

Sie begriff nicht gleich. Da hob er ihr Kinn, bis sie ihm in die Augen sah. »Cate, ich halte dich nicht für schwach. Du wirst überleben, davon bin ich überzeugt – auch wenn du entehrt werden solltest. Aber die Yaquis, die im Geleitzug der Franzosen reiten, töten nicht nur. Sie martern ihre Opfer zu Tode. Im äußersten Notfall kannst du die Waffe gegen dich richten, um den Yaquis zuvorzukommen und dem Schlimmsten zu entgehen.« Tiefe Trauer sprach aus seiner Stimme. Er sah sie noch einmal liebevoll an und ließ sie wieder los. Von Law ging eine solche Kraft aus, daß sie sich irgendwie getröstet fühlte. Sie konnte sich nicht vorstellen, daß er nicht aus der Schlacht gegen die Franzosen zurückkehren würde.

Als sich die Dunkelheit auf die Berge herabsenkte, schlugen sie ihr Lager auf. Im Tal glitzerten friedlich die Lichter von Ures. Nichts deutete darauf hin, daß das französische Heer bald wie die wilden Horden Attilas in die Hauptstadt von Sonora einfallen würde.

Über dem Lager hing eine ernste, feierliche Stille. Den Männern blieben nur noch ein paar Stunden, bevor sie sich im Morgengrauen in die Stadt hinabbegaben. Die Soldaten sprachen leise miteinander oder unterhielten sich mit ihren Frauen. Gingen diese aber ihrer Arbeit nach, so hielten sie sich nach Möglichkeit in der Nähe ihrer Männer. Der eiskalte Hauch des Todes wehte über ihnen allen. Fast schien es, als zögen die Aasgeier schon ihre Kreise über dem Lager.

Catherine fragte sich besorgt, wo Law wohl stecken mochte. Loco mußte ihre Gedanken erraten haben, denn er sagte: »Lorenzo ist ein einsamer Mensch. Er kämpft für die Sache Juárez, und die Hauptlast liegt auf seinen Schultern. Er ist jetzt sicher ganz allein und hängt seinen Gedanken nach. Vielleicht dort drüben, auf dem Vorsprung.«

»Loco, manchmal glaube ich, du kannst Gedanken lesen«, sagte Catherine beglückt.

Er zwinkerte ihr zu. »Das ist gar nicht nötig. Ihre Augen verraten mir, was in Ihnen vorgeht. Sie sind der Spiegel Ihrer Seele, Señorita.«

Sie suchte zwischen den Vorräten, bis sie eine Flasche kalifornischen Roséwein fand. Dann machte sie sich an den Aufstieg. Ihr Rock verfing sich immer wieder im Gestrüpp oder blieb an den scharfen Kanten des vulkanischen Gesteins hängen. Doch Catherine nahm keinerlei Notiz davon. Sie eilte auf dem schnellsten Wege zu dem Mann, der ihre Seele fest in Händen hielt. Sie wußte nicht, ob man das Liebe nennen konnte. Was sie für Lorenzo Davalos empfand, hatte mit dem stillen Glück und dem beschaulichen Leben, das man sich von der Ehe erhoffte, nicht das geringste zu tun.

Laws Unzulänglichkeiten waren nicht zu übersehen. Er hatte nichts von Sherrods Beständigkeit und Charakterfestigkeit. Er kam offensichtlich nie zur Ruhe. Würde er nicht gegen die Franzosen kämpfen, begäbe er sich anderweitig in Gefahr. Innerhalb der enggesteckten Grenzen der Zivilisation konnte er nicht lange atmen. Er mußte immer wieder weiter und gehorchte dabei einem inneren Trieb. Sie liebte ihn und würde ihm überallhin folgen – wenn man diese unsagbare Sehnsucht Liebe nennen konnte.

Oben angekommen, konnte sie sich nicht sattsehen an dem großen schlaksigen Mann, dessen honigblondes Haar im hellen Mondlicht schimmerte. Was spielte es für eine Rolle, ob man den Gefühlen, die sie für ihn hegte, einen Namen gab und ob diese Gefühle nach dieser Nacht abebben oder Jahr um Jahr unverändert stark bleiben würden. Es zählte nur der Augenblick. Wenn sie jetzt nicht tat, was ihr das Herz befahl, würde sie es ihr Leben lang bereuen.

Law hörte sie kommen und wandte sich um. Sein müder Blick fiel auf die Flasche. Sie hielt sie ihm hin und sagte mit verführerischem Lächeln: »Du hast einmal gesagt, daß du dich mit einer guten Flasche Wein und einer willigen heißblütigen Frau wie im siebten Himmel fühlst. Da hast du beides!«

Law zog verwundert eine Augenbraue hoch. »Und was ist

mit dem ersehnten Ring am Finger und dem Baby auf dem Arm?«

Da stampfte Catherine verärgert mit dem Fuß auf. »Mach es mir doch nicht so schwer! Ich möchte dir begreiflich machen, daß ich mich nach dir sehne!«

»Mehr als nach einem Ehemann und Kindern?« fragte er sie ernst.

»Ja«, flüsterte sie mit leuchtenden Augen. »In Baltimore habe ich mir eingebildet, daß mir die Zeit davonläuft. Ich war nur damit beschäftigt, die mir gesteckten Ziele zu erreichen. Inzwischen weiß ich aber, daß nur der Augenblick zählt. Wie dumm bin ich gewesen! Führe mich in die Liebe ein, Law – ich flehe dich an!«

Law ließ seinen Blick eine ganze Weile auf ihr ruhen. Schließlich nahm er ihr die Flasche ab und stellte sie beiseite. Er legte ihr die Hände um die Taille und hob sie hoch, bis ihr Gesicht auf der gleichen Höhe mit dem seinen war. Er küßte sie ganz sanft und zärtlich. »Cate, ich habe dich gewaltig unterschätzt«, gestand er ihr. Rasch stellte er sie wieder auf die Beine und knöpfte ihre Bluse auf. Der Rock lag schon am Boden. Auch des Mieders hatte sie sich schon entledigt. Nur das Hemd bedeckte jetzt noch ihre Blöße.

Als er jetzt wie selbstverständlich seine schmutzstarrende Kleidung ablegte, wandte sie sich peinlich berührt ab – obwohl eine nie gekannte Begierde in ihr tobte. »Bitte, sieh nicht weg«, murmelte er, während er sich das Hemd über den Kopf zog. »Es gibt nichts Schlimmeres als eine Frau, die darauf besteht, das Licht zu löschen, um die Augen vor der Wahrheit zu verschließen. Ich möchte, daß du mich ansiehst, Cate. Bin ich wirklich so abstoßend?«

Sie öffnete ein Auge einen Spalt breit und riskierte einen Blick. Die dichten Wimpern nahmen ihr fast die Sicht. Bei der Pflege der verwundeten Soldaten hatte sie zwar immer wieder kurz Teile des männlichen Körpers zu sehen bekommen, doch ein Blick auf einen von Kopf bis Fuß nackten Mann war ihr noch nie vergönnt gewesen.

Sie konnte sich nicht sattsehen an Laws herrlichem, braungebrannten Körper. Er war über einsneunzig groß, hatte breite muskulöse Schultern, einen sehnigen Leib und schmale

Hüften. Auch seine schlanken Beine konnten sich sehen lassen. Wahrscheinlich hatten nur wenige Männer so lange, wohlgeformte Beine. Sein ganzer sehniger gestählter Körper wies nicht ein Gramm Fett zuviel auf.

Er stemmte die Hände in die Hüften, warf den Kopf zurück und lachte, als Catherine beim Anblick seines wild wuchernden Schamhaares verschreckt die Augen aufriß.

Am liebsten hätte Catherine die Flucht ergriffen, doch wohin sollte sie sich wenden? Sie griff hastig nach ihrem Kleiderrock und zog ihn sich über die Schenkel hoch. Gleichzeitig versuchte sie, ihre festen, vollen, jungfräulichen Brüste mit dem freien Arm zu bedecken, was ihr natürlich nicht gelang.

Law ging zu ihr, nahm sie bei den Armen und drückte sie behutsam auf das Lager nieder, das ihre Kleider bildeten. »Warum nur schämen sich die Angelsachsen und ganz besonders die Yankees immer ihres Körpers?« fragte er und suchte ihren Blick. Catherine hatte sich abgewandt. Es schien ihm sehr wichtig zu sein, was für Gedanken sie vor ihrer ersten Liebesnacht bewegten.

Doch er wartete ihre Antwort nicht ab. Er umschloß ihr Gesicht mit den Händen, hob es zu sich empor und streifte ihre geschlossenen Lider und bebenden Lippen unendlich sanft mit seinen Küssen. Er forderte nichts, sondern streckte sich abwartend neben ihr aus. Angesichts der Glut, die von seinem Körper ausging, schmolz ihr Widerstand dahin.

»Was soll ich nur sagen, um es dir leichter zu machen?« flüsterte er dicht über ihrer Brust. Er ließ seine Zunge um die Brustwarzen kreisen. Catherine erschauerte. Da hob er den Kopf.

»Cate, ich bin noch nie an eine Jungfrau geraten. Ich hatte immer nur mit erfahrenen Frauen zu tun. Deshalb weiß ich auch nichts von dem Schmerz, von dem die Frauen sprechen. Doch ich weiß, daß es so überwältigend sein kann, daß dir der Atem stockt – daß es ein Erlebnis ohnegleichen ist – wenn du mir auf halbem Wege entgegenkommen willst.«

Da verstand sie. Law gab ihr noch ein letztes Mal Gelegenheit, es sich anders zu überlegen. Das lag ganz bei ihr.

Dankbar und gerührt sah sie ihn an. »Ich will nicht darüber nachdenken müssen«, flüsterte sie.

Law sorgte dafür, daß sie nicht mehr zum Nachdenken kam. Bisher hatte ihr Körper für sie nur aus Fleisch, Muskeln und Knochen bestanden – in ihren Augen ein höchst unvollkommenes Gebilde. Jetzt wurde er zu etwas Einzigartigem – und einem heidnischen Gott zum Opfer gebracht. Er huldigte ihr mit Lippen, Händen, Blicken, seiner Zunge und mit Worten. Sie ließ sich beglücken, ließ unvorstellbare Dinge mit sich geschehen. Die ganze Nacht hindurch führte er sie in Liebesbezeugungen ein, von denen sie sich nichts hätte träumen lassen.

Erst kurz vor Tagesanbruch bat er sie, seine Liebesbeweise zu erwidern. Ängstlich, von Neugier geplagt und überaus erregt durch seine Liebkosungen, ließ sie ihre Finger über seinen braunen Körper gleiten, bis er vor Begierde keuchte. Catherine hatte nicht geahnt, wie schön ein männlicher Körper sein konnte. Danach hatte sie sich verzehrt, dafür war sie geschaffen. Sie bewies ihm ihre Dankbarkeit, indem sie ihm ihre ganze Liebe zuteil werden ließ. Sie liebte ihn so sehr, daß sie immer kühner wurde, ihn mit den Lippen liebkoste und seine Begierde ins Unerträgliche steigerte. Der Atem stockte ihm. Ekstatisch erschauernd erreichte er den Höhepunkt.

Catherine konnte erst wieder klar denken, als die Glut verebbte und sie sich tiefbefriedigt in die Arme sanken. »Cate, willst du wissen, was ich mir unter dem Joshuabaum gewünscht habe?« flüsterte er zärtlich. »Dich, du störrisches unwiderstehliches Mädchen, das ich zur Frau machen durfte.«

20

Als Catherine am nächsten Tag im Fluß ihre und Laws Kleidung wusch, errötete sie bei dem Gedanken an die Geschehnisse der letzten Nacht. Sie hatte nicht geahnt, wie erregend es war, dem Liebsten Freude zu bereiten und seine Begierde zu stillen. Sie empfand keine Scham. Konnte es denn wirklich Sünde sein, daß sie sich Law ohne den Segen der Kirche hingegeben hatte? Sie liebte Law so sehr, daß Gottes Segen auf ihr ruhen mußte. Für dieses Glück war ihr ohnehin kein Preis zu hoch.

Als die Nacht hereinbrach, waren die Männer noch immer nicht zurück. Catherine fand keinen Schlaf. Sie lag angstgepeinigt wach und sehnte Law herbei.

Sie wußte, daß Law Loco angewiesen hatte, sie nach Guaymas zu bringen, für den Fall, daß er nicht wiederkam. Dort wäre sie verhältnismäßig sicher. Doch sie war fest entschlossen, Laws Vaterland nicht zu verlassen. Sie hätte selbst nicht sagen können, warum sie sich so stark an dieses Land gebunden fühlte. Doch sie liebte dieses rauhe, kahle primitive Land ebensosehr wie Lucy es haßte.

Beim Frühstück teilte sie Loco ganz ruhig mit, daß sie nicht nach Guaymas gehen würde. »Allenfalls zurück nach Tucson, um dort irgendwie mein Leben zu fristen. Wenn es gar nicht anders geht, sogar als *lavandera.*« Sie lächelte.

Unter dem weißen Haar hervor, das ihm tief in die Stirn hing, sah der alte Indianer sie an. »Sie müssen Lorenzo sehr lieben«, sagte er.

»Ja, ich liebe ihn sehr«, bestätigte sie.

Die Männer waren auch am nächsten Abend noch nicht zurückgekehrt. Der Platz neben Catherine blieb leer. Alles in ihr schrie nach Law. Das Schicksal meinte es nicht gut mit ihnen. Da war sie so weit gereist, hatte soviel erdulden müssen und dann endlich gefunden, wonach sie sich sehnte. Sollte sie da jetzt schon wieder auf Law verzichten müssen?

Plötzlich zuckte ein Blitz über den schwarz verhangenen Himmel. In dem grellen Licht erblickte sie geisterhafte Pferde und Reiter, die sich durch den Engpaß aus blankem Fels hinaufquälten. Ein Gewirr von goldenen Locken leuchtete kurz auf, als der Blitz die Landschaft taghell erstrahlen ließ. Catherine stieß einen Freudenschrei aus, als sie Law erkannte. Sie kroch aus ihrem Lager und rannte ihm mit ausgebreiteten Armen entgegen.

Der Anführer des Trupps sah, wie die zierliche Frau auf ihn zugelaufen kam. Sie war so zart und zerbrechlich – und doch unglaublich stark. Wenn er sie gewähren ließ, konnte sie ihm ein Zuhause bieten wie er es nie gekannt hatte. Nein, das stimmte nicht ganz. Bevor Frank Godwin auftauchte, hatte er ein Heim gehabt. Frank Godwin hatte ihm die Mutter weggenommen und ihn um sein Heim, um Cristo Rey gebracht. Auch seine Mutter war stark gewesen, bis die Liebe sie schwach gemacht hatte. Würde die Liebe zu dieser Amerikanerin auch aus ihm einen Schwächling machen? Ihn all seiner Willenskraft berauben, so daß ihn die Not seines Volkes und Mexiko nicht mehr berührten?

Er war so müde, daß er sich kaum mehr im Sattel halten konnte. Und seine Wunde schmerzte fürchterlich. Doch an Cates warme Brust gelehnt, würde er all sein Elend vergessen.

Er beugte sich zu Catherine hinunter und hob sie mühelos zu sich in den Sattel. Ein wilder Schmerz durchzuckte ihn, als sie die Stelle streifte, an der die Kugel eingedrungen war. Er wollte nichts, als ihre Lippen wieder auf den seinen spüren.

»Habt ihr euch gut geschlagen? Seid ihr siegreich gewesen?« erkundigte sich Catherine besorgt. *Lieber Gott, gib, daß es vorüber ist. Dann können wir vielleicht ...* Sie wagte den Gedanken nicht zu Ende zu denken.

Sein grimmiger Gesichtsausdruck verhieß nichts Gutes. »Pesquiera hat sich wie ein Stinktier aus dem Staub gemacht. Der Gouverneur hatte über vierhundert Männer und hat sich nach Hacienda La Concepción zurückgezogen. Jetzt halten die Franzosen Ures besetzt.«

Er sprang aus dem Sattel und hob auch Catherine vom Pferd. Der Himmel öffnete seine Schleusen, und der Regen prasselte auf sie hernieder. Die beiden flüchteten sich unter den Wagen. Law hüllte Catherine mit in seinen weiten Poncho. »Aber du zitterst ja«, sagte er besorgt.

Er langte unter den Poncho und brachte eine flache Flasche zum Vorschein. »Trink. Davon wird dir wieder warm. Und du kannst dir Mut antrinken.«

Doch sie schüttelte den Kopf. Sie mußte auf ihre Weise damit fertigwerden. »Ich weiß, du schickst mich weg.«

Law führte sich einen kräftigen Schluck zu Gemüte und verkorkte die Flasche wieder. »Cate, wir müssen jetzt einen Guerillakrieg führen. Wir werden unser Hauptquartier im

Dschungel haben und Seite an Seite mit unseren indianischen Verbündeten kämpfen. Viele sind es nicht. Glaube mir, das wäre nichts für dich. Es wimmelt von Moskitos, sintflutartige Regenfälle gehen nieder – und im Vergleich zu der schwülen Hitze im Dschungel ist die Hitze in Tucson eine Wohltat. Man qualmt aus allen Poren.«

»Und wo soll ich hin?« schrie sie, um den strömenden Regen und das Donnergrollen zu übertönen. »Mein Platz ist hier, an deiner Seite. Ich möchte bei dir bleiben, wohin du auch gehst.«

»Es tut mir leid, Cate, aber du gehörst in die Vereinigten Staaten, und genau dorthin wirst du zurückkehren – an Bord des ersten amerikanischen Schiffes, das in Guaymas ausläuft.«

»Nein«, widersprach sie, mit dieser ruhigen Selbstverständlichkeit, die ihn immer amüsierte. Sie neigte sich über ihn und legte ihm die Hände auf die Brust. »Wenn du mir durch die Blume zu verstehen geben willst, daß du mich nicht mehr begehrst und nicht mehr an deiner Seite zu sehen wünschst, so bin ich auch allein imstande, mit deiner Expedition Schritt zu halten – oder vielmehr mit Guerilleros, wie ihr euch jetzt nennt. Und das habe ich auch vor. Ich kann selbst für mich sorgen, wenn es sein muß; aber ich lasse mich nicht wegschicken.«

Law seufzte bedrückt. »Wenn du Gelegenheit hättest, mit Kaiser Maximilian zu sprechen, würdest du ihn sicher dazu bringen, aufzugeben und nach Österreich zurückzukehren. Davon bin ich überzeugt. Du bist so gräßlich logisch, Cate.«

Sie legte ihm die Spitze ihres Zeigefingers auf die volle Unterlippe. »Lieber Gott, ich wollte wirklich, es wäre so. Leider ist das nicht der Fall. Ich kann nicht logisch sein, wenn es um dich geht. Es gibt im übrigen nur einen Menschen, den ich überzeugen möchte. Nicht Kaiser Maximilian, sondern dich. Ich will nie wieder so ein leeres sinnloses Leben führen wie früher.«

Die Leidenschaft in ihren Augen entfachte seine Begierde. Er drückte sie hinunter, legte sein eines Bein halb über sie und befreite ihre Brüste aus dem einengenden Korsett. Wie hatte er sich danach gesehnt, sie zu küssen.

Catherine fing Feuer. Ihre Haut brannte, als er die Finger forschend über ihren Körper gleiten ließ. Er schob ihre Röcke hoch und ließ die Hand in ihrem Schamhaar versinken. Sie stöhnte, als er auf die kleine harte Stelle stieß und sie liebkoste, bis ihr vor Wonne fast die Sinne schwanden. Sie verzehrte sich nach ihm, war ganz von einer schmerzhaften Sehnsucht durchdrungen. Sie konnte es kaum erwarten, daß ihr Hunger gestillt wurde. Welle um Welle schlug über ihr zusammen. Sie glaubte zu verbrennen oder sich einfach aufzulösen.

Law nahm Lippen und Zähne von ihren schwellenden Brustwarzen, um Catherines wildes ekstatisches Gemurmel zum Verstummen zu bringen. Es war nicht der richtige Zeitpunkt, um sich zu lieben. Die entfesselte Natur ringsum ließ das nicht zu. Zudem pochte und schmerzte die Schußwunde in seinem Oberschenkel. Doch Laws Verlangen nach Catherine wurde übermächtig – schrie nach Erlösung.

Er schob ihr den Rock über die schmalen Hüften hoch. Ihr Atem drang keuchend an sein Ohr. Sein eigener Atem kam ganz abgerissen – so laut, daß ihm die Ohren davon dröhnten. Er mußte Catherine haben, jetzt gleich. Er drang wie ein Rasender in sie ein, dachte nicht an seine Schmerzen und achtete auch nicht auf ihr Gewimmer. Er hämmerte wie wild auf sie ein. Catherine stieß einen Schrei aus, als ihr Körper reagierte. Sie bewegten sich im gleichen Rhythmus. Klammerten sich aneinander. Immer heftiger, fast wütend stieß er zu, drang immer tiefer in sie ein. Unaufhaltsam trieben sie dem Höhepunkt entgegen, dem Verschmelzen ihrer Leiber.

Law hoffte sich von Catherine zu befreien, indem er sein Verlangen stillte und sich in sie ergoß. Er hoffte inständig, die schmerzliche Sehnsucht nach ihr dadurch tilgen zu können. Die Sehnsucht nach Catherine verzehrte ihn, wann immer sie ihn mit diesen vor Leidenschaft lodernden Augen ansah.

Die Erfüllung nahte. Sie glich einer Explosion. Ein Meer von Farben flammte auf. Die Zeit schien stillzustehen. Sie vergaßen, wo sie sich befanden, vergaßen alles um sich herum. Cates süße Lippen wölbten sich ihm entgegen. Sie beglückte ihn mit ihrem schwellenden unersättlichen Mund.

Law kam nicht von ihr los.

21

Law saß auf einem Hocker und sah ungeduldig zu, wie Catherine seine Wunde verarztete. »Du hättest mir die Wunde gestern nacht schon zeigen sollen«, hielt sie ihm vor. »So eine Wunde ist ein gefährlicher Infektionsherd.«

Er grinste mit schmerzverzerrtem Gesicht. »Da zeigt sich wieder mal das Fräulein Lehrerin. Sie haben selbstverständlich recht, Miß Cate. Doch wenn du meine Wunde schon in der Nacht verbunden hättest, wäre ich nicht dahintergekommen, was für eine erstaunliche Frau du bist, Cate.«

Cate wurde rot und lächelte verlegen. Doch das Lächeln verging ihr rasch. Eisige Schauer liefen ihr über den Rücken, und sie wurde von einem heftigen Hustenanfall geschüttelt. Law hielt ihr die Flasche hin, aus der sie gerade ein wenig Feuerwasser zur Desinfizierung in die schwärende Wunde gegossen hatte. »Hört sich an, als ob du das nötiger hast als mein Bein. Du mußt dich heute nacht im Regen erkältet haben.«

Catherine zögerte nur kurz. Vorsichtig setzte sie die Flasche an den Mund. Der Schnaps schien ihr die Kehle zu verbrennen. Sie schnappte entsetzt nach Luft. Doch dann durchrieselte sie eine wohlige Wärme.

Als die Brigade an diesem Tag nach Südwesten aufbrach, war Cates Schüttelfrost verflogen. Doch sie fühlte sich auch in den nächsten Tagen ungewöhnlich schwach.

Law ritt an der Spitze der Brigade aus dem Flachland in die Berge. Dort strömte kühle Luft in Catherines angegriffene Lungen. Der Schüttelfrost und ihre Schwächeanfälle wurden immer seltener.

Das Guerillahauptquartier lag in einer der zahlreichen Schluchten, die sich durch die Sierra Madre wanden. Dort trafen sie völlig unerwartet auf Spuren von Zivilisation. Die Ranchería, die ihnen vorübergehend Unterschlupf gewähren sollte, bestand aus einer Ansammlung von dreißig oder vierzig bienenstockartigen Hütten aus Flechtwerk und Zeltbahnen. Sie lagen auf einem Hochplateau verstreut.

Yaquis- und Mayo-Indianer, mexikanische Tagelöhner, Banditen, amerikanische Soldaten und Einwanderer aus

Deutschland, die sich nach dem Abflauen des kalifornischen Goldrausches den einträglicheren Minen in Sonora zugewandt hatten, kämpften jetzt für Juárez. Sie gedachten, Mexiko von den französischen Invasoren zu befreien.

Gleich nach ihrer Ankunft machten sich die Soldaten daran, ihre erschöpften Pferde abzureiben. Catherine begann, für sich und Law einen dieser Unterschlüpfe wohnlich einzurichten. Sozusagen ihr erstes gemeinsames Heim.

Sie fühlte sich schmutzig. Sicher sah sie völlig aufgelöst aus. Doch Law trat auf sie zu, nahm ihre Hand und sagte: »Du bist *muy hermosa,* Cate. So schön und voller Leben wie du jetzt bist, hast du kaum noch etwas mit der steifen jungen Dame gemein, die in Tucson in mein Leben trat.«

Solche Komplimente aus seinem Mund taten ihr unendlich gut. Sie konnte nie genug davon bekommen. Doch sie sehnte sich nach einem Liebesgeständnis. Er zog sie in die Hütte und bettete sie auf das Immergrün, das ihnen als Lager dienen sollte. *»Mi corazon, mi alma«,* flüsterte er. »Nach diesem Augenblick habe ich mich den ganzen Tag gesehnt.«

Sie hätte am liebsten sein leidenschaftliches braungebranntes Gesicht über und über mit Küssen bedeckt, doch er nahm ihre Hände und küßte jeden Finger einzeln, mit einer Zartheit, die man bei ihm nicht vermutet hätte. Er zog ihr die Haarnadeln aus dem Haar und warf sie achtlos auf den Boden. »Du solltest deine Haare immer offen tragen, Cate«, flüsterte er heiser und vergrub das Gesicht in ihrem lang herabwallenden, dichten, braunen Haar.

Er konnte nicht mehr warten. Die Begierde wurde übermächtig. Er ließ keinen Blick von ihr, während er sich auszog. Nie hätte er geglaubt, daß der Drang, diese eine Frau immer wieder zu besitzen, je so stark sein könnte. Warum ausgerechnet diese Frau, die fünf Jahre älter war als er, die sich nach Dingen sehnte, die ihm nichts bedeuteten? Sie wollte an der Seite eines Ehemannes ein geregeltes Leben führen, Kinder haben und ein eigenes Heim.

Die ersten Lichtstrahlen des neuen Tages stahlen sich schon in die Schlucht, da fiel ihm ein, daß sie nicht einmal zu Abend gegessen hatten.

Catherine dachte an die Nacht zurück, als sie nackt in Laws

Armen gelegen hatte. Er strich über ihre schmale Taille und ließ die Finger über ihren Leib nach unten gleiten. Er war drei Tage fortgewesen, und sie hatte sich danach gesehnt, daß er sie nahm und sie die einsamen Tage und Nächte ohne ihn vergessen machte.

Doch er unterbrach sein Streicheln jäh und fragte sie: »Wann war deine letzte Monatsblutung, Cate?«

Die Schamröte stieg Cate ins Gesicht. »Warum willst du das wissen?« flüsterte sie mit Tränen in den Augen. »Befürchtest du, daß ich ein Kind erwarte? Unser Kind?« Fünf Monate waren seit ihrem ersten Zusammensein vergangen. Catherine rückte völlig konsterniert von Law ab. Im Dunkeln sah sie nur noch das Gewirr seiner dichten blonden Locken. »Hast du etwa Angst, daß ich dich zwingen könnte, mich zu heiraten?«

»Du solltest mich inzwischen wirklich besser kennen. Nicht einmal ein Kind könnte mich zur Ehe zwingen.« Er sagte das ganz leise. Seine eben noch so zärtliche Stimme klang jetzt kühl und distanziert.

»Wenn das so ist, spielt es keine Rolle, ob ich ein Kind erwarte oder nicht!«

Law griff im Dunkeln nach Catherines Hand. Bevor sie sich ihm entziehen konnte, lag sie schon wieder an seiner Seite. »Ich mache mir wegen deines Gesundheitszustandes Sorgen«, erklärte er ihr. »Cate, du darfst hier keinesfalls ein Kind bekommen. Weißt du nicht, daß eine Schwangerschaft eine Frau umbringen kann?« Seine Stimme klang ganz rauh vor Schmerz. Er drückte sie liebevoll an sich. »Don Franciscos ungeborenes Kind hat meiner Mutter das Leben gekostet.«

Aus seiner Stimme sprach ein solcher Kummer, daß sie nicht wußte, wie sie ihn mit Worten trösten sollte. Sie legte statt dessen den Kopf auf seine Brust, auf der sich kleine Löckchen kringelten, und liebkoste ihn mit kundigen Fingern. Sie hatten sich wie zwei ausgehungerte Tiere aufeinandergestürzt und sich ungestüm geliebt. Ein Todesahnen beflügelte sie. Er bestieg sie und ritt in einem raschen regelmäßigen Rhythmus auf ihr. Sie sträubte sich und bäumte sich auf. Dann fügte sie sich. Von dem gleichen verzehrenden Feuer erfüllt, strebten sie gemeinsam dem Höhepunkt entgegen.

Als er sich am Morgen anzog, um wieder aufzubrechen, sich

den Pistolengurt umschnallte und das Messer in die Scheide steckte, da griff sie nach seinen Händen und drückte sie an ihre Brust. »Ich habe Angst«, gab sie zu. »Wie soll es nur weitergehen?«

Er sah auf sie hinunter. »Ich glaube, vor einer Schlacht hat jeder Angst.«

»Du etwa auch?« fragte sie erstaunt. »Ich hatte immer den Eindruck, daß du dich vor gar nichts fürchtest.«

Law lächelte nachsichtig. »Ausgerechnet ich? Da irrst du dich gewaltig. Es ist eine Qual, zu überleben, wenn alle ringsum schon gefallen sind. Damit verglichen, ist ein rascher unverhoffter Tod ein wahrer Segen.«

Catherine verkrallte sich in seinen Arm. »Aber warum nimmst du das dann alles auf dich? Hast du das denn nötig? Auf Cristo Rey findest du doch alles, was das Herz begehrt.«

»Ich kann es dir nicht sagen«, meinte er nachdenklich. »Ich begreife es ja selbst nicht. Aber Cristo Rey, die Festung, die Rinderherden und die Minen sind in meinen Augen bloße Gegenstände. Dinge, die mit der Zeit rosten und verwittern – die vergehen. Doch so abstrakte Begriffe wie die Befreiung, die Freiheit und die Gerechtigkeit toben wie Fieber in mir und erfüllen mich ganz.«

Er zog sie in die Arme und sagte zärtlich: »Bisher habe ich mich ganz der Sache Juárez verschrieben. Doch jetzt bist auch du mein Leben, Cate. Du steckst mir im Blut. Ich habe mir schon hundertmal gesagt, daß in meinem Leben kein Platz ist für irgend etwas anderes als die Errettung Mexikos und die Sache Juárez'. Doch ich muß ständig an dich denken. Dein Bild schleicht sich immer wieder ein. Diese zierliche, überkorrekte Miß Howard hat eine Willenskraft, mit der sie einer ganzen Armee Trotz bieten könnte.«

Catherine wußte, daß das aus seinem Munde schon fast so etwas wie eine Liebeserklärung war. Sie versanken in einen wilden leidenschaftlichen Kuß. Als sie ihn dann davonreiten sah, konnte sie kaum noch die Tränen zurückhalten.

22

Erst nach sechs Tagen, in denen Catherine Qualen ausstand, kamen Law und seine Guerilleros wieder angeritten. Law sprang aus dem Sattel, sobald er Catherine erblickte. »Cate, ich habe dich vermißt«, sagte er, ohne sie anzusehen.

Sie wagte kaum danach zu fragen, wie der Kampf ausgegangen war. Erst als er in ihrem Unterschlupf auf das Lager sank, das Catherine aus Blättern und Decken bereitet hatte. Law zuckte mutlos die Achseln. »Die Franzosen nehmen so nach und nach jede größere Stadt in Sonora ein. Die ganze Provinz ist ihnen schon in die Hände gefallen. Juárez sah sich gezwungen, sich nach El Paso abzusetzen. Die Franzosen unterwerfen sich auch schon die Indios. Immer mehr Yaqui laufen zu den Franzosen über.«

»Warum nur?« verlangte Catherine zu wissen. »Sie glauben doch wohl nicht, daß die französischen Aristokraten sie befreien werden?«

»Unter den mexikanischen *hidalgos* ist es ihnen auch nicht gerade glänzend ergangen. Was sollen sie sich da von Juárez erhoffen?«

Catherine ließ sich neben Law nieder. »Aber dich bedrückt doch noch mehr«, sagte sie ganz sanft. »Willst du es mir nicht verraten?«

»Wir sind im Norden bis nach Arizpe gekommen. Dort sind alle loyalen Anhänger von Juárez hingerichtet worden. Ganze Dörfer.«

Fast schluchzend, sog er den Atem ein. Dann berichtete er mit geschlossenen Augen, leise und mit monotoner Stimme von den Greueltaten, deren Zeuge er gewesen war. »Cate, da kämpfen keine Armeen und keine Soldaten mehr, das ist nur noch ein Abschlachten.«

Law schlug die Augen wieder auf und sah Catherine an. »Unsere eigenen Leute, Cate! Ich habe meinen Augen nicht getraut. Die *macheteros* haben ein Dorf überfallen, das auf der Seite der Franzosen stand und dort mit ihren Macheten eine fürchterliche Metzelei angerichtet. Überall lagen einzelne Körperteile herum – ein Kinderkopf, ein Männerfuß, eine Babyhand und eine Frauenbrust ...«

Seine Stimme brach. Er vergrub den Kopf in den Händen. »Ich frage mich seitdem, ob es sich überhaupt zu kämpfen lohnt. Die *peones* – diese armen ungebildeten Landarbeiter – sind so weit vom Regierungssitz in Mexiko City entfernt, daß es für sie überhaupt keine Rolle spielt, wer sie vom Chapultepec-Palast aus regiert.«

Jetzt war der Augenblick gekommen, ihm klarzumachen, daß all das Blutvergießen gar nicht lohnte. Sie sollte die Gelegenheit beim Schopfe packen und sein Elend für sich zum Vorteil ummünzen. Doch sie brachte das nicht über sich.

Sie fuhr ihm zärtlich mit den Fingern durch die Locken und hob sein Gesicht zu sich empor. Die Qual in seinen Augen tat ihr weh. »Aber du *wirst* weiterkämpfen, Liebster«, redete sie ihm leise zu. »Du wirst weiterkämpfen ohne das Für und Wider gegeneinander abzuwägen, weil es das einzig Richtige ist. Du läßt dein Vaterland nicht in der höchsten Not im Stich!«

Da nahm Law sie in die Arme, wiegte sie hin und her und vergrub sein Gesicht in der weichen Mulde zwischen Hals und Schulter. »Bevor ich dich kannte, war das alles viel leichter für mich. Da konnte ich leicht mutig sein und mich in Gefahr begeben. Ich hatte ja nichts zu verlieren.« Er küßte sie auf den Scheitel.

Sie hob ihm die Lippen entgegen, und er küßte sie zärtlich. Ganz behutsam drückte er sie auf das Lager nieder. Er schob ihr die Bauernbluse über die Schultern hinunter und umspannte eine ihrer Brüste zärtlich mit den Händen. Dann ließ er die Zunge rings um die rosabräunliche Brustwarze kreisen, bis diese zum Leben erwachte. Ein tiefer Seufzer entrang sich Catherine, und ihr ganzer Körper erbebte, als er ihre Schenkel streichelte und bis in die feuchte warme Scheide vordrang.

Catherine legte die Hände keuchend auf seine schmalen Hüften und zog ihn auf sich hinab. Sie versuchte mit zittrigen Fingern, die Knöpfe seiner Hose aufzubekommen. Doch als er dann in sie eindringen wollte, hielt sie ihn zurück. »Noch nicht«, flüsterte sie heiser, richtete sich auf und kniete über ihm. Ihr offenes Haar fiel ihm auf den Leib und auf die Hüften, als sie sich daranmachte, ihn mit den Lippen zu liebkosen.

Catherine hatte Law das Haar geschnitten und begutachtete ihr Werk. »Nicht schlecht. Du siehst jetzt fast so gut aus wie General Custer.«

Doch in Wahrheit sah Law nicht nur gut aus, sondern hinreißend und überaus sinnlich – so männlich, daß sie die Augen nicht von ihm losreißen konnte.

Law grinste spitzbübisch. »Ich hoffe nur, du betrachtest mich nicht als Samson, dem du als Delila mit den Haaren auch die Manneskraft rauben willst.«

»Doch, wenn du dadurch mein Gefangener wirst«, scherzte Catherine. Seine herrlich braune Haut glitzerte in der Sonne, während er sich die abgeschnittenen Haare abklopfte.

Auch ihre eigene Haut hatte einen Goldton angenommen. Sie sah kerngesund aus, doch das Fieber wollte und wollte nicht weichen. Glücklicherweise hielt es sich in Grenzen, so daß es Law nicht auffiel. Sie mußte sich wohl irgendeine Krankheit zugezogen haben.

Tucson lag nun schon ein ganzes Jahr zurück.

Eines Tages erschien General Morales, um Law die neuesten Nachrichten zu übermitteln. »Der amerikanische Kriegsminister Seward hat Napoleon unter Druck gesetzt. In Europa ist ein Krieg zwischen Österreich und Preußen ausgebrochen. Daher will Napoleon seine Truppen abziehen und nach Europa zurückbeordern. Mein Informant berichtet mir, daß Bazaine gegen Ende des Sommers die Rückführung der Truppen in die Wege leiten will.«

»Gracias a Dios!« jubelte Law beglückt.

»Ich brauche Sie wohl kaum zur Vorsicht mahnen«, fuhr Morales fort. »Es kann sich Monate, womöglich sogar ein Jahr hinziehen, bevor das gesamte Kontingent das Land verlassen hat. Und selbst dann wird Maximilian noch über seine eigenen Truppen verfügen. Hinzu kommen die Indios und Mexikaner, die sich dem Imperialismus verschrieben haben.«

»Nach dieser erfreulichen Nachricht, *compadre«,* erwiderte Law, »können Sie wohl kaum noch etwas Unerfreuliches für mich in petto haben.«

»Ich fürchte doch«, wandte Morales seufzend ein. »Lamberg, dieser fürchterliche österreichische Schlächter, ist zum kaiserlichen Kommandeur von Sonora ernannt worden.«

Law sah den General an und spielte dabei geistesabwesend mit seinem Schnurrbart. »Damit mußten wir wohl früher oder später rechnen.«

Morales Blick ruhte besorgt auf Catherine. »Ich habe auch erfahren, daß Kaiser Maximilian ein Dekret herausgegeben hat – das Dekret der Schwarzen Flagge nennt es sich. Es besagt, daß jeder, der einer nicht autorisierten bewaffneten Bande angehört oder eine solche unterstützt, innerhalb von vierundzwanzig Stunden nach dem Schuldspruch hingerichtet werden soll.«

Law sah Catherine eindringlich an, während Morales weitersprach: »Wenn die Imperialisten auf unser Hauptquartier stoßen und wir unterwegs sind, kennen sie auch angesichts der Señorita kein Erbarmen – obwohl sie Amerikanerin ist.«

Catherine stockte der Atem. Nun würde Law gewiß nicht mehr so nachgiebig sein, sondern sie zwingen, in die Vereinigten Staaten zurückzukehren. Um ihm zuvorzukommen, fuhr sie trotzig auf: »Ich gehe keinesfalls! Ich bleibe hier!«

Law schwieg dazu. Das machte ihr noch mehr Angst. Der General erhob sich. »Die Dame Ihres Herzens scheint sich unserer Sache wirklich mit Leib und Seele verschrieben zu haben«, bemerkte er, bevor er ging.

Beim Anblick einer offensichtlich schwangeren jungen Mexikanerin schmerzte Catherine jeder Atemzug. Ihr war, als würde ihr ein Dolchstoß ins Herz versetzt. Warum wurde sie nicht schwanger? Dann würde Law sie sicher hierbehalten. Noch hatte er nichts verlauten lassen, was darauf schließen ließ, daß er sie wegzuschicken gedachte. Doch seit den Eröffnungen des Generals hüllte sich Law in Schweigen und war kaum ansprechbar.

Auf dem Weg zurück ins Lager stieß Catherine auf Loco, der unter einer Akazie saß und Laws Karabiner ölte. Catherine ging auf Indianerart neben ihm in die Hocke. Sie kam gleich zur Sache. »Loco, du verstehst doch viel von Kräutern. Ich brauche unbedingt ein Mittel, damit ich schwanger werde. Und zwar bald!«

Der alte Indio fuhr weiter mit dem ölgetränkten Lappen über den Gewehrschaft. Er erklärte ruhig, als habe er die Dringlichkeit in ihrer Stimme überhört: »Sie brauchen ein Heilkraut gegen den Schüttelfrost und das Fieber, das Sie zu verzehren droht.«

Erschrocken fuhr sie auf. »Du weißt es?«

Loco nickte.

»Weiß es sonst noch jemand?« fragte sie atemlos.

»Nein. Doch auch Law wird es bald wissen.«

Catherine packte den Indio am Ärmel. »Dann muß ich dieses Heilkraut haben, Loco. Law darf nicht wissen, daß ich krank bin!«

»Die Rinde des Cinchonabaums bringt Heilung. Diese Bäume wachsen an feuchten Stellen vieler Schluchten.« Er sah sie an und fügte sorgenvoll hinzu: »Sie sollten es Lorenzo sagen.«

Da seufzte Catherine und lehnte den Kopf an den Baumstamm. »Ich glaube nicht, daß er das begreifen würde.«

»Sie müssen erst einmal versuchen, Lorenzo zu begreifen«, meinte Loco und richtete sein Augenmerk wieder auf die Waffe.

»Hilf mir doch dabei«, bat sie den Indio.

»Als er nach der Schule zurück nach Hause kam, stieß er dort auf Fremde. Seine Mutter war gestorben. Don Francisco hatte sich mit seiner Familie in der Festung eingenistet. So sah es jedenfalls für Law aus. Lorenzo hat sicher vorgehabt, in Cristo Rey als Mann all das zu tun, was Don Francisco inzwischen unternommen hatte. Die beiden Männer respektieren sich, obwohl sie fast ständig miteinander hadern. Don Francisco und Señor Sherrod sind *energicos.*«

»Energiegeladen«, übersetzte Catherine.

»*Si.* Lorenzo bewundert diese Eigenschaft. Doch Lorenzo besitzt die Güte seiner Mutter. Das Wohl der Menschen liegt ihm sehr am Herzen. Diese Herzensgüte hat Don Francisco bei seiner ersten Frau – Señora Elizabeth – immer sehr vermißt.«

Catherine mußte lächeln, obwohl sie Law zutiefst bedauerte. »Ich glaube, Sanftmut und Herzensgüte ist so ungefähr die letzte Eigenschaft, die Law sich eingestehen würde.«

»*Si.* Sie dürfen nicht vergessen, daß Señor Sherrod ein *caballero* ist. Law dagegen ist ein Einzelgänger, ein unsteter Mensch.«

Ein unsteter Mensch. Das eben machte ihr ja solche Sorgen. Würde er jemals seßhaft werden?

Catherine erhob sich. »Loco, ich danke dir für alles.«

Als sie schon ein ganzes Stück entfernt war, rief ihr der Indio nach: »Señorita!«

Sie wandte sich um. »Ja, Loco?«

»Sie brauchen kein Kräutlein mehr, um ein Kind zu empfangen. Sie tragen schon ein Kind unter Ihrem Herzen.«

23

Am Abend dieses Tages lag Catherine im Dunkeln auf ihrem Lager in dem Unterschlupf und wartete auf Law, mit dem sich General Morales noch besprach. Catherine strich vorsichtig mit der Hand über den Leib. Noch war er nicht gewölbt. Sie würde ihr Geheimnis noch eine ganze Weile hüten können. Sie glaubte fest daran, daß Loco ihren Zustand richtig erkannt hatte. Da ihre Monatsblutung erst zwei Tage überfällig war, hatte sie noch nicht gewagt, auf ein Kind zu hoffen. Doch Locos Zuversicht oder eigentlich Gewißheit – und die Liebesnächte ... Ausgeschlossen, daß sie dabei kein Kind empfangen hatte ... *Lieber Gott, gib, daß es wahr ist!*

Die Decke vor dem Eingang wurde beiseitegeschoben. Der hünenhafte Law beugte sich nieder und betrat den dunklen Unterschlupf. »Cate«, flüsterte er sehnsüchtig.

Ein fast schmerzhaftes Glücksgefühl durchströmte sie. Sie warf die Decke ab, sprang auf und lief ihm nackt entgegen. »Da bin ich«, flüsterte sie selig und schlang ihm die Arme um die Taille.

»Was für ein freches schamloses Ding du geworden bist«, bemerkte er kichernd. Er umschloß ihre blanken Pobacken mit den Händen und drückte sie an sich. Catherine legte ihm die Hände auf die Brust. Seine Körperhaare kitzelten und erregten sie. Seine Männlichkeit drängte sich zuckend und hart gegen ihren Unterleib. Konnte sie denn nie genug von ihm bekommen? Würde sie sich ewig nach ihm sehnen?

»Es ist ganz allein dein Werk, wenn ich jetzt schamlos bin«, raunte sie erregt und zog ihn zu dem Lager aus duftenden frisch aufgeschütteten Zweigen.

Was für eine herrliche Farbskala zeigt sich doch hier in den Bergen bei Tagesanbruch, ging es ihr durch den Kopf. Sie hatten die wenigen noch verbleibenden Stunden bis Sonnenaufgang nicht geschlafen, sondern tiefbeglückt und ruhig dagelegen. Law hielt sie noch im Schlaf umschlungen, und Catherine durchlebte in der Erinnerung noch einmal die Erfüllung, die die Liebesnächte mit diesem Mann ihr brachten. Sie hatte bis zum Morgengrauen seine rauhe und doch so glatte Haut an ihrem Leib gespürt, seinen nur ihm eigenen, männlichen Geruch eingesogen. Sie brauchte nur daran zu denken, wie er roch – nach Leder, Schweiß und manchmal auch nach Tabak – da flammte das Begehren wieder in ihr auf. Was für ein Glück, daß ihr Körper nicht so ohne weiteres verriet, wie sehr er sie erregte. So konnte er nicht voll erfassen, was für ein liederliches Frauenzimmer sie unter seiner Anleitung geworden war.

Law bewegte sich und murmelte ganz dicht an ihrem Ohr: »Cate, warum hast du Cristo Rey verlassen?«

Catherine wandte sich ihm zu und versuchte sein Gesicht im Dunkeln zu erkennen. »Warum fragst du mich das jetzt?«

»Es ist mir nur gerade eingefallen. An dem Abend, an dem du der Familie mitgeteilt hast, daß du fort willst, habe ich geglaubt, daß du vor mir davonläufst. Doch als ich dann das Gesicht meines Stiefbruders sah, war ich mir nicht mehr so sicher. Vielleicht seid ihr aus Liebe voreinander weggelaufen.«

Catherine lachte. »Ich bin vor euch beiden weggelaufen. Doch ganz anders als du glaubst. Der eigentliche Grund warst selbstverständlich *du*. Durch dich geriet alles in Gefahr, was ich mir damals vom Leben erhoffte. Elizabeth hingegen sah die Zukunft ihres Sohnes durch mich bedroht. Sie hegte die Befürchtung, es könne dazu kommen, daß er Cristo Rey einbüßt. Deshalb hat sie mich gezwungen, die Festung zu verlassen.«

»Weißt du«, murmelte er mit gerunzelter Stirn, »ohne Elizabeth wären wir sicher alle glücklich geworden und hätten im schönsten Frieden miteinander gelebt. Don Francisco, meine Mutter, Sherrod und auch ich. Elizabeth hat unser aller Leben mit ihrem Haß vergiftet.«

Catherine fuhr ihm sacht mit der Fingerspitze über die Unterlippe. »Wenn sie einmal stirbt, dann stirbt der Haß mit ihr. Dann bist du endlich ein freier Mensch und kannst nach Cristo Rey zurückkehren.«

Law schmiegte sich an sie. »Cate, wenn ich zu der Sorte von Männern gehörte, die einmal seßhaft werden, die sich wie Sherrod ihren Lebensunterhalt mit regelmäßiger Arbeit verdienen – wenn ich mir, ach, du weißt schon, Kinder wünschte... könntest du dich dann entschließen, meine Frau zu werden? Ich meine, wenn ich zu den häuslichen arbeitsamen Männern gehörte... ich habe nicht gesagt, daß es so ist.«

Catherine wagte kaum zu atmen. Sie gab sich die größte Mühe, sich ihre Erregung nicht anmerken zu lassen. »Ich würde es in Erwägung ziehen, wenn du zu diesen Männern gehörtest. Nur in Erwägung ziehen, hörst du?«

»Wie? Nur in Erwägung ziehen? Was willst du denn noch mehr?« fragte er enttäuscht.

»Es geht mir um die Liebe. In Tucson haben mir mehrere Männer ihre Liebe gestanden.«

»Warum zum Teufel hast du sie dann nicht geheiratet?«

»Ich habe versucht, mir über meine Gefühle klarzuwerden, da sah ich mich durch Jeremys Tod gezwungen, die Stadt zu verlassen.«

Sie hielt den Atem an. Hatte sie ihn etwa abgeschreckt, zuviel von ihm erwartet? Aber ohne seine Liebe war der Antrag doch nichts wert. Er mußte ihr doch irgendwie zu verstehen geben, daß er sie liebte!

»Ich behaupte ja nicht, daß ich der ideale Ehemann bin«, erklärte er nach einer ganzen Weile. »Aber wenn das alles erst einmal vorüber ist, könnten wir sehr glücklich miteinander werden. Cate, mein geliebtes Mädchen, davon bin ich ganz fest überzeugt.«

»Ich weiß nicht recht«, wich sie ihm aus. »Du bist doch soviel jünger als ich – erst einundzwanzig, wenn ich mich nicht irre. Ein junger Mann, der dem Jünglingsalter gerade erst entwachsen ist, nimmt doch mit einer Ehe eine viel zu große Verantwortung auf sich.«

»Aber Cate, du weißt doch selbst, daß der Altersunterschied zwischen uns beiden überhaupt keine Rolle spielt. Ich möchte für dich verantwortlich sein und immer für dich sorgen dürfen. Begreifst du das denn nicht?«

»Und wo bleibt die Liebe?«

»Liebe ist natürlich auch im Spiel.«

Damit würde sie sich wohl vorerst begnügen müssen. Sie hob lächelnd ihr Gesicht zu ihm empor. »Nun, dann spricht wohl nichts mehr dagegen, daß du eine ehrbare Frau aus mir machst.«

»Du bist also einverstanden?« fragte er. Seine Stimme zitterte vor Glück, und auch Catherine wußte sich vor Freude nicht zu fassen.

Auf der Suche nach einem Padre, der sie trauen konnte, begaben sie sich in ein Dorf, das die Franzosen besetzt hielten. Sie gingen damit ein großes Risiko ein. Die Kirche schlug sich übrigens lieber auf die Seite der imperialistischen Aristokraten als ihren Reichtum an die Massen zu verteilen, was Juárez verlangte. Trotzdem gab es den einen oder anderen gottesfürchtigen Priester.

Die französischen Soldaten in ihren blau-roten Uniformen hielten sie nicht auf, als sie mit dem *padre* durch das *pueblo* eilten und der *plaza* zustrebten, an der sich wie in jedem Dorf die *iglesia* befand. Das glänzende Kuppeldach funkelte im Sonnenlicht. Die Kathedrale schien sie aufzufordern, einzutreten.

Im Kircheninnern war es herrlich kühl. Law besprach sich mit dem *padre,* einem Franziskaner. Gleich darauf winkte er sie zum Altar.

Der Padre stellte keine Fragen, als sie vor ihm niederknieten. Catherine sandte ein Dankgebet zum Himmel. Inbrünstig betete sie dann um Gottes Segen für Laws und ihre Ehe.

Der Padre traute sie. Sie unterzeichneten den Trauschein. Law drückte tröstend einen Kuß auf ihre kalten Lippen. Der Padre kniete nieder und segnete sie. Sie konnten keine Ringe tauschen, doch das war auch nicht nötig. Als sie wieder ins grelle Sonnenlicht hinaustraten und Law ihr Gesicht mit beiden Händen umschloß, hatte alles seine Richtigkeit. Sein feierlicher Gesichtsausdruck bewies, daß auch er es so empfand.

»Cate«, flüsterte er, »seit dem Tode meiner Mutter habe ich Liebe immer für eine Schwäche gehalten. Doch du hast mich gelehrt, daß Liebe stark macht. Dafür liebe ich dich, und noch für vieles andere, das dich so liebenswert macht.« Er küßte sie zärtlich. »Ich liebe dich, *mi alma, mi amada, mi corazón.*«

Er gab sie frei und hob sie in den Sattel. Er hielt ihre Hand ganz fest umschlossen und sah Loco an, der während der Trauungszeremonie die Pferde bewacht hatte. »Loco, mein lieber alter Freund, ich vertraue sie dir an. Sie ist mein ein und alles. Sieh zu, daß sie sicher nach Tucson gelangt.«

Catherine riß die Augen auf und umklammerte Laws Hand. »Was sagst du da?«

Law hielt ihrem Blick stand. Seine braunen Augen leuchteten im Sonnenglast. »Ich liebe dich so sehr, daß mir der Gedanke unerträglich ist, dich zu verlieren.«

Er hatte diese Worte wie eine Beschwörungsformel geflüstert. Nun fuhr er lebhafter fort: »Wenn ihr aufgehalten werdet, verhalte dich um Himmels willen ruhig und laß Loco verhandeln. Wenn ihr in Tucson angekommen seid, soll Loco nach Cristo Rey weiterreiten und Sherrod eine Nachricht von mir überbringen. Ich verkaufe ihm meinen Anteil an Cristo Rey. Das Geld ist für dich.«

»Nein!« protestierte sie. »Ich lasse es nicht zu, daß du dein Zuhause für mich aufgibst. Ich kann ja für Fremde Wäsche waschen, mir meinen Lebensunterhalt irgendwie verdienen, bis du wieder bei mir bist.«

»Sherrod hat sich das immer gewünscht, Cate. Und er hat es verdient. Er hat schwer gearbeitet und Cristo Rey zu dem gemacht, was es heute ist. Wir werden uns irgendwo anders unsere eigene kleine Festung bauen.« Er lächelte wehmütig. »In einer Gegend mit vielen Joshuabäumen.«

Law hielt die Zügel seines Araberhengstes und wollte in den Sattel steigen. Da beugte Catherine sich zu ihm nieder. Sie hatte nicht vorgehabt, ihm ihr Geheimnis zu verraten und das Kind, das sie erwartete, sozusagen als Kriegslist zu benutzen. Sie hatte eigentlich damit gerechnet, daß er sie nach ihrer Hochzeit zumindest noch für einen Tag bei sich behalten würde, statt sie sofort wegzuschicken. »Law, du darfst mich nicht wegschicken«, flehte sie ihn an. »Ich erwarte ein Kind. Bitte, laß mich bei dir bleiben!«

Die Nachricht war ein Schock für ihn. Doch er blieb unnachgiebig. »Dann mußt du erst recht zurück nach Tucson. Denk doch an die Sicherheit unseres Kindes.«

Catherine ließ seine Hand nicht los. »Ohne deine Liebe bin ich verloren, Law.«

»Denk doch an unser Kind. Du allein könntest mich vielleicht noch überreden, dich bleiben zu lassen, doch unser Kind braucht ein Zuhause, ein richtiges Zuhause.«

»Ohne Vater gibt es kein Zuhause«, hielt sie ihm vor.

»Aber Cate, ich *komme* ja zurück. Kehre nach Tucson zurück und warte dort auf mich«, sagte er mit fester Stimme und doch voller Liebe. »Ich muß diesen Kampf durchstehen, Cate. Es geht um mein Vaterland. Ich bin nun einmal wie ich bin. Aber hinterher – jetzt weiß ich endlich, wo ich hingehöre. Ich habe ein Zuhause – bei meiner eigenen Familie. Warte in Tucson auf mich, *mi amada*.«

24

Der Arzt stand über Catherine gebeugt. Tiefe Sorgenfalten durchzogen sein wettergegerbtes Gesicht. Catherine zog sich die säuberlich geflickte Decke bis ans Kinn hoch. »Ich weiß, wie Ihre Diagnose lauten wird«, wandte sie sich an den Arzt. »Aber Atanacia hat sich nicht davon abhalten lassen, nach Ihnen zu schicken.«

»Sie haben Malaria«, verkündete er mit rauher Stimme. Er konnte es nicht fassen, daß eine Weiße so armselig lebte. »Die Krankheit hat Sie so geschwächt, daß ich das Schlimmste für das Kind befürchte. Auch Ihr Leben ist in Gefahr, Mrs. Davalos.«

»Herr Doktor, ich besitze viel mehr Kraft und Willensstärke als mir die meisten Menschen zutrauen.«

»Bei der mühseligen Arbeit, die Sie verrichten, kann es nicht ausbleiben, daß Sie zusammenklappen.« Er griff nach seinem Arztkoffer. »Das Kind kommt in weniger als einem Monat zur Welt. Da dürfen Sie keine Wäsche mehr annehmen. Ihre Freunde helfen Ihnen gern. Hören Sie auf meinen Rat und lassen Sie sich helfen!«

Catherine schlug seinen Rat in den Wind. »Wieviel bin ich Ihnen schuldig?«

»Gar nichts. Eine Ihrer Freundinnen bestand darauf, mich zu bezahlen, als sie erfuhr, warum ich in Tucson bin.«

Catherine wunderte sich immer wieder, wie rührend besorgt ihre Freunde sich um sie kümmerten. Atanacia und Sam erschienen jeden Tag, um nach dem Rechten zu sehen. Auch Loco war ihr ein zuverlässiger Freund. Er ging täglich auf den Markt, um ihr Obst und Gemüse zu bringen.

Loco wollte Sherrod holen, doch Catherine verbot es ihm. »Niemand kann etwas für mich tun. Glaube mir, Loco, ich werde nicht sterben. Mein Herz schlägt so stark für deinen Lorenzo, daß es meinen geschwächten Körper am Leben erhält.«

Atanacia half Catherine, den schweren Wäschekorb zu tragen. Catherine blieb völlig außer Atem stehen. Die Wehen konnten jetzt jederzeit einsetzen. Es strengte Catherine entsetzlich an, die Wäsche auf dem neuen Waschbrett zu schrubben, das Sam ihr spendiert hatte.

»Du solltest lieber im Bett bleiben und mich die Wäsche austragen lassen«, meinte Atanacia vorwurfsvoll. Auch der jungen Mexikanerin fiel das Laufen nicht leicht. Sie war im vierten Monat schwanger, erwartete ihr drittes Kind und war noch keine sechzehn.

»Ich bin froh, endlich einmal hinauszukommen, Atanacia.«

Trotz der sieben Monate, die sie sich jetzt schon in Tucson aufhielt, war ihr die Stadt noch nicht vertraut. Die alte Stadtmauer wurde an vielen Stellen von neuen Straßen durchbrochen. Von der ehemaligen Mauer standen nur noch Fragmente. Die Einwohnerzahl hatte sich auf etwa fünfzehnhundert erhöht. Den Neuankömmlingen war Catherine Howard, die Mörderin, gar kein Begriff.

Nichts interessierte diese Abenteurer, die die Stadt überfluteten, weniger als Dinge, die der Vergangenheit angehörten.

Was außerhalb von Tucson vorging, berührte sie nicht. Sie wußten nicht einmal, daß in Mexiko noch immer der Krieg wütete. Es hätte sie auch kaum gekümmert. Laws Strategie und die terrorisierenden *macheteros* hatten die Franzosen zwar gezwungen, sich bis zum Hafen Guaymas zurückzuziehen und Sonora wieder aufzugeben, doch die französischen Truppen unter Bazaine belagerten immer noch Mexico City.

Kämpfte Law jetzt in Mexico City? Sie hatte ihn seit sieben Monaten nicht mehr gesehen. Die Angst schnürte ihr die Kehle zu. Sie zitterte ständig um sein Leben. Lagen seine Knochen schon, von Aasgeiern abgenagt und von der Sonne ausgeblichen, irgendwo am Wegesrand? Der bloße Gedanke schmerzte so sehr, als stieße ihr jemand ein Messer ins Herz. Sie griff sich an den Leib. Sie ließ den Henkel des Wäschekorbes los, so daß die Wäsche in den Schmutz fiel. »Das Baby«, keuchte sie. »Ich glaube, es geht los.«

Da ließ auch Atanacia den Korb los und stützte ihre Freundin. »Schnell, Catrina, gehen wir zurück ins Haus. *Pronto!*«

Catherine hatte den Eindruck, als seien sie bis zu ihrem *jacal* Stunden unterwegs. Doch in Wahrheit dauerten die Wehen und die Geburt stundenlang.

Atanacia wischte ihr immer wieder mit einem feuchten Tuch den Schweiß von der Stirn und forderte sie voller Mitleid auf, sich zu entspannen, wenn der Schmerz sie zu zerreißen drohte. Wo steckte Law? Catherine wand sich in Qualen. Sie warf sich auf ihrem Bett hin und her, von heftigen Kontraktionen geschüttelt. Law gehörte hier an ihre Seite, da sein Kind zur Welt kam. Sie krümmte sich zusammen und preßte sich die Fäuste auf den Mund. Ihre Kehle war wie ausgedörrt. Law, Law, Law, schrie es in ihr. Eine beschwörende Litanei, mit der sie dem Kind Tribut zollte, das sich inzwischen im Geburtskanal befand.

»Du hast sehr schmale Hüften«, erklärte Atanacia besorgt. Tiefe Schatten lagen auf ihrem hübschen Gesicht. »Aber das Kind wird gesund zur Welt kommen«, behauptete sie hoffnungsvoll. »Ich weiß es. Du wirst ein wunderschönes, kerngesundes Baby zur Welt bringen. Die Schmerzen gehören dazu. Das weiß ich von meinen zwei Kindern. Bald ist es überstanden, *mi amiga*. Dann vergißt du die Schmerzen. Du wirst noch viele *niños* wollen, vielleicht so viele wie ich.«

Catherine stöhnte. »Fünfzehn Kinder sind wirklich das letzte, was ich mir jetzt wünsche.«

Dann war es überstanden. Siebzehn Stunden nach dem ersten Schmerz, der sie wie ein Messer durchfuhr, sah Catherine zu Tode erschöpft zu, wie Atanacia das Baby in eine Decke gewickelt auf den Tisch legte. Catherine glaubte, noch nie so ein häßliches Kind gesehen zu haben, doch als ihr Atanacia das schreiende rotgesichtige Bündel in den Arm legte, überflutete sie Mutterliebe. Schon Sekunden später stupste ihre Tochter kräftig mit dem Mündchen gegen die Brustwarze und trank tiefbefriedigt.

Ein kräftiges Kind, dachte Catherine beglückt. Vom Vater hatte es die dichten blonden Locken, von ihr selbst das herzförmige Gesicht geerbt. Doch von dem trüben Blau der Augen konnte man noch nicht auf die endgültige Farbe schließen.

»Wie soll das Kind heißen?« fragte Atanacia und kniete neben Catherine nieder, um das winzige Geschöpf in Augenschein zu nehmen.

Catherine hatte überlegt, ob sie das Kind nicht nach ihrer Freundin Atanacia nennen sollte. Doch dann folgte sie der Eingebung des Augenblicks und erklärte mit geheimnisvollem Lächeln: »Ich nenne sie nach meinem Vater, Jesse. Irgendwie ist er dafür verantwortlich, daß ich ins Territorium gekommen bin. Meine Tochter soll Jessie Atanacia Davalos heißen.«

»Bitte noch einmal, Miguel – sag mir die Verbformen von ›fahren‹«, bat Catherine.

Der barfüßige Junge setzte an: »Fahren, fuhr...« dann konnte er vor Lachen nicht mehr weitersprechen. Jessie kroch auf dem festgestampften Boden herum und kniff ihn neugierig in die staubigen Zehen. Die übrigen fünf Schüler fielen in das Gelächter ein. Atanacia kam herbeigeeilt und nahm das Baby auf den Arm. *»No, no, traviesa«*, schalt sie die Kleine zärtlich.

»Es ist schon gut«, seufzte Catherine und nahm ihr Jessie ab.

Das Kind war in der Tat ein mutwilliges kleines Ding. Doch Catherines Herz floß über vor Liebe zu ihrer sieben Monate alten Tochter. Wenn sie das Herz in diesem kleinen Körper pochen fühlte und die Grübchen an den Knien und Ellenbogen sah, empfand sie es als Wunder, daß sie ein so vollkommenes Geschöpf zur Welt gebracht hatte. Insgeheim lachte sie über ihren mütterlichen Stolz.

Atanacias Tochter, die drei Monate alte Rosalie Catrina, lag jeden Tag friedlich in Jessies Bettchen, während Atanacia im Haus half und Catherine unterrichtete. Mit diesem Baby gab es niemals Schwierigkeiten. Es verlangte nichts und war nicht unternehmungslustig wie Jessie mit drei Monaten und immer noch.

Ohne Atanacias Hilfe hätte Catherine nicht wieder unterrichten können. Sam hatte mehrere Bürger von Tucson dazu gebracht, ihre Kinder wieder zur Schule zu schicken.

»Die Schule ist aus. Ihr könnt nach Hause gehen«, verkündete Catherine den Schülern. Kaum waren sie gegangen, da knöpfte sie ihre Bluse auf und gab dem kleinen gierig saugenden Geschöpf die Brust.

»Wo ist Loco?« fragte sie Atanacia, die ihre Tochter stillte.

Atanacia schüttelte traurig den Kopf. »Er geistert irgendwo herum. Heute morgen habe ich ihn unten am Fluß gesehen – aber wo er jetzt ist, weiß ich nicht.«

Catherine machte sich Sorgen um den alten Mann. Seit Februar schon führte er sich auf wie ein Schamane im Peyote-Rausch. Sie befürchtete, daß Loco, wie sein Name schon besagte, auf seine alten Tage den Verstand verlor. In den ersten Wochen nach Jessies Geburt hatte sie selbst geglaubt, wahnsinnig werden zu müssen, so sehr hatte Law ihr gefehlt.

Monat um Monat verging ohne eine Nachricht von ihm. Sie geisterte ruhelos von einem Raum zum anderen oder lief ziellos durch die Straßen.

Sie bekam einen Brief von Margaret. Verwundert nahm sie zur Kenntnis, daß ihre Schwester inzwischen einen bettelarmen Lehrer geheiratet hatte. Die Mutter hatte der Tod im Schlaf überrascht.

Ende März stand eines Tages ein schäbig gekleideter Amerikaner vor Catherines Haus. Er berichtete vom Kriegsschauplatz. Law diente unter General Escobedo, dem obersten Heerführer der Streitkräfte von Juárez. Sie lagen eingekesselt in Queretaro. Kaiser Maximilian belagerte die Stadt, weil er sich nicht geschlagen geben und sein Imperium um jeden Preis retten wollte.

»Können Sie mir Näheres sagen?« fragte sie den abgerissenen Mann in höchster Erregung.

»Nein, Ma'am, er hat nur gesagt, Sie sollen auf ihn warten.«

Catherine fiel ein Stein vom Herzen, doch die Trauer blieb. Sie bat den Mann ins Haus und setzte ihm etwas zu essen vor. Dann schickte sie ihn fort. Sie rechnete fest mit Laws Heimkehr innerhalb der nächsten Monate.

Catherine fütterte ihre Tochter mit zerdrückten Bohnen und Apfelmus. Äpfel waren teuer. Für ein Pfund mußte sie einen Dollar zahlen. Natürlich sollte sie vernünftig sein und selbst auch etwas essen. Seit Jessies Geburt war sie erschreckend abgemagert. Atanacia drang ständig in sie, das Baby nicht mehr zu stillen. Doch Catherine bemerkte dazu nur: »Wer kann sich denn heutzutage noch Milch leisten?«

Sie zwang sich, eine muffige harte Tortilla zu essen. Es klopfte. »Herein«, sagte sie in der Annahme, es sei Loco. Doch die Tür ging auf und Sherrod trat mit dem Hut in der Hand ein. Catherine erschrak. Die Tortilla fiel ihr aus der Hand.

»Guten Tag, Catherine«, begrüßte er sie ruhig.

Sie freute sich ausnahmsweise einmal darüber, daß der Raum so dunkel war. Zum erstenmal seit Monaten trat ihre weibliche Eitelkeit wieder in den Vordergrund. Sie konnte sich lebhaft vorstellen, wie fürchterlich sie aussah. Ihr Kleid schlotterte an ihr herab. Hohlwangig und eingefallen wie sie war, mußte sie ein schrecklicher Anblick sein. »Komm herein, Sherrod. Setz dich«, forderte sie ihn auf und erhob sich, um Jessica auf den Boden zu setzen.

»Ist es dir auch wirklich recht, oder soll ich draußen auf dich warten?«

Catherine lachte. »Inzwischen hat sich allerhand geändert. Ich bin jetzt eine ganz solide, verheiratete Frau.«

»Ja, das ist mir zu Ohren gekommen, aber leider erst jetzt.«

Er zwängte sich in eine der Bänke für die Schüler. Leider traf auch zu, was er über ihre Krankheit gehört hatte. Catherine war ausgemergelt und runzlig wie eine alte Frau. Doch genau in diesem Augenblick lächelte sie – mein Gott, wie er sie liebte! Er hielt ihr das Geschenk für das kleine Mädchen hin. Laws Kind, wenn Sam ihm die Wahrheit gesagt hatte. »Ich dachte mir, daß deine Tochter vielleicht Spaß daran hat, Catherine.«

Sie nahm das kleine Päckchen entgegen. »Vielen Dank, Sherrod.« Sie entfernte das Papier. Eine kleine gelbe Plüschente kam zum Vorschein. »Das ist genau das Richtige! Vielleicht hört Jessie jetzt auf, Jagd auf die Hühner draußen zu machen.«

Ohne nachzudenken, sprach Sherrod aus, was ihn vor allem beschäftigte. »Die Kleine sollte nicht hier aufwachsen«, entfuhr es ihm.

Catherine sah ihn mit großen Augen an. Da senkte er beschämt den Blick. »Catherine, es tut mir leid. Aber deine Tochter, Jessie heißt sie doch, nicht wahr? Sie hat ein Recht auf Cristo Rey – genau wie Abigail und Brigham. Die Festung ist ihr Erbe. Sie gehört nach Cristo Rey, wo es alles im Überfluß gibt...« Er war um Worte verlegen.

»Überfluß?« Sie überlegte. »Mag sein, daß ihr das wohl anstände. Das wird sich alles finden. Wenn die Zeit gekommen ist. Die Entscheidung liegt bei Law und mir.« Damit war das Thema für sie abgeschlossen. Sie kam auf etwas anderes zu sprechen. »Wie geht es deiner Familie? Erzähl mir doch von Cristo Rey.«

Sherrod drehte seinen Hut in den Händen. Catherine fiel wieder auf, wie edel und aristokratisch er aussah. Kein Wunder, daß sie eine Weile für Laws außergewöhnlichen männlichen Zauber gar keinen Blick gehabt hatte.

»Abigail besucht die Schule für junge Damen der Miß Phelps in Chicago, und Brigham geht auf die Markham-Akademie in Richmond. Vater ist reizbar wie eh und je. Was in meiner Mutter vorgeht, weiß ich leider nicht.«

Aber ich, dachte Catherine. »Und wie geht es Lucy?«

Ihre Blicke trafen sich, und sein ganzes Elend wurde offenbar. »Lucy liegt im Sterben, Catherine. Sie hat Leberzirrhose.

Auch um ihren Verstand steht es schlecht. Ich habe sie gerade nach St. Louis gebracht, um dort einen Arzt zu konsultieren. Ich hätte dich schon viel früher aufgesucht, doch wir sind erst vorige Woche wieder in Tucson eingetroffen.«

»Oh, Sherrod, das tut mir ganz entsetzlich leid! Ich mochte Lucy wirklich gern.«

»Sie dich auch. Sie war untröstlich, als du fortgegangen bist. Und wir anderen nicht minder.«

Mit einer Ausnahme. »Für mich war es ein Glück.« Catherine lächelte. Dadurch sah sie mit einem Mal so strahlend schön aus, daß es ihm den Atem verschlug. »Wäre ich nicht fortgegangen, hätte ich wohl nie Gelegenheit gehabt, deinen Stiefbruder dazu zu überreden, daß er mich heiratet.«

Jessie fing an, an Sherrods Gamaschen herumzuzupfen. Lachend hob er das winzige Mädchen hoch und ließ es auf seinen Knien reiten.

»Was für ein allerliebstes kleines Ding«, sagte er, bevor er sich von ihr verabschiedete.

Kaum war er gegangen, da dachte Catherine über seine Einladung nach Cristo Rey nach. Doch sie wußte, daß Elizabeth ihr und Jessie das Leben dort zur Hölle machen würde. Als ein Monat nach dem anderen ins Land ging und eine Jahreszeit in die nächste überging, dachte sie immer häufiger daran, die Einladung anzunehmen.

Tucson wurde immer mehr zu einer Stadt schießwütiger Gesellen. Veteranen aus dem Bürgerkrieg bevölkerten die Stadt – rauhe Burschen, Spieler, Schwindler und Gewohnheitsverbrecher.

Außerdem wurde Catherines Finanzlage immer prekärer. Obwohl sie nach wie vor die Wäsche anderer Leute wusch und unterrichtete, schien das Geld nie zu reichen. Ihr geliebtes Pferd hatte sie schon längst verkaufen müssen, um Jessie und Loco durchzubringen. »Du bist viel zu stolz«, hielt Sam ihr eines Tages vor, als sie sich weigerte, ein Stück Fleisch von ihm anzunehmen.

»Mag sein«, erwiderte sie lächelnd. »Doch mein Stolz ist alles, was mir noch geblieben ist.«

Im November, kurz vor Jessies erstem Geburtstag, verschwand Loco auf Nimmerwiedersehen. »Wenn die alten

Indios und Indianer fühlen, daß es ans Sterben geht, ziehen sie sich in die Einsamkeit zurück. Und Loco war doch schon sehr alt, nicht wahr?«

Ja, dachte Catherine, Loco war uralt – so alt wie sie sich fühlte und wahrscheinlich auch aussah, ohne Laws Liebe, die sie auf der Stelle wieder verjüngt hätte.

Sie mußte endlich der Wahrheit ins Gesicht sehen. Es ging nicht an, einfach bis in alle Ewigkeit die Augen davor zu verschließen. Der Krieg in Mexiko war aus. Kaiser Maximilian war vor fünf Monaten in Queretaro hingerichtet worden.

Warum war Law nicht heimgekehrt? Darauf gab es nur eine Antwort.

25

»Du verwöhnst sie viel zusehr«, sagte Catherine. »Du beschenkst sie zum Geburtstag, zu Weihnachten und sogar am Festtag zu Ehren von San Agustin. Jessie ist inzwischen schon soweit, daß sie das von dir erwartet, Sherrod.«

Sherrod hob die Zweijährige von seinen Knien, wo er sie hatte reiten lassen. »Catherine, sie braucht ein Pony«, sagte er. Sein Blick ruhte dabei auf dem Kind, das wie ein kleiner Cherub aussah. Jessie versprach, eine außergewöhnliche Schönheit zu werden. Sie hatte goldene Locken wie Law und graugrüne Augen wie Catherine. Mit ihrem Charme schlug sie schon jetzt alle Menschen mühelos in ihren Bann. Wenn sie lachte, bildeten sich entzückende Grübchen auf den Wangen. »Wenn du sie nicht bald auf ein Pferd setzt, wird sie nie so gut reiten lernen wie du«, fuhr Sherrod fort.

Catherine hob die Brauen. »Du willst ihr doch hoffentlich nicht auch noch ein Pferd schenken?« fragte sie lächelnd.

»Das täte ich gewiß, wenn du es unterbringen könntest.« Er hielt inne und fügte nach einer Weile hinzu: »Ich wüßte einen Stall für das Pferd. Lucy ist jetzt seit einem halben Jahr tot, Catherine. Und Jessie braucht einen Vater.« Er sprach wie gehetzt, um zu verhindern, daß sie ihn unterbrach. »Abigail und Brigham sind im Internat, und Vater wird immer schwächer. Es ist schrecklich einsam in der Festung.« Er griff nach ihrer Hand und ließ nicht zu, daß sie sie ihm wie sonst entzog. »Liebling, ich bitte dich, meine Frau zu werden.«

»Sherrod, ich bin bereits verheiratet«, erwiderte sie und wandte sich ab.

Da riß er sie herum, so daß sie gezwungen war, ihn anzusehen. »Catherine, verdammt noch mal, du weißt genauso gut wie ich, daß Law schon längst heimgekehrt wäre, wenn er noch lebte. Nichts auf der Welt könnte ihn von dir fernhalten. Ich weiß das, weil ich dich ebenfalls liebe!«

Die Intensität seiner Worte und sein eindringlicher Blick bewirkten, daß sie endlich der Wahrheit ins Auge sah, vor der sie die Augen bisher verschlossen hatte. Im Geiste zogen die letzten fünf Jahre an ihr vorbei. Vor etwa fünf Jahren war sie nach Arizona gekommen, um hier einen Ehemann zu finden. Jetzt bot sich ihr diese Chance zum zweitenmal. Und es war nicht einfach irgend jemand, der ihr da einen Antrag machte, sondern ein blendend aussehender, liebevoller Mann, der auch Jessie liebte. Er bot ihr nicht irgendein beliebiges Heim, sie sollte Einzug in die sagenhafte Festung halten. Sie hatte richtig entschieden, als sie beschloß, nach Westen zu gehen. Im Territorium von Arizona waren ihr fünf gesegnete Jahre vergönnt gewesen.

Sie strich Sherrod mit der freien Hand liebkosend über die Wange. »Sherrod, ich danke dir für deinen Antrag. Es macht mich glücklich, mich von dir geliebt zu wissen. Doch ich kann nicht deine Frau werden. Law hat mich gebeten, auf ihn zu warten. Ich kann nicht anders, ich muß auf ihn warten – bis in alle Ewigkeit, wenn es nicht anders sein soll.«

Sherrod flehte Catherine an, ihm zu gestatten, sie zu den Ärzten in St. Louis zu bringen. Doch Catherine lehnte das ab. Obwohl sie immer schwächer wurde, unterrichtete sie weiter. »Sherrod, die Ärzte in St. Louis können mir auch nichts sagen, was ich nicht schon weiß«, behauptete sie starrsinnig. Sherrod wußte, daß ihr Herz und ihre Lunge durch die Malaria immer mehr geschädigt wurden.

So verging ein Jahr um das andere. Als Jessie ihren sechsten Geburtstag feierte, war Catherine so schwach, daß Sherrod sie aus dem Bett heben mußte. Catherine hatte sich gewünscht, noch einmal unter einem Joshuabaum zu sitzen. Sherrod trug sie zum Wagen hinaus und setzte sie später unter den Baum. Catherine nahm jetzt immer mehrere Taschentücher mit. Als die Sonne am Horizont versank, war das erste Taschentuch schon rotgesprenkelt – blutrot wie die Strahlen der untergehenden Sonne.

Sherrod tat, als hätte er das nie bemerkt. Er wußte ja, daß sie nicht wünschte, daß man auch nur ein Wort über ihren Tod verlor. Es konnte nicht mehr lange dauern.

Doch als er sie an diesem wunderschönen Abend an den festen Stamm eines Joshuabaumes lehnte, kam sie zum erstenmal von selbst auf ihren Tod zu sprechen. »Ich mache mir Sorgen um Jessie. Ich weiß natürlich, daß Sam und Atanacia gut für sie sorgen würden – aber sie haben selbst so viele Kinder – sechs, und das siebte ist schon unterwegs. Aber Cristo Rey – ich möchte, daß Jessica ihr Erbe kennenlernt.«

Die Stimme versagte ihr. Sie wurde von einem krampfartigen Husten geschüttelt. Rasch hielt sie sich das Taschentuch vor den Mund. Als sie dann weitersprach, klang ihre Stimme ganz heiser. »Sherrod, ich habe es dir nie gesagt – aber deine Mutter hat mich gezwungen, Cristo Rey zu verlassen. Sie wußte, daß du in mich verliebt warst.«

Sherrod wiegte Catherine in seinen Armen. Sie sollte nicht merken, wie sehr ihn diese Eröffnung entsetzte. Mit seiner Mutter würde er ein Hühnchen rupfen, sobald sich die Gelegenheit ergab.

Catherine umklammerte seine Hand. »Laß bitte nicht zu, daß deine Mutter auch Jessie vertreibt! Versprichst du mir das?«

Er führte ihre schmale blutleere Hand an seine Wange. »Ich verspreche es dir hoch und heilig«, krächzte er mit versagender Stimme.

Zufrieden und entspannt schloß Catherine die Augen. Sherrod befürchtete schon, sie sei gestorben, so flach ging ihr Atem. Doch sie schlug die Augen wieder auf und hauchte kaum hörbar: »Denk dir, Sherrod, Jessie hat mich einmal gefragt, ob das Sterben wehtut.«

Sherrod wußte, daß Catherine gern sprechen wollte. Also erkundigte er sich: »Was hast du denn darauf geantwortet?«

»Ich habe ihr erzählt, daß es wahrscheinlich nur ein winzig kleiner Schmerz ist. Daß es wie ein Kakteenstachel im Finger piekst.« Ihre Stimme klang immer leiser und entfernter, so daß er sich zu ihr niederbeugen mußte, um sie zu verstehen. »Ich konnte Jessie doch nicht sagen, daß man den Tod manchmal schmerzlich herbeisehnt, weil er einen von allen Qualen erlöst – von der Herzenspein, die hundertmal schlimmer ist als die Malaria.«

Sie stirbt nicht an der Malaria, sondern an gebrochenem Herzen, ging es ihm durch den Kopf. Er wußte, daß sie in einer anderen Welt Erlösung finden würde. Dort, wo ihr Liebster sie erwartete.

Doch wo konnte er die geliebte Frau wiederfinden? Der Tod würde sie ihm bald entreißen. Er drückte sie noch fester an sich, als könne er dadurch den Tod abwehren. Er liebte sie so sehr! Ihm strömten unaufhaltsam Tränen über das Gesicht, als sie wieder sprach. Ganz langsam, mühsam um Worte ringend. Er registrierte dankbar, daß sie den Blick beide nach vorn gerichtet hielten und sich nicht in die Augen sahen.

»Weißt du – als ich hierherkam, erschien mir die Landschaft so unwirklich, als befände ich mich auf dem Mond – inzwischen ist das alles hier ein Teil von mir geworden. Hast du je die Blüte gesehen, die nur eine einzige Nacht blüht?«

Der Schmerz drohte Sherrod zu überwältigen. Er brachte kein einziges Wort heraus. Seine Kehle war wie zugeschnürt. Catherine ahnte nichts von seinen Qualen. »Nein, wahrscheinlich nicht«, murmelte sie geistesabwesend. »Ich habe es ja selbst nur ein einziges Mal erlebt.«

Sherrod schlang den Arm ganz fest um ihre Taille und ließ den Kopf auf ihren sinken. Catherines Haar fühlte sich feucht an. »Der Himmel...«, hauchte sie. Die Worte erinnerten an das leise Flattern von Schmetterlingsflügeln. »... ist er nicht wunderschön, so von purpurnen Streifen durchzogen?«

Sherrod beobachtete das Farbenspiel des Sonnenuntergangs mit schwimmenden Augen. Erst nach einer ganzen Weile wagte er einen Blick auf Catherine. Sie erschien ihm überirdisch schön, wie sie so an seiner Schulter ruhte, die weichen Lippen leicht geöffnet, die langen gebogenen Wimpern wie Fächer ausgebreitet. In dieser Ausgezehrtheit lag etwas Irisierendes.

Als er begriff, daß Catherine ihn für immer alleingelassen hatte, schrie er seine Qual in die Wüste hinaus. Dann verbarg er das Gesicht an ihrer Brust und weinte bitterlich.

II. TEIL

26

»Ach, bitte, Jessie«, flehte Bob Merckle sie an. »Lauf doch wenigstens einmal mit mir um die Bahn herum, ja?«

Jessie schnürte ungeduldig die Riemen ihres linken Rollschuhstiefels zu und zeigte dabei mehr Bein als gemeinhin üblich. Darüber war der Teenager auf der splittrigen Bank neben ihr außer sich vor Entzücken. Er hatte sich das Haar Jessie zu Ehren mit Pomade zurückgestrichen. Jessie Davalos kam einmal im Monat mit ihrem Onkel in die Stadt. Bob sehnte diese Tage herbei.

Jessie erhob sich seufzend. »Vielleicht später, Bob. Ich möchte jetzt erst einmal allein üben.« Sie rollte auf die Bahn hinaus, ohne auch nur seine Antwort abzuwarten.

Halb Tucson drängelte sich auf der Rollschuhbahn. Die meisten hatten Mühe, sich auf den Beinen zu halten.

Jessie fand keinen rechten Spaß am Rollschuhlaufen. Der Lärm, das Gedrängel und die begehrlichen Blicke der Jungen und Männer störten sie entsetzlich. Sie fühlte sich ständig beobachtet. Sie zog es vor zu reiten, frei und völlig ungehindert loszugaloppieren.

Jessie wich den Paaren aus, die Arm in Arm vor sich hinstolperten und hielt dabei Ausschau nach Brigs dunkler Mähne. Hoffentlich lief er nicht mit der zickigen Fanny Roget! Doch das tat er ganz gewiß. Fannys Eltern hatten sich extra aus Denver her bemüht, um mit ihrem Onkel Sherrod Geschäfte zu machen. Fannys Vater war so eine Art Silbermagnat. Bei dem Geschäft ging es um irgendwelche Schürfrechte. Nun hatte Brig die zimperliche junge Frau am Hals.

Da sah sie Brig. Er schlang den Arm um Fannys sagenhaft schmale Taille und neigte sich beim Laufen zu ihr hinab. Das Paar lief unmittelbar vor ihr. Fanny sah lachend zu Brig auf, und Jessie hätte ihr am liebsten das feuerrote Haar mitsamt den Wurzeln ausgerissen. Brig bedachte Fanny mit einem warmen Lächeln, und es sah gar nicht danach aus, als sei ihm Fanny eine Last.

Warum mußte Brig auch so verdammt gut aussehen, dunkel

und aristokratisch, genau wie sein Vater! Zu schade, daß er sieben Jahre älter war als sie. Der Zwanzigjährige behandelte sie, als sei sie seine kleine Schwester. Jessie liebte Brig, seit sie mit sechs Jahren nach Cristo Rey gekommen war.

Brig hatte sich immer rührend um sie gekümmert. Er war stets dagewesen, um ihr aufzuhelfen und ihr das Gras aus den Haaren zu zupfen, wenn sie vom Pony oder später vom Pferd gefallen war. Er hatte sich selbst am späten Abend noch bereitgefunden, ihr bei der verhaßten Mathematik zu helfen und ihr das Schießen beigebracht.

Im letzten Sommer hatte Elizabeth ihr untersagt, weiter mit Brig auszureiten. »Du wirst jetzt bald eine junge Dame sein«, behauptete die alte Frau und betrachtete angelegentlich den jungenhaften Körper Jessies, der durch untrügliche Anzeichen verriet, daß sie sich bald entwickeln würde. Jessie fühlte sich unter diesem klinischen Blick Elizabeths beschmutzt und schämte sich fast ihrer knospenden Weiblichkeit.

Auch Brig war kein Junge mehr. Er war inzwischen unverkennbar zum Mann geworden. Jessie schämte sich ihrer Liebe nicht, doch sie sollte ihr Geheimnis bleiben.

Abigail hegte wohl einen Verdacht. Abigail heiratete in jenem Sommer den jüdischen Kaufmann Ira Ritz. Jessie nannte ihn bei sich gutmütig Mr. Großnase. Sie mochte ihn gern. Am Hochzeitstag zog Abigail Jessie beiseite und überreichte ihr den Korb mit Sonnenblumen, den Jessie als Blumenmädchen tragen sollte.

»Jessie, du siehst entzückend aus.«

»Ich wollte, ich wäre so schön wie du«, erwiderte Jessie neiderfüllt. Die zweiundzwanzigjährige Braut war ein atemberaubender Anblick. Ihre helle glatte Haut und das weiche Blondhaar kamen, so von weißer Seide und Spitze umrahmt, besonders gut zur Geltung. Jessie zupfte unmutig an ihren schwer zu bändigenden honigblonden Locken, die ihr wirr auf die Schultern fielen. »Mit der Figur wie ein Zaunpfahl und meiner Roßhaarmähne sehe ich unmöglich aus«, jammerte sie.

Abigail schloß sie in die Arme und meinte lachend: »Glaube mir, Jessie, du entwickelst dich zu einer strahlenden Schönheit. Mit deiner gesunden Hautfarbe und deinem prächtigen

Haar wirst du mich bald ausstechen.« Das Lächeln verblaßte. Mit ernster Stimme fuhr sie fort: »Aber Mädchen in deinem Alter neigen dazu, alles zu dramatisieren. Sie verlieben sich immer gleich Hals über Kopf.«

»Ich nicht«, setzte sich Jessie zur Wehr. »Ich liebe Cristo Rey und ...«

»Ich weiß«, erklärte Abigail, als Jessie plötzlich schwieg und die Lippen aufeinanderpreßte. »Doch so manche Liebe steht unter einem schlechten Stern und bringt nur Unglück. Jessie, hüte dich vor meiner Großmutter. Geh fort, wenn du erwachsen bist. Die ganze Welt steht dir dann offen. Hör auf mich, geh fort! Ich gehe auch. So weit weg wie nur irgend möglich.«

Abigail folgte ihrem Mann aus der Einöde in die laute geschäftige Großstadt New York. So etwas kam für Jessie nicht in Frage. Sie würde niemals gehen. Die Festung war ihr Zuhause. Und Brig der Mann ihres Lebens.

Brig gesellte sich mit Fanny im Schlepptau zu ihr. »Jessie, wir müssen jetzt gehen. Vater möchte frühzeitig am Bahnhof sein. Zieh deine Rollschuhe aus.«

Die beiden gingen voraus, und sie trottete hinterdrein, wie eine kleine Schwester. Als sie allerdings die Straße überquerten, nahm Brig nicht nur Fannys, sondern auch Jessies Arm. Immerhin besser als gar nichts. Sie war wenigstens bei Brig, ganz in seiner Nähe. Sie spürte ihn, berührte ihn. Und stand dabei Höllenqualen aus. Aber war nicht Julia auch erst vierzehn oder fünfzehn, als sie sich in Romeo verliebte? Dann stand es doch um ihre Liebe auch nicht völlig hoffnungslos.

Die Eisenbahn wurde erst in zwei Stunden in Tucson erwartet. Die allererste Dampfeisenbahn. Schon drängelte sich eine Riesenmenge aufgeregter Bürger in dem Bahnhof.

Sherrod sollte anläßlich dieses Ereignisses eine Rede halten. Auf dem Bahnsteig spielte eine Militärkapelle. Sherrod unterhielt sich angeregt mit Fannys Vater. Mit seinen einundvierzig Jahren sah Sherrod noch viel besser aus als Brig. Er war dunkelhäutig wie sein Sohn. Erste Silbersträhnen im Haar verliehen ihm ein distinguiertes Aussehen. Seine feinen Züge wirkten durchgeistigt, die meiste Zeit schien er in Grübeln versunken. Ein Bild von einem Mann.

Jessie liebte Brig, doch die Gefühle, die sie für ihren Onkel hegte, grenzten an Anbetung. Jessie erschien er überlebensgroß, ein Übermensch. Für sie war Sherrod Ivanhoe, der sie, Rowena, aus dem ärmlichen *jacal* in ein besseres Leben entführt hatte.

In der Festung hatte sich ihr eine neue Welt eröffnet, die sie ihm verdankte. Dienstboten standen ihr zur Verfügung, sie schlief in einem richtigen Bett, speiste fürstlich und erhielt die bestmögliche Ausbildung.

Dank Onkel Sherrod war sie zudem in eine Familie aufgenommen worden. Ihr Großvater hatte sie als kleines Mädchen oft auf den Schoß genommen und ihr von früher erzählt. Und immer wieder betont: *Du bist die Tochter deines Vaters.*

Nur Elizabeth blieb auf Distanz. Sie ignorierte Jessie und sah durch sie hindurch, als gäbe es sie nicht. Jessie bildete sich das nicht nur ein. Am Tage ihrer Ankunft in der Festung brachte Onkel Sherrod sie in einem Zimmer unter, das vor ihr ihre Mutter und ihre Großmutter, Dominica Davalos, bewohnt hatten. Ein schönes Zimmer, mit Holzdielen auf dem Boden und himmelblauen Wänden.

Elizabeth stürmte in das Zimmer und fragte Onkel Sherrod, was ihm einfiele, das Kind der Howard anzuschleppen.

»Sie ist nicht nur das ›Kind der Howard‹, Mutter. Sie ist Jessie Davalos, die Enkelin deines Mannes. Sie ist ebenso berechtigt, hier zu leben wie Abigail und Brigham. Das möchte ich hiermit ein für allemal klarstellen!«

Seitdem war es ihretwegen nie mehr zum offenen Streit gekommen, doch Jessie ging der verbitterten alten Frau tunlichst aus dem Weg. Sie fühlte sich nicht wohl in ihrer Gegenwart.

Als Brig mit Fanny und Jessie den Bahnsteig betrat, begrüßte Sherrod sie freudig. Dann ruhte sein Blick nachdenklich auf seinem Sohn und seiner Nichte. Jessie wurde viel zu schnell erwachsen. Trotz ihrer blonden Locken erinnerte sie ihn allzusehr an Catherine. Ihre großen Augen blickten zuweilen kühl in die Welt. Die Augenfarbe erinnerte an Efeu. Jessies strahlendes Lächeln hatte ihn vom ersten Tage an bezaubert. Er glaubte, Catherine zu sehen.

Jessies Starrsinn war freilich nicht zu überbieten. Noch glich sie zwar einem ungebärdigen Füllen, doch es zeichnete sich schon deutlich ab, daß sie die Zielstrebigkeit ihrer Mutter besaß. Manchmal ging es über Sherrods Kraft, in Jessies Nähe zu sein. Wenn er sie betrachtete, drohte ihn der Schmerz zu überwältigen. In ihrem Lachen glaubte er Catherine zu erkennen.

Sherrod bedauerte zuweilen, daß er nicht mehr von Laws Ungestüm besaß. Anstatt sich in der Rolle des Gentleman zu üben und stets zu tun, was man von ihm erwartete, hätte er Lucy verlassen und Cristo Rey den Rücken kehren sollen. Er hätte sich Catherine erklären und sie zu der Seinen machen müssen. Doch er hätte bei ihr niemals eine Chance gehabt. Von Anbeginn an hatte sie zu Law gehört.

Er hatte Law als junger Mann um seine Rastlosigkeit und Skrupellosigkeit beneidet. Nun sah es ganz danach aus, als würde er ihn bis an sein Lebensende beneiden.

»Ich glaube, es wird langsam Zeit, daß du dein Haar aufsteckst«, wandte er sich an Jessie. »Du entwickelst dich zu einer jungen Dame. Ich sollte dich bald auf eine Schule für höhere Töchter in die Vereinigten Staaten schicken.«

»Ja«, stimmte ihm Fannys Vater lächelnd zu. Er stierte Jessie durch sein Monokel an. »Fanny hat die Schule von Lady Bertram in St. Louis besucht. Die kann ich bestens empfehlen.«

Fanny riß den Blick ihrer kurzsichtigen Augen nur gerade lange genug von Brig los, um honigsüß zu flöten: »Ja, Kindchen, eine solche Schule würde dir gewiß sehr guttun.«

Sie kann mich nicht schnell genug loswerden! »Ich will nicht fort, Onkel Sherrod! Was ich für das Leben in der Festung brauche, weiß ich ohnehin schon!«

»Du wirst nicht ewig in der Festung leben wollen«, wandte Sherrod geduldig ein. »Eines Tages wirst du heiraten und weggehen.«

»Niemals!«

Sherrod lachte angesichts ihrer Entrüstung. »Nun, wir müssen uns ja nicht sofort entscheiden. Das hat noch Zeit.«

Es kam nicht mehr dazu.

Die Lokomotive fuhr stampfend in den Bahnhof ein und

stieß dicke schwarze Wolken von Qualm aus. Sie zog Holzwaggons hinter sich her. Böllerschüsse hallten über den Bahnsteig, die Militärkapelle spielte einen Tusch, und die Zuschauer schrien hysterisch. Sherrod hob den Arm, um die Sektflasche gegen die Lokomotive zu schleudern. Mitten in der Bewegung erstarrte er, griff sich ans Herz und brach auf dem Bahnsteig zusammen.

Mit Sherrods Tod begann für Jessie ein neuer Lebensabschnitt. Sie wurde jäh aus ihren Träumen gerissen.

27

Einem Herzschlag erlegen! Nicht zu fassen! Sherrod Godwin war doch noch so jung gewesen. Doch Jessie dachte bei sich, daß er zwar den Jahren nach noch jung, aber vor der Zeit gealtert war. Man sah ihn selten lachen, und die Qual in seinem Blick gab ihr zu denken, wann immer sie ihn sah.

Ein Mormonen-Kirchenältester hielt den Trauergottesdienst. Eine große Menschenmenge fand sich ein. Es herrschte respektvolles Schweigen. Immerhin wurde ein Godwin zu Grabe getragen. Alle Geschäfte, Kneipen und Spielhöllen blieben an diesem Tag geschlossen. Noch nie hatten so viele Menschen einen Gottesdienst besucht. Eine amerikanische Flagge schmückte den Altar.

In der Kirche richteten sich aller Augen auf die Familie Godwin, die in der ersten Reihe saß. Die meisten Blicke galten Jessie Howard – oder hieß sie wirklich Jessie Davalos? Der Klatsch blühte, niemand wußte etwas Genaueres – und schon gar nicht, wer nun wirklich Jessies Vater war.

Doch nicht nur das Geheimnis um das Mädchen beflügelte die Fantasie. Im Augenblick saß sie zwar völlig gebrochen zwischen Brigham und Elizabeth, die auch jetzt Haltung bewahrte – doch ihre wilde Schönheit zog alle Blicke auf sich. Für ein Mädchen ihres Alters war sie sehr hoch aufgeschossen. Das lohfarbene Haar umspielte ihr Gesicht wie eine Löwenmähne und fiel bis auf die Schultern hinab. Dichte schwarze Wimpern säumten die blaßgrünen Augen. Ihr Blick drückte tiefe Trauer und Resignation aus. So kannte man sie sonst nicht.

Gewiß, ein ungebärdiges Kind. So deutlich drückte sich Elizabeth Godwin allerdings nie aus, wenn sie gelegentlich nach Tucson fuhr. Aber sie gehörte sowieso nicht zu den Frauen, die viel jammerten und mit dem Schicksal haderten. Sie hatte die illegitime Enkelin der Nebenbuhlerin großmütig bei sich aufgenommen. Die Enkelin ihres Mannes, aber nicht die ihre! Von den Davalos war nichts Gutes zu erwarten. Die schlechten Eigenschaften und Unzulänglichkeiten würden auch bei Jessie Davalos bald zutage treten.

Nach dem Trauergottesdienst, der Jessie endlos vorkam, stand sie ganz verloren neben Brig. Die Trauergäste defilierten an den Godwins vorbei, um ihnen ihr Beileid auszusprechen. Jessie war unter ihrer Sonnenbräune leichenblaß. Brig empfand den Tod seines Vaters als großen Verlust. Trotzdem spürte er, daß seine Cousine noch viel mehr litt als er. Sie war vor Schmerz wie versteinert. Mit ihren dreizehn Jahren hatte sie schon zu viele Verluste hinnehmen müssen. Nach dem Tode ihrer Mutter war ihr Onkel ihr einziger Halt gewesen.

Brig griff mitleidig nach ihrer eiskalten Hand und drückte sie.

Jessie blickte auf, sah sein bleiches kummervolles Gesicht. Er erschien ihr wie ein dunkler Engel. »Brig, versprich mir, daß du mich nicht verläßt.«

»Jedenfalls noch lange nicht. Erst wenn du Cristo Rey aus eigenem Antrieb verläßt, um zu heiraten.«

Ein Mißverständnis. »Du irrst dich, wenn du glaubst, daß ich mich je auf die Suche nach einem Ehemann machen werde«, murmelte sie und blickte dabei starr geradeaus. Er sollte nicht erkennen, was in ihr vorging. »Ich will nicht, daß sich irgend etwas ändert.«

Brig seufzte. »Und doch ändert sich so manches. Das weißt du doch selbst. Aber ich verspreche dir, daß sich an unserer Freundschaft niemals etwas ändern wird.«

Auf der langen Heimfahrt saß Elizabeth vorn neben Brig. Hinter ihnen Jessie, Abigail und Ira.

»Ich habe mir so sehr gewünscht, daß Vater sein erstes

Enkelkind noch kennenlernt«, stammelte Abigail, von Schluchzen geschüttelt.

Ira klopfte seiner Frau mit einer plumpen Geste tröstend auf die Schulter. »Ist ja schon gut, Abbie. Du wirst sicher bald schwanger sein.«

»Aber die Ärzte machen mir nicht mehr viel Hoffnung. Dreimal...« Sie weinte bitterlich.

»Dann mußt du eben die ganzen neun Monate das Bett hüten«, erklärte Elizabeth. Sie hatte sich umgewandt und bedachte ihre Enkelin mit einem strengen Blick. »Du kannst dich deinen Pflichten nicht entziehen, Abigail. Kinder sind unerläßlich, um die Festung und Cristo Rey zu übernehmen.«

Aus Elizabeths Mund klang das nach einem archaischen Götzenbild, dem Opfer gebracht werden mußten, um es bei Laune zu halten. Menschenopfer wohlgemerkt. Doch die Festung war kein unmenschliches Götterbild. Hinter ihren uneinnehmbaren Mauern fand Jessie Wärme und Geborgenheit. Schätze, die sonst im ganzen Territorium nicht zu finden waren.

Jessie zog sich in ihr kühles Zimmer zurück, sobald die trauernde Familie in der Festung eintraf. Sie sehnte sich danach, allein zu sein, doch Elizabeth bestellte sie in Don Franciscos ehemaliges Büro, das Sherrod später übernommen hatte. Brig ging mit den Händen auf dem Rücken hin und her. Elizabeth saß an Sherrods Schreibtisch. »Komm herein«, forderte sie Jessie barsch auf, als diese zögernd an der Tür stehenblieb.

Abigail saß mit rotgeweinten Augen auf einem Stuhl mit hoher Lehne. Ira stand hinter ihr. Jessie fiel auf, daß er ihr nicht in die Augen sehen konnte. Brig wandte sich ihr zu. Seine dunkelblauen Augen schienen Funken zu sprühen. Ein unbändiger Zorn hatte sich seiner bemächtigt. Jessie runzelte die Stirn. Sie konnte ja nicht wissen, was ihn so erregte.

»Ich habe Brigham gerade mitgeteilt«, wandte sich Elizabeth kurz angebunden an Jessie, »daß die Familie Roget ein paar Monate bei uns wohnen wird. Ich werde das Geschäft mit Mr. Roget abschließen, das Sherrod vor seinem Tod in die Wege geleitet hat. Sie zahlen uns natürlich sehr viel Geld für die Schürfrechte in allen Minen auf Cristo Rey.«

Jessie fror. Sie spürte, daß sich dunkle Wolken über ihr zusammenbrauten. Ira brach das Schweigen, das auf ihnen allen lastete. »Mrs. Godwin, Ihnen bleibt ja keine andere Wahl. Sie tun ja nur, was unumgänglich ist. Und soviel ich weiß, handelt es sich ja nur um einen Fünfjahrespachtvertrag.«

Als Jessie sich gerade zu fragen begann, was sie mit dieser Familienangelegenheit zu tun hatte, wandte sich Elizabeth unmittelbar an sie. »Ich habe beschlossen, den Rogets Doña Dominicas Zimmer zu überlassen.« Als sie diesen Namen aussprach, schäumte sie vor Wut, und es zischte wie Wasser auf einer heißen Herdplatte.

Brig fuhr seine Großmutter an: »Und wo willst du Jessie unterbringen? Die anderen Schlafzimmer sind doch alle viel kleiner!«

Elizabeth erhob sich und stand kerzengerade da. »Es ist allerhöchste Zeit, das Thema endlich einmal zur Sprache zu bringen: Jessie Howard muß zusehen, daß sie irgendwo auf der Ranchería unterkommt.«

Howard? Jessie hörte fassungslos mit an, wie Brig und Elizabeth sich stritten, als sei sie nicht zugegen.

»Ich höre wohl nicht richtig?« fuhr Brig seine Großmutter an.

»Und auch auf der Ranchería kann sich Jessie glücklich schätzen«, fuhr Elizabeth ungerührt fort, »denn sie verdankt es nur meiner Großmut, daß sie überhaupt ein Dach über dem Kopf hat. Wenn ich es deinem Vater nicht versprochen hätte, Brigham, würde ich dafür sorgen, daß sie nie wieder einen Fuß auf den Grund und Boden von Cristo Rey setzt.«

Brigham trat bleich vor Zorn vor seine Großmutter hin. »Lieber Himmel, hast du den Verstand verloren, Großmutter? Das hätte Vater nie geduldet.« Er schlug heftig mit der Faust auf den Schreibtisch. »Und ich werde auch nicht tatenlos zusehen, wie du Jessie vertreibst.«

Elizabeth sah endlich einmal Jessie an. »Brigham, ich bin im Vollbesitz meiner geistigen Kräfte. Ich weiß, was ich tue.« Sie verzog die runzligen Lippen zu einem boshaften Lächeln. »Ich bringe etwas in Ordnung, was schon lange fällig war. Brigham, dein Vater lebt nicht mehr. Er hat mich zur Verwalterin von Cristo Rey ernannt, bis du fünfundzwanzig Jahre alt bist. Und selbst dann gehört mir noch die Hälfte von Cristo Rey. Mein Entschluß steht fest. Du kannst nichts dagegen unternehmen. Ich will, daß dieser Bastard die Festung heute noch verläßt – sofort!«

28

Jessica ritt ohne Sattel, wie die Indianer. Ihre Röcke schoben sich beim Reiten bis über die Knie hoch und entblößten Füße in Sandalen und wohlgeformte Waden. Der Damensattel kam für sie ebensowenig in Frage wie für ihre Mutter, und genau wie ihre Mutter konnte sie sich nicht vorstellen woanders als in Cristo Rey zu leben. Sie liebte die lebhaften Farben und die abwechslungsreiche Landschaft. Sie liebte auch die Menschen, die Papagos und die Mexikaner, deren Leben und Arbeit sie teilte. Und sie liebte Brig Godwin.

Sie wunderte sich oft, daß man ihr das nicht ansah. Wenn er ihr nahekam, bemächtigte sich ihrer eine wilde Erregung. Manchmal aß er zusammen mit den Cowboys. Wenn sie ihm das Essen brachte, kam es vor, daß ihre Hände sich berührten. Er verbrachte mehr Zeit auf der Ranchería als in der Festung. Jessie redete sich gerne ein, daß er sich zu ihr hingezogen fühlte.

In klarsichtigen Momenten mußte sie sich sagen, daß sie nur nicht wahrhaben wollte, wie es sich wirklich verhielt: Brig und Fanny hatten sich im Juni, also vor zwei Monaten, verlobt. Fanny und ihre Mutter waren vor der Sommerhitze nach New York geflohen, um alles für die Aussteuer zu kaufen. Die Hochzeit sollte im Herbst stattfinden. Für Elizabeth verlief also alles ganz nach Plan.

Bei dem bloßen Gedanken an Elizabeth hieb Jessie die Fersen gleich fester in die Flanken des Pferdes. Sie hatte immer gewußt, daß sie der alten Frau ein Dorn im Auge war. Doch erst jetzt, mit fast siebzehn Jahren, erkannte sie den Grund für diese jahrelange Animosität. Elizabeth befürchtete, Lorenzo Davalos Anteil an Cristo Rey an seine Tochter zu verlieren.

Diese Frau war von Cristo Rey besessen. Die Liebe zu der Festung und zu Cristo Rey brachte sie allmählich um den Verstand. Jessie hätte niemals Ansprüche geltend gemacht. Sie hätte sich damit begnügt, auf Cristo Rey leben und Brig sehen zu dürfen. Doch Elizabeth erklärte sie für illegitim, um Cristo Rey nicht einzubüßen bzw. zu schmälern. Dadurch war Brig unerreichbar für sie geworden. Wie konnte er sich in einen Bankert verlieben? Von einer Ehe mit so einem erbarmungswürdigen Geschöpf erst recht zu schweigen.

Ein Bankert oder Bastard. Als sie diese Worte aus Elizabeths Mund zum erstenmal hörte, wußte sie gar nicht, was sie bedeuteten. Jetzt trug sie diesen Makel mit sich herum, als sei sie gebrandmarkt. Wieder einmal schlief sie auf einem Strohsack, anstatt in einem Bett. Ihre Hände waren rot und rissig von der groben Arbeit.

Sie wußte, daß Elizabeth eine unverzeihliche Lüge verbreitete, und doch fehlte ihr die Möglichkeit, das zu beweisen. Sie kannte niemanden, der Zeuge der Hochzeit ihrer Eltern gewesen war.

Was hielt Brig von der ganzen Sache? Wie stand er zu ihr? Selbst wenn in seinem Innern ein Tumult tobte, zeichnete sich nicht der leiseste Hauch davon in seinem Gesicht ab. Er widmete seine ganze Zeit und Kraft Cristo Rey. Bald ging es wieder aufwärts.

Als Elizabeth Jessie vor Jahren die Tür wies, vertraute Brig sie Marta an. Er bat die alte Mexikanerin, sich Jessies anzunehmen. Marta teilte ihr Arbeit zu, mit der sie sich ihren Lebensunterhalt verdiente. Jessie liebte Marta wie eine Großmutter.

Obwohl Jessies wilde Schönheit alle für sie einnahm, wagte es keiner der Cowboys und Landarbeiter, sich ihr anders als rein freundschaftlich zu nähern. Das hatte ihnen ihr Arbeitgeber an dem Tage klargemacht, an dem das spindeldürre Ding gezwungen war, die Festung zu verlassen. Jessie schien angesichts der wilden Gerüchte mit einem Stigma behaftet. Doch Brig hatte von Anfang an keinen Zweifel daran gelassen, daß Jessie als seine Cousine unter seinem Schutz stand.

Jessie Davalos war inzwischen voll erblüht und eine hinreißende junge Frau geworden. Es fiel den Männern immer schwerer, sie in Ruhe zu lassen.

Das entging auch Brig nicht. Er sah die Blicke, mit denen die Männer Jessie verfolgten. Die Männer hörten sofort auf mit ihren anzüglichen Bemerkungen, wenn er dazukam.

Jessies Herz tat einen Sprung, als sie Brig entdeckte. Er unterhielt sich mit dem Vorarbeiter. Als er wieder gehen wollte, nahm Jessie all ihren Mut zusammen und ergriff die Initiative. »Soll ich dir etwas zu essen bringen, Brig?«

Als er sie mit seinen blauen Augen eindringlich ansah, vermißte sie die vertraute Wärme in seinem Blick. Sie war mit Brigham aufgewachsen und empfand viel mehr für ihn als für einen Vetter. Mit einemmal erschien er ihr jetzt wie ein Fremder. Er schloß die Augen bis auf einen schmalen Spalt. Jessie hätte liebend gern gewußt, was wohl in ihm vorging. »Nein, Jessie, ich habe schon gegessen. Doch du kannst mir eine Tasse Kaffee bringen.«

Als Jessie ihm den Kaffee brachte, fühlte sie seinen Blick auf sich. Sie verlangsamte ihre Schritte. Es tat ihr unendlich gut, zu spüren, wie sein Blick von ihrem schlanken Hals über die Bauernbluse und den weiten Rock zu den nackten Waden und schmalen Fesseln hinunterglitt. Eine glühende Hitzewelle durchzuckte sie. Ihr war, als züngelten Flammen in ihren Eingeweiden.

So war es ihr schon öfter ergangen. Es kam vor, daß sie sich allein in dem *jacal* aufhielt, den sie mit Marta teilte. Dann stellte sie sich vor, daß Brigham sie in einer leidenschaftlichen Umarmung an sich preßte. Dabei empfand sie den gleichen ziehenden Schmerz. Die Sehnsucht nach Brig wurde schier unerträglich.

Doch dies war das erste Mal, daß er sie so ansah. Unter diesem Blick wurden ihr die Knie weich. Sie ging schwankend auf ihn zu und reichte ihm die Tasse. Dabei zitterte ihre Hand so sehr, daß der Kaffee überschwappte und ihr die Hand verbrühte.

Mit einem Aufschrei ließ sie die Tasse fallen. Sie ging auf dem Tisch zu Bruch. Der kochend heiße Kaffee ergoß sich auf Brig. Er sprang auf. Sein Hemd war völlig durchnäßt. Jessie riß es auf, daß die Knöpfe in alle Richtungen davonsprangen. »Brig, es tut mir leid, es tut mir schrecklich leid!«

»Ist ja nicht so schlimm«, tröstete er sie, doch schon zeigten sich feuerrote Flecken auf seiner dunkelbehaarten Brust.

Jessie brachte Brig dazu, ihr zu folgen, damit sie ihm ein sauberes Hemd geben konnte. »Ich habe hundert von frisch gewaschenen Hemden herumliegen«, rief sie ihm über die Schulter zu und stieß die Tür zu ihrem *jacal* auf. Sie wühlte in dem großen Wäschekorb herum und zog ein Hemd heraus. »Hier, das müßte dir eigentlich passen.« Sie hielt es ihm an. Brig sah sie prüfend an. Jessie merkte das im Dunkeln nicht.

Sie zog ihm das Hemd mit den Kaffeespritzern aus und sagte: »Da kann ich auch gleich Salbe auf die verbrannten Stellen auftragen.« Nervös trat sie an den primitiven Schrank und holte eine Dose Myrrhebalsam.

Brig rührte sich nicht. Doch er ließ keinen Blick von ihr. Er stand mit hängenden Armen da, doch er rieb rastlos die Daumen an den Zeigefingern. Jessie blieb dicht vor ihm stehen. Die Spannung wurde unerträglich. Keiner wollte den ersten Schritt tun, um die gläserne Wand zu durchbrechen. Brigs Gesicht erinnerte an eine Maske, als sie ihm die Salbe auf die wunden Stellen rieb. Bei ihrer Berührung zuckten die Muskeln unter der stark geröteten Haut.

Jessie sah ihn an. Brig stand wie versteinert da. Sein Blick war in die Ferne gerichtet. Ohne zu wissen, was sie tat, wickelte sie sich sein lockiges Brusthaar um die Finger. Seine Brustwarzen waren ganz hart geworden. Andächtig fuhr sie mit dem Finger das Brustbein hinab und dann weiter bis zum Nabel. Brigs Leib verhärtete sich durch die unerträgliche Anspannung.

Jessie zog ihre Hand zurück. Die Sekunden zerrannen, glichen dumpfen ernsten Trommelschlägen. Brig packte ihr Handgelenk mit einem schmerzhaften Klammergriff. Ihre Blicke trafen sich. Brigs Augen brannten und schienen sie zu versengen. Es war, als wütete das Fieber einer unheilbaren Krankheit in ihm. »Jessie«, knirschte er.

Die Glut in seinem Blick raubte ihr fast die Besinnung. Ihre Kehle brannte. Jeder Atemzug schmerzte. »Brig...«

Er verschloß ihren Mund mit seinen Lippen. Wie ein

Neugeborenes, das blindlings die Nahrungsquelle sucht, die ihm bis dahin vorenthalten worden war, bedeckte er ihre Lippen, Augenlider und Schläfen über und über mit zarten kleinen Küssen. Jessies Kopf fiel nach hinten. Sie zitterte am ganzen Leib, als er mit den Lippen der sanften Linie ihres Halses bis zu ihren Brüsten folgte, die sich rasch hoben und senkten. Sie überließ sich willig seinen ungestümen Liebkosungen und spürte gar nicht, wie er die Finger in ihre Arme krallte vor übergroßer Begierde, die endlich Erfüllung finden sollte.

»Jessie«, murmelte er verzückt. Sein heißer Atem streifte ihre Haut. »Du bist doch noch ein Kind. Noch viel zu jung. Außerdem bist du meine Cousine.«

»Nur deine Stiefcousine«, schrie sie auf, als er Anstalten machte, sie fortzuschieben. Sie packte seine Hand und legte sie auf ihre Brust. Damit zwang sie ihn, zu fühlen, wie stürmisch ihr Herz klopfte. »Fühlst du es nicht, Brig? Ich bin kein Kind mehr! Ich bin eine Frau – mit den Sehnsüchten einer Frau!«

»Jessie, es darf nicht sein«, stöhnte er mit geschlossenen Augen. »Ich heirate im Herbst.«

Sie klammerte sich an ihm fest. »Brig, ich glaube, du hast mich schon als Kind geliebt. Ich denke nicht daran, dich aufzugeben. Du kannst mich nicht daran hindern, dich zu lieben!«

Er schlug die Augen wieder auf. »Ich muß Fanny heiraten, begreifst du das denn nicht? Was wird denn sonst aus Cristo Rey?«

»Ach, zum Teufel mit Cristo Rey!« fuhr sie auf. Sie stellte sich auf die Zehenspitzen, legte die Hände um seinen Kopf und zog ihn zu sich hinab, um ihn zu küssen.

Da flutete plötzlich Sonnenlicht in den dunklen Raum. »*Chiquita*«, hörten sie Martas Stimme, »willst du nicht das Geschirr spülen und ...« Martas Stimme erstarb, als das Paar auseinanderfuhr.

Brig grub die Finger in Jessies Arm, als wolle er seine Qual auf sie übertragen. Dann wandte er sich um und ging.

Marta trat beiseite, als der junge Mann an ihr vorbeistürmte. Sie starrte Jessie an, die wie versteinert dastand. »*Dios ayuda-*

te«, flüsterte sie und schüttelte traurig den Kopf. »Jetzt kann dir wirklich nur noch Gott helfen, *chiquita.*«

Sie ging auf Jessie zu und legte ihr die verhornte, gichtige Hand unters Kinn. »Selbst wenn dich Señor Brigham liebt, wird die Señora Elizabeth es niemals zulassen, daß er dich heiratet. Du bist nicht nur eine *bastarda* – ich sage das, weil ich dich liebe wie mein eigenes Kind – du mußt der Wahrheit doch ins Auge sehen. Ohne das Geld der Rogets ist Cristo Rey nicht mehr zu halten. Nein, chiquita, glaube mir, Señor Brigham kann dich gar nicht heiraten!«

29

Zwei Wochen war es her, seit Brig sie geküßt hatte. Jessie fragte sich, wie es nur möglich war, daß man sich so nach einem Menschen sehnte, daß es physisch schmerzte. Sie sah seine geschmeidigen Bewegungen, sah ihn gestikulieren, den Kopf zur Seite neigen und mit weitausholenden Schritten laufen. Da verspürte sie ein Ziehen im Leib. Etwas wand und ringelte sich in ihr wie eine Schlange aus dem Garten Eden.

Brig, Brig, Brig! Ich liebe dich! Ich brauche dich!

Langsam wandte Brig sich um, als sei ihr stummer Aufschrei an sein Ohr gedrungen. Bei Jessies Anblick fühlte er ein heißes Begehren in seinen Lenden aufflammen.

Jessie war kein Kind mehr. Sie war zumindest alt genug, um schon ihre Monatsblutung zu haben. Er ballte die Hände zu Fäusten und grub die Nägel in die Handflächen. Sein Begehren lag im Widerstreit mit dem Gefühl für Recht und Unrecht. Er hätte mindestens ein halbes Dutzend Gründe dafür aufführen können, warum er sie nicht anrühren durfte. Sie war seine Cousine und eigentlich doch noch ein Kind. Er war mit einer anderen Frau verlobt.

Doch alle Einwände verblaßten sofort, wenn ihn ein Blick aus ihren Augen traf, die grüne Funken zu sprühen schienen. Da schmolz sein Widerstand dahin wie Butter in der Sonne. In ihrem kindlichen Lächeln lag soviel Vertrauen. Doch es bedeutete eine Herausforderung.

Brig erschien nicht mehr in der Kantine. Tage vergingen, bevor sie ihn wiedersah. Tage, die nicht enden wollten.

Es gehörte zu Jessies Aufgaben, schon vor Sonnenaufgang aufzustehen und für das Frühstück zu sorgen. An einem herrlich kühlen Morgen zog sie den Steinguttopf mit Butter aus dem Brunnen hoch, wo er zur Kühlung aufbewahrt wurde. Da hörte sie hinter sich Sporen klirren. Das Seil entglitt ihren Fingern, und der hohe Buttertopf versank im Brunnen. Vor ihr tauchte Brigs bleiches Gesicht aus der Dunkelheit auf, von den Qualen gezeichnet, die er durchlitt. Er griff rasch in den Brunnen nach dem Seil, zog es wieder hoch und hielt ihr den Buttertopf hin.

»Jessie, ich kann nachts nicht mehr schlafen, weil ich unaufhörlich an dich denken muß«, sagte er mit geradezu unheimlicher Ruhe. Wer die beiden beobachtete, wäre nicht darauf gekommen, daß die Sehnsucht sie einander in die Arme trieb und zwischen ihnen ein elektrisches Spannungsfeld bestand.

Jessie nahm ihm das Gefäß ab und achtete darauf, daß sich ihre Hände nicht berührten. Sie sah ihn an. »Ich weiß, Brig. Daran wird sich auch nichts ändern. Du wirst deinen Seelenfrieden erst dann wiederfinden, wenn wir einander angehören. Du kannst mit Fanny niemals glücklich werden.«

Da packte er sie an den Oberarmen und schüttelte sie. »Sei ruhig, Jessie! Sag so etwas nicht. Dadurch machst du alles nur noch schlimmer als es ohnehin schon ist!«

Jessie ließ das Gefäß mit der Butter fallen. Es zerschellte zwischen ihnen auf dem Boden. Brigs Brust hob und senkte sich heftig. Es fiel ihm schwer, sich zu beherrschen. »Jessie, ich muß dich haben, und zwar für immer. Ich werde eine Möglichkeit finden. Cristo Rey soll mich nicht daran hindern – und auch meine Großmutter nicht!«

Als er Elizabeth erwähnte, erkannte Jessie die ganze Hoffnungslosigkeit des Unterfangens. Ihr fester Entschluß, Brig unter allen Umständen für sich zu gewinnen, geriet ins Wanken. »Sie wird es nicht zulassen«, flüsterte Jessie. »Sie wird sich etwas einfallen lassen, um deinen Plan zu vereiteln.«

»Nein, da wird sie Pech haben. Nächste Woche fahre ich

nach Tucson. Da werde ich Roget in seinem Büro aufsuchen und die Verlobung mit seiner Tochter lösen.«

Jessie biß sich auf die Unterlippe und glaubte, sich verhört zu haben. Ihr Traum sollte sich erfüllen. Brig liebte und begehrte sie!

»Ich werde dafür sorgen, daß Cristo Rey erhalten bleibt«, erklärte Brig. »Notfalls kann ich in den Minen wieder schürfen lassen. Ich muß die Ausgaben einschränken – obwohl ich noch nicht weiß, wie ich das bewerkstelligen soll. Jessie, ich will, daß du die Meine wirst. Nichts und niemand soll mich davon abbringen!«

»Aber deine Großmutter...«

Brig legte einen Arm um Jessies Taille und zog sie an sich. Die Spannung war gewichen, zärtlich küßte er sie auf die Stirn. »Jessie, meine Großmutter ist nicht allmächtig. Sie ist eine alte Frau.« Er hob ihr Kinn an, so daß sie gezwungen war, ihm ins Gesicht zu sehen. »Komm heute nacht zu mir. Jessie, ich brauche dich – ich liebe dich so sehr!«

Der Blick, mit dem er sie ansah, bewies ihr, daß er sie wirklich liebte. »Wo können wir uns sehen, Brig?«

»Im Vorratslager – kurz vor Mitternacht.«

Der Nachmittag zog sich endlos hin. Jessie verzichtete ausnahmsweise auf das Reiten, um ein Bad zu nehmen. Sie zog einen rotgeblümten weiten Rock und ihre Bauernbluse an. Und sie steckte sich zum erstenmal das Haar hoch, damit sie älter aussah.

Abends servierte sie den Männern das Essen. Alle registrierten wohlgefällig die Veränderung, die mit ihr vorgegangen war. Nach einer letzten Tasse Kaffee trotteten die Männer nach und nach zu ihren Unterkünften. Jessie spülte das Geschirr und war im Anschluß daran frei.

Eine Stunde vor Sonnenuntergang nahm sie sich ein Buch vor, während Marta eine Hose flickte. Jessie konnte sich nicht konzentrieren. Die alte Frau sah auf und fragte Jessie: *»Lista para dormir?«*

Jessie schlug das Buch zu und schüttelte den Kopf. »Nein, ich bin noch nicht müde. Leg dich nur schon hin. Ich mache noch einen kleinen Spaziergang.«

»Aha, du bist mit einem Mann verabredet!« feixte Marta.

Jessie erhob sich und drückte den Kerzendocht aus. »Mein einziger Begleiter ist der Mann im Mond«, gab sie zurück und schloß die Tür hinter sich.

Sie beglückwünschte sich insgeheim, weil der Mond nicht schien und sie im Schutz der Dunkelheit das Vorratslager aufsuchen konnte. Sie machte einen großen Bogen um die Cowboys, die in ihren Schlafsäcken im Freien schliefen, wo die Julihitze nicht gar so drückend war.

Sie wußte, daß in dieser heißen Nacht auch andere Liebespaare zusammenfinden würden, doch ihr Rendezvous war sicher das verwerflichste. Die uneheliche Küchenhilfe von der Ranchería traf sich mit dem Erben von Cristo Rey. Ein Sommergewitter war im Anzug. Schon zuckten grelle Blitze über den Himmel. Eine böse Vorahnung beschlich Jessie. Sie erschauerte und blieb kurz stehen. Sie schalt sich wegen ihres Aberglaubens und ging weiter. Nichts konnte sie von Brig fernhalten.

Jessie schloß die Tür zum Vorratslager auf. Marta hatte ihr den Schlüssel gleich zu Anfang anvertraut. Jessie konnte in der Finsternis gerade nur die Umrisse der vielen Säcke und Kisten ausmachen. Wahrhaftig nicht das, was man sich unter einem Brautgemach vorstellte. Beim Klang der Schritte vor der Tür fuhr sie herum. Brig stand im Türrahmen. »Jessie, ich dachte schon, es wird überhaupt nicht mehr dunkel«, keuchte er und schloß die Tür hinter sich. Schwärzeste Finsternis hüllte sie ein.

Der muffige Geruch der Nahrungsmittel wurde überdeckt vom Duft seines Rasierwassers. Brig schlang seine muskulösen Arme um ihre Taille und zog sie heftig an sich. Er preßte seinen Mund auf ihre Lippen, als wolle er sie zerquetschen. Ihre Lippen teilten sich wie von selbst. Brig stieß ihr die Zunge in den Mund, daß es schmerzte. Jessie war dieser unerwarteten Attacke hilflos preisgegeben. Brigs Brutalität entsetzte sie.

Als sie so reglos in seinen Armen lag, gab er sie wieder frei. »Du bist noch nie richtig geküßt worden, stimmt's?« fragte er sie.

Jessie schüttelte den Kopf. Dann fiel ihr ein, daß er das ja nicht sehen konnte. »So küssen sich die Leute also?« fragte sie völlig eingeschüchtert.

»Manchmal. Hat es dir nicht gefallen?«

»Ich weiß nicht recht. Nein – doch.«

Brig lachte leise. Er griff nach ihrer Hand und zog sie hinter sich her. Zu einem Stapel von Kaffeesäcken – dem Duft nach zu urteilen. Arm in Arm lagen sie da, ihr Körper ganz dicht an dem seinen. Jessie zitterte. Sein Ungestüm ängstigte sie.

Brig schien ihre Furcht instinktiv zu spüren, denn er zog ihre Hand an die Lippen und drückte einen zarten Kuß auf die Innenfläche. »Jessie, ich werde dir niemals wehtun«, flüsterte er. »Du bist mir seit dem Tage nicht mehr aus dem Kopf gegangen, an dem mein Vater dich nach Cristo Rey gebracht hat. Du warst ganz allerliebst, schon als kleines Mädchen. Du bist so stark, Jessie. Dir macht nicht einmal meine Großmutter Angst. Unter ihrem Blick würden die meisten Menschen sich am liebsten in den Erdboden verkriechen.«

Jessie rückte noch näher und kuschelte sich in Brigs Armbeuge. Ihr Kopf ruhte halb auf seiner Brust. »Ich dachte auch immer, daß mich nichts schrecken kann. Doch jetzt bin ich mir nicht mehr so sicher. Meine Liebe zu dir ist sozusagen meine Achillesferse. Der listigen Elizabeth wird es sicher nicht verborgen bleiben, was mein wunder Punkt ist.«

Brig fuhr mit der Hand unter ihre Bluse und streichelte ihre Schulter. »Unsere Liebe gibt uns Kraft. Zusammen sind wir stark. Sobald ich die Verlobung mit Fanny gelöst habe, gehen wir zu Großmutter. Sie hängt sehr an Cristo Rey. Sie muß begreifen lernen, daß auch du es liebst – daß wir es mit vereinten Kräften zu dem Imperium machen werden, das sie sich immer erträumt hat. Doch ob mit oder ohne ihren Segen – ich bin fest entschlossen, dich zu heiraten.«

Jessie quälten immer noch gelinde Zweifel. Brigs Hand glitt langsam weiter nach unten, strich sanft über die Wölbung ihrer Brust. Er umspannte die Brust mit der steif gewordenen Brustwarze. Jessie vergaß alles um sich herum. Als er ihre angeschwollene Brustwarze spielerisch zwirbelte, seufzte sie tief befriedigt und überließ sich ganz entspannt der Lust, die sie dabei empfand.

»Küß mich«, murmelte sie wie in Trance. »So wie vorhin.«

Er preßte ungestüm den Mund auf ihre Lippen, die sich bereitwillig teilten, um seiner Zunge Einlaß zu gewähren. Brig zog die Kordel ihrer Bluse auf, und die Bluse rutschte ihr über die Schulter hinab. Jessie hatte nichts dagegen einzuwenden.

Sie knöpfte ihm das Hemd in fieberhafter Eile auf. Als sie auch seine Hose aufknöpfen wollte, hielt er ihre Hände fest. »Jessie, ich glaube, du weißt nicht, was du tust«, warnte er sie und zog sich zurück. Er wischte sich mit dem Handrücken den Schweiß von der Stirn.

Jessie tastete im Dunkeln nach seiner Hand und legte sie auf ihre nackte Brust. »Aber Brig, wir lieben uns doch! Wir tun doch nichts Unrechtes!«

»Nein, Jessie, natürlich nicht! Aber unser Kind soll niemand beschimpfen und einen Bastard nennen. Ich möchte ihm ersparen, daß es durchmacht, was du erlitten hast.« Er drückte ihr noch einen Kuß auf die Stirn und schob sie sanft beiseite. »Weißt du, was mir jetzt guttun wird? Ein Spaziergang, der mich abkühlt«, murmelte er bekümmert.

Jessie lebte nur noch für solche gestohlenen Küsse, für die kurzen Augenblicke, wo sie Brig sah. Bei seinem Anblick geriet sie in Ekstase, war wie im Delirium. Das Verlangen, sich ihm ganz hinzugeben, wurde immer stärker. In ihr tobte ein Tumult, der sie fast zum Wahnsinn trieb. Sie konnte sich auf nichts mehr konzentrieren. Es mußte den Landarbeitern ja auffallen, daß sie wie elektrisiert zusammenfuhr, wenn Brig sich näherte.

Auch Elizabeth konnte ihr Zustand auf die Dauer nicht verborgen bleiben. Sie mußte längst Verdacht geschöpft haben. Daß ihr Enkel keinen Abend mehr zu Hause war, gab ihr sicher zu denken. Sie hätte es vermutlich akzeptiert, wenn Brig sich mit den Mexikanerinnen und Indio-Mädchen der Ranchería hätte amüsieren wollen; denn damit hätte er ja nur von dem althergebrachten *droit de seigneur* Gebrauch gemacht. Doch sie würde es nie zulassen, daß ihr Enkel ein Mädchen von zweifelhafter Herkunft zur Frau nahm. Das wäre in ihren Augen eine unverzeihliche Mesalliance.

Brig versuchte, ihr die Angst zu nehmen. Am Abend vor der Fahrt nach Tucson redete er ihr noch einmal gut zu. »Jessie, du nimmst meine Großmutter viel zu wichtig«, hielt er ihr vor und nahm sie fest bei den Schultern. »Sie kann mich nicht davon abhalten, dich zu heiraten, hörst du? Und wenn sie Himmel und Hölle in Bewegung setzt. Verlaß dich darauf.«

Jessie nickte zögernd. Dann überließ sie sich Brigs Küssen.

30

»Roget war völlig außer sich vor Zorn, um es einmal milde auszudrücken.« Brig lächelte, weil Jessie so verängstigt aus seiner Miene zu schließen suchte, wie das Gespräch verlaufen war. »Jessie, es ist überstanden.« Er nahm ihr Gesicht in die Hände und rieb seine Nasenspitze an ihrer Nase. »Bist du bereit, zusammen mit mir vor meine Großmutter hinzutreten?«

Jessie nahm all ihren Mut zusammen und nickte. Hand in Hand verließen sie die Hütte, die vier Jahre lang Jessies Zuhause gewesen war. Elizabeth hatte ihr damals die Tür gewiesen, das sollte ihr nicht noch einmal gelingen. Jetzt zog sie wieder in die Festung ein. So versuchte Jessie, sich selber Mut zu machen. Sie klammerte sich an Brigs Arm. Sie war so nervös, daß sich trotz der abendlichen Kühle Schweißperlen auf ihrer Oberlippe bildeten.

Als sie das Tor durchschritten, sagte Brig: »Wenn du das nächste Mal durch dieses Tor gehst, hältst du als meine Frau Einzug in die Festung.«

Da kam ihr ein schrecklicher Gedanke. Sie blieb ganz plötzlich stehen. »Brig, willst du mich nur heiraten, damit alles seine Ordnung hat? Um sicherzugehen, daß das Erbe meines Vaters auch wirklich auf mich übergeht? Soll ich deine Frau werden, damit ich mein Erbe antreten kann?«

Brig sah, daß die Angst ihr den Atem nahm, daß sie totenblaß geworden war. »Liebste Jessie«, murmelte er gerührt, »es ist natürlich wunderbar, daß am Ende doch die Gerechtigkeit den Sieg davonträgt; aber wenn ich dich nicht liebte, würde ich gewiß nicht zu einer solchen Lösung greifen.« Brig strich ihr zärtlich übers Haar. »Du hast mich verzaubert, mein kleiner Wildfang, ich stehe ganz in deinem Bann. Ohne dich bin ich nicht glücklich.«

Seite an Seite betraten sie das Haus. Jessie fiel als erstes auf, daß Doña Dominicas Portrait nicht mehr an seinem angestammten Platz hing.

Elizabeth verzog bei Jessies Anblick keine Miene. Sie schien sich nicht zu wundern, sie plötzlich wieder in ihrem Haus zu sehen. Jessie konnte sich des Eindrucks nicht erwehren, als habe Elizabeth schon mit ihrem Erscheinen gerechnet. Es behagte Jessie nicht, mit welcher Gelassenheit ihre Widersacherin hinnahm, daß sie sich über ihre Anordnungen hinwegsetzte. Elizabeths Gesicht war mit einem Netz feiner Fältchen überzogen. In ihrer Miene spiegelte sich Selbstzufriedenheit.

Es war vier Jahre her, seit Jessie zum letztenmal vor dieser Frau gestanden hatte. Sie rechnete auch jetzt mit einem Rauswurf. Trotzdem zog sie die Schultern hoch und nahm auf dem Sofa Platz, zu dem Brig sie führte. Es bereitete ihr eine gewisse Befriedigung, sich wieder in der Festung zu befinden, vorerst zwar nur als Gast – aber eines Tages würde sie Herrin des Hauses sein.

»Guten Tag, Jessica. Es ist eine ganze Weile her, seit ich dich zuletzt gesehen habe«, ließ Elizabeth verlauten. Sie sah Brig an, der angespannt neben Jessie auf dem Sofa saß.

»Großmutter, wir wollen heiraten. Wir möchten dich um deinen Segen bitten«, platzte Brig heraus.

Elizabeth schloß indigniert die Augen. Als sie sie wieder aufschlug, richtete sie ihren starren Blick auf Brig. »Großer Gott, ich hatte so gehofft, daß es nicht dazu kommen würde.«

»Ich weiß, du nimmst Anstoß daran, daß Jessie möglicherweise unehelich geboren ist – was durch nichts bewiesen ist. Aber...«

»Du kannst ebensowenig das Gegenteil beweisen«, rief ihm Elizabeth ins Gedächtnis.

»Das ändert nichts an der Tatsache, daß ich Jessie liebe und...«, er hielt inne und umschloß Jessies eiskalte Hand mit seinen großen warmen Händen, »sie hat sich einverstanden erklärt, meine Frau zu werden.«

Elizabeth schlug die Hand vor die Augen. »Und wie weit ist die Geschichte schon gediehen?«

Sie hatte diese Frage so leise ausgesprochen, daß Jessie sicher war, sich verhört zu haben. Brig erkundigte sich gereizt: »Wie meinst du das?«

Elizabeth nahm die Hand von den Augen. Elizabeths graue Augen erinnerten Jessie an Murmeln. »Ich möchte wissen, ob diese leidige Affäre schon so weit gediehen ist, daß ihr euch miteinander eingelassen habt.«

Brig sprang wie angestochen auf. »Großmutter, der Ausdruck ›leidige Affäre‹ gefällt mir ganz und gar nicht! Und ich glaube kaum, daß dich das etwas angeht!«

Die Augen der alten Frau glänzten mit einemmal verdächtig, als würde sie gleich in Tränen ausbrechen. Jessie erschrak. »Ich gäbe weiß Gott viel darum, wenn es mich nichts anginge. Aber es ist weit schlimmer als ihr ahnt.«

Brig runzelte verwirrt die Stirn und warf Jessie einen Blick zu. »Was willst du damit sagen?« fragte er – nichts Gutes ahnend. Die Tragik in ihrer Stimme hatte ihn hellhörig gemacht.

Elizabeth sah Jessie an. Die Trauer schien ihr die Mundwinkel nach unten zu ziehen. Sie wirkte noch zerfurchter als ohnehin schon. »Jessica, du bist die illegitime Tochter meines Sohnes. Sherrod hat mir das kurz vor seinem Tode noch gebeichtet.«

In Jessie brodelte es wie in einem Vulkan kurz vor dem Ausbruch. Rasend vor Zorn sprang sie auf. »Das ist eine Lüge!« Sie erstickte fast an diesen Worten.

Elizabeth seufzte und blickte auf ihre gefalteten Hände. »Das ist die reine Wahrheit, so leid es mir tut. Brigham, dein Vater hat gewußt, daß es deinen Großvater umbringen würde, wenn er davon erführe. Deshalb hat er es geduldet, daß Catherine Howards Version im Hinblick auf den Vater des Kindes die Runde machte und von der Gesellschaft als Faktum hingenommen wurde.«

Elizabeth sah auf. Sie hielt dem haßerfüllten Blick ihres Enkels stand. »Brigham, ihr seid Bruder und Schwester. Wenn ihr nicht voneinander laßt, macht ihr euch der Sünde des Inzests schuldig.«

»Nein!« brüllte Brigham völlig außer sich. »Nein!« Er ballte die Faust und schlug wie ein Wilder um sich. Er war nicht bereit, sich mit dieser entsetzlichen Eröffnung abzufinden. Seine Faust traf die Lampe, die zu Boden fiel. Der gläserne Zylinder zerschellte, und das Licht erlosch. Unheilverkündendes Schweigen, dann fuhr Brig seine Großmutter zornbebend an: »Nun hast du wieder einmal deinen Willen! Du hast erreicht was du wolltest!«

Jessie streckte im Dunkeln die Hand aus und tastete nach

Brigs Arm. »Hör nicht auf sie!« flehte sie ihn inständig an. »Begreif doch, daß sie nur darauf aus ist, uns auseinanderzubringen! Sie ist eine bösartige alte Frau und sie lügt wie gedruckt! Glaube mir, ich weiß was ich sage. Am Tage meiner Ankunft hier habe ich ein Streitgespräch zwischen ihr und deinem Vater mitangehört. Ich weiß noch ganz genau, wie Onkel Sherrod sagte, ich sei die Tochter von Lorenzo Davalos und hätte genauso ein Anrecht darauf, hier zu leben wie du und Abigail!«

Das Licht flammte wieder auf. Elizabeth hatte eine andere Lampe angezündet. Der Lichtschein warf dämonische Schatten auf das runzlige Gesicht der alten Frau. »Mein armer Enkel«, sagte sie mit kummervoller Stimme, »siehst du denn nicht ein, daß Jessica jedes Mittel recht ist, um zurückzugewinnen, worauf sie ein Anrecht zu haben glaubt?«

»Das ist nicht wahr! Du darfst ihr nicht glauben!« schrie Jessie.

Brig schob langsam ihre Hand weg. »Aber Jessie, begreifst du denn nicht? Immer wenn wir uns küssen oder lieben würden, müßten wir uns in Zukunft fragen, ob wir damit nicht eine schreckliche Sünde begehen. Wir werden nie erfahren, ob wir Geschwister sind oder nicht.« Seine Stimme brach. Er flüsterte tonlos. »Wie könnten wir da glücklich werden?«

Jessie sah fassungslos vor Entsetzen, wie er sich abrupt abwandte und davonstürzte. Dann hörte sie, wie die Haustür zugeschlagen wurde. Elizabeth bemerkte: »Er wird schon darüber hinwegkommen.« Wie mein Mann im Falle von Dominica, dachte sie verbittert. »Und du auch, Jessica. Wenn du Brig liebst, mußt du gehen. Das bist du ihm schuldig.«

Jessie zitterte vor Wut. Noch nie im Leben hatte sie einen so tödlichen Haß empfunden. Dieser glühende Haß nistete sich in ihr ein wie ein lebendiges Wesen. Sie flüsterte gepreßt und fast unhörbar: »Noch hast du nicht gesiegt, Elizabeth Godwin! Da irrt sich Brig gewaltig!«

Jessie wußte in diesem Augenblick, daß sie tatsächlich stark war. Das hatte Brig ganz richtig erkannt. Er hingegen hatte sich als schwach erwiesen. Sie wandte sich mit Tränen in den Augen ab und tastete sich bis zur Tür. Alles, was sie auf dem

Weg dahin berührte, war ihr ein kleiner Trost. Den Türgriff schon in Reichweite, wandte sie sich noch einmal um: »Eines Tages werde *ich* als Siegerin aus diesem Kampf hervorgehen. Dann wird die Festung mir gehören!«

31

Die junge Frau blickte vom Sattel ihres Pferdes aus auf Tombstone hinunter. Diese aufstrebende Stadt mit ihren Silberminen hatte mit dem verschlafenen Tucson keinerlei Ähnlichkeit. In Tombstone wimmelte es geschäftig wie in einem Ameisenhaufen. Die größte Stadt im Territorium von Arizona hatte es inzwischen auf fünfzehntausend Einwohner gebracht, die alle davon träumten, durch das Silber reich zu werden.

In Tombstone stieß die junge Frau endlich wieder auf Spuren der Zivilisation. Sie war fünf Tage ziellos durch das große Becken und die niedrigen Bergketten der Wüste im Süden Arizonas geritten. Nachts hatte sie sich mit der Satteldecke zugedeckt. Ihre Nahrung bestand aus den Vorräten, die Marta ihr aufgedrängt hatte.

Jessie verspürte keinen Hunger. Sie befand sich in einem solchen Erschöpfungszustand, daß sie am liebsten in einen Schlaf des Vergessens versunken wäre, aus dem es kein Erwachen gab. Nur die Gluthitze trieb sie am Tage noch vorwärts und hielt sie in Trab. Sie fürchtete sich nicht. Eine Art Starre hatte sie befallen. Nichts kümmerte sie mehr. Sie hätte am liebsten ihr Leben ausgehaucht, um nicht mehr denken zu müssen.

Nur der Rachedurst hielt sie noch am Leben. Über Brig machte sie sich keine Illusionen mehr. Er war den Weg des geringsten Widerstandes gegangen und hatte sich ihr in seiner ganzen Schwäche offenbart. Doch Elizabeth hatte einen unverzeihlichen Verrat an ihr begangen, der nach Rache schrie. Das wilde primitive Tombstone entsprach ihrem eigenen ungebärdigen Wesen. Jessie nahm sich vor, in dieser Stadt zu leben, bis sich eine Möglichkeit ergab, sich an Elizabeth zu rächen.

Jessie ging durch das Viertel mit den zwielichtigsten Etablissements, bis sie ins Zentrum der Stadt gelangte. Dort reihten sich dicht an dicht Kneipen und Theater neben Speiselokalen und Hotels. Die Passanten warfen ihr erstaunte Blicke zu. Was sollten sie nur von ihr halten? Mit ihrem völlig verfilzten Haar, dem schmutzstarrenden Rock und der dazu passenden Jacke mit dem ausgerissenen Ärmel war sie wahrhaftig kein erfreulicher Anblick.

Doch trotz ihres verlotterten Aussehens steuerte sie zielstrebig, hocherhobenen Hauptes, mit der Reisetasche in der Hand auf die Allen Street zu. Ihr Auftreten ließ die abgerissene heimatlose Sechzehnjährige vergessen und erinnerte entfernt an eine wohlanständige Dame der Gesellschaft aus dem Osten, die zur Kur hierhergekommen war. Vor dem ersten Spielsalon, dem Crystal Palace Saloon, blieb sie stehen.

Sie verglich den Crystal Palace mit den übrigen Etablissements. Im Vergleich mit ihnen wirkte er ausgesprochen luxuriös.

Jessie kamen Zweifel. Was wußte sie schon über das Leben in der Stadt? Würde sie dem Leben hier mit ihrer Naivität überhaupt gewachsen sein? Sie holte tief Luft und betrat den Crystal Palace Saloon in königlicher Haltung.

Sie kam ja nicht mit leeren Händen. Sie hatte etwas zu bieten. Im Kartenspiel war sie unschlagbar, da kannte sie sich aus. Die vier Jahre in der Gesellschaft von Cowboys auf der Ranchería waren nicht spurlos an ihr vorübergegangen.

Drinnen konnte sie sich nicht sattsehen. Die unerwartete Pracht verschlug ihr den Atem. Farbige Tapeten zierten die Wände, an denen Ölgemälde und Spiegel in Goldrahmen hingen. Selbst um diese Tageszeit umringten schon Männer aus aller Herren Länder die Spieltische. Knisternde Spannung beim Kartenglücksspiel Pharao. An einem anderen Tisch sprang die kleine Elfenbeinkugel launisch über die schwarzen und roten Felder der drehbaren Roulettscheibe.

Jessie zögerte. Sie wußte nicht, an wen sie sich wegen einer Arbeit wenden sollte. Hinter der langen Mahagonibar mit Messingbeschlägen hetzten drei Barkeeper in weißen Schürzen hin und her. Ein uralter Schwarzer mit leerem Blick klimperte auf dem Klavier und entlockte dem Instrument blecherne Klänge. Gleich neben dem Eingang saß ein dürrer drahtiger Mann auf einem hohen Stuhl, von dem aus er alles überblicken konnte. Die Augen unter dem Sombrero aus Stroh wirkten eiskalt und hart wie die Revolver, die an seinem Gürtel baumelten. »Ich möchte bitte den Besitzer sprechen«, wandte sich Jessie an den Mann.

Bei dem Lärm verstand er sie nicht. Sie mußte ihr Anliegen wiederholen. Er taxierte sie mit eisigem Blick, sah ihr schließlich in die Augen und murmelte: »Diamanten-Dan ist im Käfig – in seinem Büro.«

Mit einer Kopfbewegung wies er ihr den Weg. Im Hintergrund des Saales entdeckte sie eine Tür, daneben ein vergittertes Fenster. Sie bedankte sich und zwängte sich zwischen den Spielern hindurch, die ihre Ellenbogen benutzten, um sich einen guten Platz an einem der Pokertische zu sichern. Jessie klopfte zögernd an die Tür. Als sich daraufhin nichts rührte, klopfte sie noch einmal kräftiger.

Die Tür wurde mit einem Ruck aufgerissen. Jessie sah sich einer schmuddeligen Frau von etwa dreißig Jahren gegenüber, die ein tiefausgeschnittenes, rotes Seidenkleid trug. Ihre schwarzgefärbten Haare türmten sich in vielen kleinen Ringellöckchen auf dem Kopf. Die Frau war grell geschminkt und sah Jessie ungehalten an. Jessie hatte noch nie ein Taxigirl gesehen.

»Ich möchte den Inhaber sprechen – Diamanten-Dan.«

»Mary, laß das Mädchen rein«, befahl ein Mann mit tiefer Stimme.

Mary trat beiseite und ließ Jessie vorbei. Der Mann hinter dem Schreibtisch blickte auf. Als sich ihre Blicke trafen, verengten sich seine Augen. Jessie erschauerte unter diesem Blick. Sie konnte sich der Ausstrahlung dieses Mannes nicht entziehen. Er verzog die Lippen unter dem bleistiftdünnen Schnurrbart zu einem überaus sinnlichen Lächeln. Eine so auffallende Erscheinung wie Brig war er zwar nicht, doch der unbekümmerte Ausdruck, der in seinen Augen lag, und sein sinnlicher Mund nahmen sie gefangen. Er trug sein rabenschwarzes Haar in der Mitte gescheitelt. Dank der Pomade lag es eng am Kopf an. Er mußte wohl sehr wohlhabend sein. Zum maßgeschneiderten grauen Nadelstreifenanzug trug er ganz ostentativ eine Krawattennadel mit einem großen Diamanten.

Er erhob sich, ging auf Jessie zu und nahm ihre Hand. Als er sich tief über ihre Hand beugte, verengten sich Jessies Augen. Sie traute diesem Dandy nicht. Wozu denn diese ausgesuchte Höflichkeit? Es konnte ihm doch nicht entgangen sein, wie zerzaust und ungepflegt sie aussah. Er richtete sich wieder auf und stellte sich vor: »Daniel O'Rourke. Ganz zu Ihren Diensten, Ma'am.« Jessie entzog ihm ihre Hand, fest davon überzeugt, daß er sich über sie lustig machte.

»Wenn Sie mir einen Dienst erweisen wollen, geben Sie mir Arbeit.«

O'Rourke nahm sie mit geübtem Blick noch einmal gründlicher in Augenschein. »Sie wollen als – Taxigirl arbeiten?«

»Nein – als Kartengeber.«

O'Rourke bemühte sich vergebens, ernst zu bleiben. Um seine Lippen zuckte es verdächtig. »Das Kartengeben erfordert aber ein gewisses Maß an Gewandtheit und Fingerfertigkeit, Miß ...«

»Flora«, entschied sie sich ganz impulsiv.

»In San Francisco mag es ja schon vorgekommen sein, daß eine Frau als Kartengeberin fungiert; hier dagegen wäre das eine unerhörte Sensation.«

»Ich weiß mit Karten umzugehen und bitte Sie, mich einzustellen.«

O'Rourke sah Mary skeptisch an. Die rollte vor Wut die Augen und meinte zähneknirschend: »Sie wird Sie nach Strich und Faden ausnehmen. Das ist wahrscheinlich alles, was sie kann.«

»Also meinetwegen«, sagte der Mann und wandte sich wieder an Jessie. »Haben Sie denn etwas anzuziehen, womit Sie sich hier im Crystal Palace sehen lassen können?«

Jessie holte tief Luft und griff nach ihrer Reisetasche. »Nein.«

»Mary kann Ihnen irgendwas besorgen, was Ihnen halbwegs paßt, falls es das bißchen Oberweite nicht ...« Er biß sich auf die Lippen. »Es darf nur nicht zu sehr herumschlottern«, verbesserte er sich. »Sie können oben ein Zimmer bekommen. Allerdings ...«

»Nein, danke.«

»Was heißt hier nein?«

»Danke, ich möchte nicht hier wohnen.«

Da warf der Mann den Kopf zurück und lachte schallend. »Ach, so ist das. Du bist noch Jungfrau, wie?«

Jessie wurde flammend rot. »Ich werde schon irgendwo ein Zimmer finden«, sagte sie hölzern. Dabei wußte sie genau, daß sie mit dem Sattel als Kissen auf der Erde würde schlafen müssen, bis sie das erste Geld bekam.

»Also gut, vielleicht ist das gar keine schlechte Idee. Ich habe so das Gefühl, als ob meine Mädchen nicht mit Ihnen konkurrieren könnten.«

Da stemmte Mary entrüstet die Hände in die Hüften. »Das halte ich für unwahrscheinlich. Außer bei den Männern, die eine Schwäche für Jungen haben. Die hätten vielleicht etwas für sie übrig.«

»Jetzt reicht es aber, Mary.« O'Rourke lächelte milde. Er sah auf seine teure Taschenuhr. »Also, Flora, heute abend um acht können Sie anfangen.«

»Mr. O'Rourke, ich danke Ihnen, daß Sie mir eine Chance geben.«

»Schätzchen, wart's nur erst mal ab«, mischte sich jetzt Mary ein. »Er kommt dabei schließlich auch auf seine Kosten.«

O'Rourke schob Jessie mit vertraulichem Lächen ein Goldstück hin. »Und essen Sie etwas.«

Jessie gab einen Teil des Geldes in dem Restaurant in der Allen Street aus, das ihr am achtbarsten erschien. Der junge Mexikaner, der sie bediente, riet ihr auf ihre Frage hin zu einem Zimmer im Russ House, gleich um die Ecke. Nellie Cashman, die die Pension leitete, stellte Jessie erstaunlicherweise keine Fragen. Die schwerhörige Frau wies Jessie ein Zimmer zu. Es übertraf ihre Erwartungen bei weitem. In dem *jacal* hatte sie sich mit weniger zufriedengeben müssen. Ein Bett mit schmiedeeisernem Kopfteil, ein Waschtisch, ein Spiegel. Der roh gezimmerte Kleiderschrank lohnte sich kaum für sie. Außer dem rosa Baumwollkleid, ihrer Bauernbluse und dem rotgeblümten Rock besaß sie nichts. Jessie warf sich auf das Bett, ohne sich auch nur auszuziehen und versank sofort in einen tiefen traumlosen Schlaf.

Als sie erwachte, war es schon dunkel im Zimmer. In fliegender Hast strich sie ihr Reisekostüm glatt und steckte ein paar widerspenstige Locken wieder im Nacken fest. Der Wasserkrug war leider nicht gefüllt. Deshalb mußte sie wohl oder übel ungewaschen und wenig präsentabel zurück zum Crystal Palace.

Jessie folgte Mary ins Obergeschoß. An einem Frisiertisch saß ein junges Mädchen und schminkte sich. »Annie, das ist Flora – keine Konkurrentin, sondern Kartengeberin«, stellte Mary sie dem Mädchen vor, das nur wenig älter sein konnte als Jessie. Annie lächelte erfreut, doch nur die Augen in dem wachsbleichen Gesicht wirkten jung.

»Freut mich, dich kennenzulernen«, sagte sie freundlich. »Komm nur gleich runter, wenn du fertig bist, dann zeige ich dir alle Tricks und weihe dich in alle Geheimnisse ein.«

Mary nahm ein mit schwarzer Spitze besetztes, rosarotes Kleid aus dem Schrank. »Das müßte dir in etwa passen«, meinte sie kurz angebunden. »Schuhe und Strümpfe findest du in dem großen Koffer da hinten. Und frisier dich ordentlich. Mit diesem verfilzten Heuhaufen auf dem Kopf kannst du dich bei uns nicht sehen lassen.« Sie folgte Annie nach unten.

Jessie legte schleunigst ihre alten Sachen ab. Damit zog sie sozusagen einen Schlußstrich unter ihr bisheriges Leben. Sie kam sich vor wie eine Schlange, die sich häutet. Mit der äußeren Verwandlung ging auch eine innere Wandlung mit ihr vor. Sie nahm an dem Frisiertisch Platz und bürstete ihr verfilztes Haar. In dem tiefen V-Ausschnitt des Kleides steckte eine seidig glänzende Ansteckrose. Sie flocht ihr Haar zu einer Girlande von Zöpfen und verankerte es mit der Rose oben auf dem Kopf. Dann tupfte sie sich etwas Rouge auf die sonnengebräunten Wangen und verrieb es vorsichtig. Sie erkannte sich im Spiegel kaum mehr wieder.

Als es sich nicht länger hinausschieben ließ, ging sie widerstrebend die Treppe hinunter in den Spielsaal. Ihr Herz schlug wie ein Schmiedehammer gegen ihre Rippen. Ein Gast nach dem anderen hob den Blick vom Spieltisch oder Kartentisch und konnte sich nicht sattsehen an dieser lieblichen Gestalt. Selbst der alte schwarze Beauregard hörte auf, das Pioano zu bearbeiten.

Jessie eilte zum Büro. Alle schwiegen atemlos. Annies

aufgebrachte Stimme drang aus dem Büro: »Aber Dan, sie ist doch noch ein Kind!«

Darauf O'Rourke völlig ungerührt: »Na und? Das warst du auch, als du angefangen hast.«

Jessie stieß die Tür auf. O'Rourke und Annie trauten ihren Augen nicht. Sie starrten Jessie fassungslos an. O'Rourke stand ganz langsam auf und streckte Jessie seine Hand hin. Gehorsam legte sie ihre Hand in seine. »Eine Königin hat sich in unser Etablissement verirrt«, bemerkte er, ohne daß der Blickkontakt auch nur einen Augenblick abriß.

32

Dan O'Rourke hatte sie ganz offenbar ins Herz geschlossen – ohne ihr jemals zu nahe zu treten. Er ging hin und wieder mit ihr aus, um ihr ein wenig Zerstreuung zu bieten. Doch nichts konnte die Leere in ihrem Innern ausfüllen. Brig beherrschte all ihre Gedanken.

Auch an diesem Abend erging es ihr nicht anders. Sie bemühte sich nach Kräften, nicht an Brig zu denken, sondern sich zum Beispiel auf einen Mann zu konzentrieren, der schon seit dem frühen Abend an einem der Spieltische saß. Jessie hielt ihn für einen Chinesen. Doch einmal abgesehen von den Schlitzaugen und der safrangelben Haut, unterschied er sich sehr von den anderen Chinesen.

So war sein Haar zum Beispiel nicht zu einem langen Zopf geflochten, sondern säuberlich geschnitten. Anstelle der gewohnten Steppjacke und den weiten Kulihosen trug er Arbeitshosen und ein kariertes Hemd wie die Bergleute. Für einen Orientalen war er ungewöhnlich hochgewachsen. Man konnte ihn zwar schlank nennen, doch an seinen muskulösen Unterarmen traten die Adern hervor. Er trippelte auch nicht mit kleinen Schrittchen einher wie die übrigen Kulis. Er durchmaß den Raum mit weit ausholenden Schritten.

Seine undurchdringliche Miene faszinierte sie. Ein richtiges Pokergesicht.

Jessie legte ihren Fächer weg und griff zerstreut nach dem

Epitaph. Sie überflog kurz die Todesanzeigen und stieß ganz plötzlich auf eine kleine Notiz mit der Überschrift: ›Eheschließung Godwin-Roget‹.

Ihre Hände zitterten so sehr, daß die Zeitung raschelte. Brig und Fanny waren seit zwei Wochen Mann und Frau oder anders ausgedrückt, ›zwei große Familien sind einen Bund eingegangen‹ wie es der Redakteur formulierte.

Dan legte ihr von hinten die Hände auf die Schultern. »Was du da auch gelesen hast – es muß dich sehr erschüttert haben. So etwas kenne ich gar nicht an dir.«

Jessie krallte die Finger in die Zeitung. Es kostete sie eine fast übermenschliche Anstrengung, des Zitterns Herr zu werden. »Ach wo, die Todesanzeigen deprimieren mich, das ist alles.« Sie faltete die Zeitung säuberlich zusammen. »Ich gehe wohl besser wieder an die Arbeit.«

Dan drehte sie zu sich herum und sah ihr forschend ins Gesicht. Ihr maskenhaft starres Gesicht machte ihm Sorgen. »Ist auch ganz bestimmt alles in Ordnung, Flora?«

Jessie nickte und eilte davon.

Die Nachricht von Brigs Heirat wühlte sie bis ins Innerste auf. Sie war nicht imstande, sich auf ihre Arbeit zu konzentrieren und machte Fehler über Fehler. Doch das fiel den Spielern in ihrer Trunkenheit schon nicht mehr auf. Nur der Orientale blickte sie mit seinen dunklen Augen forschend an.

Das zermürbte sie noch mehr. Sie machte dem Aufseher ein Zeichen, mit dem sie um Ablösung bat. Dann lief sie wie gehetzt zur Bar. »Gib mir bitte was zu trinken, Ollie«, bat sie den schnauzbärtigen Barkeeper. »Irgend etwas.«

»Hätte nie geglaubt, daß ich den Tag erlebe, an dem Sie mal ein Glas an die Lippen setzen, Miß Flora.« Die hervorquellenden Augen blinzelten sie an.

»Hätte ich selbst nie gedacht«, murmelte Jessie grimmig.

Mary trat neben sie. »Flora braucht einen Whisky. Aber nicht den billigen Fusel, Ollie.«

Jessie leerte das Glas in einem einzigen Zug. Die Flüssigkeit brannte wie Feuer in ihrem Schlund. Sie lief rot an und schnappte nach Luft. Ihre Augen tränten.

»Was hast du denn, Schätzchen?« erkundigte sich Mary

voller Mitleid. »Hat dir vielleicht einer der Männer hier etwas angetan? Sie können einem nur Herzeleid zufügen.«

Ollie goß ihr noch einen Whisky ein, den Jessie ebenso rasch wie den ersten hinunterkippte. Fast erweckte sie den Anschein einer ausgepichten Trinkerin. »Die Männer sind alle Schwächlinge und Schufte«, krächzte sie heiser und strebte auf die Drehtür zu. Der Weg dahin erschien ihr endlos lang.

Irgendwie fand sie zurück zum Russ House. Sie glaubte, Schritte hinter sich zu hören. Das mußte die Wirkung des Alkohols sein.

In ihrem Zimmer warf sie sich erschöpft aufs Bett. Doch sie fand keinen Schlaf. Das Blut rauschte ihr in den Ohren, ihr Puls hämmerte den Namen *Brig*. Brig hatte Verrat an ihrer Liebe begangen. Das kam ihr mit jedem Atemzug schmerzlicher zu Bewußtsein. Alles in ihr krampfte sich vor Qual zusammen. Im Geiste sah sie Brig und Fanny in einer leidenschaftlichen Umarmung. Sie krallte die Finger in den Chenilleüberwurf auf dem Bett, auf dem sie voll bekleidet lag.

Alles wäre viel leichter zu ertragen gewesen, wenn Brig Fanny wirklich liebte. Doch er hatte seine Liebe zu Jessie für dreißig Silberlinge verkauft. Für Gold und Kupfer und die sonstigen Erträge, die die Rogets aus den Minen auf dem Grund und Boden der Godwins zutage förderten.

Und auch Fanny würde produktiv sein, durchzuckte es sie. Hysterisches Gelächter floß von ihren Lippen. Jessie glaubte wahnsinnig zu werden.

Endlich erlöste sie der Schlaf von ihren Qualen. Als sie gegen Mittag wieder erwachte, warf sie einen Blick in den Spiegel, und alles fiel ihr wieder ein. Sie hatte immer noch gerötete Augen und fleckige Wangen. Die Zunge lag wie eine pelzige Raupe im Mund. Jessie machte einen Spaziergang, in der Hoffnung, daß die frische Luft ihr helfen und die Spinnweben vertreiben würde.

Später zog sie sich im Crystal Palace um und schlüpfte in ein schwarzes Seidenkleid. Mary kam hinzu und sah sie forschend an. »So kannst du unmöglich an die Arbeit gehen. Du siehst ja mitleiderregend aus. Viel schlimmer als gestern abend. Komm runter und laß uns erst mal was trinken.«

Jessie folgte Marys Rat. Der Whisky brannte wieder in der Kehle und widerte sie an. Sie litt unsagbar. Auch physisch schmerzte es, als habe sie sich mit einem Rasiermesser die Pulsadern aufgeschnitten.

Jessie ging zum Kartentisch und versuchte sich zu konzentrieren. Doch das gelang ihr nicht. Aus den Karten blickte sie Brigs Gesicht an. Wie im Traum erlebte sie den Abend, als sie von Tisch zu Tisch zog. Sie überlegte, ob sie nicht an der Bar etwas trinken sollte. Sie wollte sich mit Alkohol betäuben, um nicht mehr an Brig denken zu müssen, der jetzt endgültig für sie verloren war.

An einem der Spieltische wartete schon der Orientale. Er ließ sie nicht aus den Augen. Unter seinem forschenden Blick agierte sie noch fahriger. Ob er ihr wohl ansah, wie schwach sie sich fühlte? Sie verachtete sich ob dieser Schwäche. Ein abgrundtiefer Haß erfüllte sie.

Um zehn Uhr pausierte sie und ging sofort zur Bar. Den dritten Whisky pur goß Ollie ihr nur widerstrebend ein. »Davon wird Ihnen sicher schlecht, Miß Flora«, flüsterte er hinter vorgehaltener Hand.

Doch ihr wurde nicht schlecht. Als sie nach der Pause ihre Arbeit wieder aufnahm, ging ihr alles viel leichter von der Hand. Der Alkohol tat seine Wirkung. Er löschte die quälenden Gedanken aus. Jessie konnte sich endlich auf die Karten konzentrieren.

Doch als sie um fünf Uhr früh todmüde zu ihrer Pension zurückschlich, hörte sie trotz ihrer Benommenheit Schritte hinter sich, die sie zu verfolgen schienen.

33

»Liebchen, es hat keinen Sinn, daß du deinen Kummer in Alkohol ersäufst. Das Problem ist damit nicht aus der Welt geschafft. Es wird wie ein Korken immer wieder hochgeschwemmt.«

Jessie blickte in den Spiegel über dem Frisiertisch. Dan stand an der Tür. »Bis acht Uhr bin ich wieder so nüchtern, daß ich die Karten geben kann.« Das entsprach sogar der Wahrheit. Die vergangenen zwei Wochen hatten sie gelehrt, ein gewisses Quantum an Alkohol zu verkraften.

»Wenn du vergessen möchtest, was dich quält, gibt es etwas Besseres als Akohol.«

Jessie runzelte die Stirn. Alles verschwamm ihr vor den Augen. »Ich weiß wirklich nicht, wovon du redest, Dan.«

»Komm nachher in mein Büro«, riet er ihr. »Und bring deine Stola mit.«

Die Neugier, die Abneigung gegen den Alkohol und ihr Kummer trieben sie dazu, seinem Rat zu folgen. Er legte ihr die Stola um die Schultern. »Wo gehen wir denn hin?« erkundigte sie sich.

»Nicht weit. Nur nach Hop Town rüber.« Er stieß die Tür auf und schob sie durch die Menschenmassen in dem Spielsalon.

Jessie wußte, daß Hop Town das Chinesenviertel Tombstones war. Dort lebten etwa fünfhundert Chinesen, seit dem Eisenbahnbau vor zehn Jahren. Jessie fiel in dieser zwielichtigen Gegend immer weiter hinter Dan zurück. »Mach dir keine Sorgen«, tröstete Dan sie. »Hier bist du sicherer als an der Bar im Crystal Palace.«

Dan klopfte an die Tür eines schäbigen Hauses. Die Tür wurde einen Spaltbreit geöffnet. Kleine Schlitzaugen starrten sie an. »Ling Chuey« verlangte Dan. Die Augen verschwanden wieder.

Ein unbehagliches Gefühl beschlich Jessie. Sie erschauerte. Trotz der milden Märznacht fror sie plötzlich. Dan legte ihr den Arm um die Schultern. »Drinnen ist es wärmer.«

In dem Haus schlug ihnen eine dumpfe stickige Hitze entgegen, die sich schwer auf ihre Lungen legte. Jessie holte keuchend Luft und sah sich um. Farbenfrohe Lampions hingen von der Decke. Boden und Wände waren mit Teppichen in rot und schwarz bedeckt. Auffallend, die vielen Drachen- und Schlangenmotive. Auf dem Boden lagen viele Kissen wahllos verstreut. Dazwischen kleine rechteckige Lacktischchen mit Elfenbeinintarsien.

Ein zierlicher Chinese in schwarzem Seidenkaftan und Kappe erschien auf leisen Sohlen. Seine gelbe, pergamentene

Haut spannte sich straff über die hohen Wangenknochen. Bevor er sich verneigte, sah er Jessie mit seinen kleinen schwarzen Augen prüfend an.

»Ling Chuey«, wandte sich Dan fast ehrfürchtig an den kleinen Mann, »ich habe heute eine Freundin mitgebracht, die auch gern in den Genuß der Goldenen Träume kommen möchte.«

Ling Chuey nickte. »Ich bitte tausendmal um Vergebung – aber ist die Dame Ihres Vertrauens würdig?«

»Unbedingt.«

Der Chinese verneigte sich wieder. »Dann folgen Sie mir bitte. Das Haus der Goldenen Träume rechnet es sich zur Ehre an, eine Ihrer Freundinnen beglücken zu dürfen, Mr. O'Rourke.«

Jessie folgte dem Chinesen einen langen nur schwach beleuchteten Gang entlang zu einem großen Raum. Die Wände entlang reihte sich Koje an Koje. Dreißig oder vierzig Chinesen lagen zurückgelehnt darauf – so beengt, daß sie nicht aufrecht hätten sitzen können. Sie lagerten dort mit zur Seite gesunkenen Köpfen und verdrehten Augen. Jessie kam es vor, als seien sie nicht mehr klar bei Bewußtsein. Einige murmelten in einem sonderbaren Singsang vor sich hin. Manche sahen sie ohne eine Spur von Neugier an. Anderen hing ein schlangenähnlicher Schlauch zwischen den schlaffen Lippen, der zu einem fein ziselierten schwarz-goldenen Brenner führte.

Jessie starrte fassungslos vor sich hin, bis Dan sie am Ärmel zupfte und ihr bedeutete, Ling Chuey und ihm zu folgen. »Das ist halb so schlimm«, flüsterte ihr Dan ins Ohr. »Die armen chinesischen Einwanderer versuchen nur, ihr Elend mit Hilfe von Opium für ein Weilchen zu vergessen. Hast du noch nie davon gehört?«

Jessie schüttelte den Kopf. Der Chinese führte sie in einen kleineren Raum, dessen Wände mit Goldbrokat bezogen waren. Um einen niedrigen schwarzen Lacktisch herum lagen rote und grüne Seidenkissen. In dem Jadebehälter auf dem Tisch brannte ein Räucherstäbchen.

Dan bat sie, ihm gegenüber Platz zu nehmen. Nachdem sich Ling Chuey mit einer tiefen Verbeugung zurückgezogen hatte, entzündete Dan den Docht der Opiumpfeife und sprach dabei mit sanfter Stimme äußerst redegewandt auf sie ein.

»Mein liebes Kind, das Opium läßt dich deinen Schmerz vergessen. Du glaubst zu schweben und empfindest dein Elend nicht mehr. Du wirst sehen, es ist ein angenehmer Zeitvertreib.« Er schien bis auf den Grund ihrer Seele zu sehen. »Möchtest du es nicht einmal versuchen?«

Jessies Handflächen wurden feucht. Sie schien von Tag zu Tag tiefer in ihre Depressionen zu versinken. Ihr war inzwischen jedes Mittel recht, das ihr Vergessen brachte. Dan nannte die Wirkung des Opiums angenehm. Dann konnte es kaum schlimmer sein als der viele Alkohol, den sie in letzter Zeit in sich hineingoß.

Jessie sah, wie Dan inhalierte. Er legte den Kopf zurück und schloß die Augen. »Flora, das ist ein herrliches Gefühl. Du solltest es einmal versuchen.«

Nach einer Weile hielt er ihr die Pfeife hin. Jessie streckte zögernd die Hand danach aus. »Zieh an dem Mundstück«, wies er sie an. »Wie ein Mann an einer Zigarre. Dann spürst du bald, wie dir der Rauch die Lungen füllt, und dieses schwebende Gefühl stellt sich ein. Deine Brust scheint sich zu weiten. Dann atme langsam wieder aus. Flora, ich verspreche dir, daß sich der Schmerz und der Kummer, der dich so bedrückt, mit dem Rauch verflüchtigen wird.«

Jessie spürte instinktiv, daß sie drauf und dran war, etwas Gefährliches, Verbotenes zu tun. Deshalb reizte es sie um so mehr. Sie vergaß ihr Elend einen kurzen Augenblick lang, wenn auch nur aus Neugier. Was hatte sie schon zu verlieren?

Sie setzte das Mundstück an die Lippen. Schwere süße Dämpfe stiegen ihr in die Nase. Ganz langsam inhalierte sie, wie Dan sie angewiesen hatte. Zuerst spürte sie absolut nichts, doch als dann der Rauch in ihre Lungen drang, bis sie zu bersten drohten, schien ihre Kehle und Brust in Flammen zu stehen. Der Rauch kratzte fürchterlich im Hals.

Dans schön geschwungene Lippen verzogen sich zu einem schwachen Lächeln. »Versuch's noch einmal«, forderte er sie auf. »Beim nächstenmal gehts leichter – und es wird ein richtiger Genuß sein, glaube mir.«

Wieder strömte der Rauch heiß und kratzig in ihre Lungen,

doch schon bald verflüchtigten sich die unangenehmen Nebenwirkungen. Heitere wohlige Empfindungen umfingen sie. Dankbar sank sie auf die Kissen und reichte Dan die Pfeife. Sie fühlte sich unendlich wohl und glaubte zu schweben, wie Dan es vorausgesagt hatte. Als sich dieses Gefühl wieder verflüchtigte, durchströmte sie wohlige Wärme.

Auch Dan durchlebte diese schwebende Glückseligkeit, das schwerelose Gleiten durch Zeit und Raum. Doch er hatte sich Grenzen gesetzt. Über einen gewissen Punkt ging er nicht hinaus, während sich Jessie keinerlei Zwang auferlegte.

Es kümmerte sie nicht, warum er sich dem Genuß nicht voll und ganz hingab. Für sie zählte nur, daß er sie in diese wundervolle Traumwelt eingeführt hatte, in der sie ihre Einsamkeit und ihren Kummer um Brig vergaß.

Jessie suchte die Opiumhöhle nicht nur regelmäßig mit Dan auf, sie ging auch ein- oder zweimal pro Woche auf eigene Faust dorthin. Ling Chuey nahm höflich das Geld entgegen und brachte sie in den kleinen Raum. Am Mittag des folgenden Tages nahm er ihr dann behutsam die Opiumpfeife aus den schlaffen Händen und schickte Jessie in ihre Pension zurück.

Die frische Luft und die Sonne sorgten dafür, daß sich der Nebel in ihrem Kopf auf dem Weg in die Pension wieder einigermaßen lichtete. Bevor sie am Abend wieder zur Arbeit ging, legte sie sich schlafen, um wieder zu Kräften zu kommen. Die Schritte des vermeintlichen Verfolgers schreckten sie jetzt nicht mehr. Es gab sie gar nicht wirklich. Das himmlische Opium suggerierte sie ihr ein.

Es dauerte nicht lange, da spürte Jessie, daß Dan sich Sorgen um sie machte. Eines Abends rief er sie in sein Büro. »Ling Chuey hat mir berichtet, daß du oft allein hingehst, Flora. Wahrscheinlich zu oft.«

»Ich weiß schon, was ich tue«, wehrte sie seine Vorwürfe ab. »Sie schränken ja Ihre Besuche dort auch nicht ein.«

»Mit dem Unterschied, daß ich meine Grenzen kenne«, erklärte er. »Ich weiß genau, wieviel ich meinem Körper zumuten darf.«

»Warum rauchen Sie es überhaupt – das Opium?« fragte

Jessie. »Wovor verschließen Sie die Augen, Daniel O'Rourke?«

Er zögerte, entschloß sich dann aber doch zu einer Antwort. »Ich laufe vor mir selbst davon. Im Opiumrausch vergesse ich, daß ich Männer begehre – abartig nannten meine provinziellen Eltern das. Bist du jetzt schockiert? Nein? Das hätte ich auch nicht von dir gedacht. Irgendwie durchleuchtet das Opium die Dinge, es verschafft einem Klarheit über vieles. Man sieht auch sich selbst im richtigen Licht.«

Dans Warnung hielt sie nicht davon ab, die Opiumhöhle auch weiterhin aufzusuchen. Selbst der Gedanke, daß sie süchtig werden konnte, schreckte sie nicht ab. Das Risiko und die Gefahr bedeuteten einen zusätzlichen Anreiz.

Jessie gewann immer tieferen Einblick in das Chinesenviertel. Hinter den wohlanständigen Fassaden lauerte die Unterwelt mit all ihren schrecklichen Auswüchsen: Kinderarbeit, Sklavenhandel, Prostitution und natürlich streng verbotene Opiumhöhlen. Nun wußte sie, wohin Dan oft tagelang verschwand und wo die Krawattennadel mit dem Diamanten blieb.

Wenn sie durch das Chinesenviertel ging, zerriß es ihr das Herz vor Mitleid mit den ausgemergelten Kindern, den schlurfenden tiefgebeugten Gestalten der Frauen mit ihren eingebundenen Füßen. Aus den Augen dieser Ärmsten der Armen starrte ihr Hoffnungslosigkeit entgegen. Es entsetzte sie zutiefst, welche Ungerechtigkeit einer Rasse durch eine andere widerfuhr. Was für Unrecht taten die Menschen einander an!

Immer wieder fielen ihr Brig und seine Großmutter ein. Dann eilte sie ins Haus der Goldenen Träume, um dort Vergessen zu finden.

34

Taro Shima verneigte sich tief vor Ling Chuey. Der erwiderte den Gruß, wie es der Tradition entsprach. Im Vergleich zu dem zierlichen Ling Chuey war Taro Shima ein Riese. Doch Ling Chuey galt als der mächtigste Mann von Hop Town.

»Willkommen in meinem bescheidenen Etablissement«, begrüßte ihn der Chinese auf englisch.

Taro neigte höflich, mit unverbindlicher Miene den Kopf. Er ließ sich sein Erstaunen darüber nicht anmerken, daß Ling Chuey seinen Namen wußte. Ling Chuey kannte jeden und wußte stets, was in Tombstone vorging.

»Ich möchte Mahjong spielen«, erklärte Taro.

Fast alle Chinesen, die in den westlichen Territorien der Vereinigten Staaten lebten, hatten sich in China schon als junge Männer nach Amerika verpflichtet, um im Land der Goldenen Berge ihr Glück zu machen. So nannte man Amerika in China. Doch die Ernüchterung ließ nicht lange auf sich warten. Die Löhne, die sie heimzuschicken hofften, brauchten sie zum nackten Überleben. Die Rundaugen behandelten sie wie Aussätzige, sie spuckten sie an und zogen über sie her. Doch in den Mahjong-Spielsalons, den Opiumhöhlen und den Bordellen waren sie die großen Herren.

Ling Chuey und Taro Shima unterhielten sich zunächst über belanglose Dinge. Sie nahmen an einem Spieltisch Platz. Sake wurde serviert. Ling Chuey hatte den wahren Grund für Taro Shimas Besuch natürlich längst erraten. Nachdem der Höflichkeit Genüge getan war, meinte er: »Es stimmt mich traurig, daß die *ha-ku-jins*, die Rundaugen es nicht verstehen, sich bei ihren Vergnügungen Mäßigung aufzuerlegen. Die Bars in Tombstone beweisen das. Die Männer haben einfach keine Selbstdisziplin. Sie trinken immer über den Durst und können nicht rechtzeitig aufhören. Das ist auch bei dem Opium nicht anders. Gerade jetzt liegt eine junge Frau, ein Rundauge, die schon seit Monaten hierherkommt, fast besinnungslos vom übermäßigen Inhalieren der Opiumdämpfe in einem meiner Räume.«

»Das tut mir leid, Ling Chuey. Wie lange befindet sich das Mädchen denn schon im Opiumrausch?«

»Seit drei oder vier Tagen. Sie kehrt erst gar nicht mehr in ihre Pension zurück. Und sie hat kein Geld mehr, um das Opium zu zahlen.« Er zuckte seufzend die Achseln. »So geht es einem als Geschäftsmann. Man geht ständig Risiken ein. Nun werde ich für meine Großmut bestraft.«

»Was wird denn nun aus diesem Mädchen?« fragte Taro betont gleichgültig.

»Wahrscheinlich werde ich für sie aufkommen müssen. Wenn ich sie weiterhin mit Opium versorge, kann ich sie als Konkubine einsetzen. Die Junggesellen, die daheim im alten China einen Ehevertrag abgeschlossen haben, können sich durch sie Erleichterung verschaffen. Doch nach einer Weile wird sie zu nichts mehr zu gebrauchen sein. Das Opium zerstört sie. Und dann . . .« Er seufzte mit fatalistischer Miene. »Wir müssen alle einmal sterben. Doch wer dem Opium übermäßig zuspricht, erleidet einen qualvollen Tod. Was für ein Jammer, daß die junge Frau nicht vernünftiger war. Es ist eine Schande und eine Schmach, sein Leben so sinnlos wegzuwerfen.«

»Vermißt denn niemand diese unvernünftige Person?«

»Doch, ihr Arbeitgeber, der selbst gern dem Opium zuspricht. Er hat sie gestern noch hier aufgesucht. Er weiß, daß dieses Mädchen süchtig ist und ihr niemand mehr helfen kann. Ich kann ihr nur noch einen raschen gnädigen Tod wünschen. Die Junggesellen werden ihr bis dahin sicher dankbar sein und sie gut behandeln.«

Taro kannte ihren Arbeitgeber. Er verstand ihn und Leute seiner Art nur allzu gut. Auch bei Daniel O'Rourke spürte er diese angeborene Empfindsamkeit und die Liebe zu allem Schönen, die bei Taros Rasse so hoch entwickelt war.

Die rundäugige Frau fesselte Taro durch ihre außergewöhnliche Schönheit. Er verzehrte sich danach, von ihr geliebt zu werden. Er wollte alles daransetzen, ihre Liebe zu erringen. Sie erschien ihm als anbetungswürdiges Geschenk des Himmels.

»Wie schade, vor allem für Sie«, wandte sich Taro jetzt wieder an Ling Chuey. »Das Opium wird ihre Kräfte rasch aufzehren. Sie wird kaum so lange leben, daß sie den Verlust wieder wettmachen kann, den Sie durch diese Frau erlitten haben.«

»Ich könnte sie versteigern. Doch die Männer, die im Haus

der Goldenen Träume verkehren, haben nicht genug Geld, um mir auch nur meine Auslagen erstatten zu können.«

»Diese Frau ist einen hohen Einsatz gar nicht wert«, gab Taro zu bedenken. »Was soll ein Mann mit einer Süchtigen? Trotzdem wäre ich bereit, meinem Gastgeber eine Wette anzubieten, mit der ich ihn nicht kränke. Ich würde Ihnen notfalls die Lotos-Land-Mine abtreten.«

Ling Chuey tat desinteressiert. Doch Taro wußte, in welchem Ruf Ling Chuey stand. Er kannte solche Männer aus Japan. Geldgierige krankhaft geizige Männer. Taro wußte, daß der mächtigste Mann in Hop Town die Lotos-Land-Mine liebend gern in seinen Besitz bringen würde.

Es widerstrebte dem Ästheten Taro, um diese Frau zu schachern. Eine Frau wie sie war ihm noch nie begegnet. Sie hatte ihn vom ersten Augenblick an fasziniert.

Ihre ungewöhnliche leuchtende Hautfarbe fiel ihm auf, und das feine honigblonde Haar, das sich kaum bändigen ließ. Wirre Locken rahmten ihr Gesicht ein. Ihr Haar schien ein Eigenleben zu führen. Unter ihrer matten goldfarbenen Haut pulsierte und vibrierte es ständig. Ihre Lebendigkeit versengte ihm den Atem und schmerzte ihn wie ein rascher Hieb mit einem Samuraischwert. Ihre jadegrünen Augen blickten trübe, wirkten wie verschleiert. Taro sah seine Aufgabe darin, diese Augen wieder zum Strahlen zu bringen.

Nur der sehnsüchtige Schwung ihrer Lippen deutete auf eine Verletzlichkeit hin, die ihr möglicherweise gefährlich werden konnte. Er folgte ihr auf Schritt und Tritt, und seine Befürchtungen bewahrheiteten sich schließlich.

»Ich habe mir Ihr Anerbieten durch den Kopf gehen lassen, Taro Shima, und ich fühle mich geehrt. Es macht mich verlegen, daß ich Ihnen keinen besseren Gegenwert bieten kann als diese wertlose Frau, doch wenn Sie die Wette annehmen, wird es mir ein Vergnügen sein, ein Glücksspiel mit Ihnen zu wagen. Die Wahl des Spiels bleibt Ihnen überlassen.«

Taro nickte. »Vielleicht Fan-Tan.«

Dank seiner häufigen Besuche im Crystal Palace beherrschte er dieses Spiel nun meisterhaft. Früher war er nur selten in die Stadt hinabgestiegen. Er hatte die Einsamkeit der Berge, seine Behausung ganz hoch oben vorgezogen. Doch hin und wieder trieb ihn dann die Sehnsucht nach menschlicher Gesellschaft ins Tal; in die leeren Arme einer chinesischen Prostituierten oder eines bereitwilligen Taxigirls.

Die Weißen nahmen sich nie genug Zeit, um ihre Partnerinnen wirklich in die Kunst der Liebe einzuführen. Deshalb war er für die Taxigirls eine willkommene Abwechslung, und sie nahmen kein Geld mehr von ihm an.

Taro Shima war Japaner. Er hatte sich von Japan aus auf eine Ananasplantage auf Hawaii verdingt. Man hatte ihn aufgrund seiner Kraft und seines Arbeitseifers zusammen mit dreiundneunzig anderen Japanern für diese Arbeit ausgewählt. Die anderen Japaner, die zusammen mit ihm in dem stinkenden Laderaum des Dampfers ihre Heimat verließen, taten dies nur widerstrebend, in der Hoffnung, ihren hungernden Familien ihren Lohn schicken zu können und eines Tages selbst wieder heimzukehren.

Taro band nichts an seine Heimat. Seine Eltern und sein jüngerer Bruder waren der Hungersnot zum Opfer gefallen. Taro hatte nicht einmal Anspruch auf ein Stück Land. Das Land, das sein Vater bearbeitet hatte, war nur gepachtet. Allmählich wurde der Wunsch nach Unsterblichkeit immer stärker in Taro. Er hatte schon über einen Ehevertrag mit einer *Miai-Kekkon,* einer jungen Japanerin nachgedacht. Seine Ersparnisse reichten jetzt aus, um sich eine Braut aus Japan kommen zu lassen. Doch seltsamerweise behagte ihm der Gedanke zuweilen nicht mehr, dann nahm er wieder Form an und wurde wieder verworfen ... Eine ganz bestimmte Frau ließ ihm keine Ruhe.

Taro schüttelte diesen Gedanken ab. Es war sehr unklug, jetzt an die weiße Frau zu denken. Ling Chuey verstand sich sehr gut auf das Kartenspiel. Er würde sich eisern konzentrieren müssen, um dem Zufall ein Schnippchen zu schlagen. Er gestattete es sich nicht, die Möglichkeit auch nur in Betracht zu ziehen, daß er die Mine einbüßen könnte. Sie bedeutete ihm weit mehr als der Ertrag, den er herauszuholen hoffte. Das Land war eine Kostbarkeit für ihn. In seiner Heimat war der Grund und Boden sehr knapp gewesen. Nur die Kriegsherren und die Samurai durften sich Hoffnung darauf machen. Sein ganzes Streben ging dahin, selbst ein Stück Land zu besitzen. Das konnte man schon fast mit dem religiösen Eifer eines buddhistischen Priesters vergleichen.

Taro entledigte sich nach und nach seiner schlechten Karten. Dann legte er aufatmend seine Dreiertreffs aus. Auch Ling Chuey seufzte hörbar. Mit undeutbarem Gesichtsausdruck klatschte er sich mit den Händen auf die Knie. »Sie haben gewonnen, Shima-san! Sie sind ein würdiger Gegner. Nun frage ich mich natürlich, ob der Preis, den Sie gewonnen haben, Ihrer Geschicklichkeit beim Kartenspiel entspricht.«

35

Ling Chuey führte Taro zu der Frau. »Ich habe sie vorsichtshalber dort untergebracht, wo die Männer nicht so leicht an sie herankönnen«, versicherte ihm Ling. Sie betraten einen niedrigen Raum. Taro mußte sich ducken, um nicht anzustoßen. In einem Winkel stand, halb verdeckt von einem Wandschirm aus Reispapier, ein Bett mit einem schwarzen Überwurf.

Die junge Frau lehnte in Kissen aus goldfarbener Seide, das Mundstück der längst erloschenen Opiumpfeife zwischen den schlaffen Fingern. Taro starrte in das verwüstete Gesicht der Frau. Die Haut spannte sich geisterhaft bleich über eingefallene Wangen. Die schrundigen, ausgedörrten Lippen bewegten sich lautlos. Die halbverdrehten Augen blickten trübe, das schöne Haar war kaum mehr wiederzuerkennen. Es lag struppig und schmutzstarrend um den Kopf. Keine Spur mehr von dem alten Glanz.

Der überaus empfindsame Taro fühlte sich abgestoßen von dem Anblick und dem Gestank des Wesens auf dem Bett. Und für dieses erbarmungswürdige Geschöpf hatte er sein Lotos-Land aufs Spiel gesetzt!

Taro machte sich an den mühseligen Aufstieg. Er hatte die Hufe seines Maultiers mit Lappen umwickelt, um die Spuren zu verwischen. Die rundäugige Frau hing halb in seinen

Armen. Sie nannte sich Flora. Dieser Name paßte nicht zu ihr. Ihre wilde Schönheit erinnerte an eine Lotosblume.

Für den Mann und das Maultier bedeutete sie keine schwere Last. Das nur scheinbar harmlose Opium hatte bewirkt, daß sie zum Skelett abgemagert war. Auch ihre wachsbleiche Haut glich der Farbe der Lotosblume. Trotzdem umgab sie noch immer eine Aura von strahlender Schönheit oder zumindest ein schwacher Abglanz dessen, worin sich keine andere Frau mit ihr messen konnte.

Taro ritt unter den ersten zaghaften Strahlen der Sonne durch die Schlucht, in der seine Lotos-Land-Mine lag. Die Sonne ließ auch sein Balkenhaus im Morgenglanz erstrahlen. Es klebte wie ein Adlerhorst am Steilhang des rötlich-braunen Berges.

Kaum oben angelangt, tat Taro alles Menschenmögliche, damit die Frau sich schnellstens wieder von den Verwüstungen erholte, die das Opium angerichtet hatte. Er kochte ihr kräftigende Suppe aus dem Gemüse, das er in einem winzigen Gärtchen hinter dem Haus anbaute. Daneben errichtete er eine Art Höhle mit einem Kuppeldach aus Steinen, kaum höher als einen Meter. Dort sollte die Frau die Gifte ausschwitzen, die noch in ihrem Körper steckten.

Gegen Mittag war das Badehaus fertig. Die Frau lag auf einer aus Stroh geflochtenen Matte in einer verdunkelten Ecke des Raumes. Sie hatte das Bewußtsein noch nicht wiedererlangt. Taro befreite sie von der verschwitzten Kleidung, auf die sie sich zudem wiederholt erbrochen hatte.

Es kostete ihn viel Zeit und Mühe, sie aus den vielen Schichten herauszupellen, die zahlreichen Knöpfe und Haken zu öffnen.

Mit einem Seufzer ließ er sich auf seine Fersen zurücksinken. Zwei Leute brauchten fünfundvierzig Minuten, um eine Japanerin in ihren Kimono zu wickeln. Doch dazu waren nicht so viele nutzlose Kleidungsstücke nötig. Der bewegungslose Körper der jungen Frau lag nun offen seinen Blicken preisgegeben, doch Taro achtete nicht darauf, daß die Rippen und Beckenknochen durch die Unterernährung regelrecht herausspießten. Er richtete sein Augenmerk auch nicht auf die vollen runden Brüste und die Adern, die bläulich durch die Haut schimmerten. In seinem Kulturkreis galt das Bad als Ritual, bei dem weder Mann noch Frau den nackten Menschen als Sexualobjekt zur Kenntnis nimmt. Die Badezeremonie spielte sich fern jeglicher Begierde ab. In einem Land wie Japan, wo so viele Menschen auf so engem Raum zusammenlebten, war das gar nicht anders möglich.

Taro trug die fast schwerelose Frau ins Badehaus. Dampfschwaden hüllten sie ein. Taro ließ den Blick nur kurz über ihren Körper gleiten – doch nicht etwa begehrlich oder abschätzend, sondern von dieser Frau gefesselt.

Ihn fesselte alles an ihr – das goldblonde Haar, ihre Haut. Unter der wächsernen Hautoberfläche schimmerte Pfirsichhaut durch. Ihre ganze Gestalt faszinierte und rührte ihn. Eine sehr weibliche Figur – obwohl sie größer war als die Japanerinnen und viel längere Beine hatte. Er konnte es kaum erwarten, daß sie die Lider aufschlug und ihn mit ihren grünen Augen ansah. Doch ihre Lider zuckten nur, die Wimpern flatterten, aber sie schlug die Augen nicht auf. Taro kauerte sich draußen vor das Badehaus.

Erst nach einer halben Stunde hielt er es für angebracht, die Frau wieder herauszuholen. Er wickelte sie behutsam in eine Wolldecke und trug sie ins Haus zurück. Dort wischte er ihr mit einem feuchten kühlen Lappen den Schweiß von der Haut. Da gab sie zum erstenmal einen Laut von sich, halb Stöhnen und halb Wimmern. Taro ließ sich trotz ihres Protests nicht beirren. Anschließend legte er sie schlafen. Das Dampfbad und die Abreibung hatten sie sehr angestrengt, obwohl sie dabei passiv blieb.

Als sie sich am Nachmittag endlich rührte, flößte er ihr geduldig Löffel um Löffel die Gemüsesuppe ein. Nachdem sie ein paar Löffel von der warmen Suppe intus hatte, lohnte sie es ihm, indem sie die Augen aufschlug. Doch Taro gab sich keinen Illusionen hin. Mit den Reaktionen Süchtiger kannte er sich aus. Bis zur Genesung war es noch ein weiter Weg. Die Augen blickten noch trübe ins Leere, das sagte ihm genug.

Er ließ die Frau ein Weilchen ruhen und erledigte währenddessen alle möglichen Arbeiten, die während seiner Abwesenheit angefallen waren. Doch bevor die Dunkelheit sich über das Tal und die Schlucht legte, kümmerte er sich wieder um die Frau. Er frottierte sie mit heißen Handtüchern und massierte sie kräftig, indem er immer eine Handvoll Muskeln bearbeitete, und zwar von den Fingerspitzen bis zu den Zehen hinunter. Er wandte dabei die *shiatsu*-Fingerdruckmethode an, die in seiner Heimat zu einer wahren Kunst gediehen war.

Kaum war er damit fertig, als die Frau wie eine Gliederpuppe in sich zusammensank. Sie stöhnte leise und knurrte ungehalten. Ihr voller Mund verzog sich zu einem leisen Lächeln.

Nun, da das Tagewerk hinter ihm lag, wusch sich Taro mit der allergrößten Sorgfalt. Seine Haut hatte den gleichen Goldton wie die der Frau. Durch die jahrelange schwere Arbeit unter Tage war sein Körper unglaublich muskulös geworden. In dieser Nacht wie auch in den folgenden legte er seine Matte ganz dicht neben ihre, damit er gleich zur Stelle war, wenn sie stöhnte oder vor sich hinmurmelte.

Sie stöhnte in der nächsten Zeit sehr viel. Nachts wurde Taro durch das angriffslustige Gekreisch und die qualvollen Schreie der Frau aus dem Schlaf gerissen. Er vernachlässigte seine Arbeit in der Mine, seinen Garten, alles. Es ging ihm nur darum, die Frau zu retten.

Manchmal schien es ihm, als lichte sich der Nebel. Dann sah sie sich um – doch ohne ein Wort und ohne sich zu rühren. Nur ihre Augen bewegten sich. Manchmal traf auch ihn ein Blick aus diesen jungen und oft so alten Augen. Nach einer Weile begann sie dann, um Opium zu bitten. Zuerst mit sanfter Überredungskunst. »Wissen Sie, ich brauche es. Das begreifen Sie doch sicher, wer Sie auch sind. Mit Opium fühle ich mich viel besser.«

Das wiederholte sich nun Tag für Tag. Wenn Taro traurig den Kopf schüttelte, versuchte sie es gleich mit einer anderen Taktik. Sie stützte eine ihrer Brüste mit der Hand und bot sie ihm sozusagen dar, während sie sich mit der anderen Hand über den Unterleib strich, um ihn zu reizen. Ein kläglicher Versuch. »Wenn Sie mir Opium besorgen«, krächzte sie heiser, »schenke ich mich Ihnen. Mich hat noch kein Mann besessen.« Da sie immer wieder spitze Schreie ausstieß, blieb ihr fast die Stimme weg.

Die Frau schien an ihren eigenen Worten zu zweifeln. Taro unterdrückte ein Lächeln. »Es wäre mir ein Leichtes, Sie zu nehmen, ohne Ihnen das Opium zu besorgen«, klärte er sie auf.

Es sah aus, als sei er angesichts der Qualen, die sie ausstand, blind und taub und gegen alle Tricks immun.

Wenn all ihr Flehen wieder einmal nichts nutzte, verlegte sie sich aufs Kreischen. Sie stieß wilde Flüche aus und schreckte auch vor Obszönitäten nicht zurück. Die hatte sie wohl im Spielsalon aufgeschnappt. Trotzdem hatte er den Eindruck, daß sie im Grunde ihres Herzens rein geblieben war. Die schlüpfrige zwielichtige Atmosphäre hatte ihr nichts anhaben können. Er war ihr ja Tag und Nacht gefolgt, hatte sie beobachtet und damit auch bewacht. Seines Wissens hatte sie ihr Bett nie mit einem Mann geteilt. Aber spielt das wirklich eine Rolle, fragte er sich immer wieder.

Obwohl sie ihm die wüstesten Verwünschungen entgegenschleuderte, sobald sie zu sich kam, war das noch nicht das Schlimmste. Oft mußte Taro sich rittlings auf sie setzen und ihre Arme auf den Bretterboden drücken, wenn sie tobte und sich aufbäumte. Wenn er sie nicht daran hinderte, grub sie sich die Nägel tief ins Fleisch. Wenn er das Haus auch nur für kurze Zeit verlassen mußte, fesselte er sie an Händen und Füßen, damit sie sich nicht verletzen konnte.

Eines Morgens, als die Sonne den Raum noch nicht mit ihrem Licht erhellte, beglückte sie ihn zum erstenmal mit einem Lächeln. Sie setzte sich auf und betrachtete den neben ihr liegenden Mann. Sie sah ihn lange forschend an.

Taro spürte instinktiv, daß eine Frage sie beschäftigte. »Ja?«

»Warum haben Sie das getan – warum haben Sie so gut für mich gesorgt?« fragte sie mit einer Stimme, kaum lauter als das Säuseln des Frühlingswindes draußen.

»Weil ich es nicht mitansehen kann, wenn Schönheit so sinnlos zerstört wird«, gab er ihr zu verstehen.

36

Im harten Tageslicht bewegte sich der schlanke Mann geschmeidig durch das Haus, ein guter Geist. Es fiel Jessie noch immer schwer, zwischen der Wirklichkeit und ihren Alpträumen zu unterscheiden. Im brodelnden Sud der Schlangen und Schreckgespenster tauchte immer wieder dieser Mann auf. Mit seinen sanften Händen vollbrachte er das Wunder, ihre Qualen zu lindern. Wenn die Schmerzen schier unerträglich wurden, verlangte sie nach Opium. Wenn sie das schon nicht bekommen konnte, sehnte sie sich nach der Berührung dieser Hände.

Sie beobachtete ihn insgeheim unter dem dichten Vorhang der Wimpern hervor. Seine schlanke Gestalt trog. Ihr fielen seine muskulösen Unterarme auf. Seine kräftigen Hände hatte sie ja schon zu spüren bekommen. Die breiten Schultern und der mächtige Brustkorb imponierten ihr. Jessie lächelte und rief sich zur Ordnung. Das klang ja wie die Beschreibung eines Hengstes. »Dein Lächeln bringt Licht in mein Haus«, sagte Taro.

Es war ihm also nicht verborgen geblieben, daß sie wach war und ihn beobachtete. Sie errötete. Damit kam zum erstenmal wieder etwas Farbe in die bleichen Wangen. »Wo bin ich?« fragte sie.

Er stellte ein Tablett mit zwei Teetassen vor sie hin und setzte sich mit gekreuzten Beinen ihr gegenüber. Erst da fiel ihr auf, daß der Mann der Orientale war, der so oft an ihrem Tisch Fan-Tan gespielt hatte.

»In meinem Haus«, erwiderte er und reichte ihr eine der Tassen. »Fühlst du dich jetzt kräftig genug, um alleine zu trinken?«

Jessie sah verwundert aus dem Fenster und erblickte die fernen Berggipfel. »Aber wo befindet sich Ihr Haus? Und wer sind Sie?«

Taro lächelte. »Wie ich sehe, fühlst du dich schon besser. Trink deinen Tee, dann bekommst du Antwort auf alle deine Fragen.«

Später erklärte er ihr: »Mein Haus liegt in den Mule Mountains, südlich von Tombstone. Ich habe dich hierher geholt, weil du sehr krank warst.«

»Vom Opium«, konstatierte sie. Ihr gingen noch viele Fragen durch den Kopf. Er mußte sie doch ausgekleidet und nackt gesehen haben. Bei dem Gedanken wurde sie rot bis an die Haarwurzeln. »Ich bin dir nicht zu nahe getreten«, beruhigte er sie. »Du bist nach wie vor unversehrt.«

»Nicht so ganz«, entgegnete sie traurig. »Sie hätten mich sterben lassen sollen. Ich habe den Tod herbeigesehnt.«

»Dieser Wunsch wird noch oft in dir erwachen – und doch mußt du das beste aus deinem Leben machen, bis das Karma spricht und deine Zeit gekommen ist.«

Sie sah in sein glattes Gesicht mit den undurchdringlichen Augen. »Das klingt ja fast wie eine Predigt.«

Er lächelte und entblößte dabei seine perlweißen Zähne. »Ich habe lange um dein Leben gekämpft. Daher kann ich es jetzt nicht auf die leichte Schulter nehmen. Dein Leben gehört jetzt mir. Verzeih die vielen Worte. Ich...«

Ihm sollte sie gehören? Was für ein wahnwitziger Gedanke! »Wer sind Sie?« fragte sie gepreßt.

»Ich bin Taro Shima aus dem Süden von Kumamoto in Japan.«

»Sie sind also kein Chinese. Sagen Sie mir, wer Sie sind. Es ist doch seltsam, hier in dieser Einöde auf einen Mann wie Sie zu stoßen.«

»Du hast deinen Tee noch immer nicht getrunken«, erinnerte er sie.

Der Tee war ausgezeichnet. Während sie trank, erzählte ihr Taro Shima von sich. Er berichtete, wie er vor vier Jahren, mit siebzehn, in die Vereinigten Staaten gekommen war. Er sprach von seiner Arbeit als Schienenleger bei der Eisenbahn. Dabei hatte er genug Geld zurückgelegt und konnte sich die Lotos-Land-Mine kaufen. Seine sanften Worte und der hypnotische Blick seiner schrägstehenden Augen lullten sie allmählich ein. Sie schlief tief und fest und blieb endlich von den üblichen höllischen Visionen verschont.

Als Jessie wieder zu sich kam, kniete der Mann im Dunkeln über ihr. Er vollführte mit den Fingern kreisende Bewegungen auf ihren Schläfen. »Was tun Sie da?« fragte sie erschrocken. »Schlimme Träume haben dich gequält. Du hast dir mit den Fäusten auf den Kopf getrommelt. Fühlst du dich jetzt besser?«

Da fielen ihr die pochenden Schmerzen wieder ein. Durch die sanften kreisenden Bewegungen waren sie verschwunden. »Ja, Taro, ich habe keine Schmerzen mehr«, erwiderte sie dankbar.

Dann fielen ihr die Augen zu.

Jessie beobachtete fasziniert, wie Taro mit den Eßstäbchen hantierte. Ihr fiel der Reis immer wieder herunter. Nach einer Weile sagte Taro: »Du wirst mit den Fingern essen müssen, bis du richtig mit den *hashi* umgehen kannst.«

»Aber ich werde gar nicht mehr so lange hier sein«, widersprach sie.

Als er sich dazu nicht äußerte, sondern ruhig weiteraß, fragte Jessie flüsternd: »Sie werden mich doch gehen lassen?« Die Angst schnürte ihr die Kehle zu.

Er stellte die Reisschale auf den Tisch zurück. »Du kannst jederzeit gehen, meine Lotosblüte. Doch wohin dich dein Weg auch führt – deine Seele gehört mir, jetzt und für alle Zeiten.«

Eine Kerze, die nach Rosen duftete, brannte auf dem Tisch. Schatten tanzten über sein Gesicht. Sein Blick schlug sie in seinen Bann, als sei sie angekettet.

Je kräftiger sie wurde, desto länger blieb er weg. Doch sie fühlte sich noch immer wacklig auf den Beinen.

Taro war ihr gegenüber immer freundlich und von ausgesuchter Höflichkeit. Trotzdem errötete sie jedesmal, wenn er das Haus betrat und seine schlanke hochgewachsene Gestalt den kleinen Raum ausfüllte. Sie mußte immer wieder daran denken, in welchem traurigen Zustand sie ihm ausgeliefert war, als er sie zu sich holte. Er hatte ihr die beste Pflege angedeihen lassen.

Während seiner Abwesenheit dachte sie noch mehr an ihn. Unromantischer konnten sich zwei Menschen wohl kaum kennenlernen. Doch wenn er den Raum betrat, spürte sie das selbst im Schlaf. Dann knisterte die Luft, als sei sie elektrisch aufgeladen.

Jessie kannte den Raum jetzt so genau wie ein Gefangener

seine Zelle. Er war nur spärlich möbliert: Schlafmatten, ein niedriges schwarzes Lacktischchen – in einer Ecke eine exquisit geschnitzte Truhe mit goldenen Griffen. Darin befanden sich Elfenbeinschnitzereien, goldene Gefäße und Vasen aus Jade. Auf einem Podest in der gegenüberliegenden Ecke stand ein großer Bottich aus Zypressenholz.

Als Taro am Nachmittag mit einer Riesenladung Brennholz heimkam, fühlte sie sich überaus lebendig. Ihre so lange abgestumpften Sinne nahmen endlich Dinge wahr, die ihr bisher nicht aufgefallen waren: das sanfte Säuseln einer Brise, den herben köstlichen Geschmack des Tees.

»Wo gehen Sie eigentlich immer hin?« erkundigte sich Jessie.

»Ich muß mich schließlich auch noch um andere Dinge kümmern, meine Lotosblüte. In der Mine wartet viel Arbeit auf mich, die Maultiere müssen gefüttert und der Garten bearbeitet werden.«

»Ich mache Ihnen sehr viel Mühe, Taro, nicht wahr?« fragte sie neckisch.

»Es macht mich glücklich, daß du bei mir bist. Mein Haus wird schrecklich leer sein, wenn du fortgehst.«

Was gab es auf diese feierlichen Worte zu erwidern? Taro wandte sich ab, holte zwei Eimer Wasser herein und goß es in einen großen Kessel über dem offenen Feuer. »Es wird Zeit, daß du ein Vollbad nimmst«, erklärte er auf ihren fragenden Blick hin.

In der Pension hatte sie in einem kleinen Raum hinter der Küche einmal pro Woche gebadet. Ein Bad konnte man das eigentlich kaum nennen; denn dabei waren Haut und Haare lediglich in aller Eile vom gröbsten Schmutz gereinigt worden.

Doch nach den Vorbereitungen zu urteilen, die Taro für ihr Bad traf, sah das ganz nach einem Ritual aus. Er entleerte den Kessel mit kochendem Wasser in die Wanne und füllte ihn gleich wieder. »Das Bad ist bereitet. Jetzt kann ich dich baden«, sagte er.

Jessie hielt sich ihr Kleid am Hals zu. »Wo denken Sie hin?« fuhr sie ihn entrüstet an.

»Glaubst du vielleicht, ich könnte etwas sehen, was ich nicht schon längst gesehen habe?« meinte er besänftigend.

Sie schob gereizt die Unterlippe vor. »Das ist es nicht.«

»Du befürchtest wohl, daß dein Anblick Begierde in mir weckt? Wer seinen Körper nicht genau wie seinen Geist in der Gewalt hat, ist ein schwacher Mensch. Mit dem Baden erweise ich dir doch nur einen ganz unpersönlichen Dienst. Mehr darfst du darin nicht sehen.«

Als sie darauf nichts zu erwidern wußte, trug er sie zur Wanne und setzte sie auf einen Hocker. Er erklärte ihr alles was er tat, um die Spannung zwischen ihnen abzubauen. »In Japan sind die Geishas dazu da, die Männer zu erquicken. Sie widmen dem täglichen Bad sehr viel Zeit.«

»Täglich!« wiederholte sie fassungslos.

»Ja«, bestätigte Taro und lächelte angesichts ihrer Naivität. »In meinem Heimatland baden die Frauen die Männer und nicht umgekehrt. Auch beim Essen bedienen die Frauen die Männer und essen selbst erst hinterher. Draußen gehen sie nicht neben, sondern hinter den Männern.«

»Ich glaube kaum, daß mir Ihr Land gefallen würde«, meinte Jessie pikiert.

»Doch was ich tue, gefällt dir, nicht wahr?« fragte Taro und wusch ihr die Schultern und den langen schlanken Hals mit einem feuchten Lappen, der sehr heiß war.

»Ja«, flüsterte Jessie. Er entledigte sich seiner Aufgabe, als sei das die natürlichste Sache der Welt, während ihr seine Nähe und ihre Nacktheit nur allzu deutlich bewußt waren.

Taro ging vor ihr in die Hocke, so daß sein Gesicht mit dem ihren auf gleicher Höhe war. Seine männlichen Züge faszinierten sie – die glatten Flächen sowie die Ecken und Kanten seines Gesichts, vor allem aber die Glut seiner schwarzen Augen.

Er tauchte den Lappen wieder in das heiße Wasser, schlug ihren Bademantel auseinander und wusch sie weiter. »Du bist zart wie ein Kolibri, meine Lotosblüte«, flüsterte er. Jeder Unbeteiligte hätte das wahrscheinlich als reine Feststellung gewertet. Doch da Jessie schon so lange auf engstem Raum mit ihm zusammenlebte, hätte sie schwören können, daß in seiner Stimme Erregung mitschwang.

Taro fuhr sanft mit dem Lappen um die Brüste mit den rosigen Brustwarzen herum. Er wusch sie unter den Armen und wandte sich dann ihrem Bauch zu. Jessie erbebte innerlich. Ein Schauer überlief sie. Was dieser Mann mit ihr machte, erregte sie weit mehr als Brigs begehrliche Küsse. Sie konnte den Blick nicht von Taros Gesicht losreißen. Sie suchte auch bei ihm nach Spuren der Erregung. Doch er blieb gelassen und wirkte völlig unbeteiligt.

Jetzt glitt seine Hand zu ihren Schenkeln hinunter. Er fuhr sachte über die Innenseite und wusch dann ihre Waden und Fesseln. Jessie war so schockiert, daß sie die Augen schloß. Doch dann empfand sie, was er tat, als äußerst angenehm. Er ließ nicht einmal die Fußsohlen aus.

»Warum waschen Sie mich vor dem Bad?« fragte sie mit zittriger Stimme. »Ist das nicht überflüssig?«

Taro erhob sich. »Du willst doch wohl nicht in schmutzigem Wasser baden.«

Jessie sah ihn fassungslos an.

»Ich werde dich jetzt in die Wanne setzen«, bestimmte er lächelnd. »Dann ruhst du dich ein wenig aus – denn du brauchst noch immer sehr viel Ruhe – danach können wir dann essen.«

Was nun folgte, war wirklich ein Vergnügen. Sie mußte nur erst die lästigen Gedanken ausschalten und sich ganz ihren Gefühlen überlassen. Taro goß den Rest des kochend heißen Wassers in die Wanne, dann warf er zu ihrer Verwunderung Orangenscheiben hinein – als Duftstoff, wie er ihr erklärte. Der aufsteigende Dampf verströmte Citrusfrische.

Taro nahm Jessie den Bademantel von den Schultern und hob sie hoch. Sie schlang ihm die Arme um den Hals. Er duftete herrlich sauber. Jessie hob den Kopf und sah ihm ins Gesicht. Seine Miene wirkte so verschlossen, daß sie nicht erriet, was in ihm vorging. Es schien ihm nicht bewußt zu sein, daß er sie nackt im Arm hielt.

Taro ließ sie in das heiße Wasser hinunter. Es reichte ihr bis an die Brust. Unter Wasser wirkte alles verzerrt.

Jessie streckte Taro genießerisch einen Fuß hin, als er sie darum bat. Er rubbelte die Ferse und die ganze Sohle sachte mit einem Lavabrocken ab. Genauso verfuhr er mit dem anderen Fuß. Dann nahm er sich die Waden und die Schienbeine vor. Er rieb sie mit getrocknetem Kürbis ab und erklärte Jessie, daß dadurch überflüssige Härchen und abgestorbene Zellen entfernt würden. Schließlich legte er ihr eine Art Gesichtsmaske aus nasser Reiskleie auf. »Das ist sehr gut für die Haut«, versicherte er ihr.

Damit war das Bad beendet. Taro beugte sich mit einem großen weichen Handtuch über sie und hob sie aus der Wanne. Jessie legte ihm die Arme um die Schultern und fühlte seine Muskelstränge. Sie schmiegte ihren Kopf zufrieden in die Mulde zwischen seinem Hals und seinen Schultern und sehnte sich danach, immer in dieser embryonalen Haltung verharren zu können. Doch er trug sie gleich zu ihrer Matte und legte sie darauf nieder.

Als er dann über ihr kniete und sie trockenrieb, sah sie ihn forschend an und wandte keinen Blick von ihm. Sie war ganz von dem Wunsch durchdrungen, eine Möglichkeit zu finden, ihn dahin zu bringen, daß er seine Zurückhaltung aufgab und endlich einmal die Selbstbeherrschung verlor. Doch sie gestand sich seufzend ein, daß das niemand schaffen würde, solange er sich dagegen zur Wehr setzte.

Der Blick seiner dunklen Augen ruhte auf ihr. »War es nicht schön, so gebadet zu werden?«

»Ja, sehr schön. Können wir... Werden Sie mich irgendwann noch einmal baden?«

Ein Schleier schien sich über seine Augen zu ziehen. »Wann immer du möchtest, Lotosblüte.«

37

Jessie wurde von Tag zu Tag kräftiger. Ihre Wangen bekamen wieder Farbe, ihre Haut leuchtete, und ihre honiggelben Locken schienen Funken zu sprühen. Nicht mehr lange, und sie hatte keinen Grund mehr, noch länger in dem Haus hoch über dem Tal zu bleiben. Doch es erschien ihr undenkbar, ihr früheres Leben wieder aufzunehmen. Also beschloß sie, die schönen Frühlingstage noch ein Weilchen zu genießen.

Sie wartete und wußte nicht, worauf.

Ihr Leben in den Bergen verlief geruhsam, im immer gleichen Rhythmus. Wenn Taro bei Tagesanbruch erwachte, stocherte er in dem verglühenden Holz, um die Glut wieder anzufachen; denn morgens war es noch empfindlich kühl. Nach dem Frühstück machte er sich, mit drei Kerzen ausgerüstet, an den Abstieg. Zehn Stunden harter Arbeit in der Mine standen ihm bevor.

Während Taro unter Tage schuftete, spülte Jessie das Geschirr und las die längst überholten Zeitungen, die Taro ihr mitzubringen pflegte. Später setzte sie sich auf das kleine Brückchen und ließ sich von der Sonne bescheinen. Sie genoß die wärmenden Strahlen wie nie zuvor. Gegen Mittag ging sie zum Eingang der Mine hinunter, die halb Grube und halb Höhle war. Dort aß sie dann zusammen mit dem Mann, dem ein Teil von ihr gehörte, wie er sich auszudrücken pflegte.

Sie unterhielt sich gern mit ihm; denn ihn interessierte alles, was sie ihm von sich und ihrer Ausbildung erzählte. Die Japanerinnen erhielten keine nennenswerte Ausbildung. Zu ihrer großen Verwunderung erfuhr sie, daß Taro eine gründlichere Ausbildung erhalten hatte als sie selbst. Die Ausbildung der Japaner erstreckte sich über acht Jahre, berichtete er ihr – außer wenn sie zu den Unberührbaren, den *eta* gehörten.

»Bei uns herrscht ein Kastensystem, das vom Adel bestimmt wird«, erläuterte er ihr. »Weit unter dem Adel stehen die Krieger oder Samurai; der Bauernstand, dem ich entstamme; die Handwerker und Künstler und schließlich die Kaufleute. Und nicht zu vergessen die Unberührbaren. Doch die zählen nicht und gelten nicht als Kaste.«

Jessie mußte zugeben, daß auch in den Vereinigten Staaten von einer klassenlosen Gesellschaft keine Rede sein konnte, obwohl die Demokratie im Prinzip Gleichheit für alle forderte. Doch in der Praxis sah das anders aus. »Die Weißen bestimmen über alles. Rassen anderer Hautfarben – also Farbige – werden diskriminiert. In meinen Adern z. B. fließt auch spanisches bzw. mexikanisches Blut. Das ist einer der Gründe dafür, warum ich nicht gut genug bin, Brig Godwins Frau zu werden.«

»Du sprichst von dem Erben Christo Reys?« erkundigte sich Taro.

Als Jessie nickte, fragte er: »Hat dich das dazu gebracht, im Haus der Goldenen Träume Zuflucht zu suchen?«

Jessie wandte sich ab. Sie ertrug seinen forschenden Blick nicht. »Ja, doch ich hege nicht mehr die gleichen Gefühle für ihn. Ich sehe jetzt ein, daß ich mich in ihm getäuscht habe. Er ist ein Schwächling, nichts als eine Marionette.«

»Doch die Wunden sind noch nicht verheilt.«

»Sie werden irgendwann einmal vernarben«, wich sie ihm aus. *Laß mich so lange bei dir bleiben.*

Bei dem Gedanken, daß er vielleicht einen Ehevertrag mit einer Braut im fernen Japan abschließen und mit ihr ein Erlebnis teilen könnte, das ihr bisher versagt geblieben war, regte sich Eifersucht in ihr.

Jessie sah Taro den Berg erklimmen. Das Maultier trottete hinter ihm her. Sie erhob sich und ging ihm entgegen. Scheu überkam sie bei dem Gedanken, welche Gefühle sie ihm entgegenbrachte. Wie mochte es wohl sein, wenn er sie berührte und dabei selbst auch etwas empfand?

Sie strich dem Esel über das rauhe struppige Fell zwischen den Ohren. »Wie ist der Tag verlaufen?« fragte sie, als ihr die prall gefüllten Ledersäcke auffielen, die das Maultier trug.

»Silber gibt es nicht mehr viel zu holen; aber möglicherweise bin ich auf eine Kupferader gestoßen.«

»Ist Kupfer wertvoll? Die Männer im Crystal Palace haben immer nur von Gold- und Silberadern gesprochen.«

»Es wird einmal viel wert sein«, prophezeite Taro. »Doch das kann noch lange dauern.«

Sie zogen sich die Schuhe aus und gingen ins Haus. Jessie bereitete den Tee, während sich Taro seiner Arbeitskleidung entledigte und in einen Kimono schlüpfte. Jessie zwang sich seit Wochen, die Augen abzuwenden, wenn er sich umzog. Trotzdem erhaschte sie zuweilen einen Blick auf seine sehnige, golden schimmernde Gestalt. Dann verspürte sie ein schmerzhaftes Ziehen im Leib. Ihr wurde schwindlig vor Verlangen.

Der Spätnachmittag war ihr die liebste Tageszeit. Nach dem

Tee pflegten sie zu baden – erst Taro und dann sie. Jessie empfand das Bad immer noch als überaus sinnliches Ritual, obwohl Taro sie nicht mehr badete, seit sie selbst wieder kräftig genug war.

Nach dem Bad aßen sie. Abends unterhielten sie sich stundenlang. »Die häufigen Sonnenbäder haben bewirkt, daß deine Haut jetzt wieder leuchtet. Pfirsichhaut – wie das erste Mal, als ich dich sah.«

Jessie senkte die Augen. Sie ertrug diesen eindringlichen Blick nicht. »Warum sind Sie Nacht für Nacht an meinen Tisch gekommen?« fragte sie. Ihre Stimme war zu einem Flüstern herabgesunken.

Taro setzte die Tasse an den Mund und nahm den heißen Tee mit den wunderschön gezeichneten Lippen auf. Jessie sah ihm wie gebannt dabei zu. Alles an diesem Mann faszinierte sie. »Du kamst mir vor wie ein brennender Busch«, erklärte er. »Du schienst Farben zu sprühen, nur deine Augen wirkten leblos. Von dir ging ein Strahlen aus, das dich wie eine Aura umgab. Wir fühlten uns zueinander hingezogen, Lotosblume. Ich verfiel in tiefe Trauer, als ich sah, wie deine Farben immer mehr verblaßten und dein Leben regelrecht versickerte.«

»Ich danke Ihnen für alles, was Sie für mich getan haben. Hätten Sie mich nicht dieser Hölle entrissen und wieder gesundgepflegt, wäre ich nicht mehr am Leben.«

»Dafür bringst du Licht und Farbe in mein Heim.«

Jessie schwieg beglückt. Nach einer Weile sprach er sie wieder an. »Ich muß noch diese Woche nach Tombstone, um mich wieder mit Vorräten einzudecken. Ich nehme auch Proben meiner Funde mit, um sie analysieren zu lassen. Möchtest du nicht mitkommen?«

Jessies Herz setzte einen Schlag aus und schlug dann so stürmisch, daß sie es mit der Angst zu tun bekam. Taro wandte ihr den Rücken zu. Sie konnte sich nicht überwinden, dem liebenswerten Mann die Frage zu stellen, die sie so sehr beschäftigte. ›Möchten Sie denn gern, daß ich Sie begleite?‹ Statt dessen sagte sie: »Wenn Sie es wünschen...«

Er wandte sich ihr zu. Er hatte die Sonne im Rücken. Jessie wünschte sich inbrünstig, daß er die starre Maske endlich fallenließ und ihr Einblick in sein Inneres gewährte.

»Lotosblume, ich gebe dir die Freiheit wieder. Du kannst tun und lassen was du willst.«

Bin ich denn noch dein? Sie hätte sich gern Klarheit verschafft und ihm gestanden, daß sein Anblick sie zu erotischen Fantasien animierte. Doch diese Offenherzigkeit wäre in seinen Augen sicher unverzeihlich. Sie entschloß sich stattdessen zu einem anderen Schritt. »Taro, in Japan baden die Frauen die Männer. Sie haben mich noch nie darum gebeten. Erlauben Sie mir, Sie zu baden?«

Er betrachtete sie schweigend. »Das hat schon lange keine Frau mehr für mich getan. Es würde mich sehr glücklich machen.«

Taro entkleidete sich und setzte sich auf den Hocker. Jessie goß das kochend heiße Wasser in die Wanne und tauchte den Lappen ein. Als sie seine breiten Schultern wusch, fiel ihr auf, daß kreuz und quer über die gebündelten Muskeln Narben verliefen. »Woher stammen denn diese Narben?« fragte sie ihn.

»Der Oberaufseher bei der Eisenbahn war sehr ungehalten, weil ich mich nicht wie die chinesischen Kulis vor ihm verneigen wollte. Ich bin dann sehr bald weggegangen und habe angefangen, unter Tage zu arbeiten. Die Chinesen nennen die Eisenbahn den ›fauchenden Drachen‹.« Der Anflug eines Lächelns erschien auf seinem Gesicht.

Jessie fuhr zärtlich mit dem Fingernagel über die vernarbten Striemen. Es befriedigte sie zu spüren, daß seine Muskeln unter der Berührung zuckten. Sie wusch ihn in der gleichen Reihenfolge wie er sie gewaschen hatte. Die reine glatte Haut über den steinharten Muskeln, den wohlgeformten Waden und den kräftigen Füßen rührte Jessie. Sie stand Folterqualen aus.

Was gab es doch für gegensätzliche Lebensauffassungen. Trotz dieser intimen Verrichtungen hatten sie den Liebesakt noch nicht vollzogen. Im Crystal Palace dagegen vollzogen Paare den Geschlechtsakt, die noch gar nicht auf vertrautem Fuße miteinander standen.

Jessie wusch Taros sehnige Arme. Taro schloß die Augen, und sie nutzte die Gelegenheit, um sein wie aus Marmor gemeißeltes männliches Gesicht zu betrachten. Ob sie diesen

Mann wohl je begreifen würde? Sie hätte zu gern einen Blick in sein Inneres getan. Er schlug die Augen wieder auf und sah sie an. Da wußte Jessie, daß er sie durchschaute, obwohl er sich in Schweigen hüllte.

Ihre Lippen zuckten. Das Schweigen lastete auf ihnen. Jessie hätte es gern gebrochen. Doch Taro legte ihr den Finger auf die Lippen. Er schüttelte kaum merklich den Kopf. Damit wollte er ihr zu verstehen geben, daß Worte überflüssig waren. Sie nahm ihre Arbeit wieder auf und vermied es, seine Genitalien zu betrachten.

Taro sah ihr nicht zu, als sie dann selber badete. Doch war sich jeder der Gegenwart des anderen bewußt.

Später streckten sie sich auf ihren Matten aus. Jetzt, wo es ihr wieder gutging, lagen die Matten nicht mehr nebeneinander, sondern in entgegengesetzten Ecken des Raumes. Taro blies die Kerze aus. Die verlöschende Glut übergoß den Raum mit einem rötlichen Schimmer.

»Taro?« flüsterte Jessie.

»Ja?«

»Ich habe wieder Kopfweh. Könnten Sie es bitte wegmassieren?«

»Natürlich.« Er bewegte sich lautlos durch den Raum und kniete sich neben sie.

Taro legte ihr die Finger auf die Schläfen und vollführte kreisende Bewegungen. Vom Schmerz befreit, schlief sie beruhigt ein.

38

Taro hatte ihr versprochen, nach drei Tagen wieder da zu sein. Blieb also noch ein Tag. Jessie seufzte. Die Abgeschiedenheit und das Alleinsein gaukelten ihr Schauermärchen vor. Obwohl sie sich das immer wieder sagte, machte sie sich Sorgen und kam nicht dagegen an.

Wenn sie an Taro im Zusammenhang mit anderen Frauen dachte, war sie davon überzeugt, daß er eines Tages heiraten würde – wahrscheinlich eine Frau aus seiner Heimat, die er per Ehevertrag an sich binden würde. Für sie war es an der Zeit, zu gehen. Es gab keinen Vorwand mehr, der ihren Aufenthalt in Taros Heim noch länger rechtfertigte. Eine Erinnerung durchflutete sie: Sie glaubte, seine magischen Hände wieder auf sich zu spüren, wie in der Nacht, bevor er nach Tombstone aufbrach. Bis ins Innerste aufgewühlt ging sie im Zimmer auf und ab.

Die Sonne stand schon tief. In spätestens einer halben Stunde würde es dunkel sein. Noch eine einsame Nacht, dachte Jessie, als sie an der Tür stand, um ein wenig frische Luft zu schöpfen. Viele solche Nächte standen ihr bevor, wenn sie erst einmal diesen Zufluchtsort verließ.

Plötzlich horchte sie auf. Sie glaubte Hufgeklapper zu hören, das ganz schwach zu ihr heraufklang. Ihr Herz begann stürmisch zu schlagen – so laut, daß es durch das Zimmer dröhnte. Zumindest kam es ihr so vor. Ihre Lippen formten das Wort schon, bevor sie den Mann auf dem Maultier erblickte: »Taro!« Sie rannte aus dem Haus bis an das kleine Brückchen. Dort wartete sie, zitternd vor Erregung.

Taro sprang behende aus dem Sattel. Als er ihr die Hände auf die Schultern legte, spürte er, wie sie unter der Berührung zusammenzuckte und gar nicht mehr aufhören konnte zu zittern. »Frierst du?« fragte er besorgt.

»Nein, Taro. Innerlich ist mir ganz warm. Ich zittere nur, weil – ich bin so glücklich, daß du wieder da bist. Du hast mir so gefehlt!« Die vertrauliche Anrede erschien Jessie mit einem Mal ganz natürlich.

Taro nickte. Er beugte sich zu ihr hinunter, hob sie hoch und wiegte sie in seinen Armen. Zärtlich drückte er die zierliche Gestalt an seine Brust. »Meine Lotosblume, du hast mir auch gefehlt. In Gedanken war ich immer bei dir. Bist du zu einem Entschluß gekommen?«

»Ja«, murmelte Jessie und schmiegte sich noch fester an ihn. »Ich war schon fest entschlossen, bevor du nach Tombstone aufgebrochen bist.«

»Ich weiß. Doch du mußtest eine Weile allein sein, um in Ruhe über alles nachzudenken.«

Taro trug Jessie über den schmalen Steg ins Haus und legte sie auf ihre Matte. Als er sich damit aufhielt, die Linien ihres

Körpers nachzuzeichnen, hielt Jessie seine Hände fest. »Taro«, keuchte sie erregt, »ich kann nicht mehr warten. Ich sehne mich so unsagbar nach dir!«

Da entrang sich Taro ein fast unmenschliches Stöhnen. Er riß sie in die Arme. Jessie klammerte sich wie in Ekstase an ihn. Ihr Körper wurde von freudigen kleinen Schluchzern geschüttelt. Taro drückte sie an sich. Auch er hatte Tränen des Glücks in den Augen, weil seine ganze Liebe diesem Mädchen galt.

Sie fielen übereinander her und hatten nichts im Sinn als endlich zu vollziehen, wonach sie sich schon so lange sehnten. Ihr Verlangen war so übermächtig, daß es sie wie eine Flutwelle überrollte. Sie rissen sich gegenseitig die Kleider vom Leib, um sich endlich zu vereinen. Sie hofften, von ihren Qualen erlöst zu werden, indem sie ihre Liebe, Wollust und Einsamkeit miteinander teilten. Jessie bäumte sich auf und wuchs Taro entgegen, um ihn in sich aufzunehmen. Er tauchte immer und immer wieder so tief in sie ein, daß sie mit ihm zu verschmelzen glaubte.

Die Erschütterung traf Jessie völlig unvorbereitet. Auf der Ranchería und dann im Crystal Palace hatte sie nur Zoten und zynische Bemerkungen über den Geschlechtsakt zu hören bekommen. Die körperliche Vereinigung mit Taro erfüllte sie mit einer unbändigen beseligenden Freude. Welle um Welle überspülte sie, bis die Wollust ihr den Verstand zu rauben drohte.

Ganz der Begierde ausgeliefert, kam ihr nicht gleich zu Bewußtsein, daß Taro – noch mit ihr vereint – den Kopf zur Seite wandte und sie fragend ansah. Er schien verwirrt. »Aber du warst ja noch ...« Er runzelte die Stirn, da ihm das englische Wort nicht einfiel. »Du warst nicht zum Brunnen gegangen«, murmelte er.

»Zum Brunnen?« wiederholte sie. Was er damit wohl meinte?

»Wir nennen das *mizu*. Es bedeutet ›Wasser aus dem Brunnen hochpumpen. Das sagt man, wenn ein Mädchen erstmals in die Liebeskunst eingeführt wird.«

Jessie lächelte befriedigt. »War ich noch Jungfrau?« fragte sie. »Ich hielt das nicht für so wichtig.« Sie fuhr ihm mit der

Spitze des Zeigefingers über die Lippen, dicht über ihrem Gesicht. Dann zeichnete sie den Schwung seiner Augenbrauen nach.

Taro hielt verärgert ihre Hand fest. »Ich habe eine Schuld auf mich geladen. Es ist eine Schande und eine Schmach.«

»Nein, Taro, ich kann darin nichts Schändliches sehen«, widersprach sie ihm. »Ich wollte dich. Du hast mich zur Frau gemacht, Taro – zu einer glücklichen Frau.«

Da sah er sie mit seinen schrägstehenden Augen an, als wollte er sie mit dem Blick durchbohren. Er nickte kaum merklich und umfaßte ihre Schultern mit seinen schlanken Händen. Er vollbrachte mit den Händen wahre Wunderdinge – wo er sie auch berührte.

»Das ist erst der Anfang, Lotosblume«, flüsterte er heiser. »Du wirst dich noch zu ungeahnten Höhen aufschwingen.«

Jessie kam aus dem Staunen nicht mehr heraus. Sie hatte nicht geahnt, daß sich ein Mann so rasch regenerieren konnte. Die Kunden der Taxigirls im Crystal Palace waren immer schon nach kurzer Zeit wieder unten im Spielsaal erschienen. Deshalb konnte sich Jessie nicht vorstellen, daß der ›Akt‹ weit mehr bedeutete als die Paarung bei Tieren. Es war ihr neu, daß auch die Frau den Liebesakt genoß.

Taro sorgte dafür, daß sie sich die ganze Nacht hindurch in einem Zustand fieberhafter Erregung befand. Ihr Körper wurde ihm zum Instrument, das er meisterhaft beherrschte. Bei der leisesten Berührung schlug er eine Seite in ihr an, die sie erschauern ließ. Bald fürchtete sie, wahnsinnig zu werden, wenn er ihr Verlangen nicht endgültig stillte und ihr Erlösung brachte. Dank der Liebeskunst, die sein Volk im Laufe der Jahrtausende mit immer neuen Raffinessen angereichert hatte, versetzte er sie immer wieder in die wildeste Ekstase. Wenn sie dann erschöpft und tief befriedigt dalag, riß er sie schon wieder mit, zum nächsten Höhepunkt.

Bei der leisesten Berührung ihrer erogenen Zonen vibrierten ihre Lippen, und sie wimmerte vor Wonne. »Genug – ich kann nicht mehr«, hauchte sie erschöpft, doch sie entzog sich seinen Liebesbezeugungen nicht. Taro beherrschte die Kunst der Liebe bis zur Vollkommenheit.

Auch als die Morgendämmerung schon durch das Fenster

kroch, ließ er noch nicht von ihr ab. Er bereitete ihr ein Bad, hob die Erschöpfte hoch und setzte sie in das warme Wasser. Er wusch sie mit dem größten Zartgefühl, rubbelte sie kräftig trocken und legte sie auf ihre Matte.

Taro deckte sie sorgsam zu und wandte sich zum Gehen. Doch Jessie hielt seine Hand fest. »*Arigato*«, hauchte sie träumerisch. Auf seinem ebenmäßigen Gesicht erschien ein sanftes Lächeln.

Später machte Jessie es sich vor dem Feuer bequem und warf einen Blick in die Monate alten Zeitungen. Als sie Seite um Seite nach interessanten Nachrichten durchforstete, registrierte sie mit einem Mal halb unbewußt den Namen Godwin. Erregt las sie die Zeilen:

»Anläßlich der Geburt ihres ersten Urenkels, Franklin Godwin, haben seine Urgroßmutter, Mrs. Elizabeth Godwin, und der Großvater mütterlicherseits, Mr. Hugo Roget, die Gründung der Cristo Rey Consolidated Mining Company bekanntgegeben. Der Ertrag der Gesellschaft beläuft sich in der ersten Woche auf schätzungsweise mehrere hundert Tonnen Silber, das einmal pro Woche zu dem neu errichteten Pochwerk in Charleston transportiert werden soll. Für Arizona ein höchst willkommener Zuwachs!«

Die Zeitung entglitt Jessies schlaffen Händen und fiel raschelnd wie ein Herbstblatt zu Boden. Wie dumm von ihr, zu glauben, daß es ihr je gelingen würde, Brigham Godwin zu vergessen. Sie liebte ihn nicht tief und zärtlich wie sie Taro liebte. Wie sollte sie auch, nachdem er sie so im Stich gelassen hatte. Und nun hatte ihm Fanny ein Kind geschenkt.

Zu der Erbitterung, die seit Jahren in ihr schwelte, gesellte sich ein unbändiger Zorn. Der galt allerdings nicht Brig, sondern Elizabeth Godwin. Diese böse alte Frau hatte sie um Brig und damit auch um Cristo Rey gebracht. Nun hielt sie in der Festung Hof wie eine Königin, und Hunderte von Untertanen krochen vor ihr zu Kreuze, während Gold und Silber nur so aus ihrem Reich hervorsprudelten. *Ihr, Jessie Davalos, stand Cristo Rey zu!*

Es ist mein Königreich! schrie es in Jessies gemartertem Hirn.

»Es ist mein Königreich!« Sie sprach die Worte aus, ganz leise, doch mit fester Stimme. Ihr stand es zu und nicht Elizabeth Godwin! Als kleines Mädchen hatte Jessie auf dem Schoß ihrer Mutter gesessen und sich die erregende Geschichte von Cristo Rey erzählen lassen. In den Ohren einer Fünfjährigen klang das alles wie ein Märchen. Obwohl sie ihren Onkel Sherrod sehr liebte, wußte sie, daß Cristo Rey ursprünglich Doña Dominica gehörte und in die Hände von Lorenzo Davalos, Jessies Vater, übergehen sollte.

Jessie nahm die Zeitung wieder auf und warf sie Seite für Seite in die gierig züngelnden Flammen. Sie sah zu, wie die Zeitung zu einem Häufchen schwarzer Asche verglomm und schwor sich, Elizabeth Godwin zu vernichten.

Der Sommer ging allmählich in den Herbst über. Jessie begann sich zu fragen, warum sie nicht schwanger wurde. Doch dann stellte sie sich die Frage, ob Taro dem Kind auch seinen Namen geben würde.

Liebte er sie genug, um sie zu seiner Frau zu machen? Er wußte kaum etwas über sie und ihre Herkunft. Zuweilen hatte sie ihn im Verdacht, daß er sie im Vergleich zu den Japanerinnen für kulturlos hielt. Was hatte ein Kind vom Leben zu erwarten, dessen Eltern verschiedenen Rassen und unterschiedlichen Kulturkreisen angehörten? Einem solchen Kind blühten doch unweigerlich die Barrios Libres und die Hop Towns. Gar nicht auszudenken, zu was Menschen wie Elizabeth Godwin solchen Kindern gegenüber fähig waren!

Als der Winter Einzug hielt, machte sich Jessie in ihrer Abgeschiedenheit immer öfter Gedanken darüber, wie ungerecht das Schicksal mit den Menschen verfuhr. Von Rachedurst geplagt, schwor sie sich haßerfüllt, Elizabeth Godwin eines Tages alles heimzuzahlen.

Taro entging ihre Verbitterung nicht. Als sie eines Abends in der Wanne saß, trat er hinter sie und umschloß ihr Gesicht mit beiden Händen. Jessie hob den Kopf und sah ihm in die Augen. »Lotosblume, mit der Erbitterung in deinem Herzen schadest du nur dir selbst. Sie ist selbstzerstörerisch. Was so an dir nagt, mußt du dir aus dem Herzen reißen wie ein Krebsgeschwür.«

Sie schloß die Augen vor seinem eindringlichen Blick. »Du

irrst dich«, widersprach sie ihm. »Meine Seele wird erst Frieden finden, wenn Elizabeth Godwin entmachtet ist.«

Taro ließ sie seufzend los. Er sah auf sie hinunter, und seine Augen waren nur noch schmale Schlitze. »Das ist es also. Dann tu was du tun mußt, um diese Bitterkeit mit Stumpf und Stiel auszurotten. Erst dann gehörst du mir.«

39

Als im Frühling alles ringsum blühte, machte Taro Anstalten, wieder nach Tombstone zu reiten. Jessie lag ihm damit in den Ohren, ihr Männerkleidung in der kleinsten Größe mitzubringen. Mit der Begründung: »Dann kann ich dir in der Mine helfen.«

Taro brachte auch einen Karabiner mit kurzem Lauf mit. Er war sonst nie bewaffnet. Daher sah ihn Jessie fragend an. Taro reichte ihr die Waffe. »Viele Männer schleichen jetzt auf der Suche nach Silber in den Bergen herum.«

Jessie lächelte. »Wenn ich es nicht besser wüßte, Taro Shima, würde ich daraus schließen, daß dir diese unwerte Frau etwas bedeutet.«

»Ich will nur verhindern, daß dieser schöne Leib geschändet wird. Sonst kann ich ihn nicht mehr an einen alten Chinesen verkaufen, wenn ich dich eines Tages über habe. Jetzt bist du sicher soviel wert wie dein Gewicht, in Silber aufgewogen.«

»Ich werde nicht zulassen, daß du mich verkaufst«, murmelte sie zärtlich und schmiegte sich an ihn. Sie fuhr ihm sachte mit dem Zeigefinger über die Unterlippe. »Ich werde dafür sorgen, daß du meiner niemals überdrüssig wirst.«

Jessie überflog die Zeitungen, die Taro ihr aus Tombstone mitgebracht hatte. Sie brannte darauf, etwas ›Neues‹ zu erfahren, selbst wenn es schon mehr als drei Monate zurücklag. Über die Godwins und Cristo Rey stand nichts im *Epitaph*. Doch ihr fiel auf, daß anscheinend immer wieder Postkutschen überfallen wurden.

Das Wort »Mine« stach ihr in die Augen und regte ihre Phantasie an. Ein Plan nahm ganz allmählich immer festere Formen an. Natürlich barg er Risiken, doch die mußte sie in Kauf nehmen. Ihr Plan würde nicht mißlingen.

Jessie kannte das Gebiet zwischen der Festung und Tombstone so gut wie Taro jeden Winkel der dunklen Mine, in der er Kupfer abbaute. Im Geiste sah sie den Weg vor sich, den die Wagen von den Minen in Whetstone zum Pochwerk in Charleston zurücklegen würden. Die einzig mögliche Straße wand sich Meile um Meile durch eine öde Landschaft mit Hügeln aus Lavagestein, mit ausgetrockneten Flußbetten, Schluchten und Gestrüpp, in dem man sich mühelos verstekken konnte.

Taro trank bedächtig seinen Tee. Er unterbrach sie nicht, als sie ihm ihren Plan erklärte. »Ich werde dafür sorgen, daß kein einziger mit Erz beladener Wagen zum Pochwerk in Charleston gelangt. Ich rechne damit, daß Elizabeth Godwin und ihre Gesellschaft in spätestens sechs Monaten bankrott sind. Mit den Rindern geht es rapide bergab. Wenn die Minen schließen müssen, reichen die Finanzen für die Herden nicht mehr aus. Dann ist Cristo Rey dem Untergang geweiht!«

»Zum erstenmal seit langer Zeit leuchten deine Augen wieder.«

Jessie runzelte verwundert die Stirn. »Sonst hast du nichts dazu zu sagen?«

»Was soll ich schon dazu sagen? Daß ich dagegen bin? Ich kann dich nicht daran hindern; denn ich habe kein Recht, dir Vorschriften zu machen.«

»Aber was hältst du von meinem Plan?« drang sie in ihn. »Ich will ja nicht wissen, was richtig und was falsch ist. Ich glaube nicht mehr daran, daß irgend etwas nur schwarz oder nur weiß ist. Sag mir nur, was du bei der Sache für ein Gefühl hast.«

Taro starrte schweigend über den Rand seiner Teetasse hinweg ins Leere. »Mein Gefühl sagt mir, daß dies dein Karma ist, von dem wir einmal gesprochen haben.« Er zuckte die Schultern. »Du mußt es tun. Du kannst gar nicht anders. *Shi-ka-ta-ga-nai.* Es ist nicht zu ändern.«

Jessie suchte ängstlich seinen Blick. »Darf ich wieder zu dir kommen, wenn es überstanden ist?«

Taro griff über den Tisch hinweg nach ihren Händen, stand auf und zog sie mit sich hoch. »Ich werde in Gedanken immer bei dir sein.«

Er führte sie zu seiner Matte. Sie lagen die ganze Nacht hindurch engumschlungen beieinander. Sie brauchten sich die Liebe nicht zu beweisen, die sie miteinander verband. Eine Art von Magnetismus, eine unwiderstehliche Anziehungskraft bestand zwischen ihnen. Sie fühlten sich einander so nah, daß Worte überflüssig wurden.

Als gegen Morgen ein Koyote heulte, zuckte Jessie zusammen. Sie preßte sich an Taro. »Ich habe Angst vor der Zukunft«, wisperte sie.

Taro küßte ihre kalten Schläfen und blies ihr seinen Atem ins Haar. »Lotosblume, für mich gibt es keine andere Frau. Dein und mein Karma sind unauflöslich miteinander verflochten. Was dir die Zukunft auch bringen mag«, murmelte er, »ich werde auf dich warten und dich zu finden wissen.«

Nach einer Tagesreise auf dem Rücken eines Maultieres gelangte Jessie in die Gegend von Cristo Rey. Sie schlug ihr Lager für die Nacht in einer kleinen stillgelegten Mine auf.

Es machte ihr nichts aus, allein im Freien zu schlafen. Auch die Unbequemlichkeit störte sie nicht. Sie betrachtete das alles als eine Art Herausforderung.

Am nächsten Tag begriff sie, daß sie die Überfälle verschieben mußte, bis sie ausgekundschaftet hatte, wann die Fahrten von und zu dem Hauptschacht durchgeführt wurden.

Jessie kundschaftete tagelang von einem Felsvorsprung oberhalb der Mine mit Hilfe eines Feldstechers alles aus, was sich am Mineneingang tat. Dann erst konnte sie auf ein bestimmtes Schema schließen und daraus den Zeitplan und die Häufigkeit der Fahrten ableiten.

Einmal glaubte sie Brig unten auszumachen, doch sie war sich nicht sicher. Sie erkannte verwundert, daß der Gedanke an ihn nicht mehr schmerzte. Für sie zählte nur noch eines: Wenn sie vielleicht auch nie beweisen konnte, daß Cristo Rey ihr zustand, so wollte sie zumindest dafür sorgen, daß Cristo Rey sich für Elizabeth als Mühlstein um den dürren Hals erwies.

Am Dienstag- und Freitagvormittag verließen regelmäßig

zwei oder drei aneinandergekoppelte Wagen, von zehn bis zwanzig Maultiergespannen gezogen, die Hauptmine. Der Treck schlug die steile kurvenreiche Straße hinunter nach Charleston ein.

Als Jessie zu wissen glaubte, was für ihren Plan von Wichtigkeit war, steckte sie den Karabiner in die Satteltasche und trat aus dem mit Gestrüpp überwucherten Mineneingang, in dem sie sich die ganze Zeit versteckt gehalten hatte. Ein Tuch verdeckte die untere Hälfte ihres Gesichts und ließ nur Stirn und Augen frei. Jessie lag in der zweiten Schlucht im Hinterhalt, durch die die Wagen kommen mußten. Schon bevor sie um die Biegung herum auftauchten, hörte Jessie die Wagenlenker kräftig fluchen. Die Glöckchen am Zaumzeug der Maultiere bimmelten.

Da wurde ihr mit einem Mal die Kehle trocken, und ihr Puls begann zu hämmern. Erst jetzt kam ihr so richtig zu Bewußtsein, daß sie sich da auf etwas einließ, was mit einer Katastrophe enden konnte. Doch sie hatte keine andere Wahl. Dies war ihr Karma, wie Taro es nannte.

Es stellte sich jedoch heraus, daß dieser erste Überfall überhaupt keine Schwierigkeiten machte. Es war geradezu lächerlich einfach. Als die beiden hochbeladenen Wagen um die Biegung rollten, ritt Jessie auf ihrem Maultier auf die Straße hinaus und verstellte ihnen den Weg. Beim Anblick des maskierten Reiters brachte der Wagenlenker seine Tiere unverzüglich zum Stehen.

»Runter!« befahl sie mit herrischer Stimme und bemühte sich, so tief wie nur möglich zu sprechen.

Der Wagenlenker riß die Hände hoch und glitt eiligst von dem Maultier. »Junge, du hast doch hoffentlich nicht vor, das Ding auch zu benutzen?« stammelte er.

»Wenn ihr schleunigst dahin zurückgeht, woher ihr gekommen seid, passiert euch nichts. Na los schon, wird's bald?«

Der alte Mann und sein Kumpan hasteten davon, ohne sich auch nur einmal umzudrehen.

Jessie sonnte sich nicht lange in dem Triumphgefühl. Sie schirrte die Maultiere ab, gab ihnen einen Klaps auf die Hinterbacken und sorgte dafür, daß sie nach allen Seiten davonstoben. Dann löste sie die Bremsen. Die Wagen rollten an und gerieten langsam in Fahrt. Sie kamen ins Schleudern und ratterten rasend schnell die holprige Straße hinunter. In der nächsten Kurve legten sie sich auf die Seite, überschlugen sich und polterten den steilen Felshang hinunter. Das Echo des Aufpralls hallte schauerlich durch die Schlucht.

Jessie lächelte befriedigt und eilte zu ihrem Versteck zurück, um den nächsten Wagen aufzulauern.

Zwei Tage später fuhr ein einzelner mit Erz beladener Wagen ratternd bergab, diesmal von einem bewaffneten Mann begleitet. Da verwarf Jessie ihren Plan. Sie wartete, bis der Wagen vorbei war und feuerte dann einen Schuß in die Luft ab.

Der Fuhrmann zerrte verzweifelt an den Zügeln, damit die Maultiere nicht durchgingen. Der bewaffnete Begleitschutz feuerte eine Salve in Richtung auf das Dickicht ab.

»Laß die Schußwaffe fallen!« befahl Jessie aus ihrem sicheren Versteck heraus. Der Mann tat, wie geheißen.

Sie hieß die beiden Männer die Maultiere abschirren und scheuchte sie nach Cristo Rey zurück. Sie mußten rasch beiseite springen, damit der Wagen sie nicht überrollte. Er stürzte an der Biegung in die Schlucht, und die kostbare Fracht versank auf Nimmerwiedersehen in dem rasch dahinströmenden Fluß.

Jessie startete noch zweimal einen solchen Überraschungsangriff innerhalb der nächsten sieben Tage. Dann gingen ihr die Vorräte und die Munition aus, und sie spürte instinktiv, daß sie besser daran tat, ein paar Wochen verstreichen zu lassen, bis man in Cristo Rey keinen Verdacht mehr schöpfte und die Wachen wieder abzog.

Sie brauchte dringend ein wenig Zeit für sich; denn nachts verblaßte der triumphale Erfolg. Da fühlte sie sich jämmerlich allein. Sie beschloß, in die Mule Mountains zu Taro zurückzukehren. Auf dem Ritt dorthin wuchs ihre Erregung mit jeder Meile, die sie Taro näherbrachte.

Taro arbeitete noch in der Mine, als sie oben ankam. Jessie nutzte die Gelegenheit, um nach zwei Wochen endlich wieder einmal zu baden.

Die zarte Frau im gelben Kimono aus Seide, die später feierlich vor dem *kotaku,* dem Teetisch kniete, hatte wenig

Ähnlichkeit mit dem wildentschlossenen Banditen, der die Erztransporte überfiel. Als Taro eintrat, verneigte sie sich tief.

Taro zog sie hoch und legte ihr die Hände auf die Schultern. Seine Augen glitten über ihr Gesicht. Er suchte immer wieder ihren Blick, als hoffte er sie in der Tiefe zu finden. »Ich war in Gedanken stets bei dir.«

Jessie stellte sich auf die Zehenspitzen und hauchte ihm einen Kuß auf die Lippen, die sie mit Küssen überschüttet und ihren Körper zu neuem Leben erweckt hatten, so daß er erblühte wie eine Blume in der Wüste, wenn im Frühling ein Regenschauer niederging. »Taro, ich brauche dich«, wisperte sie.

Er schlug ihren Kimono auseinander und enthüllte ihre schöne schlanke Gestalt. Dann schlang er ihr einen Arm um die Taille und preßte sie an sich, als wolle er sie zermalmen. Er küßte sie wie ein Verdurstender. Sie schwelgten nicht in zärtlichen Berührungen, bis sie den Höhepunkt erreichten, sondern stürzten sich wie Rasende aufeinander. Die Glut der Leidenschaft brach sich in einer gewaltigen Explosion Bahn, mit der sie sich aufs neue ihre Liebe zeigten.

Taros Zähne hinterließen unübersehbare Liebesmale auf Jessies glatter weicher Haut. Sie krallte ihm die Nägel in das Fleisch, so daß seine Haut mit feuerroten Halbmonden übersät war.

Sie konnten nicht voneinander lassen. Die Glut wurde immer wieder aufs neue entfacht. Fast schien es als fürchteten sie, es könne das unwiderruflich letzte Mal sein.

Als der Morgen dämmerte, ließen sie nur gerade lange genug voneinander ab, um Tee zu trinken und ein kaltes Reisgericht zu essen. Jessie berichtete von ihren Erfolgen.

Taro lauschte mit einem leisen Lächeln auf den Lippen. Kaum hatte sie geendet, da stand er auf und brachte ihr eine Zeitung. »Ich habe mir solche Sorgen um dich gemacht, daß ich nach Tombstone geritten bin, um Nachforschungen anzustellen. Elizabeth Godwin ist von deinen Erfolgen nicht gerade begeistert.«

»Familie Godwin bietet eine Belohnung von zweitausend Dollar«, las sie. Es folgte die Beschreibung eines jungen

Mannes. In dem Artikel war von zwei der vier Überfälle die Rede, die auf ihr Konto gingen.

Jessie wollte die Zeitung gerade beiseite legen, da fiel ihr Blick auf die Todesanzeigen. Mit Tränen in den Augen las sie, daß Brigs kleiner Sohn mit einem Jahr einer Kinderkrankheit zum Opfer gefallen war. Es hätte ihr Kind sein können, das da gestorben war.

»Du bist dir doch hoffentlich darüber im klaren, daß du mit Elizabeth Godwin auch Brigham Godwin vernichtest«, hielt ihr Taro vor.

Jessie zuckte die Schultern. Der Verlust Brighams berührte sie schmerzlich, und sie mußte daran denken, wie anders alles hätte kommen können. »Brig ist nicht so versessen auf Cristo Rey wie seine Großmutter. Elizabeth Godwin würde vor nichts zurückschrecken, um es zu behalten; Und mir ist jedes Mittel recht, um es ihr wegzunehmen, Taro.«

40

Als Jessie wieder in die Rolle des Straßenräubers schlüpfte, war ihr das Schicksal zweimal hold. Taros Liebe verlieh ihr Kraft.

Suchtrupps wurden nach ihr ausgesandt. Sie fragte sich zuweilen, warum sie ihren Plan nicht aufgab, um zu Taro zurückzukehren. Doch sie wußte, daß sie dann niemals Frieden finden würde. Sie liebte Cristo Rey so sehr, wie sie Elizabeth haßte. Natürlich würde sie das Land nie an sich bringen können, doch sie wollte nicht lockerlassen, bevor Elizabeth ihr graues Haupt nicht mehr so hoch trug und sich geschlagen gab. Erst wenn Cristo Rey unter den Hammer kam, konnte sie endgültig in Taros Arme zurückkehren.

Inzwischen waren die Wachen, die die Transporte begleiteten, verdoppelt worden. Sie mußte vorsichtiger zu Werke gehen. Jessie startete den nächsten Angriff nicht von einer Schlucht aus, sondern postierte sich ganz offen in den Bergen. So würden die Fuhrknechte und bewaffneten Begleiter keinen Hinterhalt vermuten. Auch dieser Überfall erwies sich als voller Erfolg.

Die Transporte ließen merklich nach. Eine ganze Weile ging kein einziger mehr. Jessie sah die Mine durch ihren Feldstecher. Dort wurde zwar noch gearbeitet, aber nur noch mit ganz wenigen Leuten. Jessie beschloß, den nächsten Transport wieder zu überfallen. Cristo Rey hatte inzwischen solche Verluste erlitten, daß dieser entscheidende Schlag Elizabeth Godwin in die Knie zwingen mußte.

Jessie bereitete sich gründlicher denn je auf diesen Überfall vor. Sie trat zur Abwechslung in einem alten Rock, in Bluse und Sombrero auf. Mit einer Frau rechneten der Fuhrmann und die Wachen ganz gewiß nicht. Sie maskierte sich auch nicht, in der Annahme, daß der breitrandige Hut es den Männern unmöglich machen würde, sie später zu identifizieren. Sie glaubte, leichtes Spiel zu haben.

Jessie lauerte dem Wagen in der Nähe ihres ersten Verstecks auf, den Karabiner in den Rockfalten verborgen. Schon nach ein paar Minuten vernahm sie das Bimmeln der Glöckchen am Zaumzeug der Mulis. Der Wagen kam um die Biegung gerumpelt. Jessie stellte sich ganz offen an die Straße. Der mexikanische Fuhrmann pfiff durch die Zähne, und die Wachen grinsten anerkennend beim Anblick des hübschen Mädchens.

Einer der Wachmänner spuckte dicht neben ihr einen Strahl braunen Tabaksaft in den Straßenstaub und sagte: »Wenn Sie nach Tombstone wollen, Miß, sind Sie auf dem richtigen Weg. Aber Sie sollten sich vorsehen. Hier geistert ein Bandit herum.«

Jessie lächelte. »Ich möchte zur McPherson-Ranch. Ich muß mich wohl verlaufen haben. Würden Sie mir den Weg dorthin zeigen?«

Der Bewaffnete legte sein Gewehr weg und wies in Richtung Nordosten. »Nur immer weiter diese unbefestigte Straße lang, Ma'am. So können Sie die Ranch nicht verfehlen.«

In diesem Augenblick riß sie den Karabiner hoch. »Vielen Dank, meine Herren«, wandte sie sich an die drei. »Jetzt werfen Sie ganz schnell Ihre Waffen über Bord. Und Ihre Stiefel bitte auch.«

Das Trio schnappte nach Luft, als es begriff, daß ausgerechnet diese zierliche Frau der langgesuchte Bandit war. Die zwei Wachen kletterten beschämt und angewidert aus dem Wagen, doch der Fuhrmann knirschte: »Sind wir Ihnen also auf den Leim gegangen, Señorita. Aber eines Tages, und zwar bald, wird man Ihnen eine Schlinge um Ihr zartes Hälschen legen. Dann baumeln Sie am Galgen!«

Jessie nahm sich vor, sich nicht aus der Fassung bringen zu lassen. Sie jagte die Männer weg. Als sie ihr nicht mehr gefährlich werden konnten, kletterte sie auf den Wagen. Da hörte sie plötzlich Hufgetrappel hinter sich. Sie fuhr erschrokken herum und sah ein Dutzend Männer, die in einer Staubwolke auf sie zugeritten kamen.

Jessie begriff sofort, daß sie diesem Aufgebot unmöglich entkommen konnte. Sie beugte sich nach vorn und trieb die Mulis an, um es trotzdem zu versuchen. Die Mulis stellten die Ohren auf und trabten los. Doch der Wagen war so schwer beladen, daß sie kaum von der Stelle kamen.

Die Männer rückten immer näher. Es hatte keinen Sinn, es mit den Pferden aufnehmen zu wollen. Sie brachte die Mulis wieder zum Stehen und warf stolz den Kopf zurück. Sie holte zitternd Luft und wandte sich nach ihren Feinden um. Ein Dutzend Gewehre richteten sich auf sie.

Der Sheriff von Tombstone und ein Mann mit einem braunen Stetson-Hut ritten an der Spitze und hielten nun ganz dicht vor ihr. Jessie erkannte ihn sofort. »Brig!« keuchte sie.

Im ersten Augenblick verschlug es ihm die Sprache. Er starrte Jessie fassungslos an. Dann nahm er ihr den Hut ab, und die nicht zu bändigenden goldblonden Locken fielen ihr bis auf die Schultern. »Um Himmels willen, Jessie«, stöhnte er, »warum hast du das getan?«

Sie hielt seinem gemarterten Blick stand. »Weißt du das wirklich nicht?«

»Fesselt sie!« forderte einer der Männer.

Hände packten sie grob, rissen sie vom Wagen. Ihr Kopf schlug auf die Seitenwand. Ein scharfer Schmerz durchzuckte sie, und sie sprürte, wie ihr das Blut warm übers Gesicht lief.

»Wartet!« befahl Brig den Männern. Doch sein Ruf ging in dem Geschrei der aufgebrachten Männer unter. Da gab der Sheriff einen Warnschuß ab und brachte die Männer damit augenblicklich zum Schweigen. »Wir üben hier keine Lynchjustiz. Wir sind kein Ausschuß zu polizeilicher und rechtlicher Selbsthilfe«, rechtfertigte sich der Mann mit dem wettergegerbten Gesicht.

»Sie wollen sie doch hoffentlich nicht laufen lassen?« fragte ein Cowboy drohend. Die Männer murrten und stießen Verwünschungen aus. Sie drängten sich mit geballten Fäusten immer dichter um den Sheriff. Da richtete Brig drohend sein Gewehr auf sie.

»Natürlich wird sie vor Gericht gestellt«, versprach der Sheriff. »Ihr wird selbstverständlich der Prozeß gemacht. Doch sie hat ein Recht auf eine ordentliche Gerichtsverhandlung.«

Jessie wandte sich wieder Brig zu. Aus seiner Miene las sie die gleiche Trauer, die auch sie empfand. Wie anders hätte alles kommen können.

Jessie saß in Handschellen im Gerichtssaal. Ringsum nur haßerfüllte Mienen. Fanatiker, die der Prozeß nur interessierte, weil sie sich in der Hoffnung wiegten, zum erstenmal in der Geschichte des Territoriums eine Frau hängen zu sehen. Seit drei Tagen wurden Zeugen vernommen. Die meisten Gesichter kamen Jessie inzwischen schon bekannt vor.

Ganz hinten saß Elizabeth Godwin, wie immer schwarzgekleidet. Und wie immer trug sie ihre starre Leidensmiene zur Schau. Neben ihr saß Fanny, daneben Brig mit steinernem Gesicht.

Jeden Tag, wenn sie vom Gefängnis in den Gerichtssaal geführt wurde, hielt sie sofort Ausschau nach Brig. Auf ihn setzte sie ihre ganze Hoffnung. Wenn sich ihre Blicke trafen, zuckte ein Muskel in seiner Wange.

Jessie hatte insgeheim gehofft, daß Brig zu ihren Gunsten aussagen würde, doch der Anwalt machte ihr klar, daß das nicht in Frage kam. Nicht nur, weil seine Großmutter als Klägerin auftrat, sie hatte zu allem Unglück auch noch einen brillanten Anklagevertreter aus New Orleans herzitiert.

Am dritten Morgen wurde Elizabeth als erste in den Zeugenstand gerufen. »Jessie Howard ist das illegitime Kind meines verstorbenen Stiefsohns«, erklärte sie und schüttelte resigniert den Kopf. »Ich habe alles Menschenmögliche getan, um ihr ein Heim zu bieten. Und nicht nur das – ihr ist auch eine hervorragende Ausbildung zuteil geworden. Doch sie war schon immer unberechenbar und kaum zu bändigen. Ständig mußte ich mich fragen, mit welchem Cowboy sie gerade …« Elizabeth hielt inne, als habe sie sich hinreißen lassen. Sie hüstelte diskret.

»Wir danken Ihnen, Mrs. Godwin. Das alles ist gewiß nicht leicht für Sie.«

»Möchten Sie in den Zeugenstand?« fragte Jessies Anwalt die Angeklagte.

Jessie schüttelte den Kopf. Was hätte das für einen Sinn? Der Staatsanwalt leistete ganze Arbeit.

Er rief Dan O'Rourke in den Zeugenstand. Das brachte Jessie aus der Fassung. Dan sah immer noch sehr gut aus. Er war noch schlanker geworden. Jessie fielen gleich seine erweiterten Pupillen auf. Das Opium war also auch ihm zum Verhängnis geworden.

»Ja, das ist die Frau, die für mich tätig war«, bestätigte er. »Allerdings kannten wir sie unter dem Namen Flora.«

»Hat diese Dame nur am Kartentisch gearbeitet oder auch in den oberen Räumen Kunden empfangen, Mr. O'Rourke?«

Erwartungsvolles Schweigen. »Diese Art von Nebenerwerb dulde ich in meinem Etablissement nicht, Sir.«

»Darüber sind wir uns im klaren. Doch in einem Spielsalon arbeitet für gewöhnlich nur eine ganz bestimmte Sorte Frauen.«

Dan sah sie einen Augenblick bekümmert an, dann senkten sich seine Lider wieder über die Pupillen. »Es ist mir nicht bekannt, was Miß Howard mit ihrer Freizeit angefangen hat.«

»Als nächste Zeugin rufe ich Miß Cashman auf«, verkündete der Staatsanwalt.

Gemurmel und Stimmengewirr ringsum als Nellie Cashman den Zeugenstand betrat. »Hat Miß Howard ein Zimmer in Ihrer Pension bewohnt?«

»Ja, ganz recht. Und sie hat ihre Miete immer pünktlich bezahlt.«

»Antworten Sie bitte nur auf meine Fragen, Miß Cashman. Hat sie Herrenbesuch gehabt?«

»Natürlich nicht, wo denken Sie hin! So etwas lasse ich nicht zu.«

»Aber hatte diese Frau nicht irgend etwas Sonderbares an sich?« versuchte der Staatsanwalt sie aufzustacheln.

Miß Cashman kämpfte mit sich. Sie sah Jessie verängstigt an. »Ja?« drang der Staatsanwalt ungeduldig in sie. Er beugte sich so weit in den Zeugenstand, daß die ohnehin schon sehr nervöse Frau in Bedrängnis geriet.

»Nun ja, einer meiner Pensionsgäste hat behauptet, er habe sie mehrmals auf dem Weg nach Hop Town ertappt.«

Da sprang Jessies Anwalt wütend auf. »Ich protestiere, Euer Ehren. Wie konnte er so sicher sein, wohin sie ging?«

»Einwand nicht stattgegeben!«

»Sie glauben also, daß Jessie Howard dort in den Opiumhöhlen ein und aus ging?« wandte sich der Staatsanwalt jetzt wieder unbeirrt an seine Zeugin. Jessie kam er vor wie ein Spürhund auf der richtigen Fährte.

»Um Himmels willen, nein! Dazu kann ich gar nichts sagen; denn davon weiß ich nichts!«

»Aber Sie geben zu, daß sich Jessie Howard zuweilen höchst sonderbar benahm, wenn sie nach ihren Exkursionen ins Russ House zurückkehrte – als sei sie irgendwie betäubt und völlig weggetreten.«

»Ja, das schon, aber sie hat ja auch bis spät in die Nacht gearbeitet.«

»Hiermit ist die Zeugin entlassen. Die Verhandlung wird vertagt.«

Die Geschworenen zogen sich zur Beratung in das obere Stockwerk zurück. Als Jessie hinausgeführt werden sollte, entdeckte sie den Orientalen ganz hinten im Gerichtssaal. »Taro«, flüsterte sie. Während all der Zeugenaussagen war sie vor Entsetzen wie versteinert gewesen. Jetzt kamen ihr zum erstenmal die Tränen.

Taro bahnte sich einen Weg durch die Menschenmenge. Er sagte kein Wort, griff nur nach Jessies Hand. Doch es half. Durch die Berührung fühlte sie sich gleich gestärkt. »Das muß wohl das Karma sein, das du mir prophezeit hast«, flüsterte sie mit bebenden Lippen. Sie rang sich sogar ein schwaches Lächeln ab.

Taro hob die Hand, um sie Jessie an die Wange zu legen, doch der Bevollmächtigte packte ihn am Hemdkragen und schüttelte ihn. Beide Männer waren gleich groß. »Was hast du in einem Gerichtssaal der Weißen zu suchen, du chinesisches Schlitzauge? Selbst wenn diese Hure dir etwas bedeutet...«

Weiter kam er nicht; denn Taro verpaßte ihm einen Handkantenschlag gegen den Hals. Der Mann ging neben Jessie zu Boden. Ein Tumult brach aus. Erregte Stimmen schrien durcheinander. Ein paar kräftige Männer stießen Taro zur Tür hinaus. Jessie weinte vor Angst. Sie befürchtete, die Männer könnten ihn in ihrem blindwütigen Zorn womöglich töten. Ihr Anwalt schob sie rasch in einen kleinen Nebenraum.

»Was geschieht jetzt mit Taro?« fragte sie furchtsam.

»Ist das der Chinese?«

»Er ist Japaner.«

Der Verteidiger zuckte die Achseln. »Für mich sehen die alle gleich aus. Über Nacht kommt er hinter Gitter, dort ist er am sichersten. Noch vor Morgengrauen wird er wieder freigelassen«, versicherte er ihr. »Haben Sie ihn in Hop Town kennengelernt?«

Jessie trat ans Fenster. »So könnte man es wohl nennen. Er hat mich dort herausgeholt und mir dadurch das Leben gerettet.«

Die Geschworenen berieten sich nur eine Stunde. Jessie machte sich keine Hoffnung mehr. Die Geschworenen waren alle Männer. Ihre Frauen saßen im Publikum. Ihr Urteil stand von Anfang an fest und war durch nichts zu erschüttern. Jessie sah die zwölf Männer mit den ernsten Mienen der Reihe nach an, als sie wieder in den Gerichtssaal geführt wurde. Als sie die Geschworenenbank passierte, wandten sich alle von ihr ab.

»Der Sprecher der Geschworenen möge bitte das Urteil fällen«, forderte der Richter.

Der Mann erhob sich. Jessie wagte kaum zu atmen. Es war soweit. An diesem Urteil würde sie zerbrechen.

»Wir befinden die Angeklagte für schuldig«, erklärte der Mann mit fester Stimme.

III. TEIL

41

1928

Amanda Shima fühlte sich sofort zu ihrem Erzfeind hingezogen, als sie ihm in den *bajadas,* den Ausläufern der Huachuca-Berge zum erstenmal begegnete. Damals war sie noch ein Kind gewesen, etwa zehn oder elf Jahre alt. Doch man erinnert sich an Dinge aus dieser Zeit manchmal deutlicher als an irgend etwas aus seinem späteren Leben.

Die Erinnerung an Nick Godwin hatte sich unauslöschlich in Amandas Gedächtnis eingegraben.

Wenn sie so an ihre Kindheit zurückdachte, mußte sie sich sagen, daß es gar nicht ausbleiben konnte, daß sie Nick eines Tages begegnete, weil sie sich oft im Grenzbereich von Cristo Rey bewegte. Sie war lieber allein als in Gesellschaft der versnobten Familien der im Fort Huachuca stationierten Soldaten. Sie hatte nichts, aber auch gar nichts mit ihnen gemein.

Zunächst einmal hatte sie im Gegensatz zu den anderen Kindern in der Garnison keine Mutter. Ihre Mutter war kurz nach ihrer Geburt gestorben. Der Arzt hatte damals erklärt, ihre Mutter sei mit einundfünfzig und eigentlich schon in den Wechseljahren zu alt gewesen für ein Kind. Doch Amanda bezweifelte, daß es nur am Alter lag. Wohl eher an den vielen Jahren im Gefängnis.

Das Yuma Territorial Prison war berüchtigt. Nur eine einzige Frau hatte vor ihrer Mutter in diesem Gefängnis gesessen. Glücklicherweise lag das alles schon so lange zurück, daß sich kaum noch jemand daran erinnerte, wie Jessie Howard wegen Straßenraub verurteilt worden war.

Nach sechs Jahren im Gefängnis war ihre Mutter auf Bewährung freigelassen worden. Die Abgeschiedenheit von Taro Shimas Blockhaus in den Bergen und seine tiefe Liebe mußten ihr ein Trost gewesen sein. Und damit wären wir beim zweiten Punkt, in dem sich Amanda von anderen Kindern unterschied.

Ihr Vater war Japaner.

Amanda konnte sich noch gut daran erinnern, wie er ihr eines Abends erzählt hatte, er und ihre Mutter seien nach Tombstone geritten, um zu heiraten. »Doch der Friedensrichter hat sich geweigert, uns zu trauen; denn laut Gesetz durften eine Weiße und ein Orientale in Arizona nicht heiraten.«

Taro lächelte bekümmert. In Amandas Augen war er wunderschön, ein Riese. »Doch deine Mutter behauptete steif und fest, sie sei Mexikanerin, was nicht ganz stimmte – das Gesetz gelte also nicht für sie. Sie brachte den Friedensrichter wirklich dazu, daß er uns traute.«

Als die Lotos-Land-Mine nichts mehr hergab und Taro seine Frau nicht mehr ernähren konnte, sah er sich gezwungen, Lotos-Land zu verkaufen und eine Stellung anzunehmen. Er wurde Koch in der Garnison von Fort Huachuca. Für einen so freiheitsliebenden Menschen wie Taro mußte das sehr demoralisierend sein. Amanda kam im Jahre 1917 in Fort Huachuca zur Welt.

Sie war ein fantasiebegabtes kleines Mädchen und konnte nicht genug bekommen von den Geschichten über die Geisterlady, die überall im Fort kursierten. Diese Lady fand angeblich keine Ruhe und geisterte zuweilen auf ihrem Pferd durch Cristo Rey, das kaum ein paar Meilen vom Fort entfernt lag.

Die Geisterlady beschäftigte Amanda sehr. Sie stellte ihrem Vater immer wieder Fragen. Dann berichtete er geduldig von Amandas Mutter, ihrer Herkunft, ihrem Erbe. Er sprach ganz freimütig darüber. Amanda hörte aus seinen Worten keine Verbitterung heraus, doch sie hegte den Verdacht, daß ihrer Mutter das alles sehr zu schaffen gemacht hatte. Das legendäre Cristo Rey hätte Jessie zugestanden. Die Familie Godwin hatte sie darum betrogen.

Taro sprach das zwar nie so offen aus, doch ein untrüglicher Instinkt verriet Amanda, daß es sich so verhielt. Bisher kannte sie die Festung nur von Fotos. Eines Tages war ihr eine Zeitschrift in die Hände gefallen, in der über Cristo Rey und die Festung berichtet wurde. Amanda konnte sich an den Bildern nicht sattsehen. Das Herrenhaus wirkte tatsächlich imposant. Eine gelungene Mischung zwischen einem majestätischen Territorialgebäude und einem gotischen Schloß. In der Zeitschrift hieß es, das Schloß sei Anfang des zwanzigsten Jahrhunderts erbaut worden.

Es war Liebe auf den ersten Blick gewesen. Amanda schnitt das Foto aus und befestigte es über ihrem Bett. Von da an geisterte die schloßartige Festung immer wieder durch ihre Träume. Die babylonischen Parks und Gärten, die dazugehörten, quälten und verlockten sie, zogen sie unwiderstehlich an. Sie sah die breite Marmortreppe vor sich, die Räume mit den schweren Deckenbalken, das Schmiedeeisen und das elegante geschmackvolle Mobiliar.

Das monumentale Bauwerk wurde bei Amanda allmählich zur Besessenheit. Sie begriff immer besser, was es für ihre Mutter bedeutet haben mußte, darauf zu verzichten. Und genau wie ihre Mutter, wollte auch sie sich rächen. Sie wußte nur noch nicht, wie sie das bewerkstelligen sollte.

Als sie heranwuchs, kannte sie ihren Widersacher noch nicht. Mit zehn Jahren begegnete sie Nick zum erstenmal. Nach der Schule arbeitete sie in der Nachmittagshitze in den Stallungen. Dadurch erkämpfte sie sich das Privileg, die älteren Kavalleriepferde reiten zu dürfen. Sie mußte die Liebe zu Pferden wohl von ihrer Großmutter, der Geisterlady, geerbt haben; denn sie fühlte sich nur auf dem Rücken eines Pferdes richtig frei, wenn sie im Galopp durch die Gegend preschen konnte.

An jenem denkwürdigen, hitzeflirrenden Nachmittag im August ließ sie die graue zweistöckige Kaserne hinter sich und hielt auf die schattige Schlucht zu. Dahinter lag das üppige Gebiet von Cristo Rey. Doch der Weg dorthin war mit Stacheldraht verbarrikadiert, der an einer Stelle durchhing.

Amanda ritt ohne zu zögern darüber hinweg. Sie fühlte sich sogleich wie neugeboren. Trotz der sengenden Glut schob sie sich den Strohhut vom Kopf und ließ ihre langen schwarzen Haare im Wind flattern. Sie waren ebenso zerzaust wie die Mähne des Pferdes, das sie ritt. Sie hätte sich auch liebend gerne ihres Overalls und ihres Khakihemds entledigt und wäre splitternackt geritten. Doch sie befürchtete, jemand könnte sie so sehen.

Es war ihr Glück, daß sie sich nicht ausgezogen hatte. Der heißersehnten Geisterlady begegnete sie zwar nicht, dafür aber einem Jungen in ihrem Alter. Als sie das Pferd in dem schattigen Gehölz von Joshuabäumen entdeckte, jubilierte sie eine flüchtige Sekunde lang: *Die Geisterlady! Es gibt sie also wirklich!*

Ihre Enttäuschung kannte keine Grenzen, als der prächtige Hengst aus dem Schatten in die Sonne galoppierte und sie in dem Reiter einen Jungen erkannte. Sie starrte ihn haßerfüllt an.

»Paß das nächste Mal gefälligst besser auf!« kanzelte sie ihn ab. »Mein Pferd wäre um ein Haar durchgegangen!«

Mit ihrem anmaßenden Gebaren konnte sie bei den Kindern im Fort zuweilen Eindruck schinden, doch der Junge blieb gelassen. Er mochte etwa zwölf oder dreizehn Jahre alt sein. Er ritt mit seinem viel größeren Pferd dicht neben sie und sah völlig ungerührt auf sie herab. In Amandas Augen war das eine Unverschämtheit. Sie wäre ihm am liebsten wie eine Wildkatze ins Genick gesprungen.

Der Junge musterte sie ungeniert mit seinen kühlen blauen Augen, und sein Mund – dieser herausfordernde Mund – verzog sich tatsächlich zu einem hämischen Grinsen. »Die blöde Bemerkung hättest du dir sparen können. Wie kann man nur so dumm sein, in diesem Gelände so einen alten Klepper zu reiten! Was suchst du hier überhaupt?«

»Klepper! Was glaubst du, wer du bist? Gehört dir dieses Land vielleicht, daß du mir vorschreibst, wo ich reiten darf und wo nicht?«

»Mehr oder weniger«, erwiderte er gleichmütig. »Übrigens bist du als Mädchen nur eine halbe Portion.«

Aus dem Munde eines Jungen mußte das wohl ein Kompliment sein. Doch das ließ sie kalt; denn sie begriff, daß sie ihrem Erzfeind gegenüberstand. Sie hatte nicht damit gerechnet, ihm leibhaftig zu begegnen. »Dann bist du wohl ein Godwin«, murrte sie.

»Ja, ich heiße Nick Godwin. Und du?«

»Amanda Shima«, stellte sie sich vor, obwohl sie natürlich wußte, daß ihm ihr Name gar nichts sagte. Vielleicht hätte sie sich besser ›Amanda Davalos Shima‹ genannt, das hätte ihn aufhorchen lassen. Doch in diesem Augenblick kam noch ein Reiter angeritten.

»Das ist mein Stiefbruder Paul«, erklärte Nick, als er sah, in welche Richtung Amanda starrte.

Sollte das vielleicht der Mann sein, der über Cristo Rey herrschte? Als er sich näherte, erkannte sie einen alten Mann. Er mußte schon fünfunddreißig oder vierzig sein. In solchen Dingen fehlte es ihr noch an der nötigen Erfahrung. Amanda konnte an ihm keine Spur von Nicks widerlicher Arroganz entdecken, doch ihr fielen auch an ihm die klassischen Patrizierzüge auf. Das schmale Gesicht war von dunklem, an den Schläfen schon ergrautem Haar umrahmt. Er bedachte sie mit einem vagen Lächeln. »Kleine, hast dich wohl verirrt?«

»Wohl kaum«, gab sie zurück, »denn wir befinden uns auf meinem Grund und Boden!«

Die Brüder zogen verwundert die Brauen hoch und tauschten fragende Blicke. Vermutlich zweifelten sie an Amandas Verstand. Die nahm sich nicht die Zeit, den Brüdern alles zu erklären. Sie riß ihr Pferd herum, gab ihm die Sporen und galoppierte in Windeseile in die Garnison zurück. Der arme abgehalfterte Gaul kam völlig außer Atem dort an.

Amanda begegnete Nick im Laufe der nächsten Jahre noch mehrmals. Das geschah in unregelmäßigen Abständen und war immer reiner Zufall. Jedesmal fuhr sie zusammen wie elektrisiert.

An einem schönen Frühlingstag – sie mußte etwa zwölf sein – stieß sie auf ihn, als er in Canelo Springs sein Pferd zur Tränke führte. Er nickte ihr nur gleichgültig zu und nahm ansonsten keinerlei Notiz von ihr. Das machte sie sehr traurig. Sie fragte ihn mit falscher Liebenswürdigkeit: »Du hast doch sicher nichts dagegen, Nicholas, daß ich mein Pferd auf *deinem* Grund und Boden tränke?«

Er nahm seinen staubigen Hut ab, kniete nieder und tauchte ihn in das stehende Wasser. »Ich heiße nicht Nicholas«, sagte er, während er seinen Hut ausschwenkte, »sondern Dominic – nach Dominica Davalos.«

Ein unbändiger Zorn erfaßte sie. Sie glaubte, platzen zu müssen und wußte kaum, was sie tat, als sie vom Pferd sprang – Nick genau ins Kreuz. Der Junge ahnte nichts von der Gefahr, in der er schwebte. Er hielt den Kopf gesenkt, um aus dem Hut zu trinken. Durch den heftigen Aufschlag fielen beide ins Wasser. Amanda bearbeitete sein Gesicht und seine Brust mit ihren kleinen Fäusten. Es war das reinste Trommelfeuer. Dabei strömten ihr Tränen übers Gesicht.

»Was ist denn mit einem Mal in dich gefahren, du verrücktes kleines Luder?« brüllte Nick sie an. Er hielt die Fäuste fest, mit denen sie auf ihn eindrosch. Dann stieß er sie von sich, kam wieder hoch und setzte sich rittlings auf die kleine zierliche Gestalt. »Nun erklär mir mal, warum du so erbost bist.«

Ihre grünen Augen verengten sich zu schmalen Schlitzen. »Runter, du – du . . .« Ihr fehlten die Worte, um ihrer unbändigen Wut Ausdruck zu verleihen. Doch Nick sah ihr schon nicht mehr ins Gesicht. Die knospenden Brustwarzen nahmen ihn gefangen, die sich unter ihrer nassen, am Körper klebenden Bluse überdeutlich abzeichneten. Amanda spürte, wie er die Schenkel fester um ihre knabenhaft schlanken Hüften spannte. Seine blauen Augen umwölkten sich, als zöge ein heftiges Gewitter in ihnen auf.

Er starrte sie finster brütend an. Amandas Verwirrung stieg. »Ahnst du überhaupt, was dir passieren könnte, wenn du so allein ausreitest?« fragte er sie aufgebracht. Seine Stimme vibrierte und klang um mehrere Nuancen tiefer.

»Ich passe schon auf!« knirschte sie. Nick sprang mit einer geschmeidigen Bewegung hoch und gab sie frei. Er griff nach seinem Hut und schlug ihn gegen seinen Oberschenkel, um ihn trocken zu bekommen.

Amanda sah ihm ins Gesicht. Im Vergleich zu den anderen Jungen, die sie kannte, hatte er schon stark ausgeprägte Züge. Er mochte ein paar Jahre älter sein. Daher vielleicht das kantige Gesicht und die arrogant vorspringende Nase. Nur das zottelige braune Haar, das ihm ins Gesicht fiel, verlieh den männlichen Zügen noch einen Anstrich von Jungenhaftigkeit.

Nick reichte ihr die Hand und zog sie hoch. »Nun sag schon, worüber du dich so geärgert hast!«

»Das geht dich gar nichts an«, entgegnete sie schnippisch und warf den Kopf zurück. Sie nahm ihr schwarzes Haar nach vorn und begann es auszudrücken.

»Nächstesmal hast du vielleicht nicht so viel Glück«, warnte er sie. Er schwang sich in den Sattel. Wütend starrte er auf sie hinunter, wie sie so angriffslustig, mit den Händen auf den Hüften, dastand. »Laß dich nie wieder auf Cristo Rey erwischen!«

»Versuch doch mal, mich dran zu hindern!« schrie sie ihm zornbebend nach.

Danach begegneten sie sich noch mehrmals. Seltsamerweise trabte er dann wie selbstverständlich schweigend neben ihr her.

Amanda erschien die Beziehung zu Nick sehr merkwürdig. Nick akzeptierte sie so wie sie war, was die Kinder in der Garnison nicht taten. Ihm fiel der mattgoldene Schimmer ihrer Haut anscheinend gar nicht auf, und er machte sich keine Gedanken wegen ihrer leicht schrägstehenden Augen. Im Gegensatz zu den Kindern in der Garnison wußte Nick nicht, daß ihr Vater Japaner war – also die ›gelbe Gefahr‹, von der sich die Weißen bedroht glaubten.

Sie umschlichen sich lauernd wie zwei Sumokämpfer. Amanda haßte die Godwins so sehr, daß sie nicht dagegen ankonnte. Doch sie verschloß den Haß in sich. Eines Tages würde er zum Ausbruch kommen.

Sie scheute davor zurück, von oben einen Felsbrocken auf Nick zu werfen oder sein Pferd dahin zu bringen, daß es scheute, ihn abwarf und in der Einöde liegenließ. Das wäre ihr zu einfach erschienen. Sie wollte ihn nicht kaltblütig ermorden, sondern ihre Rachegelüste voll auskosten.

Nick bewahrte immer Haltung. Amanda ahnte nicht, was in ihm vorging. Doch sie spürte, daß auch er nicht gegen die Flut von wirren Empfindungen ankonnte, die zwischen ihnen wogte wie ein Strom, der sich seinen Weg durch die ausgedörrte Wüste bahnt.

Amanda befand sich in einer Zwangslage. Sie konnte nicht vergessen, daß ihre Großväter Stiefbrüder gewesen waren und daß Nick Godwin jetzt besaß, was eigentlich ihr zustand.

Doch Gefühle, über die sie sich bis heute keine Rechenschaft ablegen konnte, ließen die Befangenheit immer nichtiger erscheinen. Zwischen ihnen bestand eine innige Seelenverwandtschaft, die durch nichts zu erschüttern war. Amanda war wie verzaubert. Was sie für Nick empfand, ging weit über reine Faszination hinaus.

42

Nach dieser letzten Begegnung bekam Amanda Nick vier Jahre nicht mehr zu Gesicht. Die Weltwirtschaftskrise beutelte das Land. Stellen waren rar. Die Leute verübelten es ihrem Vater, daß er Arbeit hatte. Schließlich beugten sich die Vorgesetzten diesem Druck, und ihr Vater war gezwungen, sich nach einer neuen Arbeitsstelle umzusehen.

Ihr Vater sagte ihr, daß sie nach Bisbee ziehen würden. Er hoffte, in den Kupferminen arbeiten zu können. Er war immer noch erstaunlich kräftig. Doch als er ihr das sagte, lag in seinen Augen tiefe Trauer. Das lag nicht nur an den unmenschlichen Arbeitsbedingungen, denen er dort ausgesetzt sein würde. Es bekümmerte ihn weit mehr, daß er seiner Tochter nicht das Leben bieten konnte, das er sich für sie ersehnte.

Amanda versuchte, ihrem Vater weiszumachen, daß sie gar nichts gegen einen Umzug habe. »Das Leben hier ist schrecklich eintönig.«

Taros schwarze Augen glitzerten. Er liebte seine Tochter zärtlich. Sie war das Abbild seiner Lotosblume. Catherine hatte ihm das größte und wertvollste Geschenk gemacht, das ein Mensch einem anderen machen konnte. Sie hatte ihm Unsterblichkeit verliehen. Eine Liebe ohnegleichen hatte sie verbunden. Ob seine Tochter wohl je wissen und begreifen würde, daß sie miteinander die höchste Form der Liebe hatten erleben dürfen, wobei sich Geben und Nehmen die Waage hielten?

Taro rief sich zur Ordnung und kehrte widerstrebend in die Gegenwart zurück. »Die Sache gefällt mir nicht. Ich müßte jeden Abend mindestens bis neun Uhr arbeiten. Da wärst du dir nach der Schule selbst überlassen.«

»Ich gehe von der Schule ab und suche mir eine Stellung. Mit vierzehn bin ich alt genug dafür.«

Taro schüttelte heftig den Kopf. »Das kommt nicht in Frage! Du gehst weiter in die Schule!«

Amanda legte ihm begütigend die Hand auf den Arm. »Vater, ich weiß, daß du traditionsgemäß großen Wert auf eine gute Ausbildung legst; aber wir brauchen das Geld«, erklärte sie. »Wenn ich mir auch eine Arbeit suche, bin ich nicht allein zu Hause. Dann können wir zusammen heimgehen.«

Taro blieb hart. Sie sollte noch nicht arbeiten. Doch Amanda war ebenso fest entschlossen, es zu tun. Schließlich einigten sie sich darauf, daß sie nach der Schule arbeiten würde.

Im Brauereiviertel von Bisbee wimmelte es von Spielsalons und Prostituierten. Morde waren keine Seltenheit. Die Hausfrauen wagten sich kaum aus ihren Häusern mit den handtuchbreiten Gärtchen. In der Garnison von Huachuca war alles blitzsauber und wie geleckt gewesen. In Bisbee keine Spur davon.

Doch in der Gebirgsluft von Bisbee lag eine fast spürbare Erregung, an der Amanda teilhaben wollte. Dank seiner Lebendigkeit war Bisbee fast ein Abbild San Franciscos. Sie selbst war in der geschäftigen Bergbaustadt keine Außenseiterin. Kaum jemand wußte, daß ihr Vater aus Japan stammte.

Amanda wuchs zu einer Frau heran. Sie hatte Glück gehabt. Seit vier Jahren arbeitete sie in dem eleganten Restaurant des Hotels Victorian Copper Queen. Zunächst als Tellerwäscherin und dann als Kellnerin. Die Kellnerinnen trugen alle einheitlich lange schwarze Röcke, weiße Baumwollblusen, Rüschenhäubchen und weiße Schürzen. Auf den ersten Blick sahen sie dadurch alle ganz gleich aus. Doch mit fast achtzehn Jahren stach Amanda gewaltig von den anderen ab.

Die Männer machten ihr ständig Komplimente. Amanda führte das darauf zurück, daß sie so ganz anders aussah als ihre Kolleginnen. Die meisten waren nämlich slawischer Abstammung. Fast alle hatten blaue Augen. Ihre dagegen waren grün und leicht schrägstehend. Im Gegensatz zu den kleinen, plumpen Slawinnen mit den schweren Brüsten war sie groß und schlank. Ihre Brüste waren kleiner, doch alles andere als unansehnlich.

Die Stammgäste des Hotels gehörten der Oberschicht an – Bergwerksaktionäre und Großgrundbesitzer. Während der Weltwirtschaftskrise gab es nur ganz Arme und ganz Reiche. Der Mittelstand war durch die verheerenden Auswirkungen der Katastrophe fast von der Bildfläche verschwunden.

An einem sonnigen Oktobertag, ihrem achtzehnten Geburtstag, fiel ihr ein Großgrundbesitzer auf. Er verschlang sie mit den Blicken, wie es auch die anderen Männer taten, doch sah er ihr nicht nur wohlgefällig nach. Sein Blick drohte sie zu versengen. Sie stellte die Suppenterrine ab, die sie gerade trug und sah sich nach dem dreisten Gast um.

Ihr war zumute, als drückte ihr plötzlich jemand die Kehle zu. Unter dem Sonnenschirm auf der Veranda saß Nick Godwin.

43

Es kam Amanda vor, als stünde sie endlos lange wie angewurzelt da, bis sich jeder Zug dieses arroganten maskulinen Gesichts für alle Zeiten in sie eingebrannt hatte – sein zerzaustes Haar, die spöttisch gekräuselten vollen Lippen und die Augen: blau wie das Innerste einer Flamme. Inmitten dieses lauten überfüllten Speisesaals zog er sie mit den Blicken aus.

Erinnerte sich Nick noch an den Wildfang, der ihm die Stirn geboten hatte, oder starrte er sie wie die anderen Männer nur ihrer Schönheit wegen an?

Nick konnte es mit einem Schlangenbeschwörer aufnehmen, so sehr schlug er sie in seinen Bann. Amanda riß sich gewaltsam los und kümmerte sich wieder um die Gäste. Die Stellenangebote wurden immer rarer. Sie konnte es sich nicht leisten, diese Stellung einzubüßen.

Amanda zwang sich, nicht mehr zu Nicks Tisch hinzusehen, wenn sie in der Nähe der Veranda zu tun hatte, doch sie hörte sein tiefes Lachen. Er und seine Tischgenossen schienen sich gut zu amüsieren. Ein junger Mann und zwei Mädchen saßen mit am Tisch, denen man ansah, daß sie ein College besuchten. Sie trugen teure Pullover mit V-Ausschnitt und Faltenröcken bzw. Flanellhosen von unauffälliger Eleganz.

Amanda sehnte sich danach, auch ein College zu besuchen. Sie hatte zwar im Frühjahr die High School abgeschlossen, was in dieser Bergwerksstadt nicht sehr oft vorkam, doch es fehlte ihr an Geld, um im Herbst aufs College zu gehen.

Sie war heilfroh, daß sie die Gäste auf der Veranda nicht zu bedienen hatte. Es wäre ja geradezu grotesk. wenn sie Nick

Godwin und seine eleganten Freunde bedienen müßte, während sie insgeheim davon träumte, ihn in die Knie zu zwingen, ihn finanziell zu ruinieren und Cristo Rey an sich zu bringen.

Nick kam schon am nächsten Samstag wieder, dieses Mal allein. Er mußte sich danach erkundigt haben, für welche Tische sie zuständig war, denn er nahm an einem dieser Tische Platz.

Durch das Gitter, das die Trennwand bildete, starrte sie auf seinen Rücken, während er die Speisekarte las. Sie hielt die feuchten Hände ineinander verkrampft. Endlich brachte sie es über sich, durch den Speisesaal zu Nicks Tisch zu gehen. »Womit kann ich dienen?« fragte sie beflissen. Sie wußte selbst, daß das mehr als hölzern klang.

»Ich habe mich also nicht geirrt«, konstatierte er. Spielte er damit auf ihre japanische Abstammung an oder hatte er herausbekommen, daß sie Ansprüche auf Cristo Rey geltend machte? »Worin geirrt?« fragte sie gereizt.

»Du triffst niemals Verabredungen und gehst mit keinem aus?«

Diese Frage kannte sie wahrhaftig zur Genüge. »Was darf ich Ihnen bringen?« fragte sie steif, den Bleistift schon gezückt.

»Ich möchte dich, Mandy.«

Amanda wurde flammend rot. »Ich fürchte, da muß ich Sie enttäuschen, Sir. Ich bin nicht käuflich. Meine Kollegin wird Ihre Bestellung aufnehmen.« Sie machte auf dem Absatz kehrt.

Doch Nick umklammerte ihr Handgelenk und hielt sie fest. »Ich muß dich unbedingt sprechen«, sagte er ganz ernst. Nur seine Augen glitzerten verdächtig. »Ich muß noch immer an das Mädchen denken, das wie ein Junge ringen konnte. Du erinnerst dich doch an den Jungen?«

Die Worte kamen wie von selbst: »Es tut mir leid, ich habe keine Zeit, um mich mit Ihnen zu unterhalten.« Amanda stürzte davon.

Trotzdem entkam sie Nick nicht. Nach Dienstschluß, um sechs Uhr, wartete er am Hinterausgang des Restaurants auf sie. Mit den Daumen in den Gürtelschlaufen lehnte er lässig am Kühler eines schnittigen metallicblauen Düsenbergcoupés, das schätzungsweise zwanzigtausend Dollar gekostet haben mußte.

Amanda erstarrte. Da stieß er sich vom Wagen ab und kam boshaft grinsend auf sie zu. »Du hast doch wohl nicht geglaubt, daß ich mich so leicht geschlagen gebe?« meinte er.

Er überragte sie nur um ein kleines Stück, doch alles an ihm kündete von Macht: seine selbstbewußte Körperhaltung, die breiten kräftigen Schultern, der unnachgiebige Mund und der scharfsinnige Blick. Man konnte sein Gesicht eigentlich nicht schön nennen; doch es verriet Stärke und Entschlossenheit.

Amanda verstand, sich ihm gegenüber zu behaupten. »Ich habe gedacht, daß du zumindest soviel Anstand besitzt, eine Abfuhr zu akzeptieren.«

Er nahm grinsend ihren Arm und zog sie trotz ihres Widerstandes hinter sich her zum Wagen. »Über meine Manieren hat sich noch nie jemand lobend geäußert.« Er drückte sie ungalant auf den Beifahrersitz, ging um den Wagen herum und setzte sich ans Steuer.

»Dir ist wohl noch nicht aufgegangen, daß ich dich nicht leiden kann«, erklärte sie.

Nick kicherte und lenkte den Wagen aus der Parklücke. »Aber sicher«, widersprach er. »Doch so ein Mangel an Zuneigung hat mich noch nie abgeschreckt. Gefühle ändern sich.«

»Damit dürfen Sie in meinem Fall nicht rechnen, Mr. Godwin.«

Nick fuhr schweigend weiter. Amanda genoß die Fahrt in der Abenddämmerung. Das Luxusgefährt fuhr rasend schnell eine kurvenreiche Bergstraße hinauf. Auf dem Gipfel des kahlen Hügels angekommen, bremste Nick. Er wandte sich ihr zu und legte den Arm auf die Rückenlehne hinter sie. Amanda kam sich klein vor, angesichts der Kraft, die von ihm ausging und wie Dynamit auf sie wirkte.

»So, da wären wir«, sagte er, mit einemmal ganz ernst, »und nun erzähl mir mal, warum du mich nicht magst.«

»Weißt du das wirklich nicht?« flüsterte sie. »Kannst du es dir nicht denken?«

»Ich habe keinen Schimmer, wovon du sprichst.«

Da fiel sie mit der Tür ins Haus. »Unsere Großväter waren Stiefbrüder, Nick! *Ich* bin die rechtmäßige Erbin von Cristo Rey!«

»Jetzt verstehe ich«, sagte er leise und schien sie mit den Blicken in sich einsaugen zu wollen. »Sprich weiter. Erzähl mir die ganze Geschichte!«

»Weißt du denn nichts über die Geschichte der Festung?« fragte Amanda fassungslos.

»Ich möchte sie aus deinem Munde hören.«

Amanda faßte sich kurz und berichtete von ihrer Großmutter. »Du siehst also«, schloß sie »daß die Festung und Cristo Rey den Erben von Dominica Davalos zustehen. Aber Elizabeth Godwin hat dafür gesorgt, daß der Besitz in die Hände deines Großvaters und deines Vaters überging. Um das zu erreichen, war ihr jedes Mittel recht. Sie hat meine Mutter aus ihrem Heim vertrieben und sie sogar ins Gefängnis gebracht.«

Nachdem sie sich so verausgabt hatte, sank sie erschöpft in die Lederpolster zurück. Nick amüsierte sich königlich. Mit allem hätte sie gerechnet, doch nicht mit dieser Reaktion. Er warf den Kopf zurück und lachte schallend. »Mein Gott, Mandy«, keuchte er, sobald er wieder sprechen konnte, »und deshalb zürnst du mir? Wegen einer albernen Familienfehde?«

Amanda fuhr wie angestochen hoch. Sie blitzte ihn wütend an. »Du hast gut reden! Sitzt da wie ein König auf dem Thron und zählst dein Geld!«

Nick kicherte. »Soll ich dir etwas verraten, Mandy? Ich besitze keinen Penny.«

»Da mußt du dir schon etwas Besseres einfallen lassen«, konterte sie. »Erklär mir mal, wie du zu diesem Luxusschlitten kommst.«

»Den hat mir ein Freund geliehen. Ich mußte ja irgendwie nach Bisbee kommen.«

»Und wie steht es mit dem Vermögen der Godwins?« fragte sie angriffslustig.

»Gehört alles meinem Stiefbruder Paul.«

»Deinem Stiefbruder?« wiederholte sie – die Augen mißtrauisch zusammengekniffen.

»Paul ist der direkte Erbe«, erklärte er geduldig und ließ

dabei den Blick kühn über ihren Körper gleiten. »Sein Vater hat meine Mutter nach dem Tod von Fanny, Pauls Mutter, geheiratet.«

»Aber – aber die Festung«, stammelte sie. »Du lebst doch dort!«

»Da irrst du dich, mein Schatz. Ich bin nur hin und wieder zu Besuch dort. Paul ist allerdings sehr großmütig. Er hat nichts unversucht gelassen, um mich zu überreden, weiter dort zu leben. In der Festung ist ja weiß Gott genug Platz für beide. Wenn Paul und seine Frau Arlene keine Kinder bekommen, erbe ich natürlich irgendwann einmal das monströse Bauwerk und das ganze Geld. Doch ein Vermögen kann man ebenso rasch wieder einbüßen wie man es gewinnt, um dann erneut zu Geld zu kommen. Mir macht das Spiel an sich Spaß und nicht das Einkassieren der Chips. Das ganze Leben ist ein Glücksspiel.« Er nahm Amandas Hände, die verkrampft in ihrem Schoß lagen und zog sie zu sich hinüber. »Sind die Barrieren jetzt beseitigt, die du zwischen uns aufgerichtet hast?« fragte er ganz sanft.

Amanda versuchte loszukommen, doch er hielt sie fest. »Nein!« zischte sie. »Du bist und bleibst ein Godwin, und wenn du nur willst, gehört die Festung dir!«

»Dann werde ich die Barriere auf andere Weise niederreißen!« knirschte er. Er riß sie ungestüm an sich und preßte seinen Mund auf ihren. Amanda wollte protestieren, doch er küßte sie so leidenschaftlich, daß sich ihr nur ein Stöhnen entrang. Sie versuchte ihn wegzustoßen, doch das gelang ihr nicht. Sie bekam seine Kraft am eigenen Leib zu spüren. Amanda erstarrte, als Nick seine Zunge zwischen ihre Lippen zwängte. Nach einer Weile ließ er von ihr ab, hielt sie aber immer noch an sich gepreßt. Dann küßte er sie noch einmal. Er fuhr mit der Zunge liebkosend über die Stellen, an denen seine Zähne zuvor Abdrücke hinterlassen hatten.

Amanda biß ihn in die Lippen. Nick fuhr zurück. Sie schlug ihn ins Gesicht. Das klatschende Geräusch klang in der Stille der Nacht übertrieben laut.

Nick packte sie an den Schultern und schüttelte sie heftig. Seine Wange schmerzte und verfärbte sich. »Zum Teufel mit dir!« fuhr er sie an. Wofür hielt sie sich? Hoheitsvoll wie eine

Königin saß sie im Wagen. Nicks Hände zuckten. Er hätte sie am liebsten in ihr langes bläulichschwarzes Haar versenkt und ihr den Kopf zurückgerissen, bis sie ihm freiwillig die Lippen zum Kuß bot. Er stieß sie grob zurück und stellte den Motor an. Die Atmosphäre war vergiftet. Auf der Rückfahrt hinunter in die Stadt lag beklemmendes Schweigen über dem Wagen. Der Zorn machte beiden selbst das Atmen schwer.

»Wo wohnst du?« fragte Nick kurz angebunden.

»Unterhalb von Castle Rock«, murmelte sie gepreßt. Amanda hauste mit ihrem Vater in einer jämmerlichen Bretterbude, die auf Pfählen stand. Wenn im Sommer Wolkenbrüche niedergingen, brausten Wassermassen durch die Schlucht und überschwemmten sie. Daher die Pfahlbauten der Bergleute.

Als Nick vor dem Häuschen hielt, sprang Amanda aus dem Wagen. »Du bist eine Zumutung!« knirschte sie und schlug die Tür zu. Der Wagen brauste mit quietschenden Reifen davon. Amanda stürzte die Stufen hinauf und lehnte sich drinnen völlig außer Atem gegen die Tür. Sie fühlte sich unendlich schwach – und haßte Nick wie nie zuvor.

44

Amanda rechnete damit, daß Nick am darauffolgenden Samstag wieder auftauchen würde. Sie sagte sich gereizt, daß sie sich Nick gegenüber ja hilflos fühlen *mußte*. Keiner ihrer grandiosen Kindheitsträume war in Erfüllung gegangen. Weder hatte sie sich gerächt noch Cristo Rey in ihren Besitz gebracht. Ihre Armut stand in krassem Gegensatz zu dem Reichtum, den Nick trotz allem genoß. Er war ein Godwin, und dieser Name bedeutete in Arizona Geld.

Amandas Kummer fiel auch Lars auf, einem hünenhaften Schweden aus Michigan. An Wochentagen schloß das Restaurant erst um zehn. Im Anschluß daran brachte Lars sie immer heim. Dafür war ihm Taro ausgesprochen dankbar.

Im Schein einer Straßenlaterne faßte Lars Amanda um die Schultern und drehte sie zu sich herum. »Was hast du nur,

Amanda? Du hörst mir gar nicht zu«, beklagte er sich schwerfällig.

»Entschuldige, Lars. Es war ein langer anstrengender Tag.«

»Seit einem Jahr stelle ich dir immer die gleiche Frage. Willst du mir nicht endlich Antwort darauf geben?«

Amanda seufzte und bemühte sich, ganz sanft zu sprechen. »Lars, du weißt doch, ich kann dich nicht...«

Lars ließ sie los und rammte die Fäuste in die Hosentaschen. »Ich weiß schon – du willst mich nicht heiraten, weil du nicht dein Leben lang arm bleiben möchtest. Das brauchst du gar nicht. Ich bin heute zum Oberaufseher befördert worden!«

Er strahlte vor Stolz. Amanda tat es entsetzlich leid, daß sie seiner Freude einen Dämpfer aufsetzen mußte. Sie war ihm sehr zu Dank verpflichtet. Lars hatte sich immer rührend für ihren Vater eingesetzt. Als ihr Vater aus Altersgründen nicht mehr ganztags unter Tage arbeiten konnte, hatte ihm Lars Arbeit in der Wäscherei besorgt. Sie durfte Lars nicht an der Nase herumführen, ihm keine falschen Hoffnungen machen. Sie legte ihm mitleidig die Hand auf den Arm. »Das freut mich sehr für dich. Ich habe dir ja prophezeit, daß du es eines Tages schaffen wirst.«

Er wandte sich ihr glücklich zu. »Dann bist du also einverstanden? Wir können heiraten?«

Amanda schüttelte den Kopf. »Nein, Lars, ich kann nicht. Du wünschst dir mehr als alles andere, es zu etwas zu bringen. Siehst du, das möchte ich auch. Ich will weg von hier, weg von den Bergwerken. Ich muß heraus aus diesem Sumpf der Hoffnungslosigkeit, um wieder frei atmen zu können.«

Lars verzog das Gesicht. »Ich bin also nicht gut genug für die Tochter eines Japsen. Wer hätte das gedacht?«

Amanda schnappte nach Luft. Lars gehörte zu den wenigen Menschen, die sie frei von Vorurteilen glaubte.

Als Lars die Trauer in ihren Augen sah, legte er rasch den Arm um sie. »Es tut mir leid, Amanda. Ich habe das nicht so gemeint. Ich sehne mich so sehr nach dir, daß ich es kaum mehr ertrage. Es ist die Hölle, dir so nahe zu sein und doch nicht... Liebst du einen anderen?« fragte er erbittert. Dann grinste er verlegen. »Ich mache mich nur zum Narren. Komm, ich bringe dich nach Hause. Sonst zückt dein Vater sein Samuraischwert.«

Im Haus schlich sie leise zu ihrer Schlafstelle. Doch der quälende Husten ihres Vaters verriet ihr, daß er noch nicht schlief. Obwohl er jeden Morgen um vier Uhr aufstand, schlief er niemals ein, ehe sie zu Hause war. »Vater, hast du deine Medizin genommen?« fragte sie ihn im Dunkeln.

»Das gefärbte Wasser? Nein.« Sie wußten beide, daß er an der Bergarbeiterkrankheit litt, die keinen Bergmann verschonte, doch sie sprachen nie darüber. Vor etwa einem Jahr hatte er ihr erklärt: »Es gibt für diese Krankheit keine Heilung. Auch wenn ich nicht mehr unter Tage arbeite, werde ich daran sterben. Wir sterben alle einmal. Ich werde arbeiten, solange mich meine Beine tragen. Und nun wollen wir nie wieder davon sprechen.«

Amanda zog sich aus und legte sich auf ihre Matte. Da fragte ihr Vater: »Wirst du Lars heiraten, Tochter?«

Amanda zögerte und sagte dann: »Nein, Vater. Ich erwarte mehr vom Leben als ein Mann mir bieten kann.«

Ihr Vater kicherte. »Amanda, im Vergleich zu anderen Mädchen deines Alters bist du noch ziemlich unreif. Die meisten wissen schon viel mehr über Männer, sie verstehen das andere Geschlecht.«

Zwei Wochen später setzten Männer ihren Vater vor die Tür. Die Gewerkschaft hatte beschlossen, keine Orientalen und Mexikaner mehr einzustellen. Lars versuchte noch, die Bergarbeiter gegen die Verordnung aufzuhetzen bzw. die Gewerkschaft umzustimmen, doch ohne Erfolg. Ihr Vater litt furchtbar darunter. Die Entlassung machte ihm weit mehr zu schaffen als die Schmerzen in der Lunge. Taro verfiel zusehends.

Sein Kummer ging Amanda sehr zu Herzen. Als sie nicht mehr mitansehen konnte, wie er litt, schlug sie ihm vor: »Vater, laß uns nach Tucson ziehen. Die Stadt ist so groß, daß ich dort sicher eine Stellung als Sekretärin finde. Dadurch können wir uns über Wasser halten. Und abends möchte ich studieren.« Ihr Vater blickte skeptisch drein. Doch Amanda ließ sich nicht beirren. »Ich weiß, es wird nicht leicht sein. Wir werden uns vielleicht für den Anfang noch mehr einschränken müssen als hier, doch in Tucson können wir uns wenigstens noch Hoffnung machen, daß auch einmal bessere Zeiten für uns kommen.«

Taro verzog die Lippen zu einem leisen Lächeln. »Bei jedem anderen würde ich sagen, er hat nicht einmal die gleiche Chance wie ein Chinese. Aber du triffst dort vielleicht auf dein Karma.« Er zuckte mit dem Fatalismus des Orientalen die Schultern.

45

Amanda fand am Rande des Barrio Libre, wo die Mexikaner und Chinesen lebten, ein kleines Mietshaus mit zwei Zimmern. Ins College aufgenommen zu werden, erwies sich als weit schwieriger, obwohl sie hervorragende Zeugnisse vorweisen konnte.

Bei der Einschreibung murmelte der bebrillte Mann verlegen: »Sehen Sie, Miß Shyma, es kommt nur selten vor, daß hier Orientalen studieren. Hinzu kommt noch, daß Sie auf einem Jurastudium bestehen, was doch eigentlich Männersache ist...«

Amanda unterbrach ihn: »Zwei Dinge sprechen also gegen mich: meine Rasse und mein Geschlecht.«

»So kraß würde ich es nicht ausdrücken. Sie haben zwar sehr gute Noten, doch wir können nicht beweisen, daß Sie in der Lage sind, Ihr Studium zu finanzieren. Wenn Sie gezwungen sind, wieder aufzuhören, wird womöglich mitten im Semester ein Studienplatz frei, den wir besser an einen anderen Bewerber vergeben hätten.«

»Ich höre nicht plötzlich auf zu studieren. Ich werde eine Stellung annehmen, um mein Studium zu finanzieren.«

»Haben Sie schon eine Stellung?«

»Noch nicht, aber bald.«

Das war voreilig gewesen. Schon nach ein paar Tagen stand Amanda wieder vor dem Mann. »Draußen auf der Anschlagtafel heißt es, Sie hätten Teilzeitjobs an Studenten zu vergeben. Ich bitte um einen solchen Job.«

Der Mann sah sie mit gerunzelter Stirn an. »Im Augenblick

sieht es nicht gut aus. Sie könnten höchstens die Waschräume und Toiletten putzen, die zu den Schlafsälen gehören. Sind Sie daran interessiert?«

Was Amanda mit dieser Dienstbotenarbeit verdiente, reichte nicht für das Studium und den Lebensunterhalt. »Dann werde ich wie der sprichwörtliche Orientale für andere Leute Wäsche waschen«, erbot sich Taro mit bedrücktem Lächeln, als sie ihr letztes Geld zählten. »Seit ich nicht mehr im Bergbau tätig bin, hat sich mein Gesundheitszustand sehr gebessert. Ich sehe also keinen Grund, warum ich nicht arbeiten sollte. Und es würde mich sehr glücklich machen.«

Das stimmte allerdings. Doch mit fast zweiundsiebzig Jahren lief das Geschäft bei ihm nur langsam an. Sie konnten sich nur gerade eben über Wasser halten.

Die mageren Jahre wurden noch schlimmer, als Ende 1939 in Europa Krieg ausbrach. Amanda las täglich die Gesellschaftsnachrichten im *Arizona Daily Star*. Sie delektierte sich daran, wie die dekadenten Reichen lebten. Das las sich wie ein Märchen. Hin und wieder tauchte auch der Name Godwin auf. Meistens war von Paul die Rede, manchmal auch von Nick. Obwohl die Festung Paul gehörte und er mit seiner Familie dort lebte, versinnbildlichte Nick mit seiner Arroganz Cristo Rey für sie. Amanda las, daß er mit einer reichen Debütantin den Winterball besucht und sein Staatsexamen als Jurist mit Auszeichnung bestanden hatte. Das wunderte sie nicht. Er war klug und ehrgeizig und wählte seine Begleiterinnen sorgsam aus – man sah ihn nur mit teuer gekleideten Mädchen aus reichem Hause, blauäugige Blondinen mit sonnigem Lächeln.

Ein- oder zweimal hatte er sie auf dem Universitätsgelände auch gesehen. Wenn eine plötzliche Hitzewelle sie überlief, konnte sie ganz sicher sein, daß Nick nicht weit war.

Als feststand, daß sie in die juristische Fakultät aufgenommen werden würde, feierten sie und ihr Vater die Nachricht mit einem Glas Sake.

Im Jahre 1940 machten Paul und Nick Godwin in der gleichen Woche Schlagzeilen. Roosevelt hatte Paul Godwin zu seinem Berater in Wirtschaftsfragen ernannt. Das Zeitungsfoto zeigte einen gutaussehenden Mann in mittleren Jahren. In dem Artikel hieß es, Paul werde bald nach Europa reisen, um Premierminister Chamberlain bei den Verhandlungen mit Adolf Hitler zur Seite zu stehen, bei denen es um die Tschechoslowakei ging.

Pauls jüngerer Bruder Nick stand ebenfalls im Scheinwerferlicht der Öffentlichkeit, als er seine Verlobung mit Danielle Stirling aus der Familie Warren in Boston bekanntgab. Das Foto zeigte eine strahlend schöne feurige Blondine.

Den ganzen Sommer über tauchte Nicks Name im Zusammenhang mit ›Warrens Nichte‹ immer wieder in den Gesellschaftsspalten auf. Amanda hatte allmählich das Gefühl, alles über ihn zu wissen. Sie schwor sich tausendmal, hinfort kein Wort mehr über ihn zu lesen, doch sie wurde immer wieder schwach. Das artete zur Besessenheit aus.

Im Spätherbst fand die Hochzeit statt. Im Anschluß daran gab Nick bekannt, er wolle sich als Kandidat für das Amt des Bürgermeisters aufstellen lassen.

»Ich werde hier im Barrio eine Kampagne gegen ihn starten«, schwor Amanda ihrem Vater.

»Tochter, wirst du denn niemals lernen, dich mit den Dingen abzufinden, die du nicht ändern kannst? Willst du dir wie eine Motte immer wieder die Flügel verbrennen?«

»Jeder Mensch muß sich ein Ziel setzen, Vater. Ich habe mir fest vorgenommen, eines Tages über die Godwins zu triumphieren. Deshalb studiere ich auch Jura. Nur das zählt für mich. Und du natürlich, Vater.«

Nach einem halben Jahr ging Nick Godwin als strahlender Sieger aus dem Rennen hervor. Er wurde Bürgermeister. Amanda redete sich ein, daß der Grund nicht nur in den umwälzenden Reformen zu suchen war, die Nick seinen Wählern versprochen hatte, sondern auch in der Verbindung mit der einflußreichen Familie Warren.

Von da an stand sein Name häufig in der Zeitung. Er kam rasch zu Geld. Amanda sagte sich, daß ihr Examen erst einmal vorging. Nick Godwin und Cristo Rey konnten warten. Sie beschloß, sich nach einem Job für die Abendstunden umzusehen und ihre Putzstelle aufzugeben. Schon nach einer Woche stieß sie auf eine Zeitungsanzeige, die ihr zusagte. Für das

Restaurant Casablanca wurde eine Sängerin gesucht. Sie bewarb sich zusammen mit vielen anderen. Obwohl sie nie eine Gesangsausbildung erhalten hatte, kam sie mit zwei anderen jungen Mädchen in die Endausscheidung. Als sie an der Reihe war, trug sie zitternd und mit heiserer Stimme das Lied »Deep Purple« vor. Der verdrießliche Manager verzog keine Miene. Als sie geendet hatte, knurrte er: »Du hast gewonnen, Püppchen. Morgen abend um sechs trittst du hier an, doch in etwas Flotterem als diesem braven Kleidchen.«

Amanda konnte ihr Glück kaum fassen. »Vielen Dank, Sir.«

»Ich gratuliere Ihnen«, wandte sich der junge Pianist an sie. »Sollen wir das nicht mit einer Tasse Kaffee feiern?«

Amanda sagte freudig zu.

Beim Kaffee erfuhr sie, daß Larry Willis Wirtschaftswissenschaften studierte. »Mir ist zum Glück schon eine Stellung sicher. Nun muß ich nur noch mein Examen bestehen.«

Larry war ein netter junger Mann, mit sandfarbenem Haar und warmen haselnußbraunen Augen. Er sah sie bewundernd an. »Und was studieren Sie?«

»Jura.«

»Wirtschaftsrecht oder Kriminalrecht?«

»Weder noch. Verfassungsrecht.«

Larry stieß einen leisen Pfiff aus. »Donnerwetter! Sie machen es sich nicht leicht.«

Amanda lächelte. »Ich habe mir das schon vor einer ganzen Weile vorgenommen.«

»Sehen Sie nur zu, daß Ihnen genug Zeit für das Studium bleibt«, lästerte Larry. »Wenn Sie nicht aufpassen, wird Mike Sie dazu bringen, daß Sie mehr als vier Nächte pro Woche singen.«

Amanda genoß diese leichte unverfängliche Konversation. Die Zeit verging wie im Fluge. Schließlich erhob sie sich widerstrebend. Larry begleitete sie zur Bushaltestelle. Dort griff er nach ihrer Hand und sagte leise: »Gute Nacht, Amanda. Ich freue mich schon auf morgen.«

Als sie ihrem Vater von der neuen Stellung berichtete, verlor er kein Wort mehr darüber, daß sie sich um drei Stunden verspätet hatte. »Amanda, ich bin sehr stolz auf dich. Die Töchter der anderen Familien hier im Barrio gehen nicht aufs College. Sie heiraten und bekommen Kinder.«

Plötzlich fiel Amanda etwas ein, das ihre Freude trübte. »Vater, ich muß morgen in einem eleganten Kleid erscheinen«, klagte sie.

Sie hatte nichts Geeignetes – besaß nur kurze Röcke, Blusen und Pullover. Als sie verzweifelt die Hände rang, trat ihr Vater zu ihr. Er hielt etwas hinter dem Rücken versteckt.

»Was hast du da, Vater?«

Er hielt ihr ein schimmerndes rotes Kleid aus Atlasseide hin.

»Vater, wo hast du das her?« stammelte sie.

Taro lächelte geheimnisvoll. »Die Christen sagen – glaube ich – es ist wie Manna vom Himmel gefallen.«

Amanda stemmte die Hände an die Hüften. »So, und nun rück mit der Wahrheit heraus.«

Taros Gesicht spiegelte diebische Freude. »Es gehört einer meiner Stammkundinnen. Sie holt ihre Sachen erst nächste Woche ab. Bis dahin wird der Herr schon Sorge dafür tragen, daß sich etwas anderes findet.«

Amanda konnte das prächtige Kleid behalten; denn die chinesische Familie erschien nie, um es abzuholen.

Das Kleid war für eine zierliche Chinesin gemacht und sollte eigentlich locker sitzen. Bei Amanda lag es enger an. Es umschloß die hochangesetzten Brüste und die schmalen Hüften fest. Das Kleid kam durch ihr bläulichschwarzes Haar besonders gut zur Geltung, als sie zu ihrem ersten Auftritt im Scheinwerferlicht des Dinner Clubs stand. Als Nick Godwin das ›Casablanca‹ drei Wochen später betrat, fiel sein Blick sofort auf diese strahlende Erscheinung.

46

Amanda hatte nicht damit gerechnet, Nick Godwin im ›Casablanca‹ zu begegnen, einem intimen kleinen Restaurant, das nicht viel hermachte, doch bei der ›jeunesse dorée‹ gerade ›in‹ war.

Amandas Nackenhaar sträubte sich, sobald sie seine Nähe spürte. Sie unterbrach sich mitten im Satz, drehte sich ganz langsam um und suchte das Restaurant nach ihm ab. Nick beugte sich gerade über den Tisch, um seiner Frau Feuer zu geben. Auf den Fotos sah Danielle nicht entfernt so gut aus wie in Wirklichkeit. Schulterlanges Haar, makellose Haut, die Lippen feuerrot geschminkt. Sie trug ein teures Modellkleid mit wattierten Schultern. Alles an ihr zeugte von Eleganz, so wie Nick Macht und Autorität ausstrahlte.

Amanda fühle sich magisch zu Nick hingezogen. Er beherrschte mit seiner Gegenwart den ganzen Raum. Er besaß den lasterhaften Charme eines Glücksspielers und wirkte dadurch vielleicht attraktiver als er war. Keine Frau konnte sich seiner Ausstrahlung entziehen. Sein eleganter, maßgeschneiderter Smoking stand ihm sehr gut zu Gesicht und ließ kaum ahnen, was für ein kräftiger muskulöser Körper sich darunter verbarg. Nicks Selbstvertrauen war nicht zu überbieten. Amanda sehnte sich danach, dieses Selbstvertrauen zu erschüttern und allmählich zunichte zu machen.

Larry schlug die ersten Takte eines Liedes an. »Amanda, vergiß deinen Einsatz nicht«, flüsterte er ihr zu. Der Scheinwerfer tauchte sie in grelles Licht. Das Lied, das sie jetzt singen sollte, hatte Judy Garland in *Broadwaymelodien 1938* berühmt gemacht.

Als sie die Worte sang:

»You made me love you
I didn't want to do it,
you made me want you,
and all the time you knew it...«

spürte sie, wie Nick sie ungeniert musterte. Mit einer solchen Intensität, daß sie butterweiche Knie bekam. Dankbar lehnte sie sich an den Flügel.

Angesichts dieser Schwäche stieg Zorn in ihr auf. Daher fiel das Finale des Liedes besonders leidenschaftlich aus. Kaum war der letzte Ton verklungen, lohnten ihr die Gäste ihren Vortrag mit donnerndem Applaus.

»Amanda, ich bin ganz perplex. Du verstehst es wirklich, die Leute mitzureißen«, gratulierte ihr Larry.

Mit der Probe konnte man den Auftritt freilich nicht verglechen. Fast geriet Amanda in Verlegenheit; denn sie nahm das Singen gar nicht richtig ernst.

Kaum war der Applaus verklungen, da herrschte wieder dieses Einverständnis zwischen Nick und ihr. Amanda kam es vor, als würden Stromstöße durch ihren Körper gejagt. Sie zuckte zusammen und wagte kaum zu atmen.

Die Bühne wurde in gedämpftes Licht getaucht. Amandas nächstes Lied begann mit den Worten:

»Kiss me once, kiss me twice,
kiss me once again.
It's been a long long time ...«

Amanda hauchte diese Worte nur.

Der Abend schien sich endlos hinzuziehen. Sie konnte es kaum erwarten, bis das letzte Lied verklungen war. Sie eilte in ihre winzige Garderobe, zog sich in fliegender Hast um und wollte gehen. Für sie unbegreiflich, waren Nick und sie unauflöslich aneinandergekettet. Nur ihr Haß konnte sie so zusammengeschmiedet haben.

Es klopfte. Larry steckte den Kopf zur Tür herein. »Amanda, rate mal, wer uns an seinen Tisch gebeten hat?«

»Warte mal«, scherzte sie. »Vermutlich Franklin Delano Roosevelt und Eleanor.«

»Gar nicht mal so schlecht. Der Bürgermeister von Tucson!«

Amanda erstarrte. Sie hätte nie gedacht, daß Nick soweit gehen würde. Er schreckte wirklich vor nichts zurück. »Larry, ich kann nicht. Entschuldige mich bitte bei ihm.«

»Das kann nicht dein Ernst sein, Amanda! So was kommt schließlich nicht jeden Tag vor!« Doch es gelang ihm nicht, sie umzustimmen. Da versuchte er es mit einem anderen Argument. »Wenn das Mike zu Ohren kommt, wird er sehr ungehalten sein.«

Amanda zuckte nur die Schultern. »Ich werde schließlich nicht dafür bezahlt, daß ich mit den Gästen flirte.« Da ließ Larry traurig den Kopf hängen und gab sich geschlagen.

In dem kleinen Vorraum wären sie fast mit Mike zusammengestoßen, der völlig außer sich hereingestürmt kam. »Was ist denn in dich gefahren, Püppchen? Einen Godwin kannst du doch nicht warten lassen!« Da erst entdeckte er die Tasche unter ihrem Arm. Die Augen quollen ihm fast aus dem Kopf. »Nun sag bloß noch, daß du gerade gehen wolltest!«

Amanda und Larry sahen sich erschrocken an. »Wenn du das nämlich tust«, drohte ihr Mike, »brauchst du gar nicht mehr wiederzukommen.«

Larry schlug die Augen zum Himmel. »Wir wollten nur ein bißchen frische Luft schnappen. Stimmt's, Amanda?«

Amanda griff dankbar nach dem rettenden Strohhalm und nickte.

Mike strahlte. »Na, seht ihr, Kinder. Es wird sich schon bezahlt machen.«

»Herr Bürgermeister«, stellte er die beiden vor, »hier sind meine Stars: Amanda Shima und Larry Willis!«

Nick hatte eigentlich vorgehabt, Amanda nie wiederzusehen. Dieses vermaledeite Weib mit seinem teuflichen Temperament und seinen Wutausbrüchen. Und dem verfluchten Stolz. Saß da auf ihrem vollendeten kleinen Hintern wie eine fernöstliche Prinzessin. Diese kleine Wildkatze war fest entschlossen, sich zu holen, worauf sie ein Recht zu haben glaubte. Wie er sich danach sehnte, ihr zu verpassen, was sie verdiente!

»Ich glaube, wir kennen uns bereits«, wandte sich Nick an sie.

»Sie haben eine gute Stimme, Miß Shima«, sagte Danielle. »Ist Shima übrigens ein italienischer oder ein orientalischer Name?«

Es war ihr deutlich anzumerken, daß sie die Antwort gar nicht interessierte. Sie beobachtete Amanda durch den Zigarettenrauch und ließ sie, genau wie Nick, nicht aus den Augen. Sie spürte instinktiv, daß Nick weit mehr als ein vages Interesse mit Amanda verband.

»Shima ist ein japanischer Name«, erklärte Amanda.

Danielle zog eine fein geschwungene Braue hoch. »Dann ist diese – Arbeit – also Ihr Beruf?«

»Nein, ich verdiene mir damit nur meinen Lebensunterhalt«. Der Kellner brachte die Drinks. Amanda kippte den bestellten Scotch mit Wasser hinunter, als hätte sie ihr Lebtag nichts anderes getan. Mike konnte mit ihr zufrieden sein. Sie hatte ihrer Pflicht genügt. Amanda wandte sich an Larry, der ihr gegenübersaß. »Ich muß jetzt gehen, sonst verpasse ich noch meinen Bus.«

Larry erhob sich sofort, doch Nick legte ihm die Hand auf den Arm. »Miß Shima, wir bringen Sie nach Hause.«

Amanda sah ihn eisig an. »Vielen Dank, Herr Bürgermeister; aber ich fürchte, ich muß in eine ganz andere Richtung als Sie.«

47

Larry raunte ihr zu: »Er ist schon wieder da«, während seine Finger behende über die Tasten glitten. Es war ihm also auch schon aufgefallen, daß Nick Godwin häufig im ›Casablanca‹ erschien. Allein im letzten Monat dreimal – zweimal mit Geschäftsfreunden und einmal allein.

Es machte sie nervös, zu singen, wenn er da war und zu wissen, daß er sich mit den Blicken an ihr festsaugte wie kein anderer Mann. Da saß er nun als Gast, für den sie singen mußte. Er führte ihre Träume ad absurdum. Wie konnte sie sich an ihm rächen und in den Besitz von Cristo Rey gelangen?

Sie sang ihr Lied zu Ende und gab Larry zu verstehen, daß er ihre nächste Nummer unter den Tisch fallen lassen sollte. »Ich gehe«, signalisierte sie ihm.

Mike holte sie auf dem Weg zur Garderobe ein. »Der Bürgermeister verlangt schon wieder nach dir«, feixte er. »Dem hast du's ja gewaltig angetan.«

»Ich weiß, was Sie denken«, erwiderte Amanda indigniert. »Doch ich habe nichts mit Bürgermeister Godwin im Sinn. Daran wird sich auch in Zukunft nichts ändern.«

»Ist ja schon gut«, meinte er besänftigend. Er schwenkte völlig um. »Du darfst nicht vergessen, daß es in der Macht des Bürgermeisters steht, uns die Lizenz zum Ausschank von Alkohol zu entziehen – wegen der nahen Universität und überhaupt. Dann stünden wir alle ohne Job da. Das kannst du doch unmöglich wollen.« Er zwinkerte ihr verschwörerisch zu. »Na komm schon, was macht es dir schon aus, ein paar Minuten an seinen Tisch zu gehen?«

Amanda fehlte leider noch ein Jahr bis zum Staatsexamen. Ein Jahr später hätte sie Mike – und auch Nick – ins Gesicht spucken können. Sie wirbelte herum und ging in das Restaurant zurück. »Sie wollen mich sprechen?« wandte sie sich brüsk an Nick.

Der zündete sich eine Zigarette an der Kerzenflamme an. Er inhalierte tief. Seine Augen verengten sich dabei. Langsam stieß er den Rauch wieder aus, ohne den Blick von ihr zu wenden. »Deine Abneigung gegen mich läßt mir keine Ruhe.«

»›Abneigung‹ ist noch milde ausgedrückt. Ich würde es ›Feindseligkeit‹ nennen.«

»Nenn es wie du willst. Doch ich glaube, uns verbindet ein viel stärkeres Gefühl.«

»Uns verbindet nichts, Herr Bürgermeister!« fauchte Amanda mit ätzender Schärfe.

Nick zog die Augenbrauen hoch. »Es hat doch keinen Sinn, das abzustreiten, Mandy. Hol jetzt deine Tasche. Wir gehen!« befahl er.

»Kommt nicht in Frage!«

Sein Blick traf sie wie ein Dolchstoß. Diese verdammten grünen Augen, ereiferte er sich. Er sollte es ihr besorgen; denn sie schrie danach. Wahrscheinlich ließ sie alle anderen an sich ran. Auch den Klavierklimperer. Der Gedanke brachte ihn noch mehr auf. Er drückte wütend seine Zigarette aus, packte ihre Hand und riß Amanda hoch. »Ich bringe dich nach Hause!«

»Nein!« widersprach sie und bemühte sich vergebens, sich seinem Klammergriff zu entziehen.

Nick runzelte ärgerlich die Stirn. »Auch wenn du eine Szene machst – du kommst jetzt mit! Und wenn ich den Polizeichef kommen lassen muß, damit er dich festnimmt.«

Amanda zweifelte nicht daran, daß er imstande war, seine Drohung wahrzumachen. Er stieß Amanda grob zur Tür hinaus – auf den dunklen Parkplatz hinter dem Restaurant.

»Du tust mir weh!« rief sie erbost und rieb ihr Handgelenk. Noch nie war jemand so brutal mit ihr umgegangen. Ihr Vater hatte nie die Hand gegen sie erhoben. Ein Blick von ihm genügte, um sie zur Raison zu bringen. »Du bist ein Vieh!« warf sie ihm an den Kopf.

Nick lachte schallend und stieß sie förmlich in den schnittigen weißen Pierce-Arrow. »Was glaubst du wohl, was du bist?« fragte er und ließ den Motor aufheulen. »Du, mein Schatz, bist eine Kuh, die scharf ist auf den Stier.«

Amanda hob die Hand, um ihm das Gesicht zu zerkratzen. Doch Nick kam ihr zuvor und hielt sie eisern fest. »Pech gehabt!«

Mit einem Ruck riß er sie an sich, so daß sich die Knöpfe seines Jacketts regelrecht in ihre Brust eingruben. Er preßte wütend seinen harten Mund auf ihren. Seine Zähne drückten gegen ihre Lippen, so daß sie sich gezwungen sah, den Mund zu öffnen und seiner Zunge Einlaß zu gewähren. Nick stieß ihr die Zunge in den Mund, schob ihre Zunge einfach beiseite und züngelte sich wie ein Wilder in die entlegensten Winkel ihres Mundes.

Es war wie eine Vergewaltigung. Noch viel schlimmer als das erste Mal, als er sie küßte. Er war ein wildes Tier! Er versetzte sie in Aufruhr. Glühende Pfeile durchfuhren sie. Auch in ihm brodelte es. Seine Küsse versengten sie, folgten immer rascher aufeinander, wurden immer leidenschaftlicher – bis der Funke völlig auf sie übersprang und sie angesichts seiner Glut dahinschmolz. Doch so hatte sie sich das nicht vorgestellt!

Ihre Küsse wurden immer gewalttätiger. Sie wollten einander wehtun. Straften sich mit Küssen. Mit einem Mal stieß Nick Amanda heftig von sich. »Siehst du?« keuchte er. »Ich hatte recht! Eine Kuh, die zum Stier will. Ich rieche das ganz deutlich. Kann der Klimperer deine Begierde nicht stillen?«

»Du widerst mich an!«

»Danke gleichfalls! Meine Liebe, du läßt die Tugenden vermissen, deren sich eine Dame rühmen kann.« Der Wagen schoß auf den Boulevard hinaus. »Wohin?«

»Ins Barrio«, knirschte sie. Sie mußte an sich halten, um nicht zu explodieren.

Im Barrio wollte sie mit einem Satz aus dem Wagen springen, doch er hielt sie fest. »So leicht kommst du nicht davon!« knurrte er.

»Was willst du denn jetzt noch? Mich?«

»Ja!«

Amanda lachte hysterisch und konnte gar nicht mehr aufhören. »Das ist die ausgleichende Gerechtigkeit«, japste sie, sobald sie wieder sprechen konnte. »Ein winziger Triumph ist mir vergönnt. Ich kann sagen: ›Niemals!‹« Auch der schlimmste Rachedurst ändert nichts an deinen Gefühlen für mich!« hielt Nick ihr vor. Sein männlicher Geruch stieg ihr in die Nase und erregte sie.

»Ich empfinde für dich nichts als Verachtung!« schleuderte sie ihm entgegen.

Da preßte er wie ein Verdurstender den Mund auf ihre Lippen und drückte ihren Kopf gegen die Sitzlehne. Er küßte sie brutal und ungestüm und versengte sie mit seiner Glut. Er grub ihr die Zähne in die Lippen. Amanda hielt seinen Kopf umklammert, damit er sich ihr nicht entziehen konnte, als er ihre Zunge und ihre Zähne zu spüren bekam. Sie krallte die Finger in sein dichtes Haar, daß er vor Schmerzen fast aufgeschrien hätte.

Endlich ließen sie keuchend voneinander ab. »Ich hasse dich!« flüsterte sie.

»Nun erzähl mir bloß nicht, daß uns nichts verbindet!« knirschte er. »Ich beweise es dir, bis du es glaubst!«

»Ich will dich nie wiedersehen!« schrie Amanda, sprang aus dem Wagen und rannte wie gehetzt davon.

Danach sah sie Nick eine ganze Weile nicht. Gegen Ende des Sommers wehte eines Tages ein heftiger Sandsturm durch die Straßen Tucsons. Da hielt plötzlich Nicks Pierce-Arrow neben ihr. Eine Stimme befahl ihr: »Mandy, steig ein.«

Amanda ließ Larry einfach stehen und gehorchte. Im Wageninnern knisterte es förmlich vor Animosität. Sie schwiegen beide. Einen flüchtigen Augenblick lang plagte sie das Gewissen, weil sie den armen Larry einfach hatte stehenlassen, doch neben Nick verblaßte alles.

»Wo fahren wir eigentlich hin?« fragte sie.

»Ich muß in einer Stunde zu einer Stadtratsitzung. Aber vorher muß ich noch etwas wissen.« Er sah sie durchdringend an.

»Ich dachte, du bist allwissend!«

Nick ignorierte Amandas Sarkasmus. »Du hast gesagt, du willst mich nicht mehr sehen. Ich hatte mir das ganz einfach vorgestellt. Ich weiß ja schließlich, wie geldgierig und sexhungrig du bist.«

»Jetzt reicht's mir aber!« kreischte sie. »Halt an! Ich will aussteigen! Sofort!« Der Wagen erklomm die steile Straße zum Santa Cruz River und den Tucson Mountains.

»Nicht, bevor gesagt ist, was ich dir zu sagen habe!« knurrte Nick. Er fuhr an den Straßenrand. Draußen tobte der Sandsturm mit unverminderter Heftigkeit. Sie waren wie abgeschnitten vom Rest der Welt.

Nick sah mit stierem Blick vor sich hin, doch er hielt das Steuerrad so fest umklammert, daß seine Knöchel weiß hervortraten. »Ich dachte, ich könnte dich vergessen. Aber ich sehe dich in jeder Frau. Überall höre ich deine rauchige Stimme. Mein Gott, nachts im Bett glaube ich manchmal, sogar dein exotisches Parfum zu riechen.«

Dieses wütende Geständnis gab ihr das Gefühl, eine Art Dämon zu sein, den er auszutreiben suchte. Das entsetzte sie noch mehr als seine abscheulichen entwürdigenden Küsse. »Bist du sicher, daß dir da nicht das Parfum deiner Frau in die Nase steigt?« stichelte sie.

»Danielle und ich schlafen schon seit über einem Jahr nicht mehr miteinander. Sie möchte auf keinen Fall Kinder.«

Das verschlug Amanda die Sprache. Doch kaum hatte sie sich wieder gefangen, da gab sie zurück: »Und ich dachte immer, ihr seid wie geschaffen füreinander: die Schöne und das Tier!«

Doch das stimmte nicht ganz. Danielle erschien ihr vielmehr brüchig und kalt wie Eiskristalle. Nick brannte in ihren Augen wie Trockeneis. In diesen Augenblick fror sie nach außen hin ganz jämmerlich, doch in ihr tobte ein verzehrendes Fieber. »Was willst du von mir?« stammelte sie.

»Dich will ich!«

»Da kannst du lange warten! Mich kannst du nicht kaufen. Da hilft dir auch dein Name nichts. Mich beeindruckt weder dein Geld noch dein Einfluß in der Politik.« Sie zitterte. Schweiß perlte von ihrer Stirn und ihrer Unterlippe. Wenn Nick sie jetzt berührte, würde sie sich geschlagen geben müssen.

»Wer weiß«, sagte er nachdenklich. »Jedes Ding hat seinen Preis, Mandy. Das wird sich alles noch zeigen. Im Augenblick genügt es mir, dich bei mir zu haben.«

Sie hätte ihm am liebsten ins Gesicht geschlagen. Seine Selbstgefälligkeit trieb sie zur Raserei. »Ich kann auf deine Gesellschaft verzichten. Also wird auch dir nichts anderes übrigbleiben.«

»Du willst dich doch rächen. Das erreichst du, indem du, mich immer wieder in Versuchung führst und mir vor Augen hältst, was ich nie bekommen soll. Na, was hältst du davon?«

Der Gedanke nistete sich langsam in ihr ein. Endlich zeigte sich ihr ein Weg, um ans Ziel zu gelangen.

»Soll das heißen, du möchtest mich nur sehen und mit mir zusammensein? Mehr willst du wirklich nicht?« Amanda runzelte verblüfft die Stirn.

»Natürlich will ich mehr. Ich will dich mit Haut und Haaren. Doch du sollst aus freien Stücken zu mir kommen – wann du es für richtig hältst.«

Amanda ahnte, daß sie sich da auf ein gefährliches Spiel einließ. Doch das Risiko erschien ihr lohnend.

»Stört es dich eigentlich nicht, daß mein Vater Japaner ist?« fragte sie ihn – einer plötzlichen Eingebung folgend.

»Selbst wenn dein Vater Hitler wäre, ließe mich das kalt.«

Er ließ den Motor an. »Ich setze dich auf dem Weg zum Rathaus zu Hause ab.«

Auf der Fahrt dorthin herrschte angespanntes Schweigen. Amanda sah fasziniert auf Nicks Hände, die das Lenkrad so gekonnt handhabten. Sie konnte sich lebhaft vorstellen, wie er sie mit diesen Händen packen und mißhandeln würde. Er hatte Klauen, keine Hände.

Nick spürte ihre wütenden Blicke. »Lieber Himmel!« knurrte er. »Das kann ja heiter werden. Du bist wild entschlossen, dich zu rächen, und ich habe nichts im Sinn als dich zu verführen. Ich bin gespannt, wer siegen wird.«

48

Als Nick sie absetzte, ging Amanda wie in Trance auf das Haus zu. Die Abmachung, die sie getroffen hatten, erschien ihr inzwischen hirnverbrannt. Kein normaler Mann warnt eine Frau davor, daß er vorhat, sie zu verführen und tut es dann auch wirklich.

Nur Nick.

Sie erzählte ihrem Vater von dem seltsamen Gespräch. »Tochter, du wirst dich verbrennen, wenn du mit Gefühlen spielst.«

»Und ich dachte, du würdest mir Vorhaltungen machen, weil ich mit einem verheirateten Mann ausgewesen bin.«

Taro hängte ein fertig gebügeltes Jackett auf einen Kleiderbügel. »Damit würde ich wohl kaum noch etwas ausrichten. Du bist jetzt alt genug, um zu wissen, was du tust. Du solltest aber nicht mit Leidenschaften spielen, als ob es sich um Mahjongg handelte. Das haben schon erfahrenere Menschen versucht und dabei verloren. Bei einem solchen Spiel kann es keinen Sieger geben.«

»Das ist für mich kein Spiel. Es ist mir sehr ernst damit.«

Um acht Uhr abends klopfte es. Nick stand vor der Tür. Es verschlug ihr die Sprache. Sie hätte nie gedacht, daß er sie tatsächlich zu Hause besuchen würde. Doch da stand er nun leibhaftig – eine dominierende Persönlichkeit und imposante Gestalt, die die ganze Tür ausfüllte. Er verschlang sie mit den Blicken.

»Ich bin gekommen, um deinem Vater meine Aufwartung zu machen«, sagte er, als sei das die natürlichste Sache der Welt.

Amanda trat beiseite und ließ Nick herein. »Aber du mußt die Schuhe ausziehen«, bat sie ihn.

Nick entledigte sich klaglos seiner Schuhe und folgte Amanda in das Hinterzimmer. Taro forderte ihn höflich auf, hereinzukommen und mit ihnen Tee zu trinken.

Nick setzte sich mit gekreuzten Beinen Taro gegenüber, als sei er es von Kindesbeinen an gewohnt, so zu sitzen. »Ich danke Ihnen, Mr. Shima. Ich fühle mich geehrt. Hat Ihnen Mandy erzählt, welche Vereinbarung wir getroffen haben?«

Taro nickte feierlich. Dann bat er Amanda: »Tochter, den Tee bitte.«

Von der Küche aus hörte Amanda, wie Nick sagte: »Ich wollte Mandy mit meinem Vorschlag nicht entehren, Mr. Shima. Ich möchte sie sehen und mit ihr zusammensein. Wäre ich nicht verheiratet, würden die Leute gar nichts dabei finden. Doch ich bin nun mal verheiratet. Das ist nicht zu ändern – und ich will es auch nicht ändern.«

Taro sagte anerkennend: »Sie machen keinen Hehl aus Ihren Absichten. Und ich fühle mich geehrt, daß Sie zu mir gekommen sind. Doch würde es etwas ändern, wenn ich Ihnen sagte, daß ich Ihre Absichten nicht gutheißen kann?«

Nick sah Amanda von der Seite an, bevor er antwortete: »Nein, nichts und niemand kann mich von Ihrer Tocher fernhalten.«

Taro trank einen Schluck Tee und fragte leise: »Hat meine Tochter Ihnen auch gesagt, was sie sich in den Kopf gesetzt hat?«

Nick lächelte. »Wir sind sozusagen eine Interessengemeinschaft. Jeder will etwas vom anderen.«

»Ich fürchte, das kann nicht gutgehen«, murmelte Taro traurig.

Als Amanda am Montagnachmittag durch das Universitätsgelände ging, entdeckte sie Nicks Wagen. Sie setzte sich neben ihn. »Ich nehme an, daß du mich sprechen willst.«

Nick grinste hämisch. »Solange dein Vater kein Telefon hat, weiß ich wirklich nicht, wie ich dir anders eine Einladung überbringen soll. Du hast doch deine Meinung nicht geändert, was unser Duell betrifft?«

»Du willst dich doch nicht etwa in aller Öffentlichkeit mit mir sehen lassen?« Ihre Stimme troff förmlich vor Sarkasmus.

»Ich will dich haben, das ist alles. Dazu ist mir jedes Mittel recht«, knurrte er. Er sah stur geradeaus, während er den Wagen durch das Verkehrsgewühl lenkte. »Und ich werde dich bekommen. Du kannst es ja kaum noch erwarten. Du rutschst auf dem Sitz hin und her wie eine läufige Hündin.«

»Du widerst mich an!«

»Vorerst werde ich mich noch mit deiner charmanten Gesellschaft begnügen«, fuhr er ungerührt fort. »Falls es dir gelingt, charmant zu sein.«

»Bei dir erfordert das großes schauspielerisches Talent!«

Nick ignorierte diese bissige Bemerkung. »Kannst du morgen ausnahmsweise mal deine Vorlesungen ausfallen lassen? Ich möchte gern mit dir zum Pferderennen nach Santa Anita.«

»Was – zur Pferderennbahn von Santa Anita?« wiederholte sie erstaunt. »Ist das nicht in Kalifornien?«

»Sicher. Wir können morgen früh hinfliegen und am Nachmittag schon zurück sein. Ich habe um halb fünf einen wichtigen Termin hier.«

Amanda nickte wie betäubt.

Nick küßte sie nicht einmal, als er sie zu Hause ablud. Amanda war enttäuscht.

Nick erschien am nächsten Morgen in sportlicher Kleidung. Er trug eine Sonnenbrille. Doch es entging Amanda nicht, daß er sie prüfend ansah. Sie trug einen legeren braunen Leinenrock und dazu passend eine braune Bluse, die sie absichtlich nicht bis oben hin zuknöpfte, so daß ihr Busenansatz seinen Blicken offen preisgegeben war.

Amanda wollte, daß Nick litt.

Nick hatte wieder einmal eine Überraschung für sie in petto. Sie flogen nicht mit einer Linienmaschine nach Los Angeles, sondern mit Nicks eigener Cessna.

»Bist du schon einmal geflogen?« schrie Nick, um den Motorenlärm zu übertönen.

Amanda schüttelte den Kopf. Sie fürchtete sich nicht, sondern genoß das erhebende Gefühl, von so hoch oben auf die gelbbraune Wüste und die gebirgige Landschaft hinabzusehen.

In dem kleinen Flugzeug mußten sie notgedrungen dicht nebeneinander sitzen. Nick saß ganz entspannt am Steuerruder, doch Amanda wußte, daß er sie keinen Augenblick vergaß. Ihr Rock bedeckte kaum die Knie. Ihr unbestrumpftes Bein streifte ihn ab und zu. In der Kabine hing der Duft ihres Parfums aus Rosen und Chrysanthemen.

Nick landete auf einem kleinen behelfsmäßigen Flughafen außerhalb von Los Angeles. Mit dem Taxi waren es bis zur Pferderennbahn nur ein paar Minuten. Nick führte sie im Turf Club ein, von wo man die beste Aussicht hatte und der natürlich nur Mitgliedern zugänglich war.

»Hast du schon mal auf ein Pferd gesetzt?« fragte Nick.

Amanda schüttelte den Kopf. »Vieles lerne ich durch dich erst kennen. So auch das.«

Nick steckte die Rennliste ein und nahm ihre Hand zwischen seine großen Hände. Schon dabei ging ein Ruck durch Amanda, und es überlief sie siedend heiß. Die Beziehung durfte keinesfalls über die Grenzen hinausgehen, die sie sich und ihm auferlegt hatte. Sonst wäre sie verloren. Er durfte nicht noch mehr Macht über sie haben. Mehr als begehrliche Blicke, zufällige Berührungen und hin und wieder einen Kuß durfte sie einfach nicht zulassen.

Der Tag verging wie im Flug. Zu ihrer großen Freude gewann sie beim Wetten ebensooft wie Nick. Das verschaffte ihr eine gewisse Befriedigung.

Es entging Amanda nicht, daß die Leute hinter ihrem Rücken tuschelten und Nick und sie mit unverhohlener Neugier verfolgten. Ein Fotoreporter nahm sie aufs Korn. Nick und sie waren offenbar ein gefundenes Fressen für die Klatschspalten.

Als Nick über dem Flugplatz von Tucson kreiste, stand die Sonne schon dicht über den Berggipfeln. Er brachte die Maschine weich herunter und fuhr Amanda gleich nach Hause. Was für ein schöner Tag – und das nur, weil Nick sie nicht lüstern begrapscht hatte.

Bis sie vor ihrem Haus anlangten, stand Amanda unter einer solchen Anspannung, daß ihre Nervenenden bloßzuliegen schienen. Nick langte an ihr vorbei, um ihr die Tür zu öffnen. Dabei streifte er ihre Brust. Amanda zuckte zusammen. Eisige Schauer und Hitzewellen überliefen sie. »Noch nicht, Mandy«, sagte Nick tröstend. »Das wäre verfrüht.«

»Es wird nie dazu kommen, daß du es weißt!«

Nick richtete sich wieder auf. Er verzog die Mundwinkel zu einem schiefen Lächeln. »Wetten, daß du dich irrst?«

Amanda glaubte nicht, daß sie je wieder nach Santa Anita kommen würde. Sie konnte ja nicht ahnen, daß sie schon ein halbes Jahr später unter entsetzlich entwürdigenden Umständen wieder dort landen würde.

49

Eine Woche später kündigte Nicks Wahlkampfleiter an, Nick wolle als Senator für Arizona kandidieren.

Am Sonntagnachmittag erschien Nick bei Amanda, um sie zum Abendessen einzuladen. Amandas Vater hatte nichts dagegen einzuwenden. Auf der Fahrt in Richtung Süden verschränkte Amanda die Arme vor der Brust und fragte: »Wo essen wir denn?«

Nick betrachtet sie amüsiert. »In Nogales.«

»Was, in Nogales?« Sie erschrak. »Liegt das nicht jenseits der Grenze?«

»Stimmt.«

Das verschlug Amanda die Sprache. Wortlos lehnte sie sich in den bequemen Sitz zurück. Nicks Fahrweise fiel ihr auf. Er ging mit dem Wagen um wie mit einem lebendigen Wesen. Das war ihr bei der Cessna auch schon aufgefallen. Ihr selbst gegenüber bewies er keine Spur von Zartgefühl!

An der Grenze hielt Nick nur ganz kurz. Der Zollbeamte winkte ihn gleich durch. Amanda fiel auf, wie lebendig es in Mexiko zuging. Um diese Abendstunde wimmelte es nur so von Straßenhändlern. Die Männer gingen auf und ab und warfen den Frauen, die ihnen entgegenkamen, begehrliche Blicke zu.

Sie stiegen aus. Den zahlreichen Weinkellern entströmte Alkoholdunst. Amanda staunte über das Lokal, in das Nick sie führte. Es kam ihr vor wie eine unterirdische Grotte. Der Geschäftsführer placierte sie in einer abgelegenen Nische. Nur ein paar Kerzen erhellten den Raum. Amanda gestand sich widerstrebend ein, daß ihr die exotische Atmosphäre sehr gefiel. Auch das mexikanische Essen, das Nick ihr bestellte, war ganz nach ihrem Geschmack.

Nick blieb selbst in dem versteckten Restaurant nicht unbemerkt.

»Macht es deiner Frau nichts aus, wenn über uns geklatscht wird?« murrte Amanda verärgert.

»Da ist Danielle sehr tolerant«, erklärte Nick gleichmütig. Er nippte an seiner Margarita. »Sie erwartet sicher nicht von mir, daß ich wie ein Mönch lebe, seit sie aus unserem gemeinsamen Schlafzimmer ausgezogen ist. Sie weiß, daß es da hin und wieder andere Frauen gibt. Das stört sie nicht im geringsten, solange sie die Macht und das Prestige genießen kann, das der Name Godwin ihr verschafft. Und solange sie sich diskret verhält, wie man es von der Frau eines Politikers und einer Warren erwarten darf, kümmert es mich nicht, wie sie ihren Geschlechtstrieb befriedigt. Weit ist es damit sowieso nicht her.«

»Weißt du überhaupt, daß die Frauen ganz verrückt nach dir sind?« hielt ihm Amanda vor. »Du bespringst sie höchstwahrscheinlich wie ein Stier und zwingst ihnen deinen Willen auf – ob ihnen das paßt oder nicht.«

Sein Grinsen trieb ihr die Zornesröte ins Gesicht. »Wenn dir das keine Ruhe läßt, kann ich deine Neugier gern befriedigen und dir meine vulgären Liebespraktiken demonstrieren.«

»Da kannst du lange warten!«

»Dann geht es dich nichts an, was ich mit anderen Frauen mache.«

»Wenn du dich nur mit anderen begnügst und mich in Ruhe läßt, kümmert mich das nicht! Es läßt mich völlig kalt.«

Sie konnte es kaum erwarten, ihn wieder loszuwerden und atmete erleichtert auf, als Nick vor ihrem Hause hielt. Er küßte sie nicht einmal zum Abschied.

Drei Wochen vergingen, ohne daß Nick sich bei ihr sehen ließ. Die Tage schlichen im Schneckentempo dahin. Doch endlich, eines Abends, klopfte es. Nick lehnte grinsend an der Tür. »Na, hast du mich vermißt?«

Amanda wollte die Tür rasch wieder zuschlagen, doch Nick zwängte sich ins Haus. Er schloß die Tür und drückte sie dagegen. Er stützte die Hände rechts und links von ihr auf. Amanda spürte seinen heißen Atem auf der Haut und wandte sich ab. »Du hast mir sehr gefehlt«, bekannte er angriffslustig mit sonorer Stimme. »Dein verfluchtes geheimnisvolles Gesicht verfolgt mich bei Tag und Nacht. Das freut dich doch bestimmt.«

Er packte sie an den Schultern, riß sie an sich und fiel mit einem brennenden Kuß über sie her. Er biß sie wütend in die Lippen, um darauf für alle sichtbar Spuren zu hinterlassen.

»Amanda, wer ist denn gekommen?« fragte ihr Vater aus dem Hinterzimmer.

Nick ließ sich nicht beirren, er gab sie nicht frei. Als sie den Mund nicht öffnen wollte, biß er sie wieder in die Lippen. Da riß sie gepeinigt den Mund auf. Er fuhr ihr triumphierend mit der Zunge in den Mund. Dann ließ er sie abrupt los.

Amanda fuhr sich mit dem Handrücken über den Mund. Mit ihrem flammenden Blick hätte sie ihn am liebsten verbrannt, bis nichts als ein Häufchen Asche von ihm übrigblieb. »Es ist Nick!« rief sie ihrem Vater zu, sobald sie wieder Luft bekam.

Nick streifte wie selbstverständlich seine Schuhe ab, nahm sie an der Hand und ging mit ihr ins Hinterzimmer. »Ich wäre schon viel früher gekommen«, erklärte er ihr flüsternd, als sehnte sie seine Besuche herbei, »aber Danielle spielt plötzlich verrückt – will sogar das Bett wieder mit mir teilen. Ich fürchte, sie spürt wie eine Katze instinktiv, daß es eine andere Frau gibt, die ihr gefährlich werden könnte.«

»Willkommen in meinem bescheidenen Haus, Mr. Godwin«, begrüßte ihn Taro.

»Vielen Dank, Mr. Shima.« Nick setzte sich trotz seiner kräftigen Gestalt geschickt und biegsam wie ein Orientale mit gekreuzten Beinen hin. »Ich bin gekommen, um Sie und Mandy übers Thanksgiving nach Cristo Rey einzuladen.«

»In die Festung?« fragte Amanda verblüfft. Sie staunte, als hätte sie der Präsident der Vereinigten Staaten ins Weiße Haus eingeladen. »Ist das dein Ernst?«

»Allerdings.« Nick wandte sich an Amandas Vater. »Sie verhindern durch Ihre Anwesenheit, daß Ihre Tochter kompromittiert wird, Mr. Shima.«

»Was sagt denn Ihre Frau dazu?« erkundigte sich Taro.

»Sie fliegt über die Feiertage zu ihren Eltern an die Ostküste.«

Taro nickte bedächtig. »Mr. Godwin, würden Sie mir wohl verraten, warum Sie uns zu sich einladen?«

»Weil ich Ihre Tochter bei mir haben möchte. Und da Mandy glaubt, daß ihr die Festung zusteht, ist es doch nur recht und billig, daß sie ein Wochenende dort verbringt. Damit will ich sie bestechen.«

»Haben Sie vor, sie zu Ihrer Mätresse zu machen?«

Nick hielt dem forschenden Blick Taros mühelos stand.

»Ich hasse diesen Ausdruck, Mr. Shima. Ich verspreche

Ihnen, Ihre Tochter so gut zu behandeln, wie Sie selbst es tun. Ich werde es nicht zulassen, daß ihr ein Leid geschieht. Ich möchte ihr die Sterne vom Himmel holen und ihr alles bieten – nur meinen Namen nicht.«

»Darauf kann ich verzichten«, fauchte Amanda.

»Aber auf die Festung willst du nicht verzichten. Meiner Meinung gehört sie Paul und seinen Kindern, falls er noch einmal heiraten sollte. Trotzdem ist die ganze Familie in der Festung zu Hause, und ich möchte dich wenigstens übers Wochenende bei mir haben.«

Er stand auf. Er überragte sie und ihren Vater, daß sie sich winzig vorkamen. »Mr. Shima, ich mache es selbstverständlich nicht zur Bedingung, daß Amanda in der Festung meine Geliebte wird. Sie soll aus freien Stücken zu mir kommen, nicht gezwungenermaßen. Mandy, überleg es dir und ruf mich im Büro an, ja?«

Amanda brütete drei Tage über der Entscheidung. Schließlich fragte sie ihren Vater mit gequältem Gesichtsausdruck: »Würdest du denn mitkommen wollen?«

Taro antwortete mit einer Gegenfrage: »Würdest du die Einladung ohne mich annehmen?«

»Nein, auf keinen Fall. Ich möchte Thanksgiving bei dir sein.«

»Aber früher oder später werdet ihr bekennen müssen, was ihr füreinander empfindet. Und du mußt dir selbst die Wahrheit eingestehen. Wäre Thanksgiving nicht eine gute Gelegenheit?«

Amanda rang sich dazu durch, Nick anzurufen.

»Hallo, Mandy!« Seine leise grollende Stimme klang siegesgewiß. Da hätte sie am liebsten den Hörer wieder aufgeknallt.

Donnerstag nachmittag holte Nick sie und ihren Vater ab. Der Pierce-Arrow legte die Fahrt über die schmale kurvenreiche Straße in kürzester Zeit zurück. Nick erklärte: »Das alles gehört zu Cristo Rey – soweit das Auge reicht. Die Huachuca-, die Santa-Rita- und die Whetstone-Berge bilden die natürliche Grenze.« Das hätte alles mir gehören können, ging es Amanda durch den Kopf. Es soll auch einmal mir gehören!

Sie war nicht enttäuscht, als die Festung plötzlich vor ihr lag. Ein imposantes Bauwerk – genauso imponierend wie

Nick. Zuerst sah sie nur die Silhouette dieser Festung vor dem Hintergrund des prachtvollen rosaroten Abendhimmels. Das war ein so atemberaubender Anblick, daß sie sich nichts Schöneres vorstellen konnte.

Beim Näherkommen entpuppte sich die Festung als wahres Wunderwerk. Sie erschien Amanda wie ein Märchenschloß. Wie mit tausend Lichtern hell erleuchtet, lag sie da. Der Himmel hatte inzwischen die samtene Schwärze der Nacht angenommen und bildete einen frappierenden Kontrast zu der strahlenden Festung. Amanda war nur ein kurzer qualvoller Blick auf das Gebäude vergönnt. Dann fuhr Nick durch das schmiedeeiserne Tor in den Hof. Gleichmütig erklärte er Taro und Amanda, Elizabeth Godwin habe das Schloß an die urspüngliche Festung anbauen lassen.

Nick machte einen kleinen Rundgang mit seinen Gästen. Er zeigte ihnen die Türmchen am Schloß und den Kuppelsaal, der Schloß und Festung verband. Er führte sie auch ins Billardzimmer, um die Jahrhundertwende ein Muß für die Reichen. Auch die bestens ausgestattete geräumige Bibliothek und der Wintergarten waren sehenswert. Obwohl Paul Godwin die meiste Zeit abwesend war, hielt ein ganzes Heer Bediensteter die Festung in Ordnung und sorgte dafür, daß sie bewohnbar blieb. Die Vollblutpferde im Stall und die offenen Sportzweisitzer in der Garage neben dem noblen Rolls-Royce zeugten davon, daß er sich gelegentlich auch in der Festung aufhielt.

Amanda hatte das Gefühl, endlich heimgekehrt zu sein. Sie fühlte sich in der Festung sofort zu Hause, war sicher, hierhin zu gehören.

Nach dem Abendessen setzte ihnen ein alter Mexikaner im Salon Likör vor. Dort befand sich Pauls Gemäldesammlung. »Paul bringt aus fast jedem Land, in das ihn Roosevelt schickt, ein Bild mit«, erklärte er und fügte grimmig hinzu: »Doch es werden immer weniger, seit Hitlers Armeen durch Europa marschieren.«

Er hielt inne und sah Taro mit ernster Miene an. »Und damit komme ich zu einer anderen Frage, über die ich mit Ihnen sprechen möchte. Wir werden sicher ganz offiziell in den Krieg eintreten. Die anti-japanischen Umtriebe, die Animosität, all das ist sicher nicht spurlos an Ihnen vorübergegangen. Doch das ist erst der Anfang. Es kommt bestimmt noch schlimmer. Ich habe Angst um Mandy.«

Taro stellte seine Tasse ab. »Ich auch, Mr. Godwin. Aber wir können nicht weglaufen und uns irgendwo verstecken. Amerika ist jetzt meine Heimat.«

»Bitte, Mr. Shima, versprechen Sie mir, daß Sie sich unter meinen Schutz begeben und Mandy hierherbringen, wenn es zum Krieg kommt.«

Taro erhob sich. »Nein, das kann ich nicht. Ich habe mich nur dieses eine Mal bereit erklärt, nach Cristo Rey zu kommen, damit meine Tochter ihre wahnwitzige Sehnsucht nach der Festung stillen kann. Ich hoffe, sie sieht ein, daß auch die Festung nur ein Haufen Holz und Steine ist, der bald in Schutt und Asche liegen wird.«

Er kehrte dem Salon den Rücken – ein gebeugter alter Mann mit hängenden Schultern – doch unverändert würdevoll. »Dein Vater hat recht«, murmelte Nick.

Er nahm sie bei der Hand und zog sie hoch. Amanda beherrschten Fluchtgedanken. Seine dominierende Persönlichkeit, die den ganzen Raum zu durchdringen schien, ging über ihre Kraft. Doch er preßte sie an sich, daß sie kaum mehr Luft bekam. »Das hast du doch gewollt, nicht wahr? Mich in Versuchung führen und halb zum Wahnsinn treiben, bis ich vor Begierde nicht mehr ein noch aus weiß.«

Amanda versuchte ihn wegzustoßen, doch er krallte die Finger in das zarte Fleisch ihrer Pobacken und drückte sie noch fester an sich. »Spürst du, was du mir damit antust?« fragte er gepreßt. Er erhaschte eine ihrer Hände und preßte sie auf seine Genitalien. Amanda erschrak, als sie die steinharte Ausbuchtung fühlte. Sie konnte es nicht mit Nick aufnehmen, war ihm einfach nicht gewachsen. Es war nur noch eine Frage der Zeit, bis er die Oberhand gewann.

Er hob sie hoch und trug sie über den Hof in Doña Dominicas Schlafzimmer. Dort setzte er sie wieder ab und drückte sie gegen die Tür. »Nein!« zischte sie. »Laß mich in Ruhe!«

»Jetzt bin ich an der Reihe«, knurrte er. Er fuhr ihr mit der Hand zwischen die Beine. Amanda empfand das halb als Liebkosung, halb als Schlag. Nick hörte erst auf, als sie stöhnte.

Da gab er sie abrupt frei. »Gute Nacht, und träum was Schönes«, sagte er bissig und entschwand.

Wie sie ihn haßte! Sie wälzte sich ruhelos im Bett herum. Das Ziehen zwischen ihren Beinen und die Lustgefühle drohten sie zu übermannen. Zum Teufel mit Nick Godwin! Er hatte das gewußt, sie nicht! Daß ein Mann ein solches Feuer in einer Frau entfachen konnte!

Sie erwachte schon im Morgengrauen, war völlig verwirrt und in übelster Stimmung. Sie zog sich khakifarbene Hosen und eine beige Baumwollbluse an und machte sich auf den Weg zu den Stallungen. Sie wählte einen Braunen aus, saß auf und ritt durch die Wildnis von Cristo Rey, so weit weg von Nick Godwin wie möglich.

Sie ritt nach Südwesten. Ihr langes Haar flatterte hinter ihr her. Obwohl die Morgenluft noch kühl war, wärmte die Sonne ihr Gesicht.

Mit vierundzwanzig hoffte sie natürlich nicht mehr, wie mit sechs, der Geister-Lady zu begegnen. Doch als sie den einsamen Reiter auf sich zuhalten sah, überkam sie dieses wohlbekannte déjà-vu-Gefühl. Sie brachte den Braunen zum Stehen und wartete darauf, daß sich ihr die Vergangenheit offenbarte. Als das Pferd nahe genug heran war, erkannte sie in dem Reiter einen gutaussehenden Mann von fünfundvierzig oder fünfzig Jahren, mit silbergrauem Haar und Schnurrbart.

»Guten Morgen«, begrüßte sie der distinguierte Herr. »Sie sind bestimmt Amanda.«

Amanda nickte. Sie streifte das asketische Gesicht des Mannes mit einem kurzen Blick. Seine hohe Stirn, die nachdenklichen Augen und die feingezeichneten Lippen standen in krassem Gegensatz zu den sinnlichen markanten Zügen Nicks. Trotzdem erriet sie sofort, daß dieser Mann Nicks Stiefbruder war. »Und Sie müssen Paul sein.«

Er lächelte. »Ja. Ich glaube, wir sind uns schon einmal begegnet. Vor etwa fünfzehn Jahren. Da waren Sie noch ein kleiner...«

»Wildfang«, ergänzte Amanda und erwiderte sein freundliches Lächeln. »Es wundert mich, daß Sie sich noch daran erinnern.«

»Dafür hat Nick schon gesorgt. Er konnte einfach nicht glauben, daß es ein Mädchen wie Sie wirklich gibt.«

»Er hat mit Ihnen über mich gesprochen?«

»Das tut er immer noch. Ich muß Ihnen übrigens gestehen, daß ich ganz sicher war, ich würde Sie nicht mögen.«

Amanda riß die Augen auf. »Nick hat mich wohl nicht sehr schmeichelhaft beschrieben?«

»Ganz im Gegenteil. Sie haben ihm den Kopf verdreht. Er ist hingerissen von Ihnen.« Paul beugte sich vor und stützte sich auf den Sattelknopf. Er streifte sie mit einem Kennerblick. Doch sein Blick verriet ihr auch, daß er noch immer um seine Frau trauerte. »Darf ich ganz offen sein?« fragte er.

»Ich bitte darum.«

»Bisher habe ich Sie mir als zerstörerisches Element im Leben meines Bruders vorgestellt. Natürlich sind auch hin und wieder andere Frauen in sein Leben getreten, seit er und Danielle getrennte Wege gehen. Doch er hat noch nie eine dieser Frauen mit hierhergebracht. Sie sind die erste. Als er mich in Washington anrief und mich bat, zu Thanksgiving heimzukommen, damit ich Sie kennenlerne, habe ich fest damit gerechnet, daß Sie mir unsympathisch sein würden. Ich war eigentlich schon fest entschlossen, nicht zu kommen, und habe mich in letzter Minute umentschieden.«

In Amanda sträubte sich alles. »Nick und ich stehen nicht so zueinander, wie Sie wahrscheinlich glauben.«

Paul kicherte. »Ich weiß. Nick hat mir heute eröffnet, daß Sie nicht vorhaben, seine Geliebte zu werden. Ich hielt das zuerst für eine weibliche List, mit der Sie meinen Bruder zu ködern gedenken. Doch dann erfuhr ich, daß Sie glauben, Ihre Großmutter sei die rechtmäßige Erbin von Cristo Rey.«

»Das glaube ich nicht nur – ich *weiß* es. Ich kann es nur leider nicht beweisen.«

»Also begnügen Sie sich damit, Nick zu martern.«

»Ja – um es einmal ganz unverblümt auszudrücken.«

»Großartig! Mein Stiefbruder verdient es, daß ihn endlich einmal jemand in seiner männlichen Überheblichkeit erschüttert und ihm einen Dämpfer aufsetzt. Eine bessere Widersacherin hätte er nicht finden können. Amanda, ich mag Sie schon jetzt.«

50

Paul und Amanda ritten zusammen zur Festung zurück. Nick untersuchte im Stall einen Pferdehuf. Bei ihrem Anblick richtete er sich auf. Amanda ertrug es kaum ihn anzusehen. Ihr Blut geriet in Wallung, als sie sah, wie die Jeans seine Hüften umschlossen und das karierte Hemd über den breiten Schultern spannte. Seine aufreizende Männlichkeit war überwältigend.

Als Paul Amanda aus dem Sattel half, fragte Nick seinen Bruder mit hämischem Grinsen: »Hat sie dir also auch schon den Kopf verdreht?«

»So sehr, daß ich mich von jetzt an als ihr Beschützer aufspielen werde.«

Nick streifte sie mit einem kurzen Blick. »Sei auf der Hut, Paul. Sie ist sehr stachlig.« Er sattelte sein Pferd. »Möchte mich vielleicht jemand begleiten?«

»Ich muß nach meinem Vater sehen«, redete sich Amanda heraus.

Beim Abendessen sorgte Paul für eine entspannte Atmosphäre, indem er über unverfängliche Themen sprach. Doch er wurde ernst, als er auf den Krieg zu sprechen kam.

»Mr. Shima, es ist zwar noch streng vertraulich, doch Sie sollten wissen, daß die Vereinigten Staaten schon sehr bald Krieg gegen Japan führen werden. Sie wissen ja wohl, wie sich das auf Sie und Amanda auswirken würde. Ich habe schon mit Nick darüber gesprochen, was aus Ihnen beiden werden soll, wenn Amerika Japan den Krieg erklärt. Doch er sagt, Sie wollen sich nicht helfen lassen.«

»Ganz recht«, erklärte Taro.

Paul beugte sich vor und sagte ernst: »Mr. Shima, ich hoffe, Sie überlegen sich das noch. Nick ist ganz in Ihrer Nähe. Er könnte nötigenfalls sofort etwas für Sie tun.«

»Ich weiß Ihr Anerbieten zu schätzen.« Zu mehr war Taro nicht zu bewegen.

Amanda und ihr Vater entschuldigten sich gleich nach dem Abendessen und zogen sich zurück. Amanda war sicher, ohne Schwierigkeiten einschlafen zu können. Sie stellte sich vor, wie Law Davalos ruhelos vor dem Schlafzimmer ihrer Großmutter auf und abgegangen war. Sie lauschte auf Nicks Schritte, doch er kam nicht. Stunde um Stunde verrann. Amanda war hundeelend zumute. Nick trug die Schuld an ihrem desolaten Zustand. Er hatte diese Lustgefühle, diese quälende Begierde in ihr wachgerufen.

Sie hielt es nicht mehr aus, sprang aus dem Bett und stürmte aus dem Zimmer. Sie zog sich nicht einmal den rosaroten Morgenmantel über. Die schneidend kalte Nachtluft zerriß die Spinnweben in ihrem Kopf, vertrieb aber nicht die Glut, die sie versengte.

Amanda tastete sich unbeirrt zu Nicks Zimmer und klopfte an die Tür. Nick öffnete sofort. Es war dunkel im Zimmer. Trotzdem erkannte sie, daß er nichts als seine Jeans trug. Seine nackte Haut leuchtete im Dunkel. Er trat beiseite und ließ sie wortlos ein. Kaum hatte sich die Tür hinter ihr geschlossen, da knipste er ein kleines Lämpchen an.

Amanda fuhr ihn an: »Ich wollte dir nur sagen, daß es sich nicht lohnt! Ich habe keine Lust, hier in der Festung mit dir eingesperrt zu sein. Deshalb will ich weg, und zwar gleich morgen früh!«

Er betrachtete verzückt ihr wunderschönes Gesicht. Das glattgebürstete Haar hing ihr in weichen Wellen bis fast auf den Po hinunter. Es rahmte das Gesicht wie ein Vorhang ein. Er gierte danach, sie zu packen und auf das Bett zu werfen. Er sehnte sich danch, in sie einzudringen und sie mit seiner Glut zu versengen. Ihr endlich heimzuzahlen, daß sie ihn so entflammt hatte.

Doch er wandte sich ab und setzte sich auf das zerwühlte Bett. »Also gut, Paul bringt euch morgen zurück«, murmelte er und zog sich die Stiefel aus.

Dann stand er auf und öffnete den Reißverschluß seiner Jeans. Amanda erstarrte. Sie verspürte immer noch dieses schmerzliche Ziehen zwischen den Beinen. Warum zum Teufel erweckte er immer wieder eine solche Begierde in ihr? Er weckte die niedrigsten Instinkte in ihr und brachte sie dazu, daß sie sich viehisch benahm, wie er selbst. Sie wollte ihm beweisen, daß sie stärker und kultivierter war als er! Sie rührte sich nicht von der Stelle, als er seine Jeans auszog. Ein erstickter Aufschrei beendete das angespannte Schweigen.

Nick trug keine Unterhosen! Er war splitternackt und im höchsten Grade erregt!

Nick wandte keinen Blick von ihr. »Ich weiß, was dich hergeführt hat«, knirschte er.

Amanda sprang mit einem Satz zur Tür, doch Nick setzte ihr nach und hielt sie fest. Ihr Stolz verbot es ihr, zu schreien. So mußte sie es sich gefallen lassen, daß er sie mit einer Hand gegen die Tür drückte und ihr mit der anderen die Schlafanzugjacke auszog. Er hob sie auf, als sei sie schwerelos und warf sie auf das Bett. Amanda starrte ihn haßerfüllt an. Nick riß ihr die Schlafanzughose herunter und weidete sich an ihrem nackten Körper.

Amanda sagte sich, daß sie aufspringen und nackt aus dem Zimmer rennen sollte, solange noch Zeit dazu war. »Du Biest! Du verdammter, brünstiger Bulle!«

Er ließ sich nicht beirren, bestieg sie und drang mit einem kräftigen Ruck in sie ein. Amanda stöhnte auf, als ein schneidender Schmerz sie durchfuhr. Sie versuchte den Quälgeist wegzuschieben, der immer wieder in sie eintauchte und wie wild auf sie einhämmerte. Unmöglich, ihm Einhalt zu gebieten. Schon bald versuchte sie das gar nicht mehr. Der Schmerz ebbte ab. Eine wilde Lust erfüllte sie. Es hätte nicht so weit kommen dürfen, doch nun war es ihr egal. Amanda ging ganz in den überwältigenden atemberaubenden Empfindungen auf, die sie durchdrangen. Diese unersättliche Begierde! Nick stieß zu und zog sich wieder zurück. Amanda folgte seinen Bewegungen und konnte nicht genug von ihm bekommen.

Wie sie ihn haßte! Doch es war stärker als sie. Sie ließ sich willenlos von ihm mitreißen. Konnte nicht anders. Sie kämpften eine wilde Schlacht und katapulierten sich gegenseitig in immer höhere Sphären der Lust. Der ganze Raum schien in Flammen zu stehen. Sie brannte lichterloh. Nur er konnte die Flammen löschen.

Nick spürte, wie sie explodierte, seine Männlichkeit fester umschloß, in Zuckungen verfiel – als wolle sie ihn ganz in sich einsaugen. Da konnte auch er nicht länger an sich halten und ergoß sich in sie. »Großer Gott«, flüsterte er leidenschaftlich, und sein heißer Atem streifte ihr Gesicht, »es ist, als hätte ich immer nur darauf gewartet – von Anbeginn an – auf dich!«

Amanda sah zu ihm auf. Nick Godwin war eine ganz reale, ungeheuer starke Bedrohung – leibhaftig zugegen und kein Phantom vergangener Zeiten. Und doch fühlte sie sich durch die Vergangenheit an ihn gebunden.

Sie wand sich unter ihm hervor und setzte sich auf. Das Haar fiel ihr wie ein Vorhang über die herrlichen Brüste, doch ihre Brustwarzen – immer noch vor Leidenschaft geschwollen und gerötet – spitzten zwischen den Strähnen hervor. »Du hast mich vergewaltigt«, murmelte sie tonlos.

Sein kantiges Gesicht war ganz weich geworden. Jetzt verschwand der zärtliche Ausdruck aus seinen Augen. Seine Muskeln spannten sich, doch er sagte nur: »Ach, wirklich?«

Amanda erhob sich und stand erhaben wie eine Hohepriesterin vor ihm. »Ich habe dich gewarnt. Jetzt werde ich mich rächen.«

Sein Blick verschleierte sich. Er sah sie mit undurchdringlicher Miene an. »So? Und wie hast du dir das vorgestellt?«

»Du glaubst doch wohl nicht im Ernst, daß du eine Frau zu deiner Mätresse machen kannst, ohne daß das deiner Karriere als Politiker schadet?« tobte sie. »Die Leute würden niemals einen verheirateten Mann wählen, der nebenher noch eine Geliebte hat. Ich habe nicht vor, damit hinterm Berg zu halten, laß dir das gesagt sein! Ich werde es brühwarm bis in alle Einzelheiten publik machen, daß du mich verführt hast – um nicht zu sagen, vergewaltigt!«

Nick verzog das Gesicht zu einem so makabren Grinsen, daß Amanda es mit der Angst zu tun bekam. »Vielleicht darf ich dich aufklären, Mandy. Eine Geliebte läßt die Wähler völlig kalt. Doch eines würden sie mir nie verzeihen: Ich dürfte es mir nicht einfallen lassen, diese Geliebte zu meiner Frau zu machen! Das wäre in den Augen der Gesellschaft ein unverzeihlicher *faux pas*. Du wirst immer nur Geliebte sein, mein Engel. Dein Preis ist hoch, doch du bist käuflich!«

51

Amanda fühlte sich sterbenselend. Anders als die Spinne, hatte sie sich selbst in ihrem Netz verfangen. Sie brauchte Nick, sie gierte nach ihm, doch er war ihr ein rein physisches Bedürfnis.

Nick war schon in aller Frühe ausgeritten, wie ihr Paul berichtete. Er selbst wollte noch am Vormittag von Tucson aus nach Washington fliegen.

Amanda blickte auf. Ihr Vater sah sie forschend an. Seine ansonsten so undurchdringliche Miene verriet ihr an diesem Morgen, daß er ahnte, was geschehen war. Amanda wurde rot und fragte sich, ob Paul sie auch verdächtigte.

»Nick und ich, wir machen uns nur unglücklich, Paul. Jeder wünscht sich, was der andere nicht geben kann. Würden Sie meinen Vater und mich wohl mit nach Tucson nehmen?«

Paul sagte sofort zu. Amanda glaubte einen Augenblick, Bewunderung in seinen Augen aufleuchten zu sehen. Amanda hoffte inständig, daß sie schon fort sein würde, bevor Nick von seinem Ausritt zurückkehrte. Seine Willensstärke fürchtete sie noch mehr als seine physische Anziehungskraft.

Die Bewunderung in Pauls Augen entschädigte sie nicht für den tiefen Schmerz, der sie auf der Fahrt zurück nach Tucson quälte.

Paul schien zu spüren, wie sie litt. Er bat sie: »Denken Sie nicht zu schlecht von Nick. Sein Leben ist nicht immer leicht gewesen.«

»Ich denke weder gut noch schlecht von ihm. Ich will überhaupt nicht an ihn denken«, log Amanda.

»Amanda, das ist sehr ungehörig«, warf ihr Vater ihr vor.

»Nein, Mr. Shima«, schwang sich Paul zu ihrer Verteidigung auf. »Mein Stiefbruder ist in seiner Direktheit oft von ätzender Schärfe. Davon kann leicht etwas auf seine Kontrahenten abfärben. Ich möchte Ihnen etwas über Nick erzählen, was seine Schroffheit vielleicht erklärt. Meine Urgroßmutter Elizabeth spielt dabei eine wichtige Rolle. Zu ihrer großen Enttäuschung brachte meine Mutter immer nur Kinder zur Welt, die schon bald nach der Geburt starben. Sie wartete auf einen Erben. Als Mutter mich gebar, war sie schon völlig verbraucht und entkräftet. Sicher wußte sie auch, daß mein Vater sie nie geliebt hat. Als ich das College besuchte, starb meine Mutter. Am Tag nach der Beerdigung zog mein Vater aus der Festung aus. Ein halbes Jahr später heiratete er eine Witwe, die ein Kind unter dem Leibe trug. Er nannte den Jungen Dominic oder Nick – zu Ehren der ursprünglichen Besitzerin der Festung, Ihrer Urgroßmutter.

Mein Vater und seine zweite Frau Laura, also Nicks Mutter, kamen bei einem Autounfall ums Leben, als Nick drei oder vier Jahre alt war. Ich kämpfte damals als Soldat in Frankreich – im Ersten Weltkrieg, wohlgemerkt«, fügte er augenzwinkernd hinzu. »Es wurde gerichtlich verfügt, daß Nick bei Elizabeth in der Festung aufwachsen sollte. Nachdem ich aus dem Krieg zurückgekehrt war und wieder aufs College ging, fuhr ich so oft wie möglich nach Cristo Rey hinaus, um Nick zu besuchen. Es blieb mir nicht verborgen, daß die alte Frau ihn nur widerstrebend duldete. Er bekam natürlich genug zu essen und war gut gekleidet. Dafür sorgte sie. Doch sie liebte ihn nicht, war gar nicht fähig, Liebe zu geben. Manchmal nahm ich Nick mit nach Tucson und ging mit ihm ins Kino oder auf den Fußballplatz. Aber Nick wird vermutlich nie vergessen, was für ein Alptraum es war, auf diese Frau angewiesen zu sein. Deshalb ist er wohl auch so felsenfest entschlossen, es sehr weit zu bringen, und sich dabei durch nichts und niemanden aufhalten zu lassen. Als Elizabeth dann endlich starb, hat sich Nick geweigert, mit mir zur Beerdigung zu gehen. Nur wenige erschienen, um ihr Lebewohl zu sagen.

So, ich finde, das alles mußte einmal zur Sprache kommen. Ich möchte nicht, daß irgend etwas unserer Freundschaft im Wege steht.«

Amanda hoffte, daß ihr Leben bald wieder in normalen Bahnen verlaufen würde. Sie sah und hörte nichts von Nick. Sein Name wurde höchstens einmal in den Nachrichten genannt, oder sie sah ein Pressefoto von ihm in der Zeitung. Bei ihrer nächsten Periode atmete sie erleichtert auf. So hatte dieser Unmensch sie wenigstens nicht geschwängert. Doch das physische Sehnen blieb. Es brannte in ihr und ließ sich nicht verleugnen.

Anfang Dezember geschah dann etwas, das sie Nick vergessen ließ. Die Japaner zerstörten durch einen Luft- und Seeangriff den Marinestützpunkt der USA Pearl Harbour auf der Hawaii-Insel Oahu. Damit wurden die Kriegshandlungen zwischen Amerika und Japan im Zweiten Weltkrieg eröffnet. Als der Nachrichtensprecher berichtete, daß das Schlachtschiff *Arizona* bei der Bombardierung gesunken war, sank Amanda neben ihrem Vater auf die Knie.

Gegen Jahresende wurde klar, daß an den heißersehnten Frieden nun nicht mehr zu denken war. Im *Los Angeles Examiner* schrieb ein Kolumnist von Hearst: »Ich bin dafür, daß alle Japaner an der Westküste sofort tief ins Landesinnere verbannt werden. Sollen sie ruhig darben, verletzt und hungrig sein. Ich hasse die Japaner, und zwar ohne Ausnahme.«

In und um Tucson lebten nicht viele Japaner, doch außerhalb von Phönix gab es eine größere Anzahl japanischer Bauern. Die Chinesen steckten sich sogar Embleme an, die besagten: »Ich bin Chinese«.

Amanda sorgte sich um ihren Vater. Sie wußte, daß man ihn nicht bedienen würde, sobald er sich aus dem Barrio Libre hinauswagte. Im Barrio Libre ging das Leben weiter seinen gewohnten Gang. Dort gab es keine Rassendiskriminierung. Daher nahm Amanda an, daß ihr Vater dort vor Verfolgung sicher sein würde.

Am 19. Februar unterzeichnete Präsident Roosevelt die Durchführungsverordnung Nr. 9066 und ermächtigte damit den Kriegsminister, im Gebiet der Westküste Militärzonen einzurichten, von denen alle Fremden feindlicher Nationen ausgeschlossen sein sollten. Ihr Vater hatte als japanischer Emigrant niemals ein Anrecht auf die amerikanische Staatsbürgerschaft erworben, da er im Ersten Weltkrieg schon zu alt gewesen war, um noch zu den Streitkräften eingezogen zu werden. Also galt er als Angehöriger einer feindlichen Nation und damit als unerwünschter Ausländer!

1942 war in Kalifornien Wahljahr. Die Gewerkschaften und die verschiedenen Farmergenossenschaften setzten die Politiker unter Druck.

Wenigstens ein Politiker machte den Mund auf und verurteilte die Massenevakuierung der Japaner. Die Zeitungen zitierten Nick: »Die Japan-Amerikaner sind ebenso amerikanische Bürger wie diejenigen, deren Ahnen auf der *Mayflower* in unser Land gekommen sind.«

Amanda wußte, daß sie über diese indirekte Mitteilung hinaus nichts mehr von Nick hören würde. Sie hatten beide keinen Zweifel daran gelassen, daß sie in Zukunft nichts mehr miteinander zu tun haben wollten. Doch Nick unterstützte sie und ihren Vater indirekt.

Allmählich schlug Amandas Zorn in Angst um, als sich das Netz um sie und ihren Vater immer enger zog und das Unheil über sie hereinbrach. Es fing damit an, daß Mike ihr verkündete, er müsse sie entlassen. »Ich will das gar nicht, aber du mußt das verstehen«, stammelte er und konnte ihr dabei nicht in die ugen sehen. »Die Umstände zwingen mich dazu. Wenn sich herumspricht, Püppchen, daß wir eine Japanerin beschäftigen, können wir den Laden dichtmachen.«

Phantastisch, dachte sic. Kein Geld und nichts zu essen. Sie würde ihre mageren Ersparnisse angreifen müssen, damit sie sich über Wasser halten konnten, bis sie – unter falschem Namen – eine andere Stelle fand!

Sie ging die drei Meilen zu ihrer Bank zu Fuß. Dort mußte sie ungewöhnlich lange warten, bis die Kassenbeamtin wiederkam. Endlich tauchte sie mit hochrotem Gesicht wieder auf. »Es tut mir furchtbar leid, Miß Shima«, stammelte sie verlegen, »aber das Finanzministerium hat Ihr Guthaben eingefroren.«

Amanda konnte kaum mehr klar denken. Wie in Trance trottete sie zur nächsten Bushaltestelle. Da fiel ihr ein Plakat an einer Hauswand auf, eine Bekanntmachung:

ANWEISUNG:
ALLE PERSONEN
JAPANISCHER ABSTAMMUNG
IN DEN FOLGENDEN GEBIETEN
BETREFFEND

Sie las fassungslos weiter:

Am Freitag, dem 2. Mai zwischen 8 Uhr vormittags und 5 Uhr nachmittags hat sich jedes Familienoberhaupt bei der zivilen Kontrollkommandostelle einzufinden. Dort wird man

1. ihnen Anweisungen bezüglich der Evakuierung geben
2. sie hinsichtlich der Lagerung ihres Eigentums beraten
4. sie mit einem Minimum an Kleidung versehen und zu ihrem neuen Bestimmungsort bringen.

Als sie durch die dunklen Straßen heimfuhr, schwor sie sich, keinesfalls bei der Kommandostelle vorzusprechen, wo man sie wie Kriegsgefangene in ein Konzentrationslager pferchen würde.

Amanda sah ihrem Vater gleich an, daß er schon von der neuen Verordnung, der geplanten Massenevakuierung wußte. Da brachte sie es nicht mehr übers Herz, ihn auch noch damit zu belasten, daß ihr Bankguthaben eingefroren worden war.

»Wir dürfen die Hoffnung nicht aufgeben und müssen auch in Zukunft an die guten Seiten der Demokratie in den Vereinigten Staaten glauben«, behauptete ihr Vater allen Ernstes. Doch seine umwölkten Augen verrieten ihr, daß er sich große Sorgen machte. »Wenn wir uns freiwillig den Befehlen fügen, beweisen wir damit, daß wir loyale amerikanische Bürger und damit über jeden Zweifel erhaben sind.«

Amanda griff zornig nach der Zeitung und hielt sie Taro unter die Nase. »Da, lies das! Glaubst du wirklich, es kümmert die Regierung der Vereinigten Staaten, was aus uns wird?« Sie las ihm den Ausspruch eines Generals vor: »Japaner bleibt Japaner! Ihre amerikanische Staatsbürgerschaft ist nur ein Fetzen Papier!«

Amanda sah ihren Vater an. Er rührte sich nicht. »Wenn du jetzt noch an die amerikanische Demokratie glaubst, bist du ein törichter alter Mann!« schrie sie Taro an.

Da schlug er sie zum erstenmal. Sie sahen sich verzweifelt an und weinten beide.

52

Woche um Woche verging. Amandas Verzweiflung wuchs, als sie auch noch mit ansehen mußte, wie ihr Vater langsam dahinsiechte.

Zwei Tage vor dem letzten Meldetermin zwecks Evakuierung zog sich Taro eine schwere Erkältung zu. Er bekam kaum mehr Luft. Im Barrio gab es natürlich keine Ärzte. Amanda wagte keinen Arzt von außerhalb hinzuzuziehen. Der hätte sie womöglich denunziert.

Amanda tat, was in ihrer Macht stand. Sie pflegte ihn so gut sie konnte, saß ständig bei ihm und wusch nur kurz zwischendurch die Wäsche seiner Kunden. Sie schmiedete Pläne. Sie wollte einen anderen Namen annehmen (Stolz war hier wirklich fehl am Platze) und mit ihrem Vater in den Osten gehen, wo die Japaner nicht in Massen interniert wurden. Vielleicht nach New York. Dort lebten viele Japaner. Um das Geld für diese weite Reise würde sie sich sorgen, wenn die Zeit gekommen war. Vorerst ging es nur darum, die Gesundheit ihres Vaters wiederherzustellen.

Eines Abends klopfte es. Ein Mann stand vor der Tür, ebenso kräftig gebaut wie Nick. »Sind Sie Miß Shima?« fragte er.

Amanda nickte. Der Mann streckte die Hand aus. Amanda hätte sie fast geschüttelt, da gewahrte sie das schwarze Ledermäppchen. »FBI, Ma'am«, sagte er so höflich, als sei er einer ihrer Kunden.

Amanda erstarrte wie Lots Frau zur Salzsäule. Sie brachte kein Wort heraus. Da fuhr der Mann fort: »Es tut mir leid, aber ich muß mich dringend mit Ihnen und Ihrem Vater unterhalten.« Amanda hielt den Vorhang beiseite und führte ihn ins Haus. Der FBI-Mann musterte den kleinen abgetrennten Raum mit professionellem Interesse. Dann stellte er sich ihrem Vater vor und gab ihm zu verstehen, daß er sich erkundigen wolle, warum sie sich noch nicht zwecks Evakuierung gemeldet hatten. »Sie oder Ihre Tochter müssen sich gleich morgen früh melden. Wenn Sie das versäumen, machen Sie sich alles noch viel schlimmer.«

Er sprach damit beileibe keine Drohung aus – es war eine simple Feststellung.

»Sehen Sie denn nicht, daß mein Vater krank ist?« fuhr ihn Amanda an.

»In den Lagern und an den Sammelstellen gibt es Ärzte, die ihm die beste Pflege angedeihen lassen werden«, versicherte ihr der Mann vom FBI.

»Gut, ich gehe hin«, versprach sie und brachte ihn zur Tür.

Am nächsten Morgen meldete sie sich. Die Frau, die ihren Fall bearbeitete, ernannte Amanda zum Familienoberhaupt. An die Stelle des Familiennamens Shima trat die Nummer 24553. Amanda bekam Anhänger mit dieser Nummer ausgehändigt. An einem anderen Schalter traf man die nötigen Vorkehrungen für die Einlagerung ihres Besitzes. Sie und ihr Vater durften nur mitnehmen, was sie selber tragen konnten.

Auf dem Rückweg zum Barrio ging sie noch zur Universität. In drei Wochen hätte sie eigentlich ihr erstes wichtiges Juraexamen ablegen sollen. Als sie den Studienberater fragte, ob sie ihr Diplom nicht vorzeitig machen könne, schüttelte er bedauernd den Kopf. »Es tut mir leid, Miß Shima, aber das ist ausgeschlossen. Damit würden wir den Bestimmungen zuwiderhandeln. Sie könnten jedoch eine Bittschrift an Ihren Kongreßabgeordneten richten.«

Wenn Nick im November Senator würde, mußte sie ihn darum ersuchen. Das brächte sie nicht fertig. Sie biß die Zähne zusammen, um nicht laut zu schreien. Diese Ungerechtigkeit ging fast über ihre Kraft. »Ich danke Ihnen, Mr. Browne«, brachte sie gerade noch heraus.

Der bebrillte Mann sah fast so unglücklich aus wie sie sich fühlte. Als sie die Tür erreichte, sagte er ganz plötzlich: »Miß Shima, vielleicht kann ich es erreichen, daß Sie das Semester durch einen Fernkurs absolvieren. Wären Sie damit einverstanden?«

Tränen glänzten in Amandas Augen. Langsam drehte sie sich um. »Ja, das wäre mir sehr lieb.«

Selbst angetan von der Idee, fuhr Mr. Browne fort: »Und mit etwas Glück erreiche ich es auch, daß Sie vor Gericht zugelassen werden, obwohl Sie das Studium sozusagen als Externe absolvieren. Also ohne Examen. Das kommt nur selten vor, aber ich verspreche Ihnen, daß ich mich darum bemühen werde.«

Amanda beugte sich über den Schreibtisch und küßte Mr. Browne auf die Stirn. »Danke, Mr. Browne! Vielen, vielen Dank!«

Mit einem bißchen Glück, wie es der Berater ausdrückte, wäre sie vielleicht schon bald die einzige Anwältin in einem Konzentrationslager.

Als sie nach Hause kam, schien es ihrem Vater besser zu gehen. Amanda häufte alles, was sie mitnehmen wollten, auf das Bett. Währenddessen lieferte ihr Vater die letzte Wäsche an die Kunden aus.

Am nächsten Tag begaben sich Amanda und ihr Vater zur vorgeschriebenen Sammelstelle, wo man ihnen Eisenbahnfahrkarten aushändigte. Erst da erfuhren sie, wohin es gehen sollte: zur Pferderennbahn von Santa Anita.

53

Santa Anita! Unglaublich! Das kann doch nicht wahr sein, sagte sich Amanda immer wieder.

Auf dem Rennplatz angekommen, wurden alle in den großen Raum bugsiert, von dem aus sie im Vorjahr mit Nick das Rennen verfolgt hatte. Zweitausend erschöpfte Japaner drängten sich in qualvoller Enge. Sie und ihr Vater bekamen Box 5 im Gebäude 15 zugewiesen.

Amanda stand vor der leeren Pferdebox und wollte einfach nicht wahrhaben, was man ihnen antat. Die beiden Feldbetten in der Box konnten nicht darüber hinwegtäuschen, daß überall noch Pferdedung herumlag. Von der Decke hing eine nackte Birne. »Hier gibts noch allerhand zu tun«, murmelte ihr Vater mutlos, »und um zehn Uhr ist schon Zapfenstreich beziehungsweise Ausgangssperre.«

Sie reinigten die Box, so gut das ohne Besen möglich war. Von allen Seiten hörte man Stroh knistern, als auch die anderen versuchten, sich in den Boxen einzurichten.

Als Amanda dann im Dunkeln auf dem Feldbett lag – mit so vielen Fremden unter einem Dach – glaubte sie, es könne nicht mehr schlimmer kommen.

Doch schon der nächste Tag belehrte sie eines ›Besseren‹. Anwesenheitsappell um halb sieben morgens und noch einmal um sechs Uhr fünfundvierzig am Abend. Dazwischen hieß es ständig Schlangestehen – Post abholen, Duschen, Essen, nach Waschzubern anstehen, vor den Toiletten warten, ärztliche Untersuchungen etc. etc. Ansonsten nichts als Langeweile.

Amanda empfand es als Erlösung, daß sie nach bangem Warten die Unterlagen für ihren Fernkurs erhielt. Tag für Tag vertiefte sie sich in die juristischen Fachblätter, bis ihre Augen schmerzten.

Nick fiel ihr immer wieder ein, obwohl sie sich bemühte, nicht an ihn zu denken. Wenn sie seinen Namen in der Zeitung las, umschwärmte er sie wie eine lästige Fliege und ging ihr den ganzen Tag nicht mehr aus dem Sinn.

Nach etwa zwei Monaten in Santa Anita bekam Amanda einen Brief von Mr. Browne. Er schickte ihr das Jura-Baccalaureus-Diplom und gratulierte ihr dazu, daß die staatliche Anwaltskammer seiner Eingabe für sie stattgegeben hatte.

Bald darauf erfuhr sie, daß sie und ihr Vater zu den ersten fünfhundert Evakuierten gehörten, die in einem neuen Umsiedlerlager untergebracht werden sollten. Als sie einen letzten Blick zurückwarf, sah sie, daß ein paar Evakuierte auf das Stalldach geklettert waren. Sie hielten Transparente hoch, auf denen sie den Scheidenden eine gute Reise wünschten. Andere winkten ihnen nach.

Die Bahnfahrt erwies sich als Tortur. Die uralte Lok puffte und stampfte nicht, sie ächzte in allen Fugen. Eine dicke Staubschicht lag über allem. Die Gasbeleuchtung funktionierte nicht. Sie saßen die meiste Zeit im Dunkeln. Die Bestimmungen besagten, daß alle Rouleaus heruntergezogen bleiben mußten und niemand aus dem Fenster sehen durfte.

Vielen wurde übel. Sie übergaben sich. Für diese Ärmsten war das zumeist die erste Bahnfahrt. Sie kannten nur die Gettos von San Francisco oder Los Angeles, durch die sie zu Fuß gegangen waren. Jenseits des Mittelganges stillte eine Frau ihr fünf Tage altes Baby. Die Kleinkinder schrien ohne Unterlaß, und die größeren Kinder konnten nicht stillsitzen.

Nach ein- und einem halben Tag hielt der Zug dann

endlich. Sie wurden in Busse verfrachtet und durch die Wüste gekarrt. Das Umsiedlungslager machte auf Amanda einen noch schlimmeren Eindruck als die provisorischen Unterkünfte auf dem Rennplatz von Santa Anita.

Trostlose Einöde, soweit das Auge reichte. Und inmitten dieser gottverlassenen Gegend Reihe um Reihe teerpappeschwarzer Baracken, Hunderte dieser gleichförmigen Notunterkünfte. Das ganze Lager von Stacheldraht umzäunt. Soldaten patrouillierten auf und ab und überwachten das Gebiet. Alle fünfhundert Meter erhob sich ein furchterregender Wachturm. Telefonmasten erinnerten daran, daß die Zivilisation ihre Fühler selbst in diese Einöde ausstreckte.

Amanda sah sich um. Ihre Leidensgenossen taten ihr entsetzlich leid. Sie teilte ihren Schmerz. Schwitzende Menschen umklammerten die Hände ihrer Kinder und wachten ängstlich über ihre Bündel. Sie versuchten krampfhaft, sich zu wappnen, für das was ihnen hier bevorstand. Sie mußten Schlangestehen, bis man ihnen die entsprechenden Baracken zuwies. Da fegte ein Wirbelwind durch das Lager. Staub wehte ihnen ins Gesicht und legte sich auf alles. Papiere flatterten durch die Luft.

Taro bekam einen fürchterlichen Hustenanfall. Eine junge Weiße wies freundlicherweise auf die Reihe von Feldbetten im Hintergrund der großen Empfangshalle. Dort reichte ihm ein junges Mädchen Eiswasser, eine Salztablette und nasse Handtücher. »Es geht schon wieder«, versicherte er Amanda. »Nimm deinen Platz in der Schlange wieder ein.«

Ihm fielen vor Erschöpfung schon die Augen zu. Amanda ließ ihren Vater nur zögernd allein, doch sie sagte sich: Je eher man uns einen Raum zuteilt, desto schneller kann er sich hinlegen.

Die Frau am Schreibtisch fragte sie nach ihrem früheren Beruf. So erfuhr Amanda, daß sie alle Arbeit zugeteilt bekommen sollten. Ungelernte Arbeiter erhielten zwölf Dollar pro Monat, gelernte und hochqualifizierte Kräfte sechzehn bis achtzehn Dollar.

Da Amanda nicht als Anwältin tätig sein konnte, verwies man sie an das Lokalblatt *Poston Preview*, und zwar für sechzehn Dollar pro Monat. Auch ihr Vater bat um Arbeit, obwohl das nicht von ihm erwartet wurde. Er wurde für zwölf Dollar pro Monat zum Koch ernannt.

Schließlich nahm man ihnen noch die Fingerabdrücke ab und scheuchte sie über einen großen freien Platz in ein anderes Gebäude, wo sie Unterkünfte zugewiesen bekamen. Sie wurden noch fotografiert, mußten eine ärztliche Untersuchung über sich ergehen lassen. Schließlich wurden sie mit ihrem Handgepäck auf Lastwagen verfrachtet und fuhren zu den ihnen zugewiesenen Baracken.

Amanda und ihr Vater bekamen Raum G in Baracke 11, die zu Block 9 gehörte. Eine Baracke bestand aus sechs Räumen, ein Block aus zwölf Baracken. Müde trotteten sie zu Raum G. Der war nur etwa drei mal sechs Meter groß, hatte einen blanken Bretterboden und Astlöcher in den Wänden. Über ihnen Deckenbalken. Auf so engem Raum sollten drei bis fünf Menschen leben, und das Ende der Misere war noch nicht abzusehen.

Das ganze Mobiliar des kahlen Raums bestand aus drei Feldbetten und Kleiderhaken an der Tür. Das Deckenlicht nicht zu vergessen. Der Raum hatte allerdings zwei Fenster. Auf dem Boden lag der Staub zentimeterhoch. Sie erfuhren, daß der Raum für drei gedacht sei. Das dritte ›Familienmitglied‹ werde sich bald einfinden.

Eine halbe Stunde später klopfte es. Vor der Tür stand ein stämmiger Mann in mittleren Jahren. Sein breites, vulgäres Gesicht und der voluminöse Schnurrbart stießen Amanda gleich ab. Der Mann erinnerte an einen feisten Sumo-Ringer.

Er stellte sich als Sam Tsuruda vor – amerikanischer Staatsbürger, doch in Japan aufgewachsen. Während er sein Gepäck verstaute, erging er sich in einer endlosen Tirade. Dabei glitten seine Blicke unablässig lüstern über Amandas Körper. Er taxierte sie wie ein Viehhändler. Amanda fühlte sich beschmutzt.

Sie wollte gleich am nächsten Morgen darum bitten, daß man ihnen ein anderes ›Familienmitglied‹ zuwies. Bis dahin mußte sie sich erst einmal damit begnügen, eine Decke über eine aufgespannte Schnur zu hängen, wodurch ein kleiner abgetrennter Raum entstand. Damit war sie notdürftig gegen Tsurudas dreiste Blicke gefeit.

54

Die amerikanische Staatsbürgerschaft erfüllte die meisten Internierten mit Stolz. Amanda wunderte sich oft darüber. Die Familie neben ihnen – selbst hinter Stacheldraht – erhielt in der Gefangenschaft die Nachricht, daß ihr Sohn bei den Kampfhandlungen in Italien ums Leben gekommen war.

Am Weihnachtstage stand Amanda früher auf als sonst, um zu duschen, bevor der große Ansturm auf den Waschraum begann. Im Pyjama und Morgenmantel machte sie sich auf den Weg. Der Winterwind blies eisig über die Wüste. Amanda achtete kaum auf den Weg. Sie hatte es eilig, wieder ins Warme zu kommen. So blickte sie erst auf, als ein Mann vor der Tür zum Waschraum stand und ihr den Weg versperrte. Sam Tsuruda, der inzwischen zum Blockwart ernannt worden war.

»Sie sind aber schon früh auf den Beinen, Miß Shima.«

Amanda zitterte, als der Wind durch ihre dünne Kleidung fuhr und ihren Morgenrock hochwehte. »Nicht früher als Sie.« Amanda wollte um ihn herumgehen, doch er vertrat ihr den Weg. »Sie handeln vorschriftswidrig. Jetzt herrscht noch Ausgangssperre«, belehrte er sie boshaft.

Amanda sehnte sich danach, sein schmieriges Lächeln mit einem Schlag auszulöschen. »Um sechs Uhr fünfundvierzig endet die Ausgangsssperre, Mr. Tsuruda. Also in zehn Minuten. Ich kann mir nicht denken, daß mich die Verwaltung dafür hinter Schloß und Riegel bringt, daß ich zehn Minuten früher bade.«

Seine hervorquellenden Augen glitten schleimig über ihren Körper. Der Wind preßte ihr den Morgenrock so fest um den Leib, daß sich ihre Formen darunter deutlich abzeichneten. Tsuruda weidete sich an ihrem Anblick. »Niemand braucht es zu erfahren. Das liegt ganz bei mir. Auch von den extra Essensrationen und der zusätzlichen Kleidung braucht niemand etwas zu wissen.«

»Lassen Sie mich jetzt bitte vorbei? Mir ist kalt! Ich habe nicht die Absicht, zu erfrieren, während ich mich hier mit Ihnen streite.«

»Ich werde Sie wärmen«, murmelte er. Wie ein tapsiger Bär umfing er sie mit seinen Riesenpranken. Sie rangen miteinander. »Das ist wirklich grotesk!« tobte Amanda, als Tsuruda ungeschickt am Verschluß ihres Morgenrocks herumfummelte. Dabei suchten seine Lippen ihren Mund. Amanda verrenkte angewidert den Kopf, um ihm zu entgehen. Sie versuchte, ihn zu kratzen.

Bei dem Kampf und dem Geschubse glitt er irgendwie in einer Schlammpfütze aus. Das schlammige Wasser spritzte hoch auf und ergoß sich über beide. Amanda sprang mit einem Satz zur Tür – mehr um das Gleichgewicht nicht zu verlieren, als im Waschraum Schutz zu suchen. Sie sah auf Tsuruda hinunter. Er sah unsagbar komisch aus, wie er da lang ausgestreckt, mit dem Gesicht nach unten, im Matsch lag. Amanda lachte schallend. Da rappelte er sich wieder hoch. Auf seiner breiten Nase saß ein Schlammklümpchen.

»Wagen Sie es nicht, zu lachen!« brüllte er.

Amanda war mit einem Satz im Waschraum. Sie schloß von innen ab, lehnte sich gegen die Tür und lachte hysterisch. Bald darauf erschien eine vogelähnliche alte Frau, um ihre Wäsche auf dem Waschbrett zu waschen.

Als sie in ihr Quartier zurückkehrte, lag ihr Vater noch immer im Bett. Das sah ihm so gar nicht ähnlich. Er hustete und versuchte, sich aufzusetzen. Amanda legte ihm den einen Arm um die Taille, schlang ihm den anderen um die Schultern und half ihm auf. Dann holte sie eiligst die Hustenmedizin, die die Krankenstation ausgab und verabreichte ihrem Vater einen Teelöffel davon. Die Ärzte prophezeiten ihr, daß sich der Gesundheitszustand ihres Vaters bessern würde, sobald der Winter vorüber war. Amanda bettete ihn wieder auf die Kissen und breitete ihre Decke auch noch über ihn. »Ich gehe jetzt in die Kantine und helfe, sie weihnachtlich auszuschmücken«, sagte sie und küßte ihn auf die erstaunlich glatten Wangen. »Bald bin ich mit deinem Frühstück zurück.«

Amanda konnte sich der weihnachtlichen Betriebsamkeit schlecht entziehen. Sie war ständig unterwegs, doch zwischendurch sah sie immer wieder nach ihrem Vater. Gegen Abend fühlte er sich immerhin so gut, daß er zu den anderen Evakuierten ins Kasino gehen konnte. Sie versammelten sich dort zu einem Festmenü. Doch es wollte keine rechte Stimmung aufkommen. Alles wirkte gezwungen.

Während der Weihnachtsfeier spürte Amanda immer wieder Tsurudas lüsternen Blick auf sich ruhen. Ihr Hintern in den engen Jeans hatte es ihm besonders angetan.

Später lag sie dann im Bett und fand keinen Schlaf. Nebenan liebten sich ein Mann und eine Frau. Sie flüsterten, keuchten und stöhnten. Amandas Beine zuckten. Sie wälzte sich herum wie im Fieber, warf sich auf den Bauch und drehte sich wieder um. Sie schlug mit den Fäusten auf das klamme, muffig riechende Kissen und versuchte, es aufzuklopfen.

Am Neujahrstag ereigneten sich zwei Dinge – ein böses Omen für das kommende Jahr. Als sie zur Kantine gehen wollte und in ihren schäbigen Mantel fuhr, fing ihr Vater an zu husten. Er spuckte Blut ins Taschentuch und versuchte krampfhaft, das vor ihr zu verheimlichen. Amanda machte sich nur ungern auf den Weg zur Kantine. Sie haderte mit dem Schicksal. »Wenn ich schon vereidigt wäre, würde ich die Rechtmäßigkeit der Evakuierung in Frage stellen oder vielmehr beweisen, daß sie ungesetzlich ist«, dachte sie erbittert.

Sie konnte es kaum erwarten, zu ihrem Vater zurückzukommen. Schon vor der Tür zu ihrem Zimmer hörte sie seinen trockenen Husten. Als sie eintrat, zwang er sich zu einem Lächeln, doch seine tiefumschatteten Augen zeugten davon, wie die Krankheit an ihm zehrte. Seine Haut hatte eine erschreckend gelbe Färbung angenommen. »Ich hole einen Arzt«, bestimmte sie. Sie sprach mit fester Stimme. Er durfte ihr die Angst nicht anmerken.

Doch ihr Vater griff nach ihrem Handgelenk. Erstaunlicherweise konnten seine knochigen Finger noch immer kräftig zupacken. »Amanda, was machen ein paar Stunden mehr oder weniger schon aus? Wir haben Neujahr. Laß die Ärzte feiern. Wenn es mir morgen nicht besser geht, kannst du immer noch einen Arzt holen.«

Amanda weigerte sich, an der Neujahrsfeier teilzunehmen, doch ihr Vater bestand darauf. Sie wußte, daß er sich nur übermäßig erregen würde, wenn sie sich ihm widersetzte. Daher gab sie schließlich nach, war aber fest entschlossen, nur ganz kurz zu bleiben.

Doch sie erreichte die Kantine erst gar nicht. Sie hatte sich verspätet. Alle anderen waren schon dort. Amanda eilte durch die Dunkelheit und wickelte sich fest in ihren Mantel. Da vertrat ihr plötzlich eine massige Gestalt den Weg. Amanda hielt es für das beste, einfach weiterzugehen und sich ihre Furcht nicht anmerken zu lassen. Sie ging auf die beleuchtete Seite des Schlammpfades. Doch die finstere Gestalt nahm die Verfolgung auf und stellte sich ihr wieder in den Weg. Erst da erkannte sie Tsuruda.

»Was wollen Sie?« fragte sie und bemühte sich, ruhig zu bleiben, obwohl die Angst ihr die Luft abschnürte.

»Miststück! Hure!« knurrte er.

Amanda trat einen Schritt zurück und machte Anstalten davonzulaufen. »Sie sind eine dumme Frau!« zischte er wütend. »Sie wissen nicht einmal, daß eine echte Japanerin einem Manne Respekt schuldig ist!«

»Ich bin Amerikanerin!« Sie machte noch ein Schrittchen von ihm weg.

Da packte er sie mit seinen Riesenpranken. »Sie sind eine Verräterin und haben Strafe verdient!«

Amanda duckte sich und rannte los, doch er bekam ihren Mantel zu fassen. Er riß sie so heftig an sich heran, daß die Knöpfe abplatzten. Amanda stolperte und landete im Matsch.

»Nein!« schrie sie in ihrer Not und trat wie wild um sich. Dabei mußte er wohl einen Tritt in den Unterleib bekommen haben. Er ließ sie augenblicklich los und krümmte sich vor Schmerzen. Dabei stieß er ein jämmerliches Geheul aus. Amanda sprang auf und lief um ihr Leben.

In ihrer Angst warf sie sich gegen die Tür und fiel regelrecht ins Zimmer. Da drehte sich ihr Vater um und sah sie besorgt an. »Was ist geschehen?« fragte er.

Sie ging zu seinem Feldbett und setzte sich angstschlotternd. »Ich weiß es nicht. Mir wurde plötzlich schlecht.«

»Wie sieht denn dein Mantel aus?«

»Ich bin so schnell zurückgerannt, daß ich nicht auf den Weg geachtet habe. Da bin ich im Stacheldraht hängengeblieben und habe mir den Mantel zerrissen.«

Das klang sicher nicht sehr überzeugend, doch ihr Vater fühlte sich so elend, daß er der Sache nicht weiter auf den Grund ging.

Sam Tsuruda richtete das Wort nicht mehr an sie, doch er

folgte ihr auf Schritt und Tritt. Als ihr Vater nach sechs Wochen so schlimm dran war, daß er nicht einmal mehr aufstehen konnte, wußte sie, daß etwas geschehen mußte.

Amanda ging in die Kantine, um das Frühstück für ihren Vater zu holen. Sie hoffte inständig, daß ihr Tsuruda nicht wieder über den Weg laufen würde. Sie ertrug es nicht mehr, daß er ihr ständig auflauerte. Ihre Nerven hielten der ständigen Anspannung nicht stand. Sie bangte nicht nur um das Leben ihres Vaters – Tsuruda versetzte sie in Angst und Schrecken. Amanda schwankte noch und überlegte, ob sie Tsuruda nicht bei der Lagerverwaltung anzeigen sollte. Doch die Verwaltung würde kaum etwas gegen ihn unternehmen. Tsuruda war Blockwart und damit entschieden einflußreicher als sie.

Amanda mußte ihren Vater füttern. Taro fühlte sich so schwach, daß er nicht selber essen konnte. Amanda ging in die Klinik. Nur drei Ärzte waren für die zwanzigtausend Lagerinsassen abkommandiert worden. Man gab ihr zu verstehen, daß sie ihren Vater in die Klinik bringen müsse, wenn er nicht im Sterben lag.

»Mein Vater *liegt* im Sterben!« versicherte Amanda dem ältesten Arzt.

Der fuhr sich mit den Fingern durch das graue Haar. »Ich komme gegen Mittag«, versprach er ihr.

Taro ließ es teilnahmslos geschehen, daß der Arzt ihn untersuchte. Dr. Niosha setzte ihm das Stethoskop auf die Brust und lauschte Taros pfeifendem Atem. Taro keuchte vor Anstrengung. Der Arzt fühlte ihm den Puls, maß Fieber und wandte sich dann an Amanda: »Die Tuberkulose ist natürlich degenerativ. Im Augenblick macht mir die Lungenentzündung Ihres Vaters aber viel größere Sorgen. Sie ist zwar noch relativ harmlos, doch Ihr Vater sollte ständig unter Aufsicht sein. Wir müssen ihn in die Klinik verlegen. Ich versichere Ihnen, daß Ihr Vater dort die beste Pflege haben wird.«

Am Nachmittag fuhr der Krankenwagen vor. Ihr Vater wurde auf einer Bahre hinausgetragen. Amanda ging nebenher und hielt seine Hand, bis sich die Türen des Krankenwagens schlossen. Sie hatte Taro versprochen, ihn gleich nach der Arbeit zu besuchen.

Doch Amanda ging nicht ins Büro, um Zeitungsartikel zu schreiben. Sie lief im eisigen Wind zu dem drei Meilen entfernten Verwaltungsgebäude. Sie und ihr Vater mußten fort. Und nicht nur, weil Sam Tsuruda sie ständig bedrohte. Ihr Vater sollte nicht in einem Konzentrationslager sterben.

Sie ließ sich eine Nummer geben und wartete, bis sie an der Reihe war. Das freundliche Gesicht des Lagerleiters, eines älteren Herrn, ließ sie hoffen, daß er ihr Gesuch befürworten würde.

»Ja?« fragte er, als sie ihm am Schreibtisch gegenübersaß.

»Ich habe gehört, daß einige japanische Familien das Lager verlassen dürfen, wenn vertrauenswürdige Menschen draußen für sie bürgen.«

»Das stimmt allerdings«, gab der Projektleiter zu. »Doch es erweist sich oft als sehr schwierig, Bürgen zu finden, die anerkannt werden. Eine Kirche oder eine namhafte Gesellschaft, die für Unterbringung und Arbeitsbeschaffung sorgt, wird am liebsten gesehen. Aber solche Angebote sind rar, und es stehen schon viele Familien auf der Warteliste.«

»Darüber bin ich mir im klaren. Doch ich glaube, ich kann Ihnen einen Bürgen für meinen Vater und mich nennen, der den Anforderungen voll und ganz entspricht.«

»So? Wer ist es denn?«

»Senator Nick Godwin.«

55

Auf die telegrafische Anfrage des Projektleiters hin kabelte Nick umgehend, er sei nur allzu gern bereit, für Taro Shima und seine Tochter zu bürgen, und er verpflichtete sich, für die Unterbringung der beiden zu sorgen und ihnen Arbeit zu beschaffen, sobald der Gesundheitszustand Taro Shimas sich gebessert habe. Doch Taro verließ das Lager nur widerstrebend, da er ja wußte, daß zwischen Nick und seiner Tochter starke Gefühlsschwankungen herrschten, die ihm bedenklich erschienen.

Sie fuhren im Personenzug nach Phönix, der Hauptstadt

Arizonas, wo Nick und Danielle jetzt wohnten. Amanda fragte sich, wann Nick wohl darauf pochen würde, daß sie sich für seine noble Geste revanchierte.

Als sie und ihr Vater in Phönix ausstiegen, wurden sie von einem Mann in Uniform begrüßt, der einen Rollstuhl schob. »Miß Shima?« erkundigte er sich höflich.

Amanda nickte. Sie wunderte sich, daß Nick nicht selbst erschienen war. Doch der Mann in Uniform erklärte lächelnd: »Senator Godwin hat mir versichert, daß ich Sie sofort an Ihrem Haar erkennen würde. Ich soll Sie und Ihren Herrn Vater in sein Haus bringen. Es tut ihm sehr leid, daß er Sie nicht persönlich abholen konnte, doch ausgerechnet jetzt findet eine wichtige Ausschußsitzung statt.«

Der Mann lenkte Nicks Limousine gelassen durch den mittäglichen Verkehr der Hauptstadt und ließ die Stadt bald hinter sich. Etwa elf Meilen nordöstlich von Phönix hielt er in dem Tal zwischen dem Camelback und den Mummy Mountains vor einem strahlend weißen, einstöckigen Stuckhaus mit rotem Ziegeldach. Nick hatte dem Projektleiter zwar versprochen, für ihre Unterbringung zu sorgen – aber gleich in einer Villa? Was würde Danielle dazu sagen, daß Amanda und ihr Vater unter einem Dach mit ihr leben sollten? Nick mußte den Verstand verloren haben, sie und ihren Vater ausgerechnet in seinem Haus unterzubringen.

Als der Chauffeur die Auffahrt hinauffuhr, die sich teilte und um einen vielstrahligen Springbrunnen herumführte, erkundigte sich Amanda: »Ist Mrs. Godwin da?«

Der Chauffeur warf einen flüchtigen Blick in den Rückspiegel. »Nein, Ma'am. Sie ist in New York.«

Großartig! Also kein Wachhund, der darauf achtete, daß Nick sich ihr nicht näherte!

Eine stämmige, ältliche Frau kam ihnen entgegen, um sie zu begrüßen. »Mrs. Rawlings, die Haushälterin«, stellte der Chauffeur sie vor.

Zu ihrer großen Verwunderung fanden sie in Taros Zimmer eine Krankenschwester vor. Eine zierliche alte Dame in Weiß, sicher kaum jünger als Taro. Sie schüttelte gerade die Kissen auf. »Mr. Shima, da sind Sie ja endlich!« sprudelte sie los. »Ich warte schon seit dem frühen Morgen auf Sie. Ich bin Schwester Haines. Senator Godwin hat mich engagiert, damit ich Sie pflege.«

Taro verneigte sich, so tief das vom Rollstuhl aus möglich war, doch es entging Amanda nicht, daß er die Augen verzweifelt gen Himmel richtete. »Ich schätze mich glücklich.«

»Es wird Ihnen guttun, sich ein Weilchen verwöhnen zu lassen«, behauptete die Schwester unbeirrbar. »Nun werde ich Ihnen erst einmal aus Ihren Sachen heraushelfen, damit Sie es ganz bequem haben.«

Taro warf Amanda einen flehenden Blick zu. »Laß die Schwester nur. Sie meint es gut mit dir. Ich sehe wieder nach dir, sobald ich mich in meinem Zimmer eingerichtet habe.« Amanda lächelte ihm zu und ging.

Nach dem kleinen kalten Raum im Lager erschien ihr das Zimmer, in das Mrs. Rawlings sie führte, geradezu fürstlich. Warmes Sonnenlicht strömte durch die drei Bogenfenster herein, fiel auf die rosarote Tagesdecke auf dem breiten Bett und auf die Terrakotta-Bodenfliesen. Die reiche Auswahl an Blattpflanzen nahm sich sehr dekorativ aus. Doch nicht nur ihr Zimmer, auch das dazugehörige Bad war das reinste Blumenmeer. Hibiskus, winzige Orangenbäumchen und Bougainvillea strömten einen betörenden Duft aus. Sie hatte seit fast einem Jahr kaum noch Pflanzen, kaum noch frisches Grün gesehen.

Amanda packte wie benommen aus und verstaute ihre wenigen armseligen Kleidungsstücke in einer ausladenden Kommode aus Rosenholz. Dann lief sie durch das Labyrinth von Gängen, die entweder zu Patios mit Springbrunnen oder in blühende Gärten hinausführten. Auch ein von hohen Pappeln umstandener Tennisplatz und ein nierenförmiger Swimmingpool gehörten zum Haus. Amanda glaubte vor dem Hintergrund der Fußhügel Stallungen zu erkennen.

Mrs. Rawlings hatte ihr erzählt, daß es im Haus zwölf Gästezimmer gab. Amanda hoffte, daß Nick möglichst spät nach Hause kommen würde. Sie fühlte sich einem Kampf mit ihm nicht gewachsen. Ihr Vater schlief ganz friedlich, als sie nach ihm sah. Da ging sie beruhigt in ihr Zimmer, um zu baden.

Ein wohliger Seufzer entrang sich ihr, als sie in die in den Boden eingelassene Wanne stieg und sich zurücklehnte. Sie hatte ihr Haar hochgesteckt, damit es nicht naß wurde. Sie versank in dem herrlich nach Jasmin duftenden Badeschaum. Es mußte himmlisch sein, den ganzen Abend so in der Wanne zu liegen und vor sich hinzudösen.

Endlich stieg sie widerstrebend aus der Wanne und schlüpfte in ihren weißen Kimono, das einzige wirklich weibliche Kleidungsstück, das sie besaß. Nick mußte sie eben nehmen wie sie war – so wie sich ein Lord eine Konkubine nimmt. Sie hatte sich an ihn verkauft und war ihm ausgeliefert.

Um sieben Uhr ging Amanda noch einmal zu ihrem Vater. Mrs. Haines versuchte gerade, ihm eine kräftige Bouillon einzuflößen. Doch Taro preßte störrisch die Lippen aufeinander. »Aber Vater«, ermahnte ihn Amanda, »wenn du tust, was Mrs. Haines dir sagt, wirst du dich bald besser fühlen.« Da seufzte Taro und machte pflichtschuldigst den Mund auf. Freudig löffelte ihm die Krankenschwester seine Suppe ein. Als Amanda sah, daß alles bestens lief, ging sie in den Speisesaal, der von einem langen rechteckigen Eichentisch beherrscht wurde. Amanda setzte sich ganz vorne an den Tisch und kam sich in dem großen leeren Raum richtig verloren vor.

Mrs. Rowlings brachte ihr Gazpacho und Roséwein und als nächsten Gang ein saftiges Steak (richtiges Rindfleisch, dachte Amanda beglückt). Daran mußte sie sich erst wieder gewöhnen. Als sie sich mit Heißhunger über das Steak hermachte, erschien plötzlich Nick. Er blieb in der Tür stehen und sah Amanda zu. Die legte langsam das Besteck aus der Hand. Ihr Magen schien einen Salto zu schlagen, als er näherkam und ihr gegenüber Platz nahm. Er sagte kein Wort, doch der Blick, mit dem er sie taxierte, sprach für sich.

Nick lockerte seine Krawatte und knöpfte die obersten Knöpfe seines Seidenhemdes auf. »Siehst du, Mandy, du bist ein Teil von mir. Ich habe es dir ja gesagt.« Das konstatierte er ganz leidenschaftslos. Er wollte ihr damit keine Liebeserklärung machen, sondern ihr nur eine simple Tatsache ins Gedächtnis zurückrufen. »Du hast doch wohl nicht angenommen, ich könnte je vergessen, was uns verbindet oder gar zulassen, daß du interniert wirst und in irgendeinem elenden Loch verschwindest!«

»Du hast es aber zugelassen!«

»Nein, das hast du dir selber zuzuschreiben. Doch ich wollte dasein, wenn du mich brauchst. Also habe ich deinen Weg verfolgt. Deine Zeitungsartikel gefallen mir übrigens. Du solltest Journalistin und nicht Anwältin werden.«

Amanda ignorierte den boshaften Glanz seiner Augen. »Was sollen denn die Leute bloß denken, wenn du mich in deinem Haus einquartierst? Und was wird Danielle erst dazu sagen, wenn sie wiederkommt?«

Nick probierte die Suppe. »Ich habe allen erzählt, du bist eine entfernte Cousine von mir.« Er zwinkerte ihr zu. »Bist du ja auch. Und was meine Frau dazu sagt, kümmert mich nicht. Sie war hier draußen in der Wüste niemals glücklich und lebt jetzt in New York.«

Mrs. Rawlings brachte Nick ein Steak. Er dankte ihr und wandte sich dann wieder an Amanda. »Ich habe für morgen beim Arzt einen Termin für deinen Vater ausgemacht. Den kann er natürlich nur wahrnehmen, falls er sich nach der langen Bahnfahrt nicht zu schwach fühlt. Der beste Arzt von Phönix wird ihn röntgen, alle nur möglichen Untersuchungen vornehmen und ...«

»Das hättest du nicht tun sollen. Ich kann selbst dafür sorgen, daß mein Vater einen Arzt konsultiert ...«

»Mandy, du vergißt ...«

»Du sollst mich nicht so nennen!«

»Aber ›Amanda‹ paßt nicht du deinem Aussehen.« Ihre Schönheit brachte ihn immer wieder aus dem Gleichgewicht. Sie vereinte die besten amerikanischen und asiatischen Merkmale aufs vollkommenste in sich. Nick faszinierten nicht nur ihre hohen Wangenknochen, der pechschwarze Vorhang der Haare und die verführerischen, leicht schrägstehenden grünen Augen. Amanda verströmte die Energie und den Wagemut, der vielen Menschen der westlichen Hemisphäre eigen ist. Amanda wußte diese Eigenschaften mit der orientalischen Geisteshaltung unter einen Hut zu bringen. Dadurch war sie von einer fast fühlbaren Aura umgeben.

Nick seufzte und wandte sich wieder seinem Essen zu. »War es sehr schlimm im Lager?« fragte er.

Amanda zuckte die Achseln. Sie durfte sich keinesfalls von seinem Mitgefühl einlullen lassen. So etwas schwächte die Abwehrkräfte. Was er ihr hier vorführte, war nichts als die aalglatte Fassade des redegewandten Politikers. »Es hätte schlimmer sein können. Wir hatten ein Dach über dem Kopf und etwas anzuziehen. Verhungert sind wir auch nicht.«

»Du hast abgenommen und siehst furchtbar müde aus.«

Es irritierte Amanda, daß er sie immer wieder mit den Blicken abtastete. Nicht die kleinste Kleinigkeit entging ihm. Amanda kam es vor, als betrachte er wohlgefällig seinen angestammten Besitz. Sie gehörte ihm nicht. »Du siehst auch erschöpft aus«, gab sie zurück. Aber dünner war er nicht geworden. Wieder einmal beherrschte seine mächtige Gestalt den Raum.

»Es war ein langer anstrengender Tag. Ich bin völlig erledigt.« Er schob den Teller weg und griff nach seinem Weinglas.

Als Amanda sah, wie er den Rand des Weinglases mit den Lippen berührte, wußte sie, worauf er Hunger hatte. Ihre Blicke trafen sich. Seine Pupillen glänzten. Er ließ den Blick spielerisch über ihre Lippen gleiten und verharrte lange bei dem Einschnitt zwischen ihren Brüsten. Sein Blick schien sie zu liebkosen, ihren Kimono auseinanderzuschlagen, ihre Brüste zu entblößen. Amanda fing Feuer, rutschte erregt auf ihrem Stuhl hin und her.

»Ich – ich kann hier nicht einfach nur so herumsitzen!« rief sie und brach damit die fast unerträgliche Spannung.

Nick hob eine Braue. »Warum denn nicht?«

»Untätigkeit macht mich ganz krank! Ich muß unbedingt etwas tun!«

»Aber wieso denn?«

»Damit ich mich nicht schlimmer als im Lager fühle. Langeweile ist tödlich für mich.« Sie sah ihm in die Augen. Plötzlich dämmerte ihr eine Erkenntnis. Sie glaubte zu erkennen, was er beabsichtigte. »Willst du mich vernichten, mich in die Knie zwingen, weil du mich nicht kaufen kannst?«

Nick warf wütend die Serviette auf den Tisch. »Ich habe

dich bereits gekauft! Es wird Zeit, daß du das endlich begreifst!«

»Du widerst mich an!« schrie Amanda und rannte wie gejagt davon.

Als sie eine Stunde später das Wasser in der Dusche rauschen hörte, begriff sie, daß Nick das Zimmer neben ihr bewohnte. Sie lag in dem breiten Bett und stellte sich vor, wie das Wasser in Sturzbächen über seine Brust lief, sich in dem Gewirr von Haar verfing und in dem dichten drahtigen Schamhaar verschwand. Ihr stand lebhaft vor Augen, wie ein glühender Pfeil sie durchbohrten als er in sie eindrang und auf sie einhämmerte, bis sie ermattet zurücksank und die unerträgliche Spannung von ihr genommen war. Nur er verstand es, sie zu entflammen und das Feuer, das er entfachte, wieder zu löschen.

Nick stellte nebenan die Dusche ab. Amanda lauschte atemlos auf seine Schritte. Sie wartete. Er würde es nicht wagen, ihr Gewalt anzutun. Sie wollte ihm Widerstand leisten, soweit das noch in ihrer Macht stand.

Sie hörte, wie Nick die Tür zu seinem Zimmer öffnete und wieder schloß. Amanda lag wie erstarrt da. Sie wartete. Sie rechnete mit ihm. Der Gedanke an ihn ließ sie nicht los.

56

Am nächsten Morgen fuhr Nick sie und ihren Vater ins Krankenhaus. Die Untersuchungen dauerten den ganzen Vormittag. Nick wartete geduldig, während Amanda ruhelos auf und ab ging. Schließlich verkündete der Arzt, er müsse ihren Vater ein paar Tage dabehalten. Die Untersuchungen seien noch nicht abgeschlossen.

»Ob es schlimm um ihn steht?« fragte sie Nick auf der Rückfahrt. »Glaubst du, sie haben bei Vater außer der Tuberkulose noch etwas gefunden?«

Nick versuchte sie zu trösten. »Die Lungenentzündung hat deinen Vater sicher sehr geschwächt. Die Ärzte wollen ihn vermutlich von allem kurieren, was er womöglich sonst noch hat, bevor sie eine endgültige Diagnose stellen.« Amanda verkrampfte die Hände, daß die Knöchel weiß hervortraten. »Mandy, beruhige dich doch. Du tust doch alles Menschenmögliche für deinen Vater.«

Nick entließ Mrs. Haines vorübergehend, da sie im Augenblick nicht gebraucht wurde. Mrs. Rawlings wohnte in einem kleinen Häuschen im Park. Sie servierte ihnen noch das Abendessen und zog sich dann zurück. Amanda blieb mit Nick allein. Sie stocherte nervös in ihrem Essen herum. Wann würde Nick von ihr verlangen, daß sie sich auszog und nackt auf den Tisch legte, damit er sich mit ihr verlustieren konnte? Bei einem solchen Barbaren mußte man mit allem rechnen.

Doch Nick sprach über belanglose Dinge und rührte sie nicht an. Er spielte mit ihr Katz und Maus.

Nach dem Essen schlug er vor, eine Partie Schach zu spielen. »Ich – ich habe Kopfweh«, entschuldigte sie sich. »Ich glaube, ich gehe besser gleich zu Bett.«

Amanda spürte seinen Blick auf sich. Als sie die Türe erreichte, fragte er spöttisch: »Glaubst du wirklich, daß Ehemänner immer noch auf diese uralte Ausrede hereinfallen?«

Amanda fuhr wütend herum. »Du bist zwar verheiratet, aber nicht mit mir! Darüber kannst du mit Danielle diskutieren!«

Nick sprang wie angestochen auf und war mit einem Satz bei ihr. In seinem unbändigen Zorn schien er sie gegen die Tür schleudern zu wollen. Doch er blieb dicht vor ihr stehen. »Ich habe *dich* gefragt!«

»Zum Glück bin ich nicht deine Frau!«

Die in seinen Augen schwelende Glut sprühte Funken. Flammen züngelten ihr entgegen. Sein Blick versengte sie. Nick schien zu ahnen, daß sie unter ihrem Kimono nichts trug. Amanda duckte sich furchtsam. Noch nie hatte sie ihn so wütend gesehen. Ihr Atem ging rasch und keuchend. Als sie gar nicht damit rechnete, wandte er sich auf einmal ab und stürmte davon.

Amanda packte ihn am Arm, um ihn aufzuhalten. Auch sie kochte jetzt vor Wut. »Gib doch zu, daß du Danielle nur geheiratet hast in der Hoffnung, daß dir der Name Warren politisch und finanziell auf die Sprünge helfen würde! Auch du bist käuflich, Nick Godwin!«

»Und wenn es so wäre?« fragte er gefährlich leise. »Immerhin hat sich Danielle als Dame erwiesen und sich nicht für weniger als einen Ehering verkauft!«

Amanda stemmte die Fäuste in die Hüften. »Und es hat die Dame angewidert, mit einem Vieh wie dir zu schlafen!«

Das hätte sie wohl besser nicht gesagt. Nick sah zum Fürchten aus. Er wollte sich auf sie stürzen, doch Amanda schlug seinen Arm weg, entwand sich ihm und rannte zu ihrem Zimmer. Nick stürzte hinter ihr her. Als sie die Tür aufstieß, holte er sie ein. Er schlang ihr die Arme um die Taille, hob sie hoch und schleuderte sie auf das Bett, nachdem er die Tür mit einem Fußtritt zugeschlagen hatte.

Nick stand schweratmend vor ihr und stierte sie an. Amanda setzte sich schleunigst wieder auf. »Na los schon!« hetzte sie ihn auf. »Warum vergewaltigst du mich nicht noch einmal? Davon träumst du doch schon lange!«

Da riß er sie hoch und preßte sie an sich. Amanda kniete auf dem Bett und war gezwungen, ihm ins Gesicht zu sehen. »Begreif doch endlich, Mandy!« Er schüttelte sie. »Mir liegt nichts an einer Jungfrau, die sich mir opfert!«

Ihr Kopf rollte von einer Seite auf die andere, als sei sie ein willenloses Werkzeug. »Aber du willst mich haben!« schrie sie ihn triumphierend an.

»Du mich auch!« Er preßte seinen Mund auf ihre Lippen. So fest, daß sie nicht anders konnte als ihren Mund zu öffnen. Seine Zunge versengte ihr die Lippen wie ein rotglühender Schürhaken. Er schien sie verschlingen zu wollen. Nicks Glut übertrug sich auf sie. Ein Stöhnen entrang sich ihr. Als er ihren Mund endlich freigab, fiel ihr Kopf nach hinten. Nick küßte inbrünstig die Kehle zwischen Hals und Schulter und streifte ihr den Kimono von den Schultern.

»Nein – nicht . . .«, protestierte sie schwach, doch es klang nicht sehr überzeugend. Amanda keuchte, als Nick eine ihrer Brüste in der Hand wog und dabei die andere küßte. Er zog und zupfte an der Brustwarze, nagte mit den Zähnen daran und fuhr blitzschnell mit der Zunge darüber.

Irgendwann lag sie dann wieder ausgestreckt auf dem Bett, und Nick kniete über ihr. Er knöpfte in fliegender Hast sein Hemd auf und fuhr aus seiner Hose, während sein heißer

Blick besitzergreifend auf den intimsten Stellen ihres Körpers ruhte. Er setzte sich rittlings auf sie, doch er hielt sich noch zurück. »Sag es, Mandy, sprich es aus!« forderte er. Es klang wie das bedrohliche Knurren eines Panthers. »Sag, daß du mich auch willst!« Sie versenkte ihren Blick in seinen, doch kein Wort kam über ihre Lippen. »Ich will nicht, daß du mir hinterher wieder Vorwürfe machst!« warnte er sie.

Wütendes Schweigen.

Nick wollte aufstehen. Da entfuhr es Amanda: »Ja, ja, verdammt noch mal!«

Da legte er sich auf sie und glitt in sie hinein wie ein Messer in die Scheide. Er bearbeitete sie mit raschen, regelmäßigen Stößen. Sie hob ihm die Hüften entgegen und paßte sich seinem Rhythmus an. Sie stieß mit dem Becken ebenfalls so heftig zu wie er – voller Angst, das stürmische Eindringen könne enden, bevor er die Glut gelöscht hatte, die in ihr brannte.

Sie waren beide schweißgebadet und klammerten sich aneinander wie zwei Kämpfende, die miteinander ringen. Nick ließ Amanda nicht im Stich. Er enttäuschte sie nicht. Er drang so lange in sie ein und stieß immer wieder zu, bis sie spürte, wie sich der Knoten löste. Alle Ungeduld und Frustration fiel von ihr ab. Beseligt erreichte sie den Höhepunkt. Im gleichen Augenblick ergoß er sich in sie.

Sie starben beide einen ›kleinen Tod‹. Ihr Herz schien auszusetzen. Sie lag wie eine Tote da. Nick zog sie zärtlich in die Arme. »War es nicht schön?« flüsterte er. »So sollte es immer sein.«

Amanda lag in seiner Armbeuge und sog die Worte in sich ein, die er ihr ins Ohr flüsterte. Er fuhr zärtlich über ihren mitgenommenen Leib. Wider Willen reagierte sie sofort auf die leiseste Berührung, die doch kaum mehr als ein Hauch war. Als er das spürte, packte er gleich fester zu und ließ sie seine rauhe und doch samtene Zunge spüren. Er nahm sie noch einmal. Amanda konnte es kaum erwarten, ihn wieder in sich zu spüren.

Nick fühlte, wie sie immer heißer und feuchter wurde. Dem sinnlichen Vergnügen völlig hingegeben, hielt sie die Lider halb geschlossen. Sie überließ sich ihm mit allen Sinnen, die

Lippen leicht geöffnet. Ob sie wohl je begreifen würde, was er für sie empfand? Würde die Festung immer zwischen ihnen stehen?

Die Glut der Leidenschaft übermannte sie nicht wie beim erstenmal. Sie gingen jetzt sanfter und zärtlicher miteinander um. Doch als die unerträgliche Ekstase dann ihren Höhepunkt erreichte, wünschte sich Amanda, daß es nie enden möge. Nick drückte sie liebevoll an sich. Ihre Tränen benetzten seine Brust.

»Warum weinst du?« flüsterte er.

Amanda schluckte. »Weil es schön war. Und weil ich weiß, daß ich mich immer wieder nach dir sehnen werde. Ach, zum Teufel!« Sie setzte sich entschlossen auf. »So, und jetzt raus aus meinem Schlafzimmer!«

Nick grinste schelmisch. »Kommt nicht in Frage, Mandy! Noch ist die Nacht nicht vorbei!«

57

Amanda aalte sich am Swimmingpool – bis auf ihr Miederhöschen nackt. Die Mittagssonne brannte ihr glühend auf den Rücken. Sie lag bäuchlings auf dem sonnendurchglühten Zementboden. Kleine Steinchen drückten sich in ihre Brust. Sie ließ wohlig eine Hand durchs Wasser gleiten. Sie brauchte dringend etwas zum Anziehen. Wenn es nach diesem sexbesessenen Mann ginge, würde sie nur noch nackt herumlaufen.

Amanda hörte Schritte hinter sich. Sie sah durch den Vorhang ihrer Haare auf. Nick trat vor sie hin. Er trug einen teuren Maßanzug und schwenkte einen Diplomatenkoffer in der Hand.

Er grinste wohlwollend und bemerkte: »Wenn du dich nicht vorsiehst, findest du noch Gefallen an dem faulen Leben der Reichen. Dann willst du hier gar nicht mehr weg.«

Da drehte sich Amanda auf den Rücken, warf ihr Haar mit einem Ruck über die Schulter zurück und verschränkte die Arme vor der Brust. Sie konstatierte verzückt, wie die Begierde in ihm erwachte. Er umfing sie mit einem lodernden Blick. Amanda dachte an die Nacht mit ihm zurück. Eine Hitzewelle überflutete sie. »Hier hält mich nichts, und ich würde bestimmt nicht bleiben, wenn ich nicht müßte!«

Nick runzelte die Stirn. »Du würdest also auf der Stelle verschwinden, gäbe es die Bürokratie nicht, wäre dein Vater nicht so krank, stände es nicht so schlimm um unser Land und hättest du dich nicht darüber hinaus noch mit allen möglichen Problemen herumzuschlagen? Willst du das damit sagen?«

»Genau das.«

»Na, dann hat der Weltkrieg doch noch etwas Gutes – wenigstens für mich«, konstatierte er ungerührt. Er löste die Krawatte, warf sie auf den Tisch und legte sein Jackett ab. Er knöpfte sein Hemd auf und zog den Reißverschluß seiner Hose auf. Amanda fragte irritiert: »Was tust du denn da?«

»Ich ziehe mich aus«, erwiderte er und ließ keinen Blick von ihr. Das Perlonhöschen klebte ihr am Leib. Es enthüllte mehr als es verbarg. »Darf ich nicht einmal mehr in meinem Swimmingpool schwimmen?«

Amanda schnaubte vor Wut und setzte sich auf. Im gleichen Augenblick läutete das Telefon. Nick seufzte und ging ins Haus. Nach etwa drei Minuten kam er mit einem Glas Wasser zurück. Er ging neben Amanda in die Hocke.

»Hier, nimm das.« Eine rosa Kapsel leuchtete in seiner Hand. »Nimm es nur. Es wird dich entspannen.«

»Das ist nicht nötig«, protestierte sie. »Ich fühle mich...« Sie erschrak und unterbrach sich. Nick war nicht mehr wiederzuerkennen. Ganz weiß um den Mund und todernst – als trüge er an einer schweren Last. »Mein Vater, ja?«

Nick schob ihr rasch die Kapsel zwischen die Lippen. »Schluck das mit etwas Wasser.«

Amanda gehorchte automatisch. »Was ist geschehen?« fragte sie ahnungsvoll.

»Er ist einem Herzanfall erlegen.«

»Nein!« krächzte sie. »Nein!« Sie schluchzte hysterisch. Nick hob sie hoch, bettete ihren Kopf an seine Brust und trug sie ins Haus. In seinem Schlafzimmer legte er sie auf das Bett. Als sie sich aufzurappeln suchte, drückte er sie wieder in die Kissen. Er legte sich neben sie und bettete ihren Kopf an seine Schulter. »Keine Sorge, ich rühre dich nicht an. Versuch es zu vergessen. Denk jetzt nicht daran.«

Ganz langsam senkte sich die Dunkelheit auf sie herab. Als sie wieder zu sich kam, war der Himmel schon mit Sternen übersät. Sie fuhr erschrocken hoch. Da löste sich eine Gestalt aus dem Schatten der Zimmerecke. Nick hatte über sie gewacht. »Was ist mit meinem Vater?« fragte sie, in der Hoffnung, nur schlecht geträumt zu haben.

»Die Beerdigung findet übermorgen statt«, erklärte Nick. »Ich habe alles Nötige veranlaßt. Ob dein Vater wohl eine buddhistische oder shintoistische Trauerfeier gewünscht hätte? Über religiöse Fragen haben wir ja nie gesprochen. Ich habe daher angeordnet, daß ein einfacher Gedenkgottesdienst abgehalten wird.«

Sie hatte also nicht geträumt. Ihr Vater war tot. Sie schüttelte den Kopf – von einem dumpfen Schmerz erfüllt. »Mein Vater war nicht sehr religiös. Zumindest hing er keiner bestimmten Glaubensrichtung an. Ein Gedenkgottesdienst ist wohl am besten.«

Nick hielt ihr eine Beruhigungstablette und ein Glas Wasser hin. Doch Amanda lehnte ab. »Nicht nötig. Ich bin ganz gefaßt. Ich bekomme keinen hysterischen Anfall mehr.«

Nick stand ihr zur Seite, als die Erdklumpen auf den Sarg polterten.

Amanda sprach mit gesenktem Kopf stillschweigend ein Gebet für ihren Vater und gab der Hoffnung Ausdruck, daß er Ruhe finden und wieder mit ihrer Mutter vereint sein möge.

Nick umfaßte von hinten ihre Schultern. »Gehen wir nach Hause, Mandy«, bat er besorgt.

»Ich habe kein Zuhause«, flüsterte Amanda. Sie drehte sich um und sah ihn an. Er ertrug die Qual in ihren Augen kaum. Der Kummer gab ihr diese scharfen Worte ein.

»Mandy, du bist bei mir zu Hause«, beteuerte er.

»Du nimmst mich großmütig als Geliebte in dein Haus auf!« fauchte sie.

»Es gibt doch keine andere Möglichkeit.« Nick seufzte. »Das haben wir doch schon besprochen. Ich lasse mich nicht von Danielle scheiden.«

Amanda zuckte betont gleichmütig die Achseln. »Das würde dir auch wenig nützen!« fuhr sie ihn an. »Ich würde dich nämlich keinesfalls heiraten!« Seine Worte hatten sie mehr getroffen als er ahnte.

»Wie kommst du eigentlich darauf, daß ich dir einen Antrag machen würde? Davon war nie die Rede«, konterte er und schob Amanda in die Limousine.

»Nein«, gab sie zu, »du hast mir nie Hoffnungen gemacht, mir nie etwas versprochen.« Der Kummer lastete als dumpfer Schmerz auf ihrer Seele.

Nick umfaßte ihre kalten Hände. »Mandy, ich habe deinem Vater versprochen, daß ich mich um dich kümmern werde. Und das habe ich auch vor.«

Das Pflichtbewußtsein erwachte in ihm, doch sie sehnte sich nach einem Liebesgeständnis. Nur das konnte ihr jetzt helfen. Sie entzog ihm ihre Hände. »Jetzt, wo mein Vater tot ist, sehe ich keinen Grund mehr, noch länger hierzubleiben.«

»Aber wo willst du denn hin? Glaubst du, ich lasse dich so einfach weg? Ein Anruf von mir genügt, und das FBI bringt dich hinter Schloß und Riegel.«

»Dann ruf doch an! Lieber gehe ich ins Lager zurück, als daß ich mich als deine Mätresse bei dir einniste!«

Nick starrte sie verzweifelt an. »Die Festung steht immer noch zwischen uns, stimmts?«

»Die Festung ist mir genauso wichtig wie dir deine Karriere, Nick.«

Sein Blick brannte sich in sie ein. »Du kannst jederzeit gehen«, sagte er. Dann wies er den Chauffeur durch die Trennscheibe an, loszufahren.

Der Chauffeur setzte Nick vor dem Kapitol ab. Sobald Nick die Marmortreppe erklommen hatte, die in das Gebäude führte, bat sie den Chauffeur: »Fahren Sie mich bitte zum Bahnhof.«

58

Das Haus, das Amanda mit ihrem Vater im Barrio Libre von Tucson bewohnt hatte, war mit Brettern vernagelt – von der Bundesbank beschlagnahmt worden. Somit war sie noch schlimmer dran als hinter Stacheldraht im Lager; denn dort hatte sie zumindest etwas zu essen bekommen und ein Dach über dem Kopf gehabt. Und Arbeit.

Amanda kaufte sich eine Zeitung und ging die Stellenanzeigen durch. Doch das kam für sie ja alles nicht in Frage. Sie konnte keine Referenzen vorweisen, und sie war Japanerin.

Nun kam ihr die Trostlosigkeit ihrer Lage erst so richtig zu Bewußtsein. Als sie die Zeitung entmutigt überflog, sprang ihr ganz plötzlich der Satz in die Augen: ›Richter Craymore führt den Vorsitz...‹

Warum eigentlich nicht? Ein Richter konnte sie vereidigen! Wenn Nick sie nicht schon dem FBI gemeldet hatte, sprach eigentlich nichts dagegen, daß sie ihren Beruf ausübte. Es würde allerdings nicht billig sein, eine Praxis zu eröffnen. Wilde Entschlossenheit bemächtigte sich ihrer.

Die Sekretärin des Richters erklärte Amanda, er sei noch im Gericht, käme aber sicher bald. Amanda setzte sich und wartete. Und wenn der Richter sich nun weigerte, sie zu vereidigen? Oder noch viel schlimmer: Wenn Nick das FBI schon alarmiert hatte?

Ein kleiner Mann in schwarzer Robe kam ins Vorzimmer gefegt. Die Sekretärin mit dem strengen Blick griff nach Stenoblock und Bleistift und folgte ihm in sein Büro. Nach einer Weile kehrte sie zurück. »Miß Shima, Sie können jetzt hineingehen. Der Richter erwartet Sie.«

Der alte Mann schlüpfte gerade in seine Anzugsjacke, als die Sekretärin Amanda zu ihm hineinschob. »Sie möchten also, daß ich Sie formell vereidige, damit Sie praktizieren können? Haben Sie die erforderlichen Unterlagen und Diplome da?« fragte der Richter freundlich.

»Nein, Euer Ehren. An mein Diplom komme ich im Augenblick nicht heran. Und ich brauchte kein Examen abzulegen. Mr. Browne, der Berater an der Universität, kann Ihnen das bestätigen...«

»Aha.« Der Richter rieb sein Kinn und sah sie nachdenklich an. »Ist Shima ein japanischer Familienname?«

Großer Gott, jetzt ging das wieder los! »Ja, Euer Ehren. Ich bin gerade erst aus einem Umsiedlungslager zurückgekehrt, wo ich ein Jahr interniert war. Deshalb konnte ich noch nicht vereidigt werden. Ich bin erst vor kurzem entlassen worden. Jemand hat für mich gebürgt.«

Amanda stand vor dem Schreibtisch des Richters und harrte des nächsten Schicksalsschlages. Nun würde er es sicher ablehnen, sie zu vereidigen.

Der Richter lehnte sich in seinem großen lederbezogenen Sessel zurück. »Sie haben wirklich Schneid, meine liebe junge Dame.«

War das nun negativ oder positiv gemeint? Amandas Handflächen wurden feucht. Der Richter beugte sich vor und nahm den Telefonhörer ab. »Geben Sie mir den Dekan der Universität«, bat er seine Sekretärin.

»Setzen Sie sich doch, Miß Shima. Die Bestätigung wird nicht mehr lange auf sich warten lassen.«

Amanda fuhr zusammen, als das Telefon schrillte. »John!« wandte sich der Richter freundschaftlich an den Dekan. »Schön, deine Stimme mal wieder zu hören. Sieh doch bitte in den Unterlagen nach, ob Miß Shima berechtigt ist, sich vereidigen zu lassen.«

Amanda schloß die Augen. Ihr Herz schlug nur noch ganz schwach. Sie hielt den Atem an. »Miß Shima, heben Sie die rechte Hand und sprechen Sie mir nach.« Amanda schreckte aus ihrer Benommenheit hoch. Sie hob die Hand. Nach all den Jahren konnte sie kaum glauben, daß es jetzt wirklich soweit war.

»Ich, Amanda Shima, schwöre feierlich, daß ich amerikanische Staatsbürgerin bin und meiner Bürgerpflicht den Vereinigten Staaten gegenüber stets genügen werde...«

Es ging noch weiter, aber an den Rest des Textes konnte sie sich nicht erinnern, als sie das Kreishaus wie in Trance verließ. Jetzt, wo sie vereidigt war, zürnte sie den Umsiedlungsbehörden nicht mehr. Viele Menschen hatten ihr geholfen. Daher fiel es ihr nicht schwer, einen Schlußstrich unter die Vergangenheit zu ziehen.

Aber was nun? Eine Anwältin ohne Anwaltspraxis konnte nicht viel ausrichten. Also mußte sie sich schnellstens um eine Praxis kümmern.

Amanda fuhr mit einem Bus zu ihrer alten Bank und sprach in der Darlehensabteilung vor. Der Bankbeamte schüttelte den Kopf. »Es tut mir leid, Miß Shima; aber Sie sehen doch wohl ein, daß wir ohne Sicherheiten keinen Kredit gewähren können.«

Amanda lächelte honigsüß. »Und was ist mit meinen zweihundertsiebenunddreißig Dollar, die Ihre Bank eingefroren hat – oder mit meinen Möbeln und der Wäschereiausrüstung, die die Bundesregierung irgendwo eingelagert hat?«

Da schluckte der Kreditfachmann. »Ja, sehen Sie, Miß Shima, was beschlagnahmt worden ist, dürfen wir nicht anrühren bevor es offiziell freigegeben wird. Verfügen Sie denn über keine anderen Sicherheiten? Oder kennen Sie vielleicht jemanden, der als Mitunterzeichner fungieren könnte?«

Amanda blickte auf. »Doch«, sagte sie bedächtig. Ein Gedanke hatte sich in ihr eingenistet. »Akzeptieren Sie den Berater in Wirtschaftsfragen als Mitunterzeichner? Den Berater des Präsidenten.«

»Sprechen Sie vom Präsidenten der Vereinigten Staaten?« krächzte der Bankangestellte aufgeregt.

Amanda lächelte wider Willen. »Ich meine Paul Godwin, seinen Berater in Wirtschaftsfragen.«

Der Darlehensfachmann räusperte sich. »Sie sind telefonisch zu erreichen? Es kann ein Weilchen dauern, bis ich nach Washington durchkomme.«

Amanda nannte ihm das Parkview-Hotel. Ein Zimmer würde dort nicht allzu teuer sein. Sie mußte haushalten mit den vierundzwanzig Dollar, die ihr noch geblieben waren.

In der Nacht tat sie kein Auge zu. Am nächsten Morgen läutete das Telefon. Sie rannte wie gehetzt zum Apparat, aus Angst, er könnte aufhören zu läuten, bevor sie den Hörer abgenommen hatte. »Miß Shima?« Der Bankangestellte.

Amanda holte zitternd Luft und schloß die Augen. »Ja?«

»Das Darlehen ist bewilligt«, verkündete er ihr. Er schien tief beeindruckt. »Wir stellen Ihnen einen Scheck aus, wann immer Sie wünschen.«

Amanda fand in der Court Street ein kleines enges Büro. Es sah ziemlich heruntergekommen aus. Es hatte nur ein Fenster, doch die Miete war nicht hoch, und es war unterteilt. So konnte sie ganz hinten ein Klappbett und eine zweiflammige

Kochplatte unterbringen. Bis ihre Praxis florierte, würde das ihr Zuhause sein.

Sie kaufte einem Autohändler, der Bankrott erklären mußte, einen Schreibtisch und ein Bücherregal ab. Darin brachte sie ihre Nachschlagewerke unter: das *Corpus Juris Secundum*, die *American Jurisprudence* und die *American Reports*. Nun konnte sie praktizieren. Mit fünfundzwanzig Jahren hatte sie ihr Berufsziel erreicht. Hätte ihr Vater doch noch miterlebt, wie das Schild an ihrer Praxistür befestigt wurde:

A. SHIMA
Rechtsanwältin

Doch die Festung, die ihr zu ihrem Glück noch fehlte, gehörte ihr noch immer nicht. Nun, da sie mit den Gesetzen vertraut war, mußte sie sich wohl oder übel damit abfinden, daß sie nicht die geringste Chance hatte, den Sieg davonzutragen – falls sie prozessierte.

Im Gerichtsgebäude stieß sie auf einen tobenden alten Mann im Overall, der hereingestürmt kam, um gegen seine Vorladung zu protestieren. Er sollte mit seinem Kleinlaster neben anderen geparkten Wagen geparkt haben.

»Ich würde Sie gern vor Gericht vertreten«, erbot sich Amanda.

Der alte Mann nahm seinen zerfledderten Strohhut ab. »Soll das heißen, daß Sie Anwältin sind?« Er betrachtete sie skeptisch, mit zusammengekniffenen Augen, und fuhr sich mit der Hand über das stoppelige Kinn.

»Ja.«

»Aber als Anwältin können Sie unmöglich...«

»Es wird mir ein Leichtes sein, Ihren Fall zu gewinnen«, unterbrach sie ihn kühl, »denn die Gegenpartei wird der irrigen Auffassung sein, daß man sich bei einer Frau als Gegnerin nicht vorbereiten muß.«

Der Farmer hörte auf, mit den Kinnladen zu mahlen. Er begutachtete Amanda mit zusammengekniffenen Augen, als sei sie ein altes Maultier, dessen Kauf er erwog. »Also gut, Mädchen.«

Amanda gewann aufgrund einer unbedeutenden technischen Frage. In der Vorladung war der Geschäftslaster des Farmers lediglich als Geländewagen bezeichnet worden. Der gewonnene Prozeß brachte ihr noch zwei Klienten ein – die Schwägerin des Farmers, die sich scheiden lassen wollte und die Eltern eines Schülers, der sich bei einem Fußballspiel verletzt hatte. Die Eltern wollten den Schuldistrikt verklagen und verlangten Schadensersatz.

Amanda war jetzt eine vielbeschäftigte Frau. Das gefiel ihr. Da blieb ihr keine Zeit mehr zum Nachdenken. Abends sank sie erschöpft ins Bett und schlief sofort ein. Etwa einen Monat nach der Eröffnung ihrer Praxis läutete das Telefon. »Amanda? Was macht die Praxis?« Es war Paul.

»Sie – sie geht glänzend«, stammelte Amanda. »Das verdanke ich nur dir. Von wo aus rufst du an?«

»Von Washington. Ich wollte schon früher anrufen, aber wie gewöhnlich hält mich der Präsident auf Trab.«

»Paul, ich kann dir nur immer wieder dafür danken, daß du das schriftliche Zahlungsversprechen mit unterzeichnet hast. Ich verspreche dir...«

»Amanda, ich habe das aus eigennützigen Gründen getan.« Er zögerte und fuhr dann fort: »Es gibt noch einen Grund dafür, warum ich nicht schon eher angerufen habe. Als du im Internierungslager warst, wollte ich für deine Freilassung sorgen. Nick hat mich darauf hingewiesen, daß das sein Vorrecht sei. Deshalb wollte ich erst abwarten, ob es zwischen euch auch wirklich aus ist.«

»Es war nie etwas zwischen uns«, behauptete Amanda.

»Amanda, am nächsten Wochenende bin ich frei. Du auch? Ich möchte dich gern sehen.«

»Das wäre herrlich, Paul.« Amanda legte den Hörer auf und starrte das Telefon an. Was steckte wohl hinter Pauls Anruf? War es möglich, daß Paul sich für sie interessierte?

Sie kleidete sich sorgfältig, denn Paul wollte mit ihr essen gehen. Ihr Haar ließ sie lang herunterhängen. Es wirkte sehr feminin, wie es ihr Gesicht umrahmte.

Als es läutete, zog sich ihr Magen krampfhaft zusammen. Paul sah blendend aus. Groß und schlank und würdevoll wie eh und je. Sie streckte ihm beide Hände entgegen und begrüßte ihn freudig. Er war immer gut zu ihr gewesen.

Paul nahm ihre Hände und zog sie an sich. Er küßte sie erst auf die Stirn und dann ganz sanft und zärtlich auf den Mund. Amanda war völlig perplex. Sie hatte in Paul immer nur den großen Bruder gesehen. Mit einemmal bekam sie nun den Mann zu spüren. Er hielt sie von sich ab. »Du bist so schön, Amanda.«

Amanda lächelte verlegen. »Sprechen wir doch nicht von mir. Ein gewöhnlicher Sterblicher wie ich hat kaum je Gelegenheit, sich mit einem Insider zu unterhalten. Es interessiert mich brennend, was Eleanor im Bett trägt und ob Roosevelt wirklich eine Geliebte hat...«

Paul lachte schallend. »Lieber Himmel, glaubst du wirklich, daß ich weiß, was Eleanor im Bett trägt?«

Mit diesem heiteren Geplänkel vertuschten sie, was sie beschäftigte. Im Wagen ließen sie die Stadt rasch hinter sich. Amanda fragte Paul: »Wo fahren wir denn hin?«

Paul lächelte ernüchtert. »Der Präsident würde wahrscheinlich behaupten, daß ich dich mit einem kleinen Betrugsmanöver hintergehe. Doch es bleibt bei dem gemeinsamen Abendessen. Wir essen nur nicht in einem öffentlichen Restaurant. Ich weiß ja, wie du an der Festung hängst. Deshalb habe ich mir gedacht, daß sie der ideale Ort für ein stimmungsvolles Abendessen ist.«

Amanda freute sich unbeschreiblich. Ihr Herz tat einen Sprung. Endlich nach Hause!

Aus den vielen Fenstern der Festung schien Licht und erhellte die Nacht. Paul setzte sich ihr an dem festlich gedeckten Tisch gegenüber. Die Kerzen wurden entzündet. Amanda legte ihre Hand auf Pauls Arm. »Ich kann mir nichts Schöneres vorstellen«, flüsterte sie ergriffen.

»Und für mein alterndes männliches Ego gibt es nichts Besseres, als einer warmherzigen, wunderschönen, hochintelligenten Frau gegenüberzusitzen, die ich über alles liebe. Schockiert dich das, Amanda?« Er umschloß ihre Hand erstaunlich kräftig mit seinen langen schmalen Fingern. »Soll ich dich ungestüm wie ein junger Mann in die Arme reißen und dir gestehen, daß ich mich schon in dich verliebt habe, als du noch ein kleines Mädchen warst und Nick und mich mit deinen großen grünen Augen verzaubert hast?«

Amanda schüttelte den Kopf. »Nein, Paul, bitte nicht.« Sie betrachtete seine schmalen und doch so kräftig zupackenden Hände, die ihre Finger umschlossen hielten. Sie wußte, daß er zartfühlend, geduldig und liebevoll mit ihr umgehen würde. Er würde niemals Forderungen stellen und nie brutal sein.

»Und was hältst du davon, einen Mann zu heiraten, der zweiundzwanzig Jahre älter ist als du? Ich weiß, daß es reichlich selbstsüchtig und auch ein bißchen senil von mir ist, wenn ich dich bitte, meine Frau zu werden. Aber ich bin davon überzeugt, daß ich dich glücklich machen kann, Amanda. Ich weiß, daß ich zu alt bin, um die wilde Leidenschaft zu entfachen, die das Vorrecht der Jugend zu sein scheint, aber ich kann dich nichtsdestoweniger lieben. Erlaube mir, dich zu lieben, Amanda. Laß mich dich glücklich machen. Laß uns heiraten.«

59

Mit der geplanten Heirat machten sie Furore. Die Presse spielte diese Nachricht zur Sensation hoch. ›Millionenschwerer Diplomat heiratet Aschenbrödel aus dem Internierungslager‹, so und ähnlich lauteten die Schlagzeilen. Meistens hieß es auch noch: ›Familie Godwin befreite die Braut aus dem Lager.‹

Paul konnte sich erst im Mai, also in zwei Monaten, für die Hochzeit freimachen. Er bestand darauf, daß Amanda die Zeit nutzte, um sich neu einzukleiden und alles für ihr ›Trousseau‹ zu besorgen. Das Hochzeitskleid ließ er von einer Couturière anfertigen, die die hohe Kunst des Schneiderns in einem der besten französischen Modehäuser erlernt hatte. »Doch deiner schimmernden Haut und deiner Schönheit kann die Haute Couture nicht gerecht werden«, behauptete er und nahm sie in den Arm, bevor er seinen privaten Salonwagen am Zug bestieg. Er saugte sich an ihren Lippen fest und küßte sie zuerst ganz sanft, dann immer leidenschaftlicher. Amanda spürte die Hitze, die von ihm ausging. Als er sie so heftig an sich preßte, fühlte sich sein Körper gar nicht mehr sanft und weich an.

Paul rief sie täglich aus Washington an. Amanda freute sich

immer darauf, seine Stimme zu hören. Ihre Tage waren mehr als ausgefüllt. Ihre Anwaltspraxis ging inzwischen glänzend. Als Pauls Verlobte nahm ihr gesellschaftliches Leben einen unerhörten Aufschwung. Ihr war das sehr recht. Sie hätte eigentlich allen Grund gehabt, glücklich zu sein, doch Nick setzte ihrer Euphorie mit seinem Besuch einen Dämpfer auf.

Eines Abends gegen acht Uhr läutete es an der Tür, als sie sich gerade im Waschbecken die Haare gewaschen hatte. Amanda schlüpfte in ihren Hausmantel und ging zur Tür. »Ich darf doch wohl hereinkommen«, sagte Nick anstelle einer Begrüßung und drängte sich an ihr vorbei, ohne ihre Antwort abzuwarten.

Amanda schloß die Tür und drehte sich um. »Also?« fragte sie herausfordernd. Doch in Wahrheit fühlte sie sich ganz schwach.

»Ich wollte dir nur gratulieren, Mandy. Das hast du wirklich glänzend hingekriegt. Paul rief mich Anfang der Woche an und bat mich um meinen Segen.«

»Ich kann mir lebhaft vorstellen, was du ihm daraufhin erzählt hast!«

»Ach, eigentlich gar nichts. Wenn er noch nicht weiß, was für eine Frau er da heiratet, wird er bald dahinterkommen. Du bist eine Intrigantin, ein eiskaltes berechnendes Biest!«

Amanda holte mit der Hand aus, doch Nick hatte wohl damit gerechnet. Er umklammerte ihr Handgelenk so brutal, daß es schmerzte. Amanda zuckte zusammen, doch nicht nur vor Schmerz. Ein glühendheißer Lavastrom schien sich von Nick auf sie zu übertragen. Er zog sie an sich. Amanda roch den Alkohol in seinem warmen Atem.

»Warum soll ich Paul nicht heiraten?« verteidigte sie sich. »Ich weiß, daß ich ihn glücklich machen kann. Und er liebt mich.«

»Und als Belohnung fällt dir die Festung in den Schoß. Eine richtige Vernunftehe. Wie in der Alten Welt!«

»Ausgerechnet du zerreißt dir den Mund über mich! Du bist doch selbst eine Vernunftehe eingegangen, um Karriere zu machen. Deine Frau und deine Geliebte kamen immer erst an zweiter Stelle!«

Nick hielt sie von sich ab. »Mandy, das ist ja eben das

Problem«, bekannte er. »Du hast immer die erste Stelle eingenommen, so sehr ich mich auch dagegen gewehrt habe. Du hast dich immer wieder in meine Gedanken gedrängt und gefordert, was ich dir nicht geben konnte. Weil ich kein Recht dazu hatte. Ständig habe ich dein Bild vor Augen. Selbst nachdem Paul mir erzählte, daß ihr heiraten werdet, habe ich gewartet und gehofft, daß du deine Meinung noch änderst. Daß ich dir Unrecht tue und du doch nicht käuflich bist.«

»Raus!« schrie sie ihn an. »Verschwinde!«

Die restlichen Wochen bis zur Hochzeit vergingen wie im Flug. Amanda sank allabendlich erschöpft ins Bett. Trotzdem fand sie keinen Schlaf. Ihr war oft übel. Sie brachte kaum etwas hinunter, obwohl ihr Magen sich vor Hunger zusammenzog.

Ende April ließ sie sich einen Termin beim Arzt geben. Sie fürchtete sich vor dem Tag, an dem die Wahrheit ans Licht kommen würde. Es durfte einfach nicht sein. Jetzt, wo ihre Träume endlich in Erfüllung gehen sollten. Doch der Arzt bestätigte, was sie befürchtet hatte. Sie trug Nicks Kind unter dem Herzen.

»Sie scheinen sich nicht auf das Kind zu freuen«, bemerkte der Arzt, als er sich die Gummihandschuhe auszog.

»Nein«, stammelte Amanda verstört. »Ich – ich bin noch nicht soweit, daß ich ein Baby möchte.«

Der Arzt seufzte. »Das kommt heutzutage häufig vor. Der Freund eines Mädchens kommt nach Hause – ein Frontsoldat auf Urlaub – dann kehrt er wieder an die Front zurück, und das Mädchen sitzt mit dieser Bürde da.«

Er runzelte die Stirn und sah Amanda mitfühlend an. »Wenn es die Situation erfordert, bin ich eventuell bereit, den Fötus zu entfernen. Das ist nur ein harmloser kleiner Eingriff, den ich in meiner Praxis durchführe. Aufgrund der besonderen Umstände allerdings teuer, das werden Sie sicher verstehen. Wenn Sie glauben, diese Schwangerschaft nicht durchstehen zu können, kann ich die nötigen Vorkehrungen treffen.«

»Ich – ich weiß es einfach nicht.«

»Lassen Sie sich ruhig Zeit. Das ist eine wichtige Entscheidung, die gründlich überlegt sein will. Da darf man eine Frau nicht drängen. Ihnen bleiben noch zwei Wochen, bevor es zu gefährlich wird. Danach nehme ich den Eingriff nicht mehr vor. Ich würde das Leben der Patientin in Gefahr bringen und meinen guten Ruf aufs Spiel setzen.«

»Nein – bitte, treffen Sie nur alle Vorkehrungen. Das bringt zwar meinen ganzen Zeitplan durcheinander; aber dafür muß und will ich mir Zeit nehmen.«

Sie wollte es so rasch wie möglich hinter sich bringen, damit ihrer Heirat nichts im Wege stand. Zu dem vereinbarten Termin fand sie sich in der Praxis ein. In einem unbedachten Augenblick im Wartezimmer dachte sie an das Kind in ihrem Leib – ihre Tochter oder ihren Sohn. Ein Baby, das an ihrer Brust lag und mit kleinen zufriedenen Schmatzlauten trank. Sie sah es vor sich, wie es wenig später mit seinen winzigen Patschhändchen nach ihr griff und die ersten unbeholfenen Schrittchen versuchte.

Amanda schloß die Augen und gab sich Mühe, die Gedanken zu verdrängen, die sie überfluteten. Sie zwang sich, statt dessen an die Festung zu denken – an die unüberwindlichen Mauern und die herrlichen Räume mit den kostbaren Möbeln. Nach fast hundert Jahren würde die Festung endlich wieder in die Hände der rechtmäßigen Erben gelangen! Ausgleichende Gerechtigkeit! Hatte sich die Geisterlady nicht immer danach gesehnt?

Die Schwester bat sie in ein steriles Vorzimmer und forderte sie auf, sich auszuziehen. Amanda fror. Als sie in das hinten offene, weiße Hemd schlüpfte, kam sie sich vor, als ginge sie zur Schlachtbank. Die Schwester führte sie in ein Untersuchungszimmer mit glitzernden Instrumenten und grellem Deckenlicht. Es schien sie zu verhöhnen und degradierte sie zu einem willen- und würdelosen Spielball.

»Legen Sie sich auf den Tisch«, befahl die Schwester und machte sich am Sauerstoffgerät zu schaffen. »Der Doktor kommt gleich, um Sie noch ein letztes Mal zu untersuchen, bevor wir zur Tat schreiten.« Sie verlieh ihrer Stimme einen betont fröhlichen Klang. »Am besten inhalieren Sie ein wenig Sauerstoff. Dann wird Ihnen ganz leicht im Kopf. Dann empfinden Sie den Äther nicht mehr als so – unangenehm.«

Als sich die Maske auf ihr Gesicht hinabsenkte, mußte Amanda daran denken, daß das arme Würstchen in ihrem Leib den ekelerregenden Äther ebenso einatmen mußte wie sie. Bald wäre sie das Kind los, das sich zwischen sie und die Festung drängte. Nicks Kind! Nick hatte sich immer zwischen sie und die Festung gedrängt. Und nun auch noch sein Kind?

Das Kind. Amanda wand sich und stieß mit der Hand nach der Äthermaske über Mund und Nase. »Das Kind!« hörte sie sich schreien. Ob das wohl durch diese Schale jemand hörte? Sie trat in die Luft und schlug wie wild um sich, bis die Maske endlich weggenommen wurde und sie in Ohnmacht fiel.

Als Amanda wieder zu sich kam, beugte sich die Freundin, die sie mitgenommen hatte, über sie. »Bin ich – hat der Arzt...«

Ihre Freundin schüttelte den Kopf. »Es schien, als wolltest du das Baby. Da hat der Arzt den Eingriff nicht gewagt. Er hatte Angst, daß du ihn anzeigst.«

»Gott sei Dank«, hauchte Amanda.

»Willst du das Baby denn behalten?« fragte ihre Freundin verwirrt.

Amanda lächelte schwach. »Ich glaube, ja. Ja, ja, ich will es behalten!«

»Das Baby ist nicht von Paul, nicht wahr?« drang ihre Freundin in sie.

Amanda schüttelte den Kopf.

»Du bist dir doch wohl darüber im klaren, was dieses Kind für Pauls Karriere bedeutet – und für deine auch. Willst du es dir nicht doch noch überlegen?«

»Nein, ich lasse das Kind nicht abtreiben. Und heiraten werde ich auch nicht.«

»Aber damit verzichtest du auch auf die Festung. Nach einem so berühmten Mann wie Paul Goldwin, mit all seinem Geld, würde sich jede Frau alle zehn Finger lecken!«

»Ich nicht. Ich bleibe bei meinem Entschluß.«

60

Amanda seufzte. Die Zahl ihrer Klienten nahm rapide ab. Ihr blieben gerade noch so viele, daß sie beschäftigt war und davon leben konnte. Als die Presse Wind davon bekam, daß die Hochzeit abgeblasen worden war, sprangen viele Klienten der sogenannten ›besseren Kreise‹ ab und ließen sie fallen wie eine heiße Kartoffel. Sobald sich herumsprach, daß sie schwanger war, würde sie garantiert noch eine ganze Reihe von Klienten einbüßen. Daran änderten auch ihre Erfolge vor Gericht nichts.

Im fünften Schwangerschaftsmonat war ihr Leib natürlich deutlich sichtbar gewölbt. Bei ihrer ansonsten so zierlichen Gestalt fiel das ganz besonders auf. Amanda trug jetzt Zeltkleider, die einer berufstätigen Frau in ihrer Stellung nicht sehr gut zu Gesicht standen.

Bald würde sich ganz Tucson den Mund über sie zerreißen und sich fragen, wer der Vater war. Paul wußte natürlich Bescheid, obwohl sie Nicks Namen nicht nannte, als sie ihm sagte, daß sie schwanger sei und die Verlobung lösen wolle.

»Amanda, ich möchte trotzdem, daß du meine Frau wirst«, war seine Reaktion gewesen. Sie senkte beschämt den Blick. Ihre Augen schwammen in Tränen. »Es würde nicht gutgehen, Paul.«

»Willst du es nicht wenigstens versuchen?« fragte er sanft.

Amanda blickte auf und sah ihm ins Gesicht. Es rührte sie, daß er so zärtlich um sie besorgt war. Sie rang sich ein Lächeln ab. »Ich bin anscheinend wie meine Großmutter – zwischen zwei Stiefbrüdern hin und her gerissen.«

»Du ziehst da eine sonderbare Parallele«, meinte er nachdenklich. »Soviel ich weiß, ging die Geisterlady am Ende leer aus.«

»Ja«, flüsterte sie. »Warum soll ich mich also gegen mein Schicksal auflehnen?«

Als sie an diesem Abend Abschied voneinander nahmen, schworen sie sich, Freunde zu bleiben. Amanda nahm Paul das Versprechen ab, Stillschweigen zu bewahren und ihre Schwangerschaft mit keinem Wort zu erwähnen. »Nick soll es nicht erfahren?« fragte Paul verwundert.

Amanda schüttelte den Kopf. »Er erfährt es sowieso bald. Das kann gar nicht ausbleiben. Der Vater des Kindes soll unbekannt bleiben.« Mit hocherhobenem Kopf fügte sie hinzu: »Niemand soll uns bemitleiden.«

»Versprich mir wenigstens, daß du mich anrufst, wenn du mich brauchst«, bat er sie, bevor er sie zum Abschied küßte.

Amanda wußte, daß das nie geschehen würde. Sie mußte es allein schaffen. Es gab viele Frauen, deren Männer im Krieg gefallen waren und die ihre Kinder allein aufzogen. Sie bereute nicht, auf ihren Lebenstraum verzichtet zu haben. Amanda legte die Hand auf den Leib, wo sich das Kind zu rühren begann. Man konnte nicht alles haben. Man mußte sich entscheiden. Sie hatte die einzig richtige Entscheidung getroffen. Getröstet wandte sie sich wieder ihren Akten zu.

Die Tür ging auf, und Nick trat ein. Amanda wollte aufspringen, besann sich aber gerade rechtzeitig eines Besseren. Er sollte nicht sehen, daß sich ihr Leib unter dem Kleid sanft zu wölben begann.

Nick ging um den Schreibtisch herum und legte ein Bein über die Kante. Er sah in das Gesicht, das ihn seit vielen Jahren verfolgte. Sie spannte ihn nicht nur mit ihrer Schönheit auf die Folter. Auch an ihrer Klugheit lag es nicht. Ihm war schon bei ihrer ersten Begegnung in Cristo Rey klargeworden, daß sie sein Herz gefangenhielt – wenn ein Junge von dreizehn Jahren solcher Empfindungen überhaupt schon fähig ist. Er fand bald heraus, daß Amandas Vater Japaner war. Er hatte sich gezwungen, nicht an sie zu denken und alles Menschenmögliche versucht, um seiner Liebe Herr zu werden. Er hatte immer gegen diese Liebe angekämpft. Er war Amanda aus dem Weg gegangen. Hatte sich mit anderen Frauen eingelassen. Anstatt Erfüllung in der Liebe zu finden, hatte er seine Machtgelüste befriedigt. Doch kein Zaubertrank konnte ihn von seiner Liebe zu Amanda heilen.

Amanda wagte nicht, zu sprechen, damit er seinen Zorn nicht über sie ergoß. Dem wäre sie jetzt nicht gewachsen. »Als ich las, daß ihr eure Verlobung gelöst habt«, begann Nick, »hoffte ich, daß du dich bei mir melden würdest. Aber ich hätte wissen müssen, daß dein alberner Stolz dir wieder mal im Wege stehen würde.«

Es zuckte Amanda in den Fingern. Sie mußte an sich halten, um nicht die Hand auszustrecken und das geliebte Gesicht zu streicheln. Er war ihr Bollwerk, ihr Halt.

»Nick«, flüsterte sie, »ich kann nicht zu dir zurückkommen.«

Er hob die Brauen. »Sollte ich mich getäuscht haben? Nein, das kann nicht sein. Was uns verbindet, kannst du nicht abstreiten, Mandy.«

Er umfaßte ihre Schultern und drückte sie gegen die Stuhllehne. Doch sein Kuß war alles andere als sanft, als er seine heißen Lippen begierig auf die ihren preßte. Obwohl Amanda fest entschlossen war, den Kuß nicht zu erwidern, konnte sie nicht anders. Sie ließ sich mitreißen. Die nagende Begierde, die sie überkam, wann immer Nick sich zeigte, machte ihr auch jetzt wieder zu schaffen. Daran änderte auch die Schwangerschaft nichts. Die Veränderungen, die in ihrem Körper vor sich gingen, taten der Begierde offensichtlich keinen Abbruch. Nach Nick Godwin würde sie sich immer verzehren.

Als er seine Lippen endlich von den ihren löste, lag seine Hand auf ihrem schwellenden Leib. Amanda riß die Augen auf. »Du weißt es also?« keuchte sie.

»Daß du ein Kind erwartest?« Nick grinste. »Das hat mir deine Freundin Kathy verraten. Sie hat mir eine gewaltige Standpauke gehalten und auf offener Straße die Pistole auf die Brust gesetzt. Sie hätte mich am liebsten gleich zur Polizei geschleift oder mich an einen Marterpfahl gebunden.«

»Ich kann nicht mehr deine Geliebte sein, Nick. Ich möchte meinem Kind ein solches Leben nicht zumuten.«

Nick beugte sich über sie und nagte an ihrem Ohrläppchen. Seine Hand verschwand im V-Ausschnitt ihres Kleides und liebkoste ihre Brust, die sich im Laufe ihrer Schwangerschaft schon merklich verändert hatte.

»Und was hältst du von einer Heirat?«

Amanda hörte auf zu atmen und schob seine Hand weg. »Und Danielle?«

Nick stieß einen spielerischen Seufzer aus. »Erzähl mir nur nicht, daß ich auf die Segnungen deines entzückenden Körpers verzichten muß, bis das Kind zur Welt kommt.«

»Was wird aus deiner Ehe mit Danielle?« fragte sie eindringlich.

»Ich habe sie um die Scheidung gebeten.«

»Nein, Nick. Ich will mich nicht in deine Ehe drängen. Damit würden wir nur alles zwischen uns zerstören.«

Nick ließ seine Hand wie zufällig wieder in Amandas Ausschnitt gleiten. Er wog eine ihrer vollen Brüste in der Hand und drückte sie zärtlich. »Sie sind überwältigend!« murmelte er heiser und senkte seine Lippen auf ihren schlanken Hals, überschüttete sie mit glühenden Küssen. Dabei knöpfte er ihr Kleid auf.

»Du hörst mir gar nicht zu!« schrie sie entrüstet.

»Doch, Liebes«, stammelte er abgerissen und entblößte ihre schwellenden Brüste.

Amanda hielt die Hände schützend vor die Brust und entzog sich seinen Küssen. Nick seufzte verdrossen. »Nun hör mir endlich einmal zu, Mandy Shima und sehr bald schon Mandy Godwin«, sagte er ernst und hielt ihre Hände fest, damit sie ihr Kleid nicht wieder zuknöpfte. »Dich trifft keine Schuld daran, daß meine Ehe schiefgelaufen ist. Unsere Ehe war nie das, was man sich unter einer guten Ehe vorstellt. Erst als du fortgegangen bist, ist mir richtig klargeworden, daß ich diese Farce nicht mehr ertrage.«

»Denk doch an deine Karriere. Was werden die Leute sagen, wenn...«

Nick kicherte. »Habe ich mich je darum geschert, was die Leute sagen? Du weißt doch, ich bin eine Spielernatur. Mich interessiert nur das Spiel und nicht der Haufen Chips oder der Mangel an Chips. Am Ende zählt nur das Spiel selbst. Und außerdem«, fügte er hinzu und streichelte ihre Brüste, »kann uns bei deiner Energie und meinem Wagemut überhaupt nichts passieren.«

Er küßte ihre rosige Brustwarze. Da ergab sie sich mit einem wohligen Seufzer. Was hatte es für einen Sinn, sich gegen ihn zur Wehr zu setzen? Sie verzehrte sich vor Sehnsucht nach Nick Godwin. Daran würde sich nie etwas ändern. Diese quälende Begierde plagte sie ohne Unterlaß. Nur er konnte sie davon befreien – wenigstens vorübergehend.

Sie schlang die Arme um seinen Hals und zog ihn an sich.

Auch nach Jahren zieht es mich noch immer nach Cristo Rey zurück. Dann mache ich mich mit meiner honigblonden Tochter Catherine auf den Weg dorthin. Nach dem Tode von Paul Godwin hat Nick, mein Mann, Cristo Rey dem Staat übereignet. Erst da ging mir auf, daß es schon immer so hätte sein sollen.

Trotzdem erzähle ich meiner Tochter noch Geschichten von der Geisterlady – ihrer Urgroßmutter und Namensvetterin. Und wenn Catherine mich fragt, ob ich der Geisterlady je begegnet bin, antworte ich: »Nur ein einziges Mal. Und zwar an dem Tag, an dem ich zugestimmt habe, die Frau deines Vaters zu werden.«

Das nehme ich zumindest an. Ich weiß natürlich, daß heutzutage niemand mehr an Geister und Gespenster glaubt. Trotzdem bin ich davon überzeugt, daß die gemarterte Seele der Geisterlady an diesem Tag endlich Frieden fand – in den Armen des Geliebten, der Catherine Davalos zu Lebzeiten versagt geblieben war.